CRIME SCENE
FICTION

HOME BEFORE DARK
Copyright © 2020 by Todd Ritter

"Sixteen Going on Seventeen," from The Sound of Music.
Lyrics by Oscar Hammerstein II. Music by Richard Rodgers.
Copyright © 1959 Williamson Music Company c/o Concord
Music Publishing. Copyright renewed. All Rights Reserved. Used
by permission. Reprinted by permission of Hal Leonard LLC.

Este livro é uma obra de ficção. Nomes, personagens, locais
e eventos são frutos da imaginação do autor ou usados
meramente no âmbito ficcional. Qualquer semelhança
com pessoas reais, vivas ou mortas, empresas, eventos
ou localidades não passa de uma coincidência.

Imagem de Capa © Vitor Willemann
Imagens do miolo © Adobe Stock

Tradução para a língua portuguesa
© Daniel Bonesso, 2025

Diretor Editorial
Christiano Menezes

Diretor de Novos Negócios
Chico de Assis

Diretor de Planejamento
Marcel Souto Maior

Diretor Comercial
Gilberto Capelo

Diretora de Estratégia Editorial
Raquel Moritz

Gerente de Marca
Arthur Moraes

Gerente Editorial
Bruno Dorigatti

Editor
Paulo Raviere

Editor Assistente
Lucio Medeiros

Capa e Projeto Gráfico
Retina 78

Coordenador de Diagramação
Sergio Chaves

Designer Assistente
Jefferson Cortinove

Preparação
Retina Conteúdo

Revisão
Bárbara Parente
Rodrigo Lobo Damasceno

Finalização
Roberto Geronimo

Marketing Estratégico
Ag. Mandíbula

Impressão e Acabamento
Ipsis Gráfica

DADOS INTERNACIONAIS DE CATALOGAÇÃO NA PUBLICAÇÃO (CIP)
Jéssica de Oliveira Molinari CRB-8/9852

Sager, Riley
    A casa da escuridão eterna / Riley Sager ; tradução de Daniel
Bonesso. — Rio de Janeiro : DarkSide Books, 2025.
    368 p.

    ISBN: 978-65-5598-509-2
    Título original: Home Before Dark

    1. Ficção norte-americana 2. Suspense I. Título II. Bonesso, Daniel

25-0730   CDD 813

Índice para catálogo sistemático:
1. Ficção norte-americana

[2025]
Todos os direitos desta edição reservados à
DarkSide® Entretenimento LTDA.
Rua General Roca, 935/504 — Tijuca
20521-071 — Rio de Janeiro — RJ — Brasil
www.darksidebooks.com

A CASA DA ESCURIDÃO ETERNA

Riley Sager

Tradução
Daniel Bonesso

DARKSIDE

Para aqueles que contam histórias de fantasmas...
E aqueles que acreditam nelas.

Toda casa tem uma história para contar e um segredo a ser compartilhado.

O papel de parede na sala de jantar pode esconder os riscos de lápis que marcam o crescimento de crianças que viveram lá há décadas. Sob o chão revestido de linóleo e desbotado pelo sol, pode haver a madeira que um dia foi pisada por soldados da Guerra de Independência.

As casas estão em constante mudança. Paredes pintadas, pisos laminados e rolos de carpete escondem os segredos e histórias de um lar, garantindo seu silêncio até que alguém chegue para desvendá-los.

É isso que eu faço.

Meu nome é Maggie Holt. Sou designer de interiores e, de muitas formas, uma historiadora. Vou atrás e tento desenterrar a história de cada casa. Tenho orgulho do que faço e sou boa nisso.

Eu escuto.

Aprendo.

E uso esse conhecimento para projetar um design de interior que, embora seja totalmente moderno, consiga também remeter ao passado do lugar.

Toda casa tem uma história.

A nossa é uma história de fantasmas.

Além de ser uma mentira.

E, agora que outra pessoa morreu debaixo desse teto, é chegada a hora de finalmente contar a verdade.

CASA DOS HORRORES

UMA HISTÓRIA REAL

EWAN HOLT

MURRAY-HAMILTON, INC.,
NOVA YORK, NY

CASA DOS HORRORES

PRÓLOGO

1º de julho

"Papai, você tem que procurar pelos fantasmas."

Parei espantado à porta do quarto de minha filha, do modo como os pais ficam quando um filho diz algo realmente estranho. Acho que deveria ter me acostumado com isso desde que ela fez 5 anos. Porém não me acostumei. Ainda mais agora, diante de um pedido tão esquisito.

"Tenho mesmo?"

"*Sim*", insistiu Maggie. "Não quero eles no meu quarto."

Até aquele momento, eu não fazia ideia de que ela sequer soubesse o que era um fantasma, quanto mais de que temia a presença de um no seu quarto. Aparentemente, mais de um, percebi pela escolha da palavra. *Eles.*

Culpei a casa por esse novo comportamento. A mudança para Baneberry Hall ocorreu há quase uma semana, tempo suficiente para notar suas excentricidades, mas não o bastante para nos acostumarmos a elas. A movimentação repentina de um vulto nas paredes, os barulhos à noite, um ventilador de teto que, na última velocidade, soava igual ao ranger de dentes.

Com a sensibilidade de qualquer garota da sua idade, Maggie estava tendo problemas para se ajustar a tudo isso. Quando foi para cama na noite passada, ela me perguntou quando voltaríamos para nossa antiga casa, um apartamento escuro e sem graça de dois quartos em Burlington. O problema agora eram os fantasmas.

"Acho que não faz mal", disse, tentando animá-la. "Por onde começo a procurar?"

"Debaixo da cama."

Um pedido supercomum. Tive o mesmo medo quando estava com essa idade, de que algo horrível estava se escondendo na escuridão, poucos centímetros abaixo do local no qual eu dormia. Abaixei-me, usando as mãos e joelhos como apoio para dar uma olhada rápida debaixo da cama. Apenas uma fina camada de poeira e uma meia rosa perdida se escondiam ali.

"Nada aqui", informei. "Qual o próximo lugar?"

"No *closet*", disse Maggie.

Desconfiando disso, eu já estava a caminho do *closet* quando ela falou. Essa parte da casa — apelidada de "Ala da Maggie", pois continha não apenas seu quarto, como também uma brinquedoteca adjacente — ficava no segundo andar, sob o beiral do telhado inclinado. Por conta da inclinação do teto, metade da porta de carvalho do *closet* também era inclinada, além de antiga. Ela nos causava a sensação de estar diante da porta de uma casa dos contos de fadas, sendo esse um dos motivos pelos quais decidimos que aquele espaço deveria ser da Maggie.

"Nada no *closet*", afirmei enquanto fazia uma cena, segurando a única lâmpada que pendia do teto para iluminar e procurar de maneira espalhafatosa entre os cabides cheios de roupas. "Mais algum lugar?"

Com o dedo indicador trêmulo, Maggie apontou para o enorme guarda-roupa parado como um segurança a poucos metros do *closet*. Era uma relíquia do passado da casa. Uma bem estranha. Com quase dois metros e meio de altura, sua base afunilada se alargava gradualmente até uma formidável subdivisão no meio, para voltar a se estreitar até a parte de cima. Coroando a peça, havia querubins, pássaros e ramos de hera entalhados e subindo pelos cantos até o topo. Achei que, igual à porta do *closet*, trazia um pouco da magia dos livros para o quarto de Maggie. Ele me lembrava *As Crônicas de Nárnia*.

Porém, quando comecei a abrir as portas duplas do guarda-roupa, Maggie prendeu a respiração, preparando-se para encontrar alguma coisa horrorosa, que ela acreditava estar à espreita lá dentro.

"Quer mesmo que eu abra?", perguntei.

"Não." Maggie parou, então mudou de ideia. "Sim."

Abri e deixei as portas do guarda-roupa escancaradas, revelando um espaço ocupado por apenas alguns vestidos frufrus que minha esposa comprou na esperança de nossa filha, que se vestia como um menino, fosse usá-los algum dia.

"Está vazio", falei. "Viu?"

De seu lugar na cama, Maggie espiou o guarda-roupa aberto, antes de soltar um suspiro de alívio.

"Sabe que não existe esse negócio de fantasmas, não é?", perguntei.

"Você está errado." Maggie escorregou ainda mais para dentro das cobertas. "Eu já vi eles."

Mesmo assustado, tentei não transparecer meu medo ao olhar para minha filha. Tinha noção de como sua imaginação era fértil, no entanto não acreditava que poderia ser *tão* vívida assim, a ponto de ver coisas que não existiam e acreditar que eram reais.

E ela realmente acreditava. Sabia disso pela forma como me encarava de volta, com as lágrimas brotando no canto de seus olhos arregalados. Ela acreditava, e isso a deixava aterrorizada.

Sentei no canto da cama. "Fantasmas não são reais, Mags. Se não acredita em mim, pergunte pra sua mãe. Ela vai te dizer a mesma coisa."

"Mas eles são reais", insistiu Maggie. "Eu vejo eles o tempo todo e um deles conversa comigo, o Senhor Sombra."

Um arrepio gelado subiu por minha espinha. "Senhor Sombra?"

Maggie acenou com a cabeça assustada uma única vez.

"E o que o Senhor Sombra fala?"

"Ele diz..." Maggie engoliu em seco, lutando para segurar as lágrimas. "Ele diz que a gente vai morrer aqui."

RILEY SAGER
A CASA DA ESCURIDÃO ETERNA

UM

No momento em que coloco o pé dentro do escritório, já sei como as coisas vão se desenrolar. Não é a primeira vez. Na verdade, perdi a conta da quantidade de vezes que isso aconteceu. E mesmo que cada uma tenha sutis mudanças, o resultado é sempre o mesmo. Estou preparada para repetir tudo, principalmente quando a recepcionista me oferece um sorriso que, junto ao brilho em seus olhos, demonstram que ela me reconheceu. Não há dúvida de que ela é bem familiarizada com o Livro.

A melhor bênção de minha família.

E também, nossa maior maldição.

"Tenho hora marcada com Arthur Rosenfeld", informo. "Meu nome é Maggie Holt."

"Claro, senhora Holt." A recepcionista me olha rapidamente de cima a baixo, comparando a menininha sobre quem leu com a mulher diante dela usando botas desgastadas, calça cargo verde e uma camisa de flanela suja com serragem. "O senhor Rosenfeld está em uma ligação agora. Ele a atenderá em breve."

A recepcionista — cuja plaquinha na mesa indica o nome de Wendy Davenport — aponta para uma cadeira perto da parede. Me sento, enquanto ela continua a olhar na minha direção. Presumo que esteja procurando pela cicatriz na minha bochecha esquerda, uma linha pálida com uns três centímetros de comprimento. Até que essa minha marca é bem famosa, levando em consideração a impopularidade das cicatrizes.

"Li o seu livro", a secretária me diz, afirmando o óbvio.

É impossível não a corrigir. "Você quer dizer o livro do meu pai."

É um engano comum. Mesmo que meu pai apareça na capa como único autor, todo mundo assume que toda família teve alguma coisa a ver. O que até pode ser verdade para minha mãe, contudo não tive absolutamente nenhuma participação no Livro, apesar de ser uma das personagens principais.

"Eu amei", continua Wendy. "Claro, quando não estava morrendo de medo."

Ela espera, e me contorço internamente, sabendo o que vem em seguida. É sempre assim. Toda maldita vez.

"Como foi para você?" Wendy se inclina para frente até seu busto generoso ficar espremido contra a mesa. "Ficar naquela casa?"

A pergunta que sempre vem à tona quando alguém faz a conexão entre mim e o Livro. Aprendi desde cedo que é bom ter uma resposta pronta para essa situação. Pode ser muito útil, como algo que se deixa por cima na caixa de ferramentas.

"Não consigo me lembrar de nada daquele tempo."

A recepcionista arqueia uma sobrancelha depilada em excesso. "Nada mesmo?"

"Eu tinha 5 anos. Você consegue lembrar muita coisa dessa idade?"

Pela minha experiência, isso encerra a conversa cerca de 50 por cento das vezes. Os que são apenas curiosos entendem o que quero dizer e deixam para lá. Aqueles com um interesse mais mórbido não desistem com tanta facilidade. Pensei que Wendy Davenport, com suas bochechas coradas e roupas da Banana Republic, seria do primeiro grupo. Acontece que estou errada.

"Mas a experiência foi tão horrível para sua família", continuou. "Com certeza, me lembraria de alguma coisa."

Há mais de uma forma de continuar essa conversa a depender do meu humor. Caso estivesse numa festa, alegre e relaxada após alguns drinques, é provável que faria a vontade dela e diria: "Lembro de estar com medo o tempo todo, mas sem saber o motivo".

Ou talvez: "Acho que fiquei tão assustada que minha mente bloqueou tudo".

Ou quem sabe, minha predileta: "Algumas coisas são assustadoras demais para serem lembradas".

Só que não estou numa festa. Nem alegre ou relaxada. Estou no escritório de um advogado, prestes a ouvir o testamento do meu recém-falecido pai. Minha única opção é ir direto ao ponto.

"Nada daquilo aconteceu", falo para Wendy. "Meu pai inventou tudo. E quando digo tudo, realmente quero dizer tudo. Tudo naquele livro é mentira."

A expressão de Wendy muda, seus olhos bem abertos em curiosidade dão vazão a uma cara fria e decepcionada. Sei que a desapontei, mas ela deveria ficar grata pela minha honestidade. Já meu pai, nunca achou isso necessário.

Sua versão da verdade variava bastante da minha, apesar de ele também ter uma resposta pronta para essa pergunta, o roteiro era sempre o mesmo, não importava quem estivesse com ele.

"Menti sobre muitas coisas em minha vida", meu pai diria a Wendy Davenport, jogando um charme. "Mas nunca sobre o que aconteceu em Baneberry Hall. Cada palavra naquele livro é verdadeira. Juro pelo Deus Todo-Poderoso."

Ao dizer isso estaria se referindo aos fatos da versão que o público conhece, que segue mais ou menos essa linha: vinte e cinco anos atrás, minha família morou numa casa chamada Baneberry Hall, perto da vila de Bartleby, em Vermont.

Chegamos no dia 26 de junho.

E fugimos no meio da noite de 15 de julho.

Vinte dias.

Foi o período de tempo que conseguimos morar naquela casa antes das coisas ficarem assustadoras demais para permanecermos um minuto a mais.

Não era seguro, meu pai contou para a polícia. Havia algo de errado com Baneberry Hall. Uma série de coisas aconteceu por lá. Coisas *perigosas*.

Ele não queria admitir que a casa era assombrada por um espírito do mal.

Nós juramos nunca retornar.

Nunca.

Esse depoimento, transcrito em detalhes no relatório policial, foi noticiado por um repórter local de um jornal impresso supervalorizado, conhecido como *Gazeta de Bartleby*. A matéria, incluindo diversas afirmações do meu pai, logo entrou no radar do serviço de notícias estaduais e chegou a jornais maiores em cidades mais populosas... Burlington e Essex e Colchester. A partir daí, a notícia se espalhou como um vírus, pulando de cidade em cidade, metrópole em metrópole e de estado em estado. Quase duas semanas depois de fugirmos do lugar, um editor de Nova York ligou com uma oferta para transformar nossa história em livro.

Como estávamos morando num quarto de motel que fedia a fumaça de cigarro e aromatizante de limão, meu pai não pensou duas vezes. Escreveu o livro em um mês, transformando o banheiro minúsculo daquele quarto de motel num escritório improvisado. Uma das minhas primeiras memórias é dele sentado de lado na privada, martelando aquela máquina de escrever sobre a pia do banheiro.

O resto é história.

Best seller instantâneo.

Fenômeno mundial.

A história baseada em "fatos reais" mais popular desde *Horror em Amityville*.

Por um tempo, Baneberry Hall foi a casa mais famosa dos Estados Unidos. Revistas escreviam a seu respeito. Programas de notícias faziam reportagens nela. Turistas se reuniam do lado de fora do portão de ferro forjado da propriedade, tentando vislumbrar um pedaço do telhado ou um reflexo da luz solar nas janelas. Até a revista *The New Yorker* fez uma charge dois meses após o lançamento do Livro. O desenho mostrava um casal parado com o corretor de imóveis do lado de fora de uma casa caindo aos pedaços. "Nós amamos a casa", dizia a esposa. "Mas será que é assombrada o suficiente para render um livro?"

Quanto a mim e minha família, bem, aparecemos em tudo que era lugar. Na revista *People*, nós três com uma expressão séria em frente a uma casa na qual nos recusávamos a entrar. Na *Time,* meu pai sentado sob um véu de sombras com uma aparência distinta e sinistra. Na televisão, meus pais sempre vitimizados ou passando por um verdadeiro interrogatório, dependendo do entrevistador.

Neste exato momento, qualquer um pode ir até o YouTube e assistir ao vídeo da nossa entrevista no programa *60 Minutes*. Lá estamos nós, a imagem da família perfeita. Meu pai, com o cabelo bagunçado, mas bonito, ostentando uma barba que só voltaria a estar na moda de novo uma década depois. Minha mãe, linda, apesar de sua expressão um tanto rígida, a tensão no canto de seus lábios denunciando que ela não estava confortável com a situação. E, por fim, eu de vestido frufru azul, sapatos engraxados e uma faixa preta no cabelo com uma franja que hoje traz um enorme arrependimento.

Não falei muito durante a entrevista. Praticamente, balançava a cabeça para dizer que sim e não ou me fingia de tímida e me escondia na minha mãe. Acho que minhas únicas palavras foram: "Eu estava com medo", apesar de nem me lembrar o que sentia. Não consigo me lembrar de nada sobre nossos vintes dias em Baneberry Hall. O que me lembro está misturado com o conteúdo do Livro. Em vez de memórias, tenho *flashes*. É como ver a fotografia de uma fotografia. A imagem está embaçada, as cores estão desbotadas e tudo parece com pouca luz.

Obscuro.

Essa é a palavra perfeita para descrever nossa estadia em Baneberry Hall. Não deveria ser surpresa que muitas pessoas duvidam da história do meu pai. Sim, têm aqueles, como Wendy Davenport, que acreditam que o Livro é real. Alguns acreditam, ou *querem* acreditar, que o período em que ficamos em Baneberry Hall se desenrolou exatamente como meu pai descreve. Porém, outros milhares estão certos de que não passou de uma farsa.

Olhei todos os sites e tópicos do Reddit para desmascarar o Livro. Li todas as teorias. A maioria presume que meus pais não demoraram para perceber que compraram uma casa acima do que podiam bancar e precisaram de uma desculpa para se livrar dela. Outros sugerem que os dois eram charlatões que adquiriram uma casa onde algo trágico aconteceu de propósito com o objetivo de lucrar em cima.

A teoria que me sinto menos inclinada a acreditar é a de que meus pais, sabendo que estavam com um devorador de dinheiro em mãos, tentaram de alguma forma aumentar o valor da casa para vender depois.

Em vez de gastar uma fortuna em reformas, decidiram dar outra coisa para Baneberry Hall: uma reputação. Só que não é assim tão fácil. Casas assombradas *perdem* seu valor, seja por causa dos possíveis compradores ficarem com medo ou por conta da notoriedade que o imóvel atrai.

Continuo sem saber o motivo pelo qual saímos tão de repente. Meus pais se recusaram a me contar. Talvez estivessem de verdade com medo de ficar. Talvez, de fato, temessem por nossas vidas. No entanto, sei que não foi por Baneberry Hall ser assombrada. O maior motivo para isso, obviamente, é que fantasmas não existem.

Claro, uma quantidade considerável de gente acredita neles, mas as pessoas acreditam em qualquer coisa. Que o Papai Noel é real, que não pousamos na lua e que o Michael Jackson está vivo e trabalhando nos cassinos de Las Vegas.

Acredito na ciência, que chegou à conclusão de que quando morremos, realmente morremos. Nossas almas não ficam para trás, vagando como gatos de rua até que alguém nos perceba. Não nos tornamos versões soturnas de nós mesmos. Nem ficamos aqui para *assombrar*.

Minha total falta de memória relacionada à Baneberry Hall é outro motivo para eu acreditar que o Livro não passa de uma história para boi dormir. Wendy Davenport estava certa ao presumir que uma experiência assim tão horrível deixaria algum vestígio na minha memória. Acredito que me lembraria de ser puxada até o teto por uma força invisível, como o Livro afirma. Lembraria de ser sufocada com tanta força por *alguma coisa* que deixou marca de dedos no meu pescoço.

Me lembraria do Senhor Sombra.

O fato de não me lembrar de nada disso, só pode significar uma coisa: não aconteceu.

Ainda assim, o Livro não saiu da minha cola pela maior parte da vida. Sempre fui a garota estranha que morou numa casa assombrada. No fundamental, eu era a excluída que todos deveriam evitar a qualquer custo. No ensino médio, ainda era a excluída, só que, naquela época, isso era algo maneiro, o que me tornou a garota popular que menos queria ser reconhecida na escola. Então veio a faculdade, quando acreditei que as coisas iriam mudar, como se estar longe dos meus pais pudesse de alguma forma me desprender do Livro. Em vez disso, fui vista como um objeto curioso. Ninguém chegava exatamente a me evitar, porém, ou tinham certa cautela na hora de fazer amizade ou procuravam ficar mais distantes na hora de estudar.

Arrumar um encontro era uma droga. A maioria dos rapazes nem chegava perto. E boa parte daqueles que se aproximavam era fã de *Casa dos Horrores* e demonstrava mais interesse em Baneberry Hall do que em mim. Se um potencial namorado demonstrasse um grama de empolgação sobre conhecer o meu pai, eu já sabia onde estava me metendo.

Hoje, eu trato qualquer interessado em amizade ou namoro com uma boa dose de desconfiança. Depois de passar mais pernoites do que eu gostaria com um tabuleiro *Ouija* no colo ou ir para "encontros" que terminavam num cemitério com perguntas se eu enxergava algum fantasma entre os túmulos, é impossível não duvidar das intenções dos outros. A maioria dos meus amigos está comigo há séculos. Boa parte deles finge que o Livro nem existe. E se alguém tiver alguma curiosidade sobre a estadia da minha família em Baneberry Hall, essa pessoa me conhece o suficiente para não fazer qualquer pergunta.

Todos esses anos depois e minha reputação ainda me precede, mesmo não me enxergando como alguém famosa. Tenho certa notoriedade. Recebo *e-mails* de estranhos que chamam meu pai de mentiroso ou que falam que estão orando por mim ou que buscam se livrar de um fantasma que têm certeza estar preso no porão. De vez em quando, um *podcast* de assuntos paranormais ou um programa de caça-fantasmas entra em contato e pede uma entrevista. Recentemente, uma convenção de terror me convidou para um *meet-and-greet* junto a uma das crianças de Amityville. Recusei e espero que aquela criança também.

Agora, cá estou, enfiada numa cadeira barulhenta em um escritório de advocacia em Beacon Hill, ainda aturdida pela montanha-russa de emoções semanas depois da morte do meu pai. No atual momento, um terço de mim está em estado de irritação — muito obrigada, Wendy Davenport — e os outros dois terços são pura tristeza pelo luto. Do outro lado da mesa, um advogado continua a detalhar as diversas maneiras que meu pai não deixou de lucrar com o Livro. As vendas permaneceram numa constância modesta, com um pico anual nas semanas que antecedem o Halloween. Hollywood continuou a entrar em contato quase que regularmente, a oferta mais recente foi para transformar a história numa série de TV, algo que meu pai nem se importou de me contar.

"Seu pai foi muito inteligente com seus investimentos", diz Arthur Rosenfeld.

No momento em que o advogado se refere ao meu pai no passado, uma pontada de dor me atinge. É outro lembrete de que o perdi para sempre e que sua ausência não é decorrente de uma viagem distante por aí. O luto pode ser traiçoeiro. Às vezes consegue permanecer na surdina por horas, tempo suficiente para os pensamentos alegres e enganosos tomarem conta. Então, quando você está se sentindo bem e baixou a guarda, ele explode no seu interior como fogos de artifício no fim de ano, e toda a dor que acreditou ter ido embora volta vociferando. Ontem, foi com a música da banda predileta do meu pai no rádio. Hoje, é ouvir que, como única herdeira, receberei quase quatrocentos mil dólares.

O valor não é uma surpresa, meu pai me falou semanas antes de sua morte. Foi uma conversa estranha, porém necessária, ainda mais desconfortável pelo fato de minha mãe ter escolhido não receber parte dos lucros do Livro quando eles se divorciaram. Meu pai se esforçou para fazê-la mudar de ideia, alegando que metade de tudo lhe pertencia. Minha mãe não concordou.

"Não quero nada disso", ela dizia irritada durante as várias discussões que tinham sobre o assunto. "Jamais desejei isso, desde o começo."

"Em seguida, temos a questão da casa", continua Arthur Rosenfeld.

"Que casa? Meu pai tinha um apartamento."

"Baneberry Hall, é claro."

A surpresa estremece meu corpo, fazendo a cadeira em que estou ranger.

"Meu pai era o proprietário de Baneberry Hall?"

"Sim", responde o advogado.

"Ele comprou de volta? Quando?"

Arthur coloca a mão em cima da mesa com os dedos colados uns nos outros. "Até onde sei, seu pai nunca a vendeu."

Permaneço sem reação, arrebatada pelo choque, tentando absorver tudo que ouvi. Baneberry Hall, o lugar que alegaram ter nos aterrorizado ao ponto de não termos escolha a não ser fugir de lá, permaneceu com meu pai pelos últimos vinte e cinco anos.

Acredito que ele não conseguiu se livrar dela — é possível, considerando a reputação da casa — ou não *quis* vender. O que poderia significar uma infinidade de coisas, ainda que nenhuma delas faça sentido. Tudo que tenho certeza é de que meu pai nunca me contou que ainda era proprietário da casa.

"Você tem certeza?", falo, torcendo para Arthur ter cometido um terrível engano.

"Toda certeza. Baneberry Hall pertencia ao seu pai. O que significa que agora é sua. De cabo a rabo, como costumam dizer. Suponho que eu deveria lhe entregar isto."

Arthur coloca na mesa duas chaves presas a um chaveiro simples e as empurra na minha direção.

"Uma abre o portão e a outra a porta da frente", diz ele.

Encaro as chaves, relutante em pegá-las. Não tenho certeza quanto a aceitar essa parte da minha herança. Fui criada para temer Baneberry Hall, por motivos que nem sei direito. Ainda que eu não acredite na versão oficial do meu pai, ser a proprietária da casa não me agrada muito.

Além disso, tem a questão do que ele disse em seu leito de morte, quando decididamente escolheu *não* me contar sobre a casa. Fico arrepiada quando suas palavras ecoam na minha memória.

Lá não é seguro. Não para você.

Quando enfim pego as chaves, elas estão quentes, como se Arthur as tivesse retirado de cima de um motor de carro. Fecho os dedos e sinto os dentes das chaves morderem a palma da minha mão.

É quando o luto desfere outro soco em mim. Dessa vez, com uma luva que carrega decepção e um pouco de descrença.

Meu pai está morto.

Ele omitiu a verdade sobre Baneberry Hall minha vida inteira.

Agora, aquele lugar é meu. O que significa que todos os seus fantasmas, reais ou imaginários, me pertencem também.

CASA DOS HORRORES

20 DE MAIO
A Visita

Sabíamos no que estávamos nos metendo. Negar isso seria uma mentira descarada. Antes de decidirmos comprar Baneberry Hall, fomos informados da história da casa.

"Acreditem em mim, a propriedade tem um passado e tanto", disse Janie June Jones, nossa corretora com voz e tamanho de um passarinho, vestida em seu terno preto de grife. "Têm histórias de sobra por lá."

Estávamos no Cadillac prata de Janie June, que ela dirigia com a mesma agressividade de alguém manobrando um tanque de guerra. À mercê de sua direção impiedosa, tudo que Jess, Maggie e eu podíamos fazer era segurar firme e torcer para sairmos inteiros.

"Histórias boas ou ruins?", perguntei, enquanto conferia se meu cinto de segurança estava bem preso.

"Um pouco das duas. O dono do lugar era William Garson. Um empresário da indústria madeireira e o homem mais rico da cidade. Foi ele quem construiu Baneberry Hall em 1875."

"Baneberry Hall? Que nome incomum", Jess comentou do banco de trás, onde sentava com seus braços protetores em volta de nossa filha.

"Acho que sim", falou Janie June enquanto conduzia o carro de maneira brusca para fora da cidade, fazendo o veículo oscilar na pista. "Dizem que o senhor Garson deu esse nome depois de comprar o terreno, quando viu a colina coberta de *baneberries* vermelhas. O pessoal da cidade dizia que a colina inteira parecia banhada de sangue."

Sentado no banco do passageiro, olhei de lado para Janie June, confirmando se aquela mulher de fato conseguia enxergar por cima do volante.

"*Baneberries* não são venenosas?", perguntei.

"Sim. Tanto a vermelha quanto a branca."

"Então não é o melhor lugar para uma criança", disse, imaginando Maggie, curiosa e faminta como toda criança, enchendo a boca de frutinhas vermelhas quando ninguém estivesse olhando.

"Diversas crianças viveram lá cheias de alegria", falou Janie June. "A família Garson inteira morou naquela casa até a Grande Depressão, quando todo mundo perdeu suas economias. A propriedade foi comprada por algum produtor de Hollywood que sempre passava as férias com alguns amigos famosos do cinema. Clark Gable e Carole Lombard já ficaram por lá."

Janie June saiu da pista principal e entrou em uma estrada de cascalho entre dois chalés situados à beira de uma das majestosas florestas de Vermont. Compactas e bem-arrumadas, as duas casas tinham tamanhos e formatos parecidos. O chalé à esquerda tinha seu revestimento na cor amarela, persianas vermelhas e cortinas azuis nas janelas. O da direita era marrom-escuro e mais rústico, e o revestimento de cedro harmonizava o ambiente com as árvores.

"Elas também foram construídas pelo senhor Garson", informou Janie June. "Cerca de um ano depois de construir a casa principal. Um chalé para a faxineira de Baneberry Hall e outro para o caseiro. Algo que permanece até os dias de hoje, apesar de nenhum dos dois trabalhar exclusivamente na casa. De qualquer forma, estão disponíveis se você precisar, se algum dia ficar sobrecarregado com alguma coisa."

A corretora adentrou mais fundo na floresta de pinheiros, bordos e carvalhos majestosos, sem diminuir a velocidade, até chegar a um portão de ferro forjado que bloqueava a estrada adiante. Quando o viu, Janie June pisou fundo no freio. O Cadillac derrapou até parar.

"Chegamos", nos informou.

O alto portão se revelava imponente à nossa frente. Um muro de pedra com três metros de altura cobria os flancos e se estendia em ambas as direções pela floresta. Jess observava do banco de trás sem conseguir disfarçar direito a preocupação.

"Você não acha que é um pouco exagerado?", me perguntou. "Esse muro cerca toda a propriedade?"

"Sim", respondeu Janie June antes de colocar o carro em ponto morto. "Acredite em mim, você vai agradecer por esse muro estar aí."

"Por quê?"

Em vez de dar uma resposta, a mulher preferiu fazer uma busca em sua bolsa até encontrar um chaveiro. Ao se virar para mim, disse: "Senhor Holt, se importaria de ajudar uma senhorinha?".

Saímos do carro juntos e abrimos o portão. Janie June cuidou da fechadura e eu empurrei o portão, que emitiu um rangido alto e enferrujado. Logo em seguida, estávamos de volta ao carro, passando pelo portão e subindo uma longa estrada que, em espiral, rodeava uma colina extremamente íngreme. Conforme íamos subindo, era possível ter rápidos vislumbres de uma casa enorme no meio das árvores, uma janela que se destacava aqui, a parte de um telhado bem elaborado acolá.

Essa era Baneberry Hall.

"Depois de as estrelas de cinema irem e virem, o local se tornou uma espécie de pousada", prosseguiu Janie June. "Mas o estabelecimento faliu em menos de trinta anos, e, a partir daí, a casa passou por algumas mãos. Os últimos donos moraram aqui por menos de um ano."

"Por que tão pouco tempo?", questionei.

Mais uma vez, outra pergunta ignorada. É provável que pressionasse Janie June por uma resposta se, naquele momento, não tivéssemos chegado ao topo da colina. Pela primeira vez, pude ter uma visão completa de Baneberry Hall.

O imóvel tinha uma bela estrutura de três andares que se erguiam de forma altiva e ameaçadora no centro do topo da colina. Com majestosas paredes de pedra, tratava-se do tipo de casa capaz de fazer alguém suspirar, exatamente o que fiz enquanto espiava pelo para-brisa salpicado com insetos do Cadillac de Janie June.

Era uma baita casa. Muito maior do que realmente precisávamos ou poderíamos bancar em circunstâncias comuns. Passei os últimos dez anos trabalhando para revistas, primeiro como *freelancer* numa época em que a grana era boa, depois como editor num periódico que durou dezenove edições, o que me fez voltar a ser *freelancer* numa época em que a grana já não era tão boa assim. A cada dia que se passava, Maggie só ficava maior, enquanto nosso apartamento parecia encolher. Jess e eu resolvíamos a situação discutindo bastante, principalmente, quando o assunto era dinheiro.

E nosso futuro.

E quem estava passando os piores defeitos familiares para nossa filha.

Precisávamos de mais espaço. Precisávamos de uma mudança.

E a mudança chegou em alta velocidade, com duas situações que transformaram nossas vidas num intervalo de semanas. A primeira foi o falecimento do avô da Jess, um banqueiro da velha guarda que fumava cigarros diante de sua mesa e chamava a secretária de "Minha querida", nos deixando uma herança de 250 mil dólares. Em seguida, Jess conseguiu um emprego de professora numa escola particular fora de Bartleby.

Nosso plano era usar o dinheiro do avô dela para comprar uma casa. Então ela trabalharia fora, enquanto eu ficaria em casa para tomar conta da Maggie e focar na minha escrita. Alguns textos como *freelancer*, é claro, mas também alguns contos e, quem sabe, um romance para entrar no cânone da literatura americana.

Uma casa como Baneberry Hall não era exatamente o que havíamos imaginado. Jess e eu concordamos em procurar por um lugar legal, que no entanto coubesse em nosso bolso. Uma casa fácil de cuidar, onde pudéssemos envelhecer juntos.

Quando Janie June sugeriu Baneberry Hall, fiquei resistente à ideia. Entretanto, ela nos contou o preço que estavam pedindo, metade do valor avaliado para a propriedade.

"Por que o preço está tão baixo?", perguntei na ocasião.

"Vai precisar de uma restauração", respondeu Janie June. "Não que tenha grandes problemas. O local só precisa de um pouco de carinho."

Pessoalmente, Baneberry Hall não parecia precisar tanto de uma restauração, sua aparência era mais a de uma vítima de negligência. A casa em si parecia estar em boa forma, apesar de ser esteticamente um pouco excêntrica. Cada andar era ligeiramente menor que o anterior, dando à casa a aparência escalonada de um bolo de casamento chique. As janelas do primeiro andar eram altas, estreitas e arredondadas na parte de cima. Devido ao aspecto reduzido do segundo andar, as janelas lá eram menos altas, mas igualmente majestosas. O terceiro andar, com seu telhado íngreme, tinha as janelas tão reduzidas que pareciam um par de olhos voltados para baixo, em nossa direção.

Dois terços da casa foram construídos com a mesma rigidez e aparência de uma grade, as paredes retas com linhas meticulosas. O outro terço era completamente diferente, como se o arquiteto tivesse ficado entediado no meio do projeto. Em vez do aspecto retangular, aquele canto de Baneberry Hall se projetava para cima numa torre redonda que dava a impressão de haver um pequeno farol da costa do Maine anexado à residência. As janelas ali eram quadradas e organizadas na parte externa em intervalos regulares. No topo, havia um telhado pontiagudo parecido com um chapéu de bruxa.

Ainda assim, dava para sentir que havia algo errado. O silêncio parecia envolver o ambiente, passando a sensação de um lar repentinamente evacuado. Um ar de abandono se enraizava naquelas paredes como uma trepadeira.

"Por que você disse que iríamos agradecer pelo portão?", perguntou Jess, após se inclinar para frente e ficar entre os dois assentos para ver melhor a casa. "Muitos crimes aconteceram por aqui?"

"De forma alguma", respondeu Janie June, soando pouco convincente. "A casa atrai um monte de curiosos de plantão, só isso. O passado dela chama mais atenção do que um pote de mel para abelhas com fome. Ninguém da cidade, pode ter certeza. Eles são acostumados com o lugar, é gente de fora daqui. Principalmente os adolescentes, que gostam de pular muro de vez em quando."

"E o que esses garotos fazem?", questionou Jess.

"O típico de todo jovem. Bebem cerveja escondido no bosque, alguns devem ficar de pegação. Não cometem nenhum crime ou nada que vocês precisem se preocupar, juro. Agora, vamos entrar. Tenho certeza de que apreciarão o que veremos."

Ficamos na varanda da frente, enquanto Janie June pegava as chaves na caixa de chaves pendurada na maçaneta da porta. Em seguida, ela respirou fundo, seus ombros subiam e desciam dentro do terno. Antes de abrir a porta, a corretora fez o sinal da cruz.

Seguimos Janie June para dentro da casa. Ao atravessar o umbral da porta, um sopro arrepiante passou por mim, quase como se houvéssemos passado de um clima para outro num instante. Na época, atribuí o ocorrido à corrente de ar. Apenas uma daquelas coisas estranhas e inexplicáveis que sempre tendem a ocorrer em casas mais antigas.

O arrepio não durou muito tempo. Apenas alguns passos adiante, quando passamos do *hall* de entrada bem arrumado para uma ampla sala que se estendia da frente da casa até a parte de trás. O teto tinha pelo menos seis metros de altura e era sustentado por vigas expostas, lembrando-me o saguão de um grande hotel. Uma escadaria com o mesmo porte de grandiosidade subia de forma elegante para o segundo andar numa curva graciosa.

Acima de nós, um enorme lustre de bronze pendia do teto, suas duas ramificações de braços eram enroladas como tentáculos de um polvo, com cristais pendurados. Na ponta de cada braço havia uma esfera de vidro fumê. Conforme permanecíamos parados abaixo dele, notei que o lustre balançava muito levemente, como se alguém caminhasse no assoalho acima dele.

"Tem mais alguém na casa?", perguntei.

"Claro que não", respondeu Janie June. "Por que você acha que teria?"

Apontei para o lustre acima de nossas cabeças, que permanecia se movimentando suavemente.

Ela deu de ombros em resposta. "Deve ser apenas uma corrente de ar que entrou quando abrimos a porta."

Com a mão firme, tanto nas costas de Jess quanto nas minhas, a corretora nos conduziu pela grande sala. Uma imensa lareira de pedra dominava o maior espaço da parede à nossa direita. Um bônus para suportar os rigorosos invernos de Vermont.

"Tem uma igual do outro lado da parede", informou Janie June. "Na Sala Índigo."

Fiquei muito mais interessado no retrato acima da lareira — a pintura de um homem com trajes do início do século. Seus traços faciais eram grosseiros. Um nariz estreito e pontiagudo. Maçãs do rosto tão finas quanto navalhas. Olhos escuros que espiavam sob as pálpebras pesadas e sobrancelhas tão brancas e volumosas quanto sua barba.

"William Garson", falou Janie June. "O homem que construiu este lugar."

Encarei o retrato, fascinado pelo jeito como o artista conseguiu retratar o senhor Garson em detalhes tão vívidos. Notei as pequenas rugas de um quase sorriso ao redor de seus olhos, os pelos finos de uma sobrancelha arqueada, os cantos da boca levemente retraídos. Em vez de algo respeitoso, era como se o quadro representasse alguém arrogante, como se houvesse desprezo em sua expressão. Parecia que o senhor Garson estava rindo do artista enquanto posava, o que fez parecer que também ria de mim.

Maggie, que não largara minha mão durante todo o passeio, ficou na ponta dos pés para enxergar melhor a pintura.

"É assustador", sussurrou ela.

Tive que concordar. William Garson, pelas mãos desse pintor, parecia capaz de fazer grandes crueldades.

Jess também estudava o retrato, coçando o queixo com a mão. "Se comprarmos a casa, pode dizer adeus para esse quadro."

"Não tenho certeza se isso será possível", falou Janie June, esticando um braço para dar uns tapinhas no canto debaixo da pintura — a única região que ela alcançava. "Foi pintado diretamente na pedra."

Aproximei a visão, confirmando que a corretora estava certa. Uma parte retangular da lareira fora construída com tijolos em vez de pedra, fornecendo ao pintor uma superfície mais suave para trabalhar.

"Então é na verdade um mural", falei.

Janie June concordou. "A moldura é apenas de enfeite."

"Por que alguém faria isso?"

"Acho que o senhor Garson sempre quis ser uma parte de Baneberry Hall. Segundo se comenta, era um homem possessivo. Acredito que seja possível retirar o retrato, mas o custo pode ser exorbitante."

"Acredita que isso seja permitido?", falou Jess. "Com certeza, uma casa tão antiga e importante para a cidade deve fazer parte do patrimônio histórico."

"Confie em mim", Janie June argumentou, "o pessoal de preservação histórica não quer nenhuma relação com este lugar."

"Por quê?", questionei.

"Essa resposta só eles podem lhe dar."

Nos fundos da casa, a grande sala dava para uma sala de jantar formal, feita para uma família muito maior que apenas nós três. Em seguida, fomos para a cozinha, cujo acesso ocorria por uma escadaria entre a sala de jantar e a grande sala. A cozinha, com sua extensão maior que a largura, ficava no subsolo que abrangia toda extensão lateral de Baneberry Hall. Não era exatamente uma parte da casa e nem um porão. Seu interior refletia esse limbo inquietante. A região perto das escadas era mais elegante, com armários altos, paredes verdes e uma larga pia de fazenda grande o suficiente para Maggie tomar banho nela.

Pequenos sinos foram presos à parede e ligado a roldanas de metal. Contei vinte e quatro no total em duas fileiras de doze. Acima de cada uma havia uma plaquinha indicando um cômodo diferente da casa. Algumas exibiam apenas números, prováveis resquícios do período em que Baneberry Hall era uma pousada. Outros ostentavam descrições mais nobres. Sala de Visita, Suíte Principal ou Quarto Índigo.

"É provável que ninguém toque esses sinos há décadas", Janie June nos contou.

Adentrando mais à cozinha, o interior começou a mudar, tornando-se mais escuro e a decoração mais utilitária. Havia uma longa bancada de açougueiro, sua superfície de madeira era encravada por lâminas de facas e escurecida por manchas feitas há muito tempo. Os armários acabavam, dando espaço para grandes áreas de parede nua. Quando chegamos ao outro lado, todos os vestígios de uma cozinha foram embora, substituídos por um arco de pedra e uma escadaria precária que penetrava ainda mais fundo no subsolo.

"Parece uma caverna", comentou Jess.

"Tecnicamente, é o porão", corrigiu Janie June. "Ao mesmo tempo que é um pouco rústico, pode ser transformado em um espaço proveitoso. Daria uma ótima adega de vinhos."

"Não bebo", falou Jess.

"Já eu prefiro cerveja", complementei.

O sorriso de Janie June se alargou. "Ainda bem que temos diversas outras opções incríveis que vocês poderiam fazer com o espaço."

Sua alegria meio desesperada me mostrou que aquela não era a primeira visita guiada que a corretora realizara em Baneberry Hall. Imaginei jovens casais, como Jess e eu, chegando com grandes expectativas que só diminuíam a cada cômodo que passavam.

A situação era oposta comigo. Cada excentricidade que a casa oferecia apenas aumentava meu interesse. Coisas excêntricas me chamaram a atenção durante toda minha vida. Quando completei 6 anos, meus pais enfim me permitiram ter um cachorro. Passei direto pelos bonitinhos de raça e fui correndo para um vira-lata todo desgrenhado. Após ter vivido enclausurado num apartamento tão sem graça que poderia passar como invisível na rua, eu estava ansioso por algo diferente. Algo com personalidade.

Com o *tour* pela cozinha encerrado, subimos de volta as escadas para a parte frontal da casa, onde o lustre da grande sala estava aceso.

"Ele estava desligado antes, não?", perguntei.

Um sorriso de nervosismo atravessou o rosto de Janie June. "Acho que estava ligado."

"Tenho certeza que não estava", falei. "A casa tem problemas elétricos?"

"Acredito que não, mas vou confirmar."

Lançando um último olhar com ansiedade para o lustre, Janie June nos conduziu com rapidez para uma sala à direita do *hall* de entrada.

"A Sala de Visitas", nos disse ao entrarmos no cômodo circular. O local era um pouco sufocante, de forma literal e figurativa. Papel de parede rosa desbotado cobria as paredes, e lençóis brancos empoeirados pendiam sobre os móveis. Um dos lençóis havia caído, revelando uma deslumbrante escrivaninha secretária de cerejeira.

Jess, cujo pai trabalhou no mercado de antiguidades, correu para ela. "Ela deve ter pelo menos cem anos de idade."

"Talvez mais", falou Janie June. "Boa parte da mobília pertenceu à família Garson. E continuou na casa com o passar dos anos. Aliás, essa é a hora perfeita para lhe falar que Baneberry Hall será vendida com tudo incluso, até a mobília. Poderão guardar o que quiserem e se livrar do resto."

Sem perceber, Jess acariciou a madeira da escrivaninha. "Quem está vendendo não quer *nada* disso?"

"Nadinha", respondeu Janie June com um triste aceno de cabeça. "Não tiro a razão deles."

Em seguida, nos levou para a Sala Índigo, que era, na verdade, pintada de verde.

"Surpreendente, sei", reparou ela. "Existe a possibilidade de que as paredes fossem azuis no passado, mas acho difícil. O nome do quarto foi escolhido por causa da filha de William Garson e não pela cor."

Janie June apontou para lareira, idêntica à da grande sala, em forma e tamanho. Acima dela, também havia um retrato pintado num retângulo de tijolos lisos, dessa vez, de uma jovem com um vestido roxo de renda. Sentado em seu colo e protegido pelas mãos enluvadas, estava um coelho branco.

"Índigo Garson", Janie June explicou.

A pintura era claramente obra do mesmo artista que pintara o retrato de William Garson. Ambas possuíam o mesmo estilo — o traço delicado de cada pincelada e a atenção meticulosa aos detalhes. Entretanto, enquanto a do senhor Garson parecia arrogante e cruel, o retrato de sua filha era uma imagem de juventude e beleza. A pele, luminosa, com curvas suaves, radiante ao ponto de uma leve auréola coroar os arredores de seus cachos dourados. Não me surpreenderia descobrir que, quem quer fosse aquele artista, havia se apaixonado por Índigo no mesmo momento em que a retratava na pintura.

"A família Garson era grande", continuou Janie June. "O pai e a mãe tinham quatro filhos, que depois formaram suas próprias famílias de muitos filhos. Índigo era a única filha. Estava com dezesseis quando faleceu."

Aproximei-me um passo da pintura, meu foco estava voltado para o coelho na mão de Índigo Garson. A tinta ali estava ausente — uma lasca do tijolo fora retirada bem em cima do olho esquerdo do coelho, dando a impressão de uma cavidade vazia.

"Como ela morreu?", perguntei.

"Não sei como foi", falou Janie June de um jeito que me fez acreditar que ela sabia.

Sem interesse algum em outra pintura que não conseguiríamos retirar, Jess caminhou até o outro canto do cômodo, fascinada por outra imagem, uma fotografia num porta-retratos abaixo de um lençol. Ela pegou a foto, exibindo uma família parada à frente de Baneberry Hall. Assim como nós, estavam em três pessoas. Pai, mãe e filha.

A menina parecia ter cerca de uns 6 anos e era a cara da mãe. O penteado idêntico, com tiaras prendendo os longos cabelos para trás, apenas reforçava a semelhança. Ambas usavam vestidos parecidos. Lado a lado, as duas estavam de mãos dadas e olhavam para a câmera com aparência alegre e disposta.

O pai se mantinha distante, como se o fotógrafo lhe dissesse para não chegar muito perto. Usava um terno amassado, alguns números maior do que seu tamanho, e a expressão em seu rosto era tão fechada que parecia uma carranca.

Exceto pela expressão desagradável, inegavelmente se tratava de um homem bonito. Bonito no nível estrela de cinema, o que até me fez acreditar que eles poderiam ser do grupo de visitantes da época que Baneberry Hall era quase um clube para astros de Hollywood. Então, reparei no estilo moderno com o qual se vestiam, com roupas que você encontraria nas ruas de qualquer cidade americana hoje. A única coisa retrô eram os óculos da mulher — a armação arredondada lhe dava um ar de Benjamin Franklin.

"Quem são eles?", Jess perguntou.

Janie June franziu o cenho para a foto, tentando outra vez agir como se não soubesse, mesmo quando era óbvio que sabia. Após alguns segundos de olhar atento, respondeu: "Acho que são os antigos donos. A família Carver".

Disse e indicou com a cabeça o local onde a fotografia estava para Jess colocá-la de volta. O passeio prosseguiu com Janie June acelerando as coisas, o que me fez pensar que a corretora não queria mais perguntas de nossa parte. Fomos apresentados com pressa à sala de música, que ostentava um único piano de cauda com uma perna bamba, e ao jardim de inverno repleto de plantas, cada uma mais próxima da morte que a outra.

"Alguém aí tem um dedo verde?", Janie June falou descontraída.

Ela nos levou até o andar de cima pela escada de serviço entre a sala de jantar e o jardim de inverno. O segundo andar estava repleto de quartos e possuía um banheiro espaçoso ao final do corredor.

Jess, que há anos vinha lamentando a falta de espaço do nosso apartamento em Burlington, ficou um bom tempo na suíte principal, que ocupava todo o segundo andar da torre circular e contava com uma sala de estar e banheiro próprios.

Fiquei mais interessado na área da outra ponta do corredor. O quarto com o teto inclinado e um enorme guarda-roupa parecia perfeito para Maggie. Suponho que a cama com dossel me fez pensar assim. Era do tamanho exato para uma menina da idade dela.

"O guarda-roupa é único e exclusivo", comentou Janie June. "William Garson mandou fazer como um presente especial para a filha. Esse quarto era dela."

Jess deu uma examinada com o mesmo olhar avaliador de seu pai. "Foi tudo entalhado à mão?", perguntou, ao mesmo tempo que passava a mão sobre os querubins e ramos de hera decorativos que subiam pelos cantos do guarda-roupa.

"É claro", disse Janie June em resposta. "Além de extremamente raro, é provável que seja muito valioso."

Maggie estava parada na entrada, espiando o interior do quarto.

"Esse poderia ser o seu quarto, Mags", disse à nossa filha. "O que você acha da ideia?"

Maggie balançou a cabeça. "Não gostei dele."

"Por que não?"

"É frio."

Levantei uma mão, tentando sentir algum vento frio. A temperatura do quarto parecia normal para mim, para ser sincero, parecia até um pouco quente.

"Tenho certeza que você vai acabar gostando do quarto", falei.

Janie June nos levou a seguir para o terceiro andar, que era a metade do tamanho do segundo. Em vez de um sótão, entramos numa sala de estudos clara e arejada, com estantes embutidas cobrindo duas paredes e dois pares de janelas redondas, um par dava para a frente e o outro para parte de trás da propriedade. Percebi serem as mesmas janelas pequenas que vi quando chegamos. Aquelas que pareciam olhos.

"Essa era a antiga sala de estudos de William Garson", explicou Janie June.

E agora poderia ser minha. Me imaginei atrás da grande mesa de carvalho no centro da sala. Adorei a ideia de bancar o escritor atormentado, martelando a máquina de escrever até altas horas da noite, movido por café, inspiração e estresse. Pensar nisso fez um sorriso despontar em meu rosto. Precisei segurá-lo, com medo de que Janie June percebesse e imaginasse que a venda estava no papo. Já temia ter demonstrado muita empolgação e, por isso, ela estava acelerando cada vez mais a visita.

Era difícil decifrar o que se passava na cabeça da minha esposa. Não fazia a menor ideia do que Jess estava achando do lugar. Durante o passeio, suas demonstrações oscilavam entre a curiosidade e a precaução.

"Não é um lugar ruim", minha mulher sussurrou no caminho de volta para o segundo andar.

"Não é um lugar ruim?", indaguei. "É um lugar perfeito."

"Confesso que tem muita coisa incrível", respondeu Jess, mantendo a cautela habitual. "Mas é velho e muito grande."

"O tamanho me preocupa menos do que o preço."

"Você acha que está muito caro?"

"Acho que está barato demais", respondi. "Um lugar como esse? Tem que ter algum motivo para estar tão baixo, sem contar com a mobília."

E, de fato, havia um motivo, do qual só tivemos conhecimento ao final da visita, quando Janie June nos conduzia até a varanda para sairmos.

"Alguma pergunta?", disse ela.

"Tem alguma coisa errada com a casa?"

Falei logo sem enrolações, deixando Janie June um pouco chocada enquanto trancava a porta atrás de nós.

Com os ombros tensos, a corretora nos disse: "O que os faz pensar que tem algo de errado?".

"Nenhuma casa desse tamanho tem um preço tão baixo a menos que tenha enormes problemas nela."

"Problemas? Nenhum. Agora, uma reputação? Aí é outra história." Janie June suspirou e se inclinou sobre o parapeito da varanda. "Serei bem sincera com vocês, mesmo que a lei estadual não exija isso de mim. Vou contar porque, verdade seja dita, Bartleby é uma cidade pequena e as pessoas falam demais. De modo que, cedo ou tarde, vocês descobrirão, caso comprem o lugar. Não vejo por que não pode ser por mim. Essa casa é o que chamamos de uma propriedade estigmatizada."

"O que isso quer dizer?", perguntou Jess.

"Que algo ruim aconteceu aqui", falei.

Janie June deu um aceno suave. "Sim, com os antigos donos."

"Aqueles da foto?", interrogou Jess. "O que aconteceu?"

"Eles morreram. Dois integrantes da família."

"Dentro da casa?"

"Sim", respondeu Janie June.

Falei para Maggie ir brincar no gramado da frente, onde estaria dentro do nosso campo de visão, porém longe do alcance de nossas vozes, antes de perguntar: "Como?".

"Assassinato seguido de suicídio."

"Meu Deus", disse Jess com o semblante perdendo a cor. "Isso é terrível."

O comentário provocou outro aceno em concordância de Janie June. "Sim, senhora Holt, foi de fato algo terrível, além de um choque para todos. Curtis Carver, o homem naquela foto que vocês encontraram, assassinou a própria filha e se matou em seguida. A coitada da esposa encontrou os dois. Ela não voltou para cá desde então."

Pensei na família na fotografia. A garotinha parecia tão feliz e inocente. Então lembrei do pai e da expressão carrancuda em seu rosto.

"Ele tinha algum transtorno mental?", questionei.

"Claramente", respondeu Janie June. "Embora não fosse evidente. Ninguém percebeu nada de errado, se é isso que deseja saber. Quem via de fora, enxergava uma família aparentemente feliz. Curtis era bem--visto e respeitado. O mesmo valia para Marta Carver, que era dona da confeitaria no centro da cidade. E Katie, a filha deles, era a coisa mais linda de todas. A querida Katie Carver. Ficamos todos chocado quando soubemos do ocorrido."

"Coitada da senhora Carver", continuou Jess. "Não consigo imaginar o que ela deve estar passando."

Tenho certeza de que minha mulher dizia aquilo do fundo do coração. Jess possuía uma enorme empatia pela dor de outras mulheres. Mas também senti uma espécie de alívio em sua voz. O tipo de alívio que vinha da certeza profunda de que ela nunca passaria pela terrível experiência de perder o marido e a filha no mesmo dia.

O que Jess não sabia, o que só poderia descobrir pouco tempo depois, era como chegaria perto de vivenciar essa exata experiência. Entretanto, naquela tarde de maio, nossa única preocupação era encontrar o lar perfeito para nossa família. Quando Janie June levou Maggie por um passeio no entorno da casa para olharmos a varanda com calma, imediatamente falei que deveríamos comprar o lugar.

"Para de graça", Jess me falou com um resmungo irônico.

"Estou falando sério."

"Após descobrir sobre tudo *isso*? Pessoas morreram aqui, Ewan."

"Pessoas morreram em diversos lugares."

"Sei disso. Só gostaria que nossa casa não fosse um desses lugares."

Essa opção não se aplicava à Baneberry Hall. O que aconteceu ali, aconteceu e pronto, não possuímos nenhum controle sobre isso. O que nos deixava com duas opções: procurar por outra casa ou tentar transformar aquele local num ambiente tão feliz, que todos os acontecimentos terríveis do passado não teriam importância.

"Vamos ser racionais aqui", falei. "Amei a casa. Você amou a casa."

Jess me interrompeu, erguendo o dedo indicador. "Apenas disse que tinha muita coisa incrível. Não que amava a casa."

"Pelo menos admita que é uma ótima casa."

"Ela é. Em qualquer outra situação, eu mesma falaria para Janie June que vamos comprar. Só tenho medo de morarmos aqui e o que aconteceu no passado perseguir a gente. Sei que parece superstição, mas estou preocupada que isso possa afetar nossas vidas de alguma forma."

Coloquei meu braço por cima de seus ombros e a puxei para perto. "Não vai afetar."

"Como você pode ter certeza?"

"Porque não deixaremos. Aquele tal de Curvis Carver... aquele homem não estava bem. Apenas alguém doente teria a capacidade de fazer o que ele fez. Mas não podemos permitir que as ações dele afastem a gente da nossa casa dos sonhos."

Jess não me respondeu. Apenas passou os braços em volta da minha cintura e encostou a cabeça no meu peito. Ela acabou dizendo: "Você não vai aceitar um não como resposta, não é?".

"Digamos que qualquer outra casa que olharmos agora estará em desvantagem se comparada a essa."

Jess suspirou com minha animosidade. "Tem certeza de que realmente quer isso?"

Eu tinha. Passamos anos confinados num apartamento minúsculo. Não conseguia afastar a ideia de que um recomeço num lugar tão grande e excêntrico quanto Baneberry Hall era exatamente o que precisávamos.

"Tenho."

"Então acho que faremos mesmo isso", ela disse.

Um sorriso maior do que achei ser possível despontou em meu rosto. "Acredito que sim."

No minuto seguinte, estávamos de volta ao carro de Janie June. Mesmo sem fôlego, consegui falar animado: "Nós ficaremos com a casa".

DOIS

Vou embora atordoada do escritório de Arthur Rosenfeld, sentindo minhas pernas bambas enquanto caminho pela calçada em direção ao restaurante onde minha mãe me aguarda. Apesar de ser um lindo dia de maio, o suor frio deixa minha pele grudenta.

Mesmo esperando uma montanha-russa de emoções na reunião de hoje — luto, culpa, muito arrependimento —, ansiedade não estava na lista. Ainda assim, a emoção predominante no momento é um medo capaz de fazer meu coração disparar, quando penso que sou a proprietária de Baneberry Hall. Caso eu fosse minimamente supersticiosa, estaria preocupada com fantasmas, maldições e outros perigos espreitando aquelas paredes. Sendo a pessoa racional que sou, minha preocupação é outra. Algo muito mais angustiante do que o sobrenatural.

O que exatamente vou fazer com aquele lugar?

Com exceção do que está no Livro, não sei de nada a respeito de Baneberry Hall, seja do seu estado de conservação ou se alguém morou lá nos últimos vinte e cinco anos. Não faço ideia de quanto vale a casa, o que me dá vontade de me socar por, devido ao choque, não ter perguntado ao Arthur.

Ao virar a esquina na Beacon Street, o celular começa a vibrar em meu bolso. Chego a conferir com um sentimento de culpa pela esperança de que seja minha mãe cancelando o almoço de última hora. Não tenho tanta sorte. Em vez disso, vejo uma mensagem de Allie me atualizando a respeito do duplex em Telegraph Hill que estamos reformando. Uma residência de dois pavimentos significa que temos o dobro de trabalho, o dobro de custos e o dobro de dor de cabeça. Também significa que teremos o dobro de lucro, o que acabou nos atraindo para essa propriedade.

Azulejos colocados nos dois banheiros das suítes.
Agora, seguimos para as banheiras vitorianas.

Posso ajudar, respondo, buscando por alguma desculpa para cancelar.
Allie me responde que está tudo bem sem minha presença lá, algo que me deixa decepcionada.
Como foi com o advogado?, quer saber na mensagem seguinte.
Surpreendente, escrevo de volta, sabendo que os acontecimentos da manhã são grandes demais para se discutir por mensagem. Conto tudo depois do almoço.
Fala pra Jessica que ela ainda pode me adotar se quiser, Allie complementa com um emoji de piscadinha. Uma das nossas piadas internas é que minha mãe ficaria feliz se Allie, com seu cinto de ferramentas frufru e o sorriso de *Irmãos à Obra*, fosse sua filha.
Seria ainda mais engraçado se não fosse verdade.
Guardo o telefone no bolso e sigo para o restaurante, um local sofisticado com janelas do teto ao chão e vista para o parque Boston Common. Pelo vidro, consigo ver minha mãe acomodada numa mesa ao fundo, pontual como sempre. Diferente de mim que estou cinco minutos atrasada. Como tenho certeza que ela soltará algum comentário relacionado ao atraso, espero um pouco antes de entrar, observando-a dar um gole em seu martíni, conferir o relógio e dar outro gole na bebida.
Apesar de minha mãe ter nascido e se criado em Boston, o fato de morar em Palm Springs pela última década a faz parecer uma turista no local. Quando eu era mais nova, ela exibia um estilo mais casual. Tons terrestres, vestidos arejados, suéteres de tricô... hoje em dia, sua aparência só pode ser descrita como a de uma estrela de cinema em fim de carreira. Calças capri brancas, uma blusa da Lilly Pulitzer e o cabelo loiro preso num rabo de cavalo bem firme. Para completar o *look*, ainda têm os óculos

de sol enormes que cobrem um terço de seu rosto. Raramente deixa de usá-los, obrigando os lábios com batom coral a serem a única janela para suas emoções. Os quais, neste exato momento, estão contraídos numa careta de desaprovação, enquanto entro no restaurante e vou até a mesa.

"Quase fiz o pedido sem você", diz ela secamente, como se houvesse ensaiado as palavras.

Encaro a taça meio vazia de martíni. "Parece que você já pediu."

"Não seja cínica. Peguei um gim-tônica para você. Ela abaixa os óculos para me observar melhor. "Você vestiu *isso* para se encontrar com o Arthur?"

"Vim direto do trabalho, não deu tempo de me trocar."

Minha mãe dá de ombros, indiferente à minha desculpa. "Se vestir adequadamente seria mais respeitoso."

"Era uma reunião", falei. "Não um velório."

O velório foi há um mês, numa funerária a poucos quarteirões de onde estamos sentadas agora. Poucas pessoas compareceram. Em seus últimos anos, meu pai havia se tornado um eremita, afastando-se de quase todos. Embora estivessem divorciados há vinte e dois anos, e dado o fato de meu pai não ter casado de novo, minha mãe sentou-se ao meu lado na fileira da frente, como se cumprisse uma obrigação. Atrás de nós estavam Allie e meu padrasto, um empreendedor imobiliário educado, apesar de chato, chamado Carl.

Minha mãe havia retornado durante este fim de semana para, conforme ela mesma disse, me oferecer apoio emocional. Isso significa um gim-tônica, com mais ênfase no gim e menos na tônica. O primeiro gole me deixa tonta, mas funciona. O álcool do gim e o efervescer da tônica são um bálsamo para acalentar as surpresas de hoje.

"Então, como foi lá?", minha mãe pergunta. "Da última vez que conversei com seu pai, ele disse que deixaria tudo para você."

"E deixou." Inclino-me para frente de maneira acusatória. "Incluindo Baneberry Hall."

"Sério?", responde minha mãe, fingindo surpresa, porém sem enganar ninguém. Ela tenta disfarçar, levando a taça de martíni à boca e dando um gole bem audível.

"Por que o meu pai não me contou que ainda era o proprietário? Inclusive, por que você não me contou?"

"Não achava que aquele lugar era meu", responde, como se fizesse alguma diferença. "Era a casa do seu pai, não a minha."

"Pertenceu a vocês dois no passado. Por que não venderam?"

Minha mãe evita a pergunta, trazendo outra à tona.

"Você está dormindo bem?"

O que ela realmente quer saber é se os pesadelos que me atormentam desde a infância ainda estão acontecendo. Sonhos horríveis com figuras sombrias me observando enquanto durmo, sentadas na beira da minha cama, tocando minhas costas. Minha infância foi repleta de noites em que eu acordava ofegante ou gritando. Virou até um joguinho que aquelas vadias em treinamento gostavam de jogar durante as noites do pijama na época escolar: observar a Maggie dormir e gritar.

Embora os pesadelos tenham se tornado menos frequentes na minha adolescência, jamais cessaram por completo. Ainda acontecem cerca de uma vez por semana, o que me garantiu uma receita vitalícia de Valium.

"Quase sempre", respondo, deixando de lado o pesadelo da noite anterior em que um longo braço sombrio agarrou meu tornozelo por debaixo da cama.

Segundo a dra. Harris, minha antiga terapeuta, a causa desses sonhos são os sentimentos não resolvidos a respeito do Livro. Foi a razão pela qual deixei de ir para a terapia. Não precisava de duas sessões ao mês para ouvir o óbvio.

Minha mãe acredita que a causa dos pesadelos é outra, uma que ela faz questão de relembrar sempre que nos vemos, inclusive agora.

"É estresse", me diz. "Você está trabalhando demais."

"Prefiro assim."

"Como anda a vida amorosa?"

"Ajuda se eu falar que estou num relacionamento sério com o duplex que estamos reformando?"

"Vocês são jovens demais para trabalharem tanto. Me preocupo com as duas."

É impossível não reparar na forma como minha mãe enxerga Allie e a mim, como se fôssemos irmãs e não colegas de trabalho que são sócias. Eu faço o *design* e Allie coloca a mão na massa. Juntas, já compramos, reformamos e revendemos quatro casas e cuidamos da reforma de outras três.

"Estamos investindo no nosso negócio", falo para minha mãe. "Não tem como fazer isso sem..."

Paro de falar ao perceber que estou fazendo exatamente o que ela quer, ou seja, mudar de assunto. Dou um bom gole no gim-tônica, em parte pela irritação — com minha mãe e comigo mesma — e também, para me preparar para o que vem a seguir.

Perguntas.

Muitas perguntas.

Perguntas que minha mãe não vai querer ouvir e tentará não responder. Eu não a deixarei fugir. Não desta vez.

"Mãe", começo a falar. "Por que realmente saímos de Baneberry Hall?"

"Você sabe que não falamos disso."

Sua voz possui um tom de aviso. A última vez que ouvi esse tom, estava com 13 anos e passava por várias fases em que testava de propósito sua paciência: a fase da maquiagem exagerada, a fase sarcástica, a fase das mentiras constantes — na qual passei três meses inventando um monte de mentiras exageradas, na esperança que meus pais cedessem e enfim assumissem que eles também haviam mentido.

Naquela ocasião, minha mãe tinha acabado de descobrir que eu matei aula para passar o dia no Museu de Belas Artes. Consegui sair da escola dizendo para a secretária que comi alface estragada e estava com uma infecção intestinal. Obviamente, minha mãe ficou furiosa.

"Escute aqui, mocinha, você está numa encrenca séria", zangou, dirigindo no caminho de volta, depois que saímos da sala do diretor. "Um mês de castigo."

Imediatamente me virei espantada do assento do passageiro olhando em sua direção. "Um mês?"

"E se me aprontar outra como essa, serão seis meses. Você não pode ficar mentindo desse jeito."

"Você e o papai mentem o tempo todo", respondo, nervosa pela injustiça. "Vocês... é como... vocês fizeram uma carreira mentindo, falando daquele livro idiota sempre que tinham chance."

A simples menção ao Livro faz minha mãe vacilar. "Você sabe que não gosto de discutir isso."

"Por quê?"

"Porque isso é diferente"

"Como assim? Me explica como as mentiras que vocês contam são diferentes das que eu conto. Pelo menos, as minhas mentiras não machucam ninguém."

Um rubor de raiva aflorou nas bochechas de minha mãe.

"Porque não falei essas coisas só para me vingar dos meus pais, nem dei uma de vadia mentirosa."

"Só uma vadia mentirosa reconhece outra", respondi.

A mão direita de minha mãe se desvencilhou do volante para dar um tapa na minha bochecha esquerda. O golpe foi tão repentino e seco que tirou o ar de meus pulmões.

"Nunca me chame de mentirosa de novo", disse para mim. "E nunca, sob nenhuma circunstância, me pergunte do livro outra vez. Estamos entendidas?"

Confirmei com a cabeça, pressionando a mão contra a bochecha. A pele estava mais quente que uma queimadura solar. Foi a única vez que consigo me lembrar de um dos meus pais me batendo. Provavelmente, porque deixou uma marca. Durante dois dias, o roxo do tapa encobriu minha cicatriz. Até hoje, nunca mencionei o Livro outra vez na frente dela.

Lembrar aquele dia sempre faz meu rosto pulsar pela dor da memória reprimida. Encosto meu gim-tônica contra a bochecha e falo: "Precisamos começar a falar disso, mãe".

"Você leu o livro", ela retruca. "Então sabe o que aconteceu."

"Não estou falando da história fictícia do pai. Estou falando a respeito do que aconteceu de fato."

Minha mãe manda o resto do martíni para dentro. "Se essa era sua pretensão, deveria ter perguntado ao seu pai quando teve a chance."

Mas foi exatamente o que eu fiz. Por diversas vezes e, como meu pai nunca me respondeu com um tapa, continuei tentando fazer com que me contasse a verdade a respeito de Baneberry Hall. Gostava de lançar a pergunta quando ele estava distraído, na esperança de que algum vacilo seu desencadeasse uma resposta honesta. No café da manhã, bem antes de colocar as torradas francesas no meu prato. No cinema, assim que as luzes se apagavam. Uma vez, tentei enquanto estávamos no primeiro tempo do Mundial de Baseball, logo quando Big Papi acertou um *home run* e a bola voou na nossa direção na arquibancada.

A cada tentativa, a resposta era sempre a mesma: "O que aconteceu, aconteceu, Mags. Não mentiria quanto a algo assim".

No entanto, mentia. Em público e em rede nacional pela tv.

Embora eu amasse meu pai incondicionalmente, também achava que ele era o homem mais desonesto que já conheci. Foi difícil compreender isso na adolescência e não deixou de ser na vida adulta.

Com o passar do tempo, parei de fazer perguntas relacionadas ao Livro. O final da adolescência e meus vinte e poucos anos passaram sem uma pergunta sequer. Mais de uma década sem tocar no assunto, era mais fácil assim. Naquela época, eu sabia que minha família preferia a tensão do silêncio do que lidar com o elefante literário no meio da sala.

Foi apenas faltando uma semana para meu aniversário de 30 anos que tentei de novo. Ainda assim, só tentei porque sabia ser minha última e melhor chance de conseguir alguma resposta.

Durante vários dias, meu pai dava a impressão de que partiria a qualquer instante, tempo suficiente para me fazer acreditar que seu momento final seria marcado por um clima que fizesse jus ao nosso relacionamento tumultuado, com nuvens escuras no céu e relâmpagos. No entanto, seu último suspiro ocorreu durante um lindo dia de abril, com o sol brilhando no meio de um céu imaculado de nuvens. O brilho amarelado combinava com os sinos dourados que floresciam do lado de fora da janela da casa de repouso.

Não falei muito nas últimas horas de vida do meu pai. Não sabia o que dizer e duvidava que ele sequer poderia compreender. Perto de seu fim, sua consciência estava distante e, certamente, a lucidez o abandonara depois que as gotas de morfina o fizeram mergulhar no limbo entre sonho e realidade. Seu único momento de clareza aconteceu menos de uma hora antes de morrer, uma mudança tão inesperada que me fez questionar se eu também não estaria sonhando.

"Maggie", disse olhando para cima, na minha direção, com o olhar livre de qualquer dor e confusão. "Promete que você nunca voltará lá. Nunca mesmo."

Não havia motivos para perguntar sobre o que ele estava falando. Eu já sabia.

"Por que não?"

"Lá... lá não é seguro. Não para você."

Meu pai fez uma careta quando uma onda de dor o atravessou, deixando claro que ele estava prestes a perder a consciência, provavelmente, para sempre.

"Nunca voltarei. Prometo."

Falei rapidamente, preocupada que fosse tarde e que meu pai não estivesse mais aqui. Porém, ele ainda estava comigo. Até conseguiu abrir um sorriso enfraquecido pela dor e dizer: "Essa é a minha garotinha".

Coloquei minha mão sobre a dele, chocada com seu tamanho diminuto. Quando eu era criança, suas mãos pareciam tão grandes e fortes. Agora, a minha se encaixava perfeitamente em cima da dele.

"Chegou a hora, pai", falei. "Você ficou em silêncio por tempo suficiente. Pode me contar agora por que realmente saímos. Sei que nada do livro é verdade. Sei que você inventou tudo, sobre a casa, e o que aconteceu lá. Tá tudo bem, pode admitir. Não vou culpá-lo ou julgá-lo. Só preciso saber por que fez isso."

Eu havia começado a chorar, dominada pelas emoções. Meu pai estava partindo, e eu já sentia sua falta apesar de tê-lo na minha frente. Estava tão próxima de descobrir a verdade que meu corpo todo tremia.

"Me conte", sussurrei. *"Por favor."*

A boca do meu pai se abriu, enquanto duas palavras se formavam entre sua respiração pesada. Ele as empurrou para fora, uma a uma, soando como um leve farfalhar no quarto que há pouco estava em silêncio.

"Sinto. Muito."

Depois disso, todo o brilho se esvaiu do meu pai. Mesmo ele permanecendo vivo por mais cinquenta minutos, considerei que aquele foi o momento de sua morte. Foi quando partiu para a terra das sombras, de onde eu sabia que nunca mais retornaria.

Nos dias que se sucederam, não refleti a respeito dessa última conversa. Estava muito anestesiada pela tristeza e ocupada demais com os preparativos do funeral para pensar nisso. Somente após o término daquela experiência emocionalmente exaustiva é que percebi que ele não havia recebido uma resposta satisfatória.

"Perguntar pro meu pai não é mais uma opção", digo para minha mãe. "Você é a única que me sobrou e está na hora de conversamos sobre isso."

"Não vejo motivo." Minha mãe olha por cima do meu ombro, procurando desesperadamente o garçom para pedir outro drinque. "Isso ficou no passado."

Uma crescente onda de frustração se instalou no meu peito. Uma onda que tem se formado desde a noite que deixamos Baneberry Hall, crescendo um pouco a cada dia. Crescendo pela separação deles, que tenho certeza de que foi causada pelo sucesso do Livro. E pelas perguntas das quais meu pai fugiu de responder. Pelas provocações incansáveis dos meus colegas de escola. Pelos encontros desconfortáveis com alguém como Wendy Davenport. Por vinte e cinco anos, essa onda só cresceu, prestes a inundar tudo.

"Mas estamos falando das nossas *vidas*", persisto. "*Minha* vida. As pessoas me associam ao livro desde que tenho 5 anos. Elas leem e acham que me conhecem, mas o que elas leram é uma mentira. A *ideia* que têm de mim é uma mentira e nunca aprendi a lidar com isso, pois você e meu pai jamais quiseram conversar sobre o Livro. Porém agora estou lhe implorando, por favor, me conte tudo."

Termino meu gim-tônica, segurando a taça com as duas mãos porque ambas começaram a tremer. Quando o garçom passa, também peço outra bebida.

"Nem sei por onde começar", diz minha mãe.

"Pode começar com as últimas palavras do pai. 'Sinto muito.' Foi o que ele me disse, mãe. Quero saber o motivo."

"Como sabe que seu pai estava falando do livro?"

Ele estava, não tenho dúvida disso. Nossa última conversa tinha a cara de uma confissão. Agora, a única pessoa que sabe o que meu pai confessaria está sentada bem à minha frente, esperando ansiosa por outro gole de *vodca*.

"O que ele quis dizer?", pergunto.

Minha mãe tira os óculos escuros, revelando uma ternura em seu olhar que raramente presenciei na vida adulta. Acredito que seja por pena de mim. Também acredito que ela esteja prestes a contar a verdade.

"Seu pai era um ótimo escritor", começa. "Apesar de ter seus problemas. Problemas com bloqueio criativo e insegurança. Ele se decepcionou muito antes de nos mudarmos para Baneberry Hall. Foi um dos motivos para comprarmos a casa. Começar de novo num lugar diferente. Acreditava que isso lhe traria inspiração. E, por um tempo, realmente trouxe. Aquele lugar, com todos os seus problemas e peculiaridades, era um tesouro cheio de novas ideias para o seu pai. Ele teve a ideia de um livro relacionado a uma casa mal-assombrada. Um romance."

"Mas o pai não escrevia ficção", respondo, lembrando das capas de revistas penduradas em seu apartamento como troféus. *Esquire, Rolling Stone, The New Yorker...* ele trabalhou em todas elas nos seus dias de glória.

"Sim, e era conhecido desse modo. Tudo que os seus contatos do mundo literário queriam dele era isso: fatos, não ficção. Verdades, não mentiras."

Começo a compreender para onde essa conversa está indo. Como meu pai não conseguia um contrato para publicar um romance comum, precisou optar por um caminho diferente. Ficção disfarçada de fatos.

"Foi quando percebeu que, para dar certo, precisaríamos que parecesse legítimo. O que significava abandonar Baneberry Hall e contar para a polícia o *motivo* de sairmos." Minha mãe faz uma pequena pausa. "Sei que parece ridículo demais hoje, porém a ideia poderia funcionar se tomássemos cuidado. Concordei com a ideia porque, bem... eu amava seu pai, realmente acreditava nele. E, já que estou sendo honesta, eu odiava aquela casa."

"Então nada daquilo era real?"

"Tem um pouco de verdade... a história de Baneberry Hall, o que aconteceu com a família Carver e, infelizmente, o teto da cozinha. Apesar de ter sido causado por um cano que estourou e não... você sabe... quanto aos fantasmas que seu pai disse que você via, não passavam dos seus sonhos ruins."

"Meus pesadelos vêm daquela época?"

"Foi quando começaram", responde minha mãe. "Seu pai se inspirou nisso tudo, mesmo que o resultado final fosse pura ficção."

Eu estava certa, o Livro é uma mentira. Não totalmente, mas as partes importantes sim. Aquelas que nos envolvem.

E o Senhor Sombra.

Sempre acreditei que se soubesse da verdade, seria como tirar um peso dos ombros. Estava enganada. Qualquer tipo de alívio é temperado pela frustração de tantos segredos sem motivo. Quando era pequena, o Livro me transformou num objeto de curiosidade para uns e numa excluída para outros. Saber da verdade poderia não ter mudado essa situação, no entanto, com toda certeza do mundo, teria me feito administrar melhor tudo que aconteceu. Perceber que algumas dessas dores poderiam ter sido evitadas enquanto eu crescia enche meu coração com uma dor de raiva e angústia.

"Por que vocês nunca me contaram?"

"A gente queria", responde minha mãe com rapidez. "Quando chegasse a hora certa, foi isso que sempre dissemos. 'Quando for a hora certa, vamos contar a verdade pra Maggie.' Porém a hora certa nunca parecia chegar. Ainda mais quando o livro se tornou mais famoso do que poderíamos imaginar."

"Vocês tinham medo que eu contasse para alguém?"

"Tínhamos medo de você ficar decepcionada. Principalmente, com o seu pai."

Minha mãe está presumindo que não fiquei decepcionada com os anos de mentira e assuntos não resolvidos. Mais um engano. Poucas coisas na vida são tão decepcionantes quanto descobrir que seus pais não estão sendo completamente sinceros com você.

"Nada disso importa." Minha voz desafina e percebo que estou segurando as lágrimas. "Deveriam ter me contado tudo."

"Tudo que você tem é por causa daquele livro", diz ela. "Foi ele que colocou comida no seu prato e a vestiu. A *Casa dos Horrores* pagou suas mensalidades da escola. Sem mencionar a herança que você acabou de receber. Não sabíamos como poderia reagir quando descobrisse que foi tudo em cima de uma mentira."

"Foi por isso que você e o papai se divorciaram?"

Outro assunto que não falamos a respeito. Quando os dois se divorciaram, a única coisa que meus pais falaram para minha versão de 8 anos era que eu passaria a morar em dois apartamentos em vez de um. Só esqueceram de comentar que minha mãe ficaria em um e meu pai no outro, sem nunca mais dividirem o mesmo teto. Precisei de algumas semanas para descobrir isso por conta própria e de vários anos para deixar de pensar que o divórcio foi, de alguma forma, culpa minha. Outro trauma da infância que poderia ter sido evitado com facilidade.

"Foi um dos principais motivos", afirma minha mãe. "É claro que havia os nossos problemas de antes e faltava muito para sermos um casal perfeito. Só que depois que o livro foi publicado, cansei das mentiras constantes, além do medo de descobrirem a verdade e o sentimento de culpa por tudo isso."

"Foi por isso que recusou o dinheiro do papai", questiono.

"Eu só desejava me ver livre disso tudo. Em troca, prometi ao seu pai jamais revelar a verdade." Minha mãe dá outro suspiro. Dessa vez, ainda mais triste, um leve sopro de derrota. "Acho que algumas promessas precisam ser quebradas."

Os óculos escuros voltam a ser usados, um indício de que ouvi tudo que está disposta a falar desse assunto. Será que isso é tudo? Provavelmente, não, mas é o suficiente para trazer um pouco do alívio que eu esperava encontrar. No final das contas, a verdade acabou sendo exatamente como eu já suspeitava.

Em seguida, o almoço segue seu curso natural. Os novos drinques chegam e os olhos de minha mãe me julgam por detrás de seus óculos quando peço um hambúrguer com bacon extra. Ela pede uma salada, falo do duplex que Allie e eu estamos reformando para vender. Minha mãe também me conta como passará o mês inteiro de junho na Ilha de Capri com Carl. Quando o almoço termina, sou surpreendida com uma última menção a Baneberry Hall. O assunto surge de forma casual, como se fosse um pensamento aleatório, enquanto ela paga a conta.

"Por falar nisso, o Carl e eu conversamos e a gente gostaria de comprar Baneberry Hall de você. Preço cheio, é claro."

"Está falando sério?"

"Se não estivesse, nem levantaria a possibilidade."

"É muito legal da parte de vocês", começo a dizer, porém paro de falar quando o sentimento de gratidão se junta a uma repentina aflição. Tem mais alguma coisa acontecendo por aqui. "Mas não posso aceitar o dinheiro de vocês."

"Não vamos lhe dar dinheiro", insiste. "Vamos comprar a propriedade. É o trabalho do Carl."

"Mas a gente nem sabe a condição da casa", argumento. "Ou quanto ela está valendo."

"É só mandar fazer uma avaliação do lugar enquanto estamos viajando, vamos pagar o valor total assim que voltarmos. Fácil e rápido. Reembolsamos também o valor da avaliação. Você nem precisará pisar em Baneberry Hall."

Congelo, o alívio que sentia vai embora num instante. Ainda que as palavras sejam diferentes, a mensagem do meu pai e da minha mãe é a mesma.

Promete que você nunca vai voltar para lá.

Lá não é seguro.

Não para você.

O que significa que ainda não sei a verdade sobre Baneberry Hall. Talvez, parte do que minha mãe acabou de contar seja verdade, só que já não tenho mais certeza. Se fosse verdade, por que ela e meu pai dariam tanta ênfase a não voltar para lá? Apesar de todos esses anos, eles ainda escondem algo. A dor no meu peito retorna, agora, ainda mais aguda, como se minha mãe tivesse cravado seu garfo no meu tórax.

"Você precisa admitir que é uma oferta bem generosa", complementa.

"É sim", respondo com a voz fraca.

"Fala que você vai pelo menos considerar."

Encaro as lentes escuras de seus óculos. Tenho vontade de ver através delas, fitando os olhos da minha mãe para tentar ler seus pensamentos. Teria ela percebido que sei que a oferta é mais uma de suas mentiras? Será que está enxergando a dor e a decepção que tento esconder a todo custo?

"Pode deixar", digo, apesar de que meu real desejo é continuar implorando pela verdade.

Não é o que faço, pois sei que não conseguirei a verdade com ela. Nem mesmo com toda súplica e chantagem do mundo. Se meu pai se recusou a ser honesto em seu leito de morte, não seria agora que minha mãe começaria a ser sincera.

Volto a me sentir como uma criança. Não aquela garotinha estranha e assustada do Livro, uma personagem com a qual nunca me identifiquei. Nem mesmo a versão tímida e calada naquela entrevista do *60 Minutes* no YouTube. Sinto-me igual aos meus 9 anos, quando li o Livro pela primeira vez e fiquei sedenta por respostas. A única diferença é que, agora, tenho algo que a menina de 9 anos não tinha: acesso à Baneberry Hall.

Enfio a mão no bolso, procurando pelas chaves que coloquei lá depois de sair do escritório de Arthur Rosenfeld.

Existe uma frase que gosto de dizer para potenciais compradores antes de visitarem um lugar recém-reformado. *Toda casa tem uma história para contar.* Não é diferente com Baneberry Hall. Sua história, a verdadeira, ainda pode estar lá. Respostas do motivo de nossa saída, do meu pai sentir que precisava mentir, do que realmente vivi lá. Tudo isso pode estar escondido entre aquelas paredes, esperando que eu descubra.

"Fico contente", diz minha mãe. "Você está muito ocupada. A última coisa que quero para você é o fardo de uma casa antiga e indesejada."

"Nem pensarei naquele lugar até você e o Carl voltarem de viagem. Prometo."

Termino de beber meu gim-tônica e dou um sorriso falso para minha mãe, percebendo que, ao menos, ela disse uma coisa verdadeira durante o almoço.

De fato, algumas promessas realmente precisam ser quebradas.

CASA DOS HORRORES

25 DE JUNHO
A Compra

Preciso que você me prometa algo", Jess falou enquanto eu dirigia para Baneberry Hall, logo após fecharmos a compra do local.

"Prometo tudo que você quiser", respondi.

"Vou precisar de algo além disso. Essa promessa envolve a casa."

Claro que envolveria. Acabamos usando a maior parte da herança de Jess para comprar Baneberry Hall à vista. Parecia melhor do que ficar preso a uma hipoteca que, somando o salário de professora de Jess e meus humildes ganhos como escritor *freelancer*, poderia um dia ultrapassar nossa renda. E embora a casa estivesse a preço de banana, minhas mãos tremiam quando preenchi o cheque no valor total.

Elas ainda tremiam ao sair da via principal em direção ao nosso novo lar. Embora a mudança fosse apenas no dia seguinte, nós dois queríamos dar uma parada no local, principalmente para a ficha cair. Agora, aquele lugar era nosso.

"O que a casa tem a ver com essa promessa?", questionei.

"Agora que vamos fazer isso — de verdade, mesmo, sem voltar atrás — preciso que me prometa deixar o passado ficar no passado."

Jess parou de falar, esperando pelo meu sinal de que compreendi o que foi dito. Como jornalista, era da minha natureza fuçar por aí, em busca das histórias que nos rodeavam. Estava na cara que a ideia passou pela minha cabeça. A mudança para uma casa gigantesca onde um homem assassinou a própria filha daria uma história e tanto.

Entretanto, pude ver pelo semblante de aço no rosto de Jess que esse era um assunto no qual ela não queria meu envolvimento.

"Prometo", falei.

"Falo sério, Ewan. Aquele homem e o que ele fez é uma história que você não precisa investigar. Quando nos mudarmos para aquela casa amanhã, vamos fingir que esse incidente não aconteceu."

"Concordo, pois, se não for assim, haverá sempre uma sombra sobre nós."

"Exato", Jess afirmou com a cabeça. "Além do mais, precisamos pensar na Maggie."

Nós dois havíamos concordado em não contar nada a respeito do destino dos últimos moradores de Baneberry Hall. Apesar de sabermos que chegaria um dia em que Maggie precisaria saber o que aconteceu, esse dia poderia esperar alguns anos. Evitávamos falar desse assunto até Maggie estar dormindo ou, como naquela tarde, estivesse com a mãe da Jess.

"Juro para você que nunca mencionarei o nome Curtis Carver na frente dela", falei. "Da mesma forma que prometo não ter a menor intenção de descobrir o que fez esse homem surtar daquele jeito. Concordo contigo, o passado fica no passado."

Naquele momento, estávamos nos aproximando do portão de entrada para Baneberry Hall, que já estava aberto. O caseiro estava nos esperando, um homem magro como um espantalho que vestia um típico uniforme de Vermont, calças de veludo cotelê e uma camisa flanelada.

"Vocês devem ser a família Holt", falou enquanto saíamos do carro. "Janie June avisou que dariam uma passada hoje. Meu pai me deu o nome de Hibbets, Walt Hibbets, mas podem me chamar de Hibbs, como todo mundo me chama por essas bandas."

Ele sorriu e deixou um dente de ouro puro à mostra. Em boa forma e de aparência meio carrancuda, beirando seus 70 anos, a figura à nossa frente me lembrava um personagem dos livros de Stephen King. Mesmo assim, me vi encantado com seu jeito descontraído e personalidade cativante.

"Deixei o terreno todo limpinho pra vocês", ele disse. "E a Elsa Ditmer deu uma boa esfregada na casa toda. Então deve tá tudo certo. A gente sabe o que tá fazendo, a Elsa e eu. A gente cresceu aqui, os dois.

Nossas famílias trabalharam em Baneberry Hall por décadas. Só quero ter certeza que vocês saibam quem procurar se pensarem em contratar alguém."

Sinceramente, nós pensávamos na possibilidade. Baneberry Hall era grande demais para darmos conta sozinhos. Entretanto, a compra da casa não deixou muito dinheiro sobrando para gastar agora, incluindo a contratação de qualquer tipo de ajuda.

"Quanto a isso", comentei. "De vez em quando, acho que vamos precisar dos seus serviços ou da senhora Ditmer. Mas, por enquanto..."

"Você é um jovem com saúde e que consegue fazer as coisas por conta própria", falou Hibbs com uma gentileza inesperada. "Respeito e admiro isso. Também tenho um pouco de inveja, pois como pode ver, não estou na flor da idade."

"Tenha certeza de que vou chamá-lo se algo surgir", falei.

"Por favor, pode chamar." E apontou com a cabeça na direção dos dois chalés pelos quais passamos ao sair da via principal. "Moro logo ali na frente. É só dar um grito se precisar de ajuda com qualquer coisa, até mesmo no meio da noite."

"É muito gentil, mas não tenho intenção de incomodá-lo tanto assim."

"Só estou te avisando." Hibbs fez uma pausa de um jeito que só consigo descrever como sinistro. "Você pode precisar de ajuda durante a hora da bruxa."

Estava voltando em direção ao carro, contudo ao ouvir isso, congelei.

"O que quis dizer com isso?"

Hibbs colocou seu braço magrelo sobre meu ombro e me puxou de lado até Jess estar fora do alcance de sua voz.

"Só quero ter certeza que Janie June te contou tudo que precisam saber da casa", disse ele em seguida, num tom baixo.

"Ela contou", falei.

"Ótimo. É bom que vocês saibam no que estão se metendo. A família Carver não tava pronta para o lugar e, bem... quanto menos a gente falar disso, melhor, é o que eu acho." Hibbs deu um tapinha amigável em minhas costas. "Já te enrolei aqui por tempo demais. Vai lá com a sua senhora e aproveitem a nova casa de vocês."

Disse e então foi embora, virando as costas para nós enquanto caminhava até seu chalé. Apenas quando voltamos para o carro e seguimos pela sinuosa entrada é que a estranheza daquela conversa me surpreendeu.

"Hibbs perguntou se sabíamos no que estávamos nos metendo", falei para Jess ao mesmo tempo que Baneberry Hall emergia à nossa vista, tão grandiosa quanto eu me lembrava. "No começo, pensei que ele estava falando da família Carver."

"Tenho certeza que era isso", complementou Jess. "O que mais seria?"

"Foi o que pensei. Só que ele me contou que a família Carver não estava pronta para o lugar, e agora estou pensando qual o significado disso." Parei o carro em frente à casa e olhei para cima, em direção ao par de janelas parecidas com olhos no terceiro andar. Elas me olhavam de volta. "Acha que outra coisa aconteceu aqui? Algo antes da mudança deles?"

Jess me olhou com um claro aviso para parar por ali.

"O passado fica no passado, lembra?", perguntou ela. "A partir de agora, nosso único foco é o futuro."

Com esse futuro em mente, saí do carro, subi na varanda e destranquei a porta da frente. Então, com um gesto teatral, ajudei Jess a sair do carro, a peguei em meus braços e a carreguei no colo para dentro. Um gesto romântico que nunca tive a chance de fazer quando nos casamos.

Nosso relacionamento aconteceu em meio a um turbilhão. Eu era professor de meio período com uma turma de Jornalismo Contemporâneo na Universidade de Vermont. Jess estava fazendo seu mestrado em Educação Infantil no mesmo lugar. Nos conhecemos numa festa de um amigo em comum e passamos a noite discutindo o livro *A Sangue Frio* de Truman Capote. Nunca havia conhecido alguém como Jess, tão despreocupada, brilhante e *viva*. Seu rosto se iluminava quando sorria, algo que ela fazia com frequência, e seus olhos eram como janelas para seus pensamentos. Ao final daquela noite, sabia que aquela era a mulher com quem queria passar o resto da minha vida.

Nós nos casamos seis meses depois. Mais seis meses após o casamento, Maggie nasceu.

"Quer estrear oficialmente esse lugar agora ou amanhã?", perguntei enquanto a colocava de pé no assoalho do *hall* de entrada.

"Agora", disse Jess com uma piscada. "Com certeza, agora."

De mãos dadas, seguimos pela casa. Um segundo depois, parei surpreso ao ver o lustre no teto.

Ele estava aceso, brilhando intensamente.

Jess também percebeu.

"Talvez Hibbs tenha deixado ligado para nós", comentou ela.

Torci para que fosse o caso. Ao contrário, significaria que o problema com a fiação, que Janie June prometeu dar um jeito, ainda estava lá. Não quis me preocupar muito, pois, naquele momento, Jess me puxava em direção à escada curva, com um sorriso travesso e olhos brilhantes de perversão.

"Tantos quartos...", insinuou. "Talvez tenhamos que estrear todos."

Segui minha mulher de bom grado pelas escadas, sem nem me lembrar do lustre. Tudo o que importava pra mim era minha esposa, minha filha e a maravilhosa nova vida que teríamos dentro daquela casa."

Não fazia ideia do que Baneberry Hall havia reservado para nós. Como, apesar dos nossos esforços, sua história acabaria tentando nos engolir. Como vinte dias debaixo daquele teto se tornariam um pesadelo vivo.

Se soubéssemos disso, teríamos dado meia-volta e saído de Baneberry Hall sem nunca olhar para trás.

RILEY SAGER
A CASA DA ESCURIDÃO ETERNA

TRÊS

Está quase escuro quando paro minha caminhonete em frente ao portão de ferro forjado. O céu tem a mesma tonalidade de roxo-escuro de um hematoma. Do outro lado do portão, é possível enxergar vagamente a estrada de cascalho subindo conforme ela segue a trilha por entre as árvores. No topo da colina, entre as copas das árvores, ergue-se a sombra do telhado escuro e um pedaço de vidro onde um filete brilhante da lua crescente é refletido pela janela.

Baneberry Hall.

A própria casa dos horrores.

O aviso de meu pai ecoa por meus pensamentos.

Lá não é seguro. Não para você.

Silencio sua voz com uma ligação para Allie, avisando que cheguei sã e salva.

"Como é a cara do lugar?", ela quis saber do outro lado da linha.

"Ainda não sei. Não abri o portão."

Allie hesita por um segundo antes de me responder. "Não tem nada de errado em pensar duas vezes."

"Sei disso."

"E ainda pode mudar de ideia."

Sei disso também. Poderia dar meia-volta, retornar para Boston e aceitar a oferta da minha mãe de comprar Baneberry Hall sem nem visitar antes. Poderia tentar só ficar bem, sem jamais descobrir a verdadeira razão pela qual saímos naquela longínqua noite de julho. Poderia fingir que meus pais não mentiram para mim durante a maior parte da minha vida e que essas mentiras não se tornaram parte de quem sou.

Mas não consigo.

Tentar é inútil.

"Sabe que preciso fazer isso", respondo.

"Sei que você *acredita* que precisa fazer isso", contesta Allie. "Só que não vai ser nada fácil."

Meu plano é passar o verão colocando Baneberry Hall em forma para ser vendida, torcendo para obter algum lucro. Não vai ser uma reforma completa. Com certeza, não será tão complexa quanto os trabalhos que estamos acostumadas a fazer. Vejo, na verdade, como uma revitalização do lugar. Uma boa pintura e novos papéis de parede, um polimento para o assoalho e novos azulejos. Restaurar o que estiver inteiro e substituir aquilo que perdeu a utilidade. Meu foco principal será para os cômodos que realmente vendem uma casa: banheiros, cozinha, suíte principal...

"Do jeito que fala comigo, parece que nunca reformei uma casa antes."

Allie solta um suspiro de imediato. "Não estou falando disso."

Ela sabe da outra parte do meu plano: procurar por qualquer indício escondido por aí do que de fato aconteceu. É o principal motivo para Allie não se juntar a mim na reforma. Agora, como dizem nos filmes, é pessoal.

"Vou ficar bem", aviso.

"Disse a pessoa que ainda nem saiu da caminhonete", responde Allie, alegando um fato incontestável. "Tem certeza que está preparada? Não falo no sentido profissional, com a caixa de ferramentas a postos. Quero saber se está emocionalmente pronta."

"Acho que sim." É a resposta mais sincera que tenho.

"E se a verdade que você busca não estiver aí?"

"Toda casa tem uma história."

"E a de Baneberry Hall já foi escrita", retruca Allie.

"Inclusive, pelo meu pai. Não tive absolutamente nada a ver com isso e, mesmo assim, até hoje esse livro me afeta. Preciso pelo menos tentar descobrir qual foi a história real enquanto ainda tenho chance."

"Tem certeza que não precisa de mim aí?", me pergunta gentilmente. "Se não for pelo apoio moral, então, pelo menos, porque essas casas antigas podem ser complicadas. Me sentiria melhor sabendo que você tem alguma ajuda."

"Ligo se precisar de alguma dica."

"Não. Vai me ligar ou mandar mensagem pelo menos uma vez por dia. Caso contrário, vou pensar que acabou morrendo num acidente catastrófico com a serra."

Quando a ligação termina, saio da caminhonete e me aproximo do portão, que é ao menos uns cinco metros maior que minha altura. É o típico portão comum que se vê num hospital psiquiátrico ou prisão. Algo que não foi projetado para manter as pessoas do lado de fora, mas sim, do lado de dentro. Coloco a chave na fechadura e dou uma volta. Ela abre com um rangido metálico.

Quase imediatamente, uma voz masculina, tão grave quanto inesperada, surge da escuridão atrás de mim.

"Se você tá procurando encrenca, acabou de encontrar. Agora, se afaste desse portão."

Igual a um assaltante pego com a boca na botija, viro de costas com os braços erguidos. "Sinto muito. Eu morava aqui."

Os faróis da caminhonete, apontados para o meio do portão para me ajudar a enxergar melhor, acabam me cegando. Vasculho a escuridão atrás da caminhonete até o responsável pela voz caminhar em direção à luz. Ele é alto e forte — um homem que consegue ser atraente usando apenas calça jeans e camiseta preta. Embora pareça mais jovem, chuto que tenha pouco mais de 40 anos, principalmente quando se aproxima e consigo ver sua barba por fazer.

"Você é a garota do Ewan Holt?", pergunta ele.

Um formigamento de irritação começa a surgir em minha nuca. Posso até ser a filha de Ewan Holt, mas não sou a garota de ninguém. Deixo essa passar, pois esse homem tem cara de quem conheceu meu pai.

"Sim, a Maggie."

O homem se aproxima de mim com a mão estendida. Ele é muito bonito de perto. Definitivamente, por volta dos seus 40 anos, mas compacto e musculoso de uma forma que me faz pensar que seu ganha pão envolve força física. Trabalho com caras assim o tempo todo. Antebraços robustos com veias que saltam e, para completar, os bíceps bem torneados. Debaixo da camiseta, há um peito volumoso e uma cintura fina de dar inveja.

"Sou o caseiro", prossegue, confirmando minha primeira impressão. "Meu nome é Dane. Dane Hibbets."

Meu pai citou um tal de Hibbets no Livro, mas era um Walt, não um Dane.

"O garoto do Hibbs?"

"Neto dele, na verdade", corrige Dane, sem perceber minha indireta ou preferindo ignorá-la. "O Walt morreu há alguns anos. Meio que assumi o lugar dele. O que significa que eu provavelmente deveria parar de te enrolar e ajudar com o portão."

O caseiro se adianta para me ajudar a abrir o portão, puxando de um lado, enquanto empurro do outro.

"A propósito, fiquei muito sentido quando soube do falecimento do seu pai", ele quebra o silêncio. "O povo nessa cidade pode até dizer coisas desagradáveis de seu pai. O livro dele não é dos mais populares por essas bandas e conquistou uma fama ruim. Mas era um bom homem, e faço questão de lembrar aos outros sempre que posso. 'Poucas pessoas iriam continuar pagando a gente', é o que falo. 'Principalmente, vinte e cinco anos depois de deixar o lugar'."

Um soluço de surpresa irrompe no meu peito. "Meu pai continuou pagando vocês?"

"Pode estar certa disso. Primeiro meu avô e depois eu. Ah, e a senhora Ditmer também. Corto a grama e cuido do terreno, além de ir na casa uma vez por semana para verificar se tá tudo certo. A Elsa, nome da senhora Ditmer, vinha uma vez por mês fazer a faxina. Agora quem vem é a filha dela, porque a Elsa está... debilitada, para não ser grosseiro."

"Ela está doente?"

"Da cabeça." Dane bate o dedo indicador na têmpora algumas vezes. "Alzheimer, coitadinha. Não desejaria nem para o meu pior inimigo. Mas foi o Ewan que garantiu nosso sustento e sempre verificava como eu estava quando passava por aqui."

Mais uma surpresa. Minha metade do portão volta a se fechar quando o choque da notícia me faz soltá-lo. "Meu pai vinha aqui?"

"Vinha, sim."

"Com muita frequência?"

"Não, muita não", Dane me responde. "Uma vez por ano."

Permaneço completamente parada, ciente do olhar atravessado que Dane me lança com a cabeça inclinada, incapaz de dizer uma palavra. O espanto me deixou sem reação.

Meu pai retornava uma vez por ano.

Apesar de ter prometido nunca voltar.

Mesmo tendo implorado em seu leito de morte para que eu não retornasse.

Essas visitas contrariam tudo que aprendi a respeito de Baneberry Hall. Quanto a ser um lugar proibido para minha família, onde nada de bom sobrevive. Um lugar do qual eu deveria me manter afastada.

Lá não é seguro. Não para você.

Por que meu pai achava que era seguro para ele e não para mim? Por que ele nunca mencionou que permaneceu como dono de Baneberry Hall e voltava constantemente?

Dane continua com seu olhar engraçado de curiosidade e preocupação. Consigo superar meu choque o bastante para fazer uma próxima pergunta.

"Quando foi a última vez que meu pai veio aqui?"

"Verão passado", diz Dane. "Sempre vinha na mesma data, 15 de julho."

Mais um choque. O baque me faz perder as forças e andar para trás. Preciso segurar no portão para me apoiar, meus dedos dormentes se enrolam na decoração encurvada do portão de ferro forjado.

"Tudo bem com você, Maggie?", Dane me pergunta.

"Sim", murmuro, apesar de não ter certeza. Quinze de julho foi a noite em que minha família saiu de Baneberry Hall. Não pode ser coincidência, apesar de não fazer ideia do que isso possa significar. Tento encontrar um motivo lógico pelo qual meu pai retornaria apenas nesse dia maldito, mas não tenho a menor pista.

"Por quanto tempo meu pai ficava por aqui?", questiono.

"Apenas uma noite. Chegava tarde e partia logo cedo no dia seguinte. Depois de alguns anos, eu já conhecia a rotina dele como a palma da minha mão. Eu abria o portão e esperava ele chegar, depois trancava tudo de novo na manhã seguinte."

"Alguma vez ele lhe contou o que fazia aqui?"

"Nunca pareceu ter nem vontade de contar, e eu também nunca perguntei. Não parecia ser da minha conta. E não que agora seja, mas preciso te perguntar..."

"O que diabos estou fazendo neste lugar?"

"Eu tentaria falar de um jeito um pouco mais delicado, mas como colocou dessa forma... por que diabos você *está* aqui?"

Dane lança um olhar para a parte de trás da minha caminhonete. Sob a lona de proteção, estão guardados diversos materiais de construção, várias caixas de ferramentas e equipamentos elétricos suficientes para abastecer um pequeno canteiro de obras. Serra de mesa, serra elétrica, furadeira, lixadeira... falta apenas um martelo pneumático, embora eu saiba onde conseguir um se precisar.

"Estou aqui para dar uma olhada na casa, reformar as partes que precisam e deixar tudo pronto para venda."

"A casa está ótima", confirma Dane. "A fundação é firme e a estrutura está em boas condições. Tem o esqueleto resistente, como falam por aí. É claro, dá pra dar um tapa na aparência, mas até aí... a minha aparência também poderia dar uma melhorada."

Ele abre um sorriso ligeiro e autodepreciativo, deixando claro que sabe como é bonito. Aposto que deve estar acostumado a fazer as mulheres de Bartleby suspirarem. Para o seu azar, não sou daqui.

"Acha que dá pra vender a casa?", questiono, indo direto aos negócios.

"Um lugar como esse? Ainda mais com o ar de mistério daqui. Ah, tenho certeza que sim. Apesar de que vai precisar tomar cuidado ao escolher pra quem vai vender. A maior parte do pessoal não ficaria nada alegre de ver o lugar transformado numa atração turística."

"Os moradores de Bartleby odeiam tanto assim o livro do meu pai?"

"Eles detestam a ponto de desprezar", responde Dane, cuspindo a última palavra como se tentasse afastar um gosto ruim da boca. "A maioria gostaria que nunca fosse escrito."

Não posso culpá-los. Uma vez, contei para Allie que viver à sombra do Livro era como ser filha de um assassino. As pessoas me associam a ele e acham que também sou culpada. Agora, imagine o que esse tipo de conteúdo não poderia fazer com toda uma cidade, como ficaria sua reputação e os valores dos imóveis. *Casa dos Horrores* colocou Bartleby, em Vermont, no radar dos olhares errados.

"E você?", pergunto a Dane. "Qual a sua opinião a respeito do livro do meu pai?"

"Não tenho opinião. Nunca nem li."

"Então você é o único", afirmo. "É bom finalmente conhecê-lo."

Dane sorri outra vez. Dessa vez, um sorriso sincero, bem mais agradável que a tentativa anterior. Ele revela uma covinha em sua bochecha direita, logo acima da barba por fazer.

"Imagino que você não seja muito fã do livro", ele prossegue.

"Vamos dizer que tenho intolerância a conversa fiada. Ainda mais quando sou uma das protagonistas na história."

Dane se apoia contra o muro de pedra ao lado do portão, seus braços estão cruzados e a cabeça inclinada na direção de Baneberry Hall. "Então vou presumir que você não está com medo de ficar completamente sozinha naquele casarão."

"Você já esteve lá muitas vezes. Eu deveria estar com medo?"

"Só se tiver medo de poeira", me responde. "Você disse que planeja reformar o lugar. Tem alguma experiência nisso?"

Minha nuca volta a formigar de irritação, trazendo uma alergia nervosa. "É. Um pouco."

"Vai dar um trabalhão."

A frase diz mais do que está aparente, seu verdadeiro sentido paira no ar como uma folha de outono. Sei exatamente o que se passa na cabeça dele, as ideias machistas e patriarcais. Escuto o tempo todo. As perguntas constantes que jamais seriam feitas para um homem: será que sei fazer? Sou forte o suficiente? Tenho capacidade para isso?

O resto da frase, quando ele enfim desembucha, acaba sendo um pouco menos machista.

"Digo, para uma pessoa sozinha", conclui.

"Dou conta."

Dane coça o queixo. "Tem muita coisa pra fazer. Principalmente, se pensa em dar um trato para revender depois."

Então percebo que ele não está sendo um completo machista. De certa forma, é também um pedido por trabalho.

"Você tem experiência com reformas?", questiono.

"Sim", afirma ele. "Um pouco."

Ouvir minha própria resposta sendo usada contra mim é mais divertido do que irritante. Está claro que Dane Hibbets e eu nos subestimamos.

"É minha especialidade", prossegue Dane. "Empreiteiro geral e reparos residenciais, esse tipo de coisa. Mas os negócios andam fracos ultimamente."

Paro por um momento para observá-lo de cima a baixo, pensando se contratar Dane trará mais problema do que ajuda. No entanto preciso concordar com Allie, mesmo com todo meu conhecimento e expertise, vou precisar de ajuda. Ele conhece o interior e arredores de Baneberry Hall melhor do que eu. E se meu pai o achava bom o suficiente para continuar pagando seu salário, não vejo por que fazer diferente.

"Está contratado", dou as boas notícias. "Vou pagar um preço justo pelo trabalho na casa. Quando estiver pronta, você pode ficar com os créditos pela maior parte do trabalho, para ajudar a conseguir novos clientes. Fechado?"

"Fechado", confirma.

Apertamos a mão um do outro.

"Ótimo. Começamos amanhã cedo, às oito."

Dane faz uma rápida saudação militar. "Conte comigo, chefe."

O caminho do portão até a casa traz um monte de expectativas, sejam elas atendidas ou subvertidas. Eu havia imaginado que a subida em espiral pela colina seria como a primeira subida de uma montanha-russa — a tensão aumentando com leves doses de arrependimento. Em vez disso, é apenas um passeio tranquilo entre as árvores. Nenhum imprevisto, tudo em paz, mesmo com a tranquilidade soturna que o crepúsculo oferece para o ambiente.

A única coisa que me deixa hesitante é a grande quantidade de plantas espinhosas pela lateral da estrada. Brotando entre as folhas, há diversos cachos vermelhos. Sob o brilho dos faróis, elas são tão brilhantes quanto sangue cinematográfico.

Baneberries.

Elas estão por todo lado.

Espalhando-se até o fundo da floresta, preenchendo os troncos das árvores, como um enxame durante todo o caminho até chegar ao topo da colina. O único local onde não brotam é no cume, como se a presença de Baneberry Hall as intimidasse.

Mais uma vez, havia me preparado mentalmente para o momento em que veria a casa diante de mim. Como não tenho nenhuma lembrança, esperava sentir um medo de gelar a espinha em frente ao lugar que conheci apenas pelas palavras que meu pai escreveu. Nas fotos do Livro, Baneberry Hall parece saída de um filme de terror clássico da Hammer. Janelas totalmente escuras e nuvens de tempestade se formando ao fundo do telhado pontiagudo.

Entretanto, à primeira vista, Baneberry Hall não parece um lugar a se temer. É só uma casa grande que precisa de uns reparos. Mesmo na escuridão do anoitecer, é possível perceber que a área externa foi deixada às traças. A tinta nos peitoris das janelas está caindo aos pedaços e diversos pontos de musgo estão desenhados no telhado. Uma das janelas do segundo andar está trincada de uma ponta a outra. Outra está totalmente quebrada com uma placa de compensado no lugar.

Apesar disso tudo, o lugar tem o seu charme. Parece bem firme e não encontro nenhum problema aparente na estrutura. Os degraus da varanda não estão soltos e não há rachaduras no chão.

Dane estava certo. Ela tem um esqueleto resistente.

Antes de sair de Boston, garanti que a casa tinha tudo de necessário. E estava tudo certo, algo que deveria ter me alertado que meu pai não permaneceu apenas como um proprietário distante. Baneberry Hall tem o básico de qualquer casa: água, gás, energia... só falta uma linha telefônica, o que me fez esperar na caminhonete para ligar com o celular para minha mãe. Decidi aguardar até ter certeza que ela e meu padrasto estariam a caminho de Capri. Quando ouvir essa mensagem, minha mãe estará a meio mundo de distância.

"Oi, mãe. Sou eu. Só queria te avisar que sou muito grata pela oferta por Baneberry Hall, mas decidi fazer uma reforma e e eu mesma vender própria." O receio faz minha voz engrossar, e piso em ovos para falar a parte que ela *realmente* não vai gostar. "Por falar nisso, estou aqui na casa enquanto envio esta mensagem. Só queria que soubesse. Boa viagem."

Desligo a chamada, enfio o celular no bolso e pego minhas malas no banco de trás. Levando as duas malas de mão e a mochila de viagem enorme presa às costas, sigo meu caminho até a porta da frente de Baneberry Hall. Após precisar de alguns minutos para encontrar as chaves, destranco a porta, que se abre com um rangido estridente das dobradiças.

Dou uma espiada no interior, encontrando um espaço escuro e pintado de cinza pela penumbra. Um cheiro estranho atinge minhas narinas, uma mistura de ambiente fechado, poeira e mais alguma coisa, algo mais desagradável.

Algo podre.

Enquanto permaneço parada, inalando o odor pouco acolhedor de Baneberry Hall, percebo que talvez eu *devesse* estar com medo. Os fãs do Livro estariam, Wendy Davenport e dezenas de milhares de outros. Eles ficariam aterrorizados agora, preocupados com os horrores à espreita além desta porta.

Mas não estou.

Meus maiores receios estão relacionados a questões menos sobrenaturais. Principalmente, o que está causando esse cheiro forte. Será que é madeira podre? Uma infestação de cupins? Algum animal do mato que entrou aqui no inverno e morreu?

Ou pode ser apenas minha imaginação. Um resquício da ideia de que encontraria uma casa em completo estado de abandono. Não um local que ainda tem um caseiro e uma faxineira. Definitivamente, não esperava encontrar uma casa que meu pai frequentava uma noite por ano.

Entro no pequeno *hall* de entrada, coloco minhas coisas no chão e ligo o interruptor ao lado da porta. A luminária acima da minha cabeça se ilumina. Em seu interior, há uma mariposa presa, a silhueta de suas asas bate contra o vidro.

Não sei o que esperar à medida que avanço pelo interior da casa. Achei que seria um lugar deplorável e abandonado por vinte e cinco anos.

Teias de aranha pendendo em cada canto, buracos no teto e merda de pássaro pelo chão, porém, está tudo arrumado, apesar da sujeira. Uma camada fina de poeira cobre o assoalho. Ao me virar, vejo as pegadas que deixei com cada passo.

Sigo em frente, motivada pela curiosidade. Pensei que estar aqui de novo despertaria alguma memória, mesmo que muito distante. Recordações esquecidas de sentar na varanda da frente, estar na cozinha ou subir as escadas na hora de dormir.

Nada.

Todas as minhas memórias se resumem à leitura de fazer essas coisas no Livro.

Refaço os passos dos meus pais durante a primeira visita. Aquela que meu pai descreve em detalhes. Passo pela escada, vejo acima o lustre, que está com algumas teias de aranha em zigue-zague pelas ramificações dos braços, e avanço para a grande sala. Paro em frente à lareira, onde o olhar sombrio de William Garson deveria estar me encarando.

Mas o retrato não está lá. A única coisa acima da lareira é um retângulo de pedra pintado de cinza. O que significa que o quadro do senhor Garson nunca existiu ou meu pai deu um jeito de cobri-lo em uma de suas visitas secretas.

As próximas paradas são a sala de jantar e a cozinha subterrânea, com sua parede de sinos que já foram brilhantes, mas, agora, devem estar enferrujados. Toco o sino que tem a indicação SALA DE VISITAS, emitindo um som metálico e seco.

Vou para o outro lado da cozinha, olhando para o alto enquanto caminho. Acima da bancada de açougueiro, há um espaço retangular que não fazia parte do teto. A pintura ali não combina com o resto da cozinha, e a textura difere no remendo entre a parte original e a parte que foi substituída. Uma mancha oval cinzenta marca bem o centro da área modificada, que está inchada.

Uma infiltração.

Ainda que pareça estar aí há décadas, uma infiltração significa que algo está vazando em algum ponto do teto. Com certeza, bem distante do que seria o ideal.

Na outra ponta da cozinha, não me dou ao trabalho de descer, pelo caminho com paredes de pedra, até a adega. A brisa gelada e o forte cheiro de mofo que emanam da porta me dizem que esse lugar será melhor explorado durante o dia e com equipamento de proteção.

Decido voltar para o andar de cima e ir para a sala de visitas no cômodo redondo, que é menor do que imaginei. A casa inteira é. A Baneberry Hall que meu pai descreve parece maior, um ambiente cavernoso presente apenas nos romances góticos. Um lugar que deixaria o castelo de *Rebecca* no chinelo. A realidade é decepcionante. Sim, a casa é grande se comparada à maioria das casas, porém, apertada de uma forma que eu não esperava, ainda mais com batentes de madeira escura e papel de parede embolorado.

A sala de visitas está repleta de móveis cobertos por lençóis brancos, fazendo com que pareça um cômodo cheio de fantasmas. Retiro cada lençol com um só puxão, erguendo uma nuvem de poeira que, após se dissipar, revela um mobiliário que poderia pertencer a um museu.

Provavelmente, a mobília da família Garson. Móveis como estes estariam muito acima do orçamento dos meus pais na época. Em especial, a escrivaninha secretária de cerejeira perto da parede curva, com janelas que dão para a frente da sala.

Maior do que eu e com o dobro de largura, a superfície da mesa se divide em duas partes. A parte inferior é uma prancha de madeira que pode ser baixada para servir de apoio na hora de escrever, e também possui várias gavetas. A parte superior contém duas portas de correr que, quando abertas, revelam pequenas gavetas para armazenamento de potes de tinta e canetas, um pequeno espelho oval e compartimentos para guardar correspondência, um recurso que meu pai nunca utilizou. Ele apenas empilhava as cartas na prateleira de madeira. Ao dar uma olhada na pilha que sobrou, encontro contas fechadas, panfletos antigos e catálogos desbotados de supermercado, alguns datados da década passada.

Ao lado, vejo um porta-retratos dourado. Ao trazê-lo para perto, deparo-me com uma fotografia minha e de meus pais. Presumo que seja de antes de virmos para Baneberry Hall, porque parecemos estar felizes. Especialmente meus pais, que formavam um casal bonito. Minha mãe, magra e cheia de vigor, harmonizando com a beleza desleixada do meu pai. Na foto, ele está com um braço em volta da cintura dela, puxando-a para perto. Minha mãe está olhando para o meu pai em vez olhar para a câmera, exibindo o tipo de sorriso que não vejo há anos.

Uma não tão grande família feliz.

Até deixarmos de ser.

Na foto, estou na frente dos meus pais, com tranças no cabelo e um sorriso estragado pela janela no lugar do dente da frente. Pareço tão nova e despreocupada que nem me reconheço. Ergo meu olhar para o espelho oval da escrivaninha e comparo a mulher que sou com a menina que costumava ser. Meu cabelo, um pouco mais escuro hoje, cai solto por meus ombros. Quando dou um sorriso largo igual ao da foto, ele parece forçado e pouco natural. Meus olhos amendoados estão quase iguais, apesar de agora existir uma frieza neles que não existia na infância.

Devolvo o porta-retratos virado para trás para que a imagem não fique à mostra. Não gosto de ver essa versão minha mais alegre e jovem. Ela lembra quem fui um dia — e quem eu poderia ser hoje se o Livro não tivesse existido.

Talvez Allie estivesse certa. Talvez eu não esteja preparada para isso.

Preciso afastar esse pensamento. Estou aqui e tem muita coisa para fazer ainda, incluindo a conclusão da minha análise da escrivaninha. Entre a pilha de correspondência, há um abridor de cartas de prata que parece tão velho e adornado quanto a própria mesa. A confirmação disso chega quando pego o abridor e vejo duas iniciais gravadas no cabo.

W.G.

Senhor William Garson, eu presumo.

Devolvo o abridor de cartas e minha mão se volta para uma folha de papel ao lado. Ela está virada para baixo, mas consigo ver que o papel estava dobrado antes. Ao desvirá-lo, vejo uma única palavra escrita com grandes letras maiúsculas para dar ênfase.

ONDE??

Uma pergunta tão direta, que levanta várias outras. Onde está o quê? Por que alguém está procurando por isso? E, principalmente, quem escreveu algo assim? Pois é certo que não se trata da caligrafia do meu pai.

Seguro a página perto do rosto, como se ajudasse a compreendê-la melhor. Permaneço encarando os pontos de interrogação exagerados quando escuto um barulho.

Um rangido.

Vindo do cômodo ao lado.

A Sala Índigo.

Dou uma meia-volta repentina em direção à divisória que a separa da sala de visitas e, por um segundo, espero encontrar o Senhor Sombra parado ali. Eu sei; é estupidez minha. Entretanto, crescer com o Livro me treinou para acreditar que ele é real, ainda que não seja. Não tem como ser.

É óbvio que o Senhor Sombra não está lá. Não tem nada. Além da porta, a Sala Índigo permanece escura, calma e silenciosa.

Apenas quando me viro de volta para a escrivaninha é que ouço outro rangido.

Desta vez, mais alto que o primeiro.

Lanço um olhar para o espelho oval da escrivaninha. Em seu reflexo, acima do meu ombro, vejo o umbral que leva para a Sala Índigo. Seu interior continua escuro, calmo e silencioso.

Então *alguma coisa* se move

Um borrão branco passa de um lado para o outro.

Aparecendo e sumindo num instante.

Vou correndo para o cômodo, tentando não pensar no Senhor Sombra, quando minha cabeça só consegue pensar nele, mesmo com as três palavras que ecoam na minha mente.

Ele. Não. Existe.

O que significa que é outra coisa ali. Provavelmente um animal ou algo que sabe que o lugar fica inabitado durante 364 dias do ano. Algo que certamente não quero zanzando por aí durante minha estadia.

Ligo o interruptor próximo à entrada da Sala Índigo. O lustre pendurado no teto permanece inalterado e apagado. A fiação está comprometida ou todas as lâmpadas queimaram. Ainda assim, a luz da sala de visitas me permite perceber alguns detalhes do cômodo. Vejo as paredes na cor verde-esmeralda, piso de taco e mais mobília disfarçada de fantasmas.

O que não vejo é o retrato de Índigo Garson acima da lareira. Igual à grande sala, existe apenas um retângulo de pedra pintado de cinza.

Afasto-me da lareira, quando alguma coisa se lança na minha direção de um canto completamente escuro do cômodo.

Não é um animal.

Nem o Senhor Sombra.

É uma mulher idosa, sua palidez na meia-luz me pega de sobressalto.

Um grito escapa da minha garganta quando a mulher se aproxima. Seu andar é cambaleante, e seus braços estão esticados e os pés calçados pisoteiam sua camisola. Quando chega perto de mim, suas mãos encostam no meu rosto, e seus dedos pressionam fortemente minhas bochechas, nariz e boca. A princípio, penso que está tentando me sufocar, mas suas mãos caem para meus ombros, ao mesmo tempo em que me puxa para um abraço desesperado.

"Petra, meu bebê", diz ela. "Você voltou para mim."

CASA DOS HORRORES

26 DE JUNHO
1º Dia

A mudança do apartamento em Burlington para Baneberry Hall foi fácil, ainda mais por não termos muita coisa além de meus vários livros, nossas roupas e algumas bugigangas que acumulamos com o passar dos anos. Decidimos utilizar a maior parte da mobília que vinha com a casa, uma decisão mais relacionada aos problemas orçamentários que qualquer outra coisa. A única mobília que não mantivemos foi a dos quartos.

"Minha filha não vai dormir na cama de uma garota morta", insistiu Jess. "E, com certeza, não vou deitar na cama do homem que a matou."

Jess também insistiu em queimar um incenso natural com folhas de sálvia, que supostamente serviria para purificar as energias negativas da casa. Enquanto minha mulher andava pela casa com um punhado de ervas acesas, deixando uma trilha de fumaça como se fosse um bastão de incenso ambulante, fiquei na cozinha e desempacotei o conjunto excessivo de louças que ela também herdara de seu avô.

Elsa Ditmer, que morava no chalé em frente à casa de Hibbs e sua esposa, estava me ajudando. Assim como sua mãe e a avó antes dela, Elsa trabalhava com a faxina de casas, incluindo Baneberry Hall. Embora Jess e eu não pudéssemos pagar por uma faxineira em tempo integral, ficamos muito felizes em contratá-la por alguns dias para nos ajudar com a mudança.

Elsa era uma mulher robusta, com seus quarenta e poucos anos, tinha um modo de falar tranquilo e seu rosto era largo e amigável. Ela chegou com um presente de boas-vindas nas mãos: um pão de forma e uma pequena caixa de madeira com sal.

"É a tradição", explicou Elsa. "Significa que nunca passarão fome na casa nova."

Ela mal abriu a boca enquanto desempacotávamos, apenas respondia às perguntas que eu fazia. Depois que Jess passou pela cozinha com uma nuvem fumacenta de sálvia, falei para ela: "Juro que não somos tão estranhos assim. Você deve estar achando que somos as pessoas mais supersticiosas da terra".

"Claro que não. De onde minha família vem, todos são supersticiosos." Elsa ergueu um prato de sobremesa recém-saído do embrulho de jornal. "Na Alemanha, seria um costume nosso quebrar este prato. O ditado diz que os estilhaços trazem sorte.

"E realmente trazem?"

"Não pela minha experiência." Ela ofereceu um sorriso saudoso. "Acho que ainda não quebrei pratos o suficiente."

Ela pôs o prato de volta na mesa com gentileza. Enquanto isso, notei o anel de casamento no dedo anelar da mão direita. Na flor da idade e já viúva.

"Pegue o prato", falei, antes de desembrulhar um prato idêntico e bater de leve contra o de Elsa. "Vamos tentar?"

"Não tenho coragem", disse ela, corando de leve. "São pratos tão bonitos."

De fato, eles eram bonitos. E também vinham em grande quantidade. Ninguém sentiria falta de apenas dois.

"O sacrifício vai valer a pena se trouxer um pouco de sorte pra esse lugar."

Elsa Ditmer concordou sem muita vontade. Jogamos os pratos juntos no chão, onde se estilhaçaram em vários pedaços.

"Já me sinto com sorte", comentei, enquanto pegava uma vassoura e pá para começar a varrer. "Pelo menos, com mais sorte que aquele Curtis Carver."

O sorriso no rosto de Elsa perdeu o brilho.

"Me desculpe, foi maldoso da minha parte. Você provavelmente conhecia a família."

"Sim, um pouco", a mulher afirmou com um aceno de cabeça. "Fiz algumas faxinas aqui quando eles precisaram."

"Como eles eram?"

"Pareciam felizes no começo. Simpáticos."

"E o Curtis Carver? Ele era..."

Faço uma pausa, escolhendo com cuidado minhas palavras. Elsa Ditmer conhecia o homem. Pode ser que tenha gostado dele e não gostaria de ser ofensivo caso fossem amigos. Foi surpreendente ouvi-la terminando minha frase.

"Um monstro?", ela completou de maneira venenosa. "O que mais ele poderia ser? Um homem que faz aquele tipo de coisa com a própria filha ou com a filha de qualquer um só poderia ser um monstro. Porém era muito bom em esconder isso. Pelo menos, no início."

Como o marido dedicado que sempre fui, meu desejo era ter ignorado aquele comentário. Afinal, prometi a Jess que o passado ficaria no passado. Só que meu lado jornalista falou mais alto.

"O que aconteceu?", perguntei em voz baixa, caso Jess estivesse se aproximando com outra nuvem de sálvia.

"Ele mudou", respondeu Elsa. "Ou talvez, sempre foi assim e eu que demorei um tempo para perceber. Só que, no começo, ele era muito gentil e carismático. Então, nas últimas vezes que a gente se viu, estava nervoso, irritado e também parecia diferente. Aparência cansada e muito pálido. Na época, pensei que isso tinha a ver com a filha dele. Ela estava doente."

"Era grave?"

"Sei apenas o que o senhor Carver me disse. Que a menina estava doente e precisava ficar de cama. Minhas meninas ficaram arrasadas. Elas gostavam de vir aqui para brincar."

"Você tem filhas?"

"Sim, duas. A Petra tem 16 e a Hannah está com 6." Os olhos de Elsa brilharam quando pronunciou o nome das filhas. "São boas meninas. Tenho muito orgulho das duas."

Terminei de varrer os pratos quebrados e joguei os cacos na lixeira próxima. "Deve ter sido difícil para elas, perder uma amiguinha de forma tão horrível."

"Acho que a Hannah não entende direito o que aconteceu. É muito nova. Sabe que a Katie se foi, mas não sabe o porquê nem como. Mas a Petra sabe de todos os detalhes e ainda está abalada com o que aconteceu. É muito protetora. Forte, assim como o pai dela era. Acho que Petra considerava Katie como uma outra irmãzinha. É doloroso para ela saber que não conseguiu proteger a menina."

"O que exatamente ele fez? Não contaram pra gente os detalhes."

Elsa hesitou por um momento, mas optou por permanecer focada na organização dos pratos restantes.

"Por favor", insisti. "Essa é a nossa casa agora, e eu gostaria de saber o que aconteceu aqui antes."

"Foi terrível", começou Elsa relutante. "Ele sufocou a Katie com um travesseiro enquanto a menina estava dormindo. Rezo a Deus para que a garota estivesse dormindo e que nunca tenha acordado para perceber o que estava acontecendo."

Elsa encostou no crucifixo pendurado em seu pescoço, como se precisasse reafirmar para si mesma que algo assim realmente aconteceu.

"Depois, Curtis, quero dizer, o senhor Carver seguiu para a sala de estudos, colocou um saco de lixo na cabeça e prendeu um cinto ao redor do pescoço. Morreu asfixiado."

Tentei absorver a informação, incapaz de compreender qualquer coisa. Na minha franca opinião, não fazia o menor sentido como alguém seria capaz de fazer aquilo. Tanto prender um cinto no pescoço até morrer de asfixia quanto sufocar a própria filha durante o sono. Para mim, a única resposta seria a insanidade. Algo deve ter desmoronado dentro do cérebro de Curtis Carver, levando-o a cometer assassinato e suicídio.

Isso ou Elsa Ditmer estava certa: aquele homem sempre foi um monstro.

"É algo muito triste", rompi o silêncio que começava a se tornar incômodo.

"É sim", concordou Elsa, encostando outra vez no crucifixo de forma gentil. "A única coisa que me consola é saber que a pequena Katie está num lugar melhor agora. 'Então disse Jesus: Deixem vir a mim as crianças e não as impeçam; pois o Reino dos céus pertence aos que são semelhantes a elas.'"

Atrás de nós, um dos sinos na parede emitiu um único toque. Uma surpresa, levando em consideração seu tempo de existência e falta de manutenção. Achei que nenhum deles funcionasse. Elsa também pareceu surpresa e permaneceu acariciando o crucifixo, enquanto um olhar de preocupação atravessava seu rosto. A expressão ficou ainda mais evidente quando o sino tocou de novo. Desta vez, continuou a tocar. Um tilintar fraco e inconsistente que, no entanto, preencheu todo o silêncio da cozinha.

"Deve ser a Maggie", acabei dizendo. "Sabia que era só uma questão de tempo até nossa filha descobrir esses sinos. Vou lá em cima pedir que pare com isso."

Verifiquei a plaquinha de latão acima do sino que indicava Sala Índigo e subi as escadas correndo. O ambiente do andar principal estava carregado e com cheiro de sálvia queimada, o que indicava que Jess acabara de passar por ali. Talvez fora precipitado demais ao colocar a culpa na Maggie, sendo minha esposa a verdadeira responsável por tocar o sino.

Segui para a parte da frente da casa, esperando encontrar Jess vagando pela sala de visitas ou pela Sala Índigo, puxando as cordas dos sinos, enquanto nuvens fumacentas de sálvia preenchiam o ar ao seu redor. Porém, a sala de visitas estava tão desértica quanto a Sala Índigo.

Tudo que vi foram os móveis ainda cobertos por lençóis e a adorável pintura de Índigo Garson acima da lareira. A única explicação lógica que pude encontrar para o toque do sino era o vento, embora isso parecesse improvável, considerando que o cômodo não tinha nenhuma corrente de ar perceptível.

Eu estava prestes a ir embora, quando percebi um lampejo de movimento bem no fundo da lareira.

Em seguida, algo saiu de lá.

Uma serpente.

Era uma cobra cinza com listras cor de ferrugem ao longo das costas. Ela rastejou para fora da lareira, deslizando de maneira rápida e sinuosa pelo chão.

Sem pensar duas vezes, peguei o lençol do móvel mais próximo e joguei em cima da cobra. Uma protuberância sibilante começou a se contorcer no tecido. Com o coração na boca, segurei as pontas do lençol e as juntei, improvisando uma trouxa. Lá dentro, a cobra se agitava e se contorcia. Corri em direção à porta da frente, segurando o lençol contendo o animal arisco com o braço esticado.

Assim que passei da varanda, joguei o lençol na entrada. O tecido caiu aberto, revelando a cobra. Ela estava de costas, mostrando um pouco da barriga vermelha antes de se virar e desaparecer na mata. A última coisa que vi foi o movimento da cauda, antes de ela sumir na vegetação rasteira.

Ao voltar para a casa, encontrei Elsa Ditmer na varanda da frente, sua mão tremia sobre o peito.

"Tinha uma cobra na casa?", ela questionou claramente preocupada.

"Sim." Tentei analisar sua expressão, que permanecia com a mesma tensão que eu havia percebido na cozinha. "É um mau presságio?"

"Talvez eu seja supersticiosa demais, senhor Holt", disse ela. "Mas se fosse você, eu quebraria mais alguns pratos."

RILEY SAGER
A CASA DA ESCURIDÃO ETERNA

QUATRO

A mulher é Elsa Ditmer, o que só fica claro para mim depois que a polícia e sua filha chegam com um minuto de diferença.

Primeiro vem a polícia, conjurada por uma ligação desesperada que fiz cinco minutos atrás. Em vez de um policial novato, enviaram a chefe do departamento de polícia, uma mulher chamada Tess Alcott, que não parece muito satisfeita por estar aqui.

Ela entra na casa com o semblante fechado e os mesmos trejeitos de um *cowboy* de Hollywood. Suspeito que seja força do hábito, coisas que precise fazer para ser levada a sério. Faço a mesma coisa no trabalho. Só que, no meu caso, é uma postura direto ao ponto, usando roupas que minha mãe odeia.

"Acho que já sei qual das duas é a invasora", diz a chefe Alcott.

Ela não tem a oportunidade de dizer mais nada, pois é interrompida no segundo em que a filha da senhora Ditmer entra correndo pela porta aberta. Assim como a mãe, a filha veste roupas de dormir. Calças de pijama de flanela e uma camiseta larga da Old Navy. Ignorando a mim e a chefe de polícia, a mulher segue em direção à sua mãe, que está encolhida numa cadeira ainda coberta pelo lençol, na sala de visitas.

"O que você está fazendo aqui, mama?"

A idosa estende a mão com os dedos esticados em minha direção, como se pudesse me alcançar a meio metro de distância.

"Petra", diz apontando para mim.

Foi nesse momento que me dei conta de quem ela é... de quem todas elas são. Elsa Ditmer, a filha, a chefe Alcott, todas são personagens no Livro. No entanto, elas não são personagens. São seres humanos de carne e osso. Ao contrário dos meus pais, nunca conheci alguém mencionado no Livro. Preciso ter em mente que todos existem na vida real.

"Não é a Petra, mama", corrige a filha. "É uma estranha."

O rosto da senhora Ditmer, que continha uma espécie de semblante angelical, desmorona de repente. Uma compreensão sombria se instala em sua fisionomia, retirando o brilho no olhar e fazendo seu lábio inferior tremer. Presenciar essa cena dói tanto que tenho a necessidade de me afastar.

"Como você pode ver, a senhora Ditmer fica confusa algumas vezes", explica a chefe Alcott. "O que a faz vagar por aí."

"Fiquei sabendo da condição dela", respondo.

"Minha mãe tem Alzheimer." Prossegue a filha, que surge subitamente ao nosso lado. "De vez em quando, tá bem, como se não tivesse nada de errado. E em outros momentos a mente dela fica nublada. Esquece em que ano estamos, ou começa a vagar por aí. Achei que estivesse dormindo, porém quando vi o carro da polícia, desconfiei que poderia ter vindo pra cá."

"Ela faz isso com frequência?"

"Não", responde Hannah. "Geralmente, o portão fica trancado."

"Bem, a situação já está resolvida", interfere a chefe Alcott. "Nenhuma vítima ou prejuízo. Acho melhor levar a senhora Ditmer de volta pra cama."

A filha de Elsa não se move.

"Você é Maggie Holt", ela diz, de forma quase acusatória.

"A própria."

Quando estendo minha mão, sou propositalmente rejeitada.

"Hannah", ela prossegue, apesar de eu ter presumido. "A gente já se conheceu antes."

Sei disso, mas somente porque está no Livro. Apesar de meu pai ter descrito Hannah com 6 anos naquela época, ela parece ser uns dez anos mais velha que eu. Sua aparência é esquelética, de alguém que passou fome após comer o pão que o diabo amassou. Os últimos vinte e cinco anos devem ter sido cruéis com ela.

"Sinto muito por sua mãe", falo.

Hannah dá de ombros. Um gesto que parece dizer: *É, não só você.*

"Petra é a sua irmã, não é?"

"*Era* minha irmã", corrige Hannah. "Desculpe se minha mãe te assustou. Não vai acontecer de novo."

Ela ajuda a mãe a sair da cadeira e a guia com cuidado até a porta da frente. Prestes a sair, Elsa Ditmer vira o rosto e me olha uma última vez, conferindo se eu não havia me transformado magicamente na outra filha. Mas continuo sendo apenas eu, um fato que gera outra expressão de desapontamento no rosto da senhora Ditmer.

Depois de mãe e filha irem embora, a chefe Alcott permanece no *hall* de entrada. Acima dela, a mariposa presa na lâmpada ficou imóvel. Quem sabe apenas por um breve momento. Quem sabe para todo o sempre.

"Maggie Holt." A chefe de polícia balança a cabeça em pura descrença. "Acho que eu não deveria ficar surpresa por você estar aqui. Não depois do falecimento do seu pai. A propósito, meus sentimentos."

Ela repara nas minhas malas no chão do *hall*.

"Parece que pretende ficar por um tempo."

"Só o suficiente para consertar o que precisa e vender o lugar."

"Uma ideia ambiciosa", diz ela. "Você planeja transformar o lugar numa casa de veraneio para algum engomadinho dos investimentos? Ou vai ser outra pousada? Me diz, algo desse tipo?"

"Ainda não decidi."

Ela suspira.

"Que pena, tinha esperanças que sua vinda fosse para demolir o lugar. A única coisa que Baneberry Hall merece se tornar é uma pilha de escombros."

O silêncio a seguir sugere que a chefe de polícia esperava que eu ficasse ofendida. Não fiquei.

"Desconfio que o livro do meu pai tem sido um problema."

"Ele já foi. Durante um ano e pouco, precisávamos deixar oficiais de plantão em frente ao portão de entrada. Foi divertido. Alguns desses caras deixaram de parecer tão durões assim quando descobriram que o próximo turno seria na casa dos horrores. Não me importava, alguém precisava manter os zumbis afastados."

"Zumbis?"

"Os fãs de turismo macabro. Eram chamados de zumbis por aqui. Aquele pessoal de tocaia que tenta escalar o portão ou pular o muro para invadir a casa. Não vou mentir para você, alguns deles chegaram bem longe."

Minhas costas e ombros se contraem em desconforto. "Eles chegaram a entrar?"

"Bem poucos", responde a chefe de polícia com indiferença, como se não houvesse motivo para preocupação. "Mas foi há muito tempo. Claro, ainda tem um ou dois jovens bêbados que tentam entrar escondidos na propriedade de vez em quando. Nada demais. O Dane Hibbets ou a Hannah Ditmer geralmente percebem e me dão um toque. Na maior parte do tempo, é tudo mais tranquilo... exatamente como gosto."

A chefe Alcott me encara com firmeza. Parece ser um tipo de aviso.

"Como falei, só estou de passagem, mas tenho uma pergunta. O que aconteceu com a Petra Ditmer?"

"Ela fugiu", explica a chefe de polícia. "Pelo menos, na teoria foi isso. Nunca conseguiram encontrá-la para ter certeza."

"Quando foi isso?"

"Vinte e cinco anos atrás." Chefe Alcott estreita seus olhos de maneira suspeita. "Me lembro porque foi na mesma época que seu pai me contou que esse lugar era assombrado."

Então é ela. A policial que preencheu o relatório que deu início ao fenômeno da *Casa dos Horrores*. Não sei se deveria agradecer ou xingar. A única coisa que *de fato* sei é que uma das testemunhas fundamentais do Livro está parada aqui na minha frente. Eu seria uma idiota se não tentasse obter alguma informação.

"Já que você está aqui, chefe Alcott", começo a dizer. "O que acha de a gente tomar um café?"

• • •

Acontece que, apesar de ter coisas de sobra em Baneberry Hall, café não é uma delas. Precisamos nos contentar com alguns sachês de chá tão velhos que desconfio que já estavam aqui antes de meus pais comprarem o local. O chá está horrível — a erva perdeu o sabor há muito tempo —, mas a chefe Alcott parece não se importar. Sentada à minha frente na cozinha, sua irritação de antes dá lugar a uma paciência bem-humorada. Consigo até notar um sorriso quando ela me vê fazendo careta depois de provar o chá.

"Tenho que admitir, quando o turno de hoje começou, não fazia a menor ideia que eu acabaria aqui", comenta ela. "Mas quando a gente recebeu a ligação de que tinha algo acontecendo em Baneberry Hall, eu sabia que precisava dar uma conferida."

Uma de minhas sobrancelhas fica arqueada. "Pelos velhos tempos?"

"Velhos mesmo." Ela tira o chapéu e o coloca na mesa. Seu cabelo é curto e prateado. "Meu Deus, parece que foi há várias décadas. De fato, *aconteceu* décadas atrás. Difícil de acreditar que um dia fui tão jovem e inocente."

"No livro, meu pai se refere a você como oficial Alcott. Você tinha acabado de entrar na força policial?"

"Uma completa novata. Tão inexperiente que quando um cara qualquer começou a falar sobre sua casa mal-assombrada, anotei cada palavra."

"Presumo que você não acreditou nele."

"Uma história daquelas?" A chefe Alcott ergue sua caneca até os lábios, pensa melhor e a devolve ao lado do chapéu. "De jeito algum. Não acreditei nele, mas peguei o depoimento porque fazia parte do meu trabalho. Além disso, desconfiei que alguma coisa estranha tinha acontecido aqui, já que vocês ficaram no Two Pines."

Two Pines era o motel que ficava fora da cidade. Passei em frente a caminho daqui. A placa de neon com os dois pinheiros piscava uma luz forte enquanto eu seguia dirigindo. Lembro-me de achar que era um lugar triste, com suas portas desbotadas pelo sol ao longo de um corredor em L e o estacionamento com mais ervas daninhas do que carros. É difícil imaginar minha família e a chefe Alcott falando sobre fantasmas, apertados dentro de um daqueles quartos minúsculos.

"O que exatamente meu pai te contou naquela noite?"

"Quase tudo que está no livro dele."

"Você leu?"

"É claro", responde. "É sobre Bartleby também. Todo mundo aqui leu. E se alguém falar que não, essa pessoa tá mentindo."

Enquanto ouço a chefe de polícia, desvio meu olhar para a parede oposta aos sinos. Ela está parcialmente pintada, com faixas de tinta cinza por cima da cor verde.

Sou atingida por uma lembrança, tão súbita quanto surpreendente.

Eu e meu pai. Lado a lado naquela mesma parede. Mergulhando nossos rolos em uma bandeja cheia de tinta cinza espessa para cobrir o verde. Lembro-me até de colocar minha mão na tinta por acidente e meu pai dizendo para deixar uma marca de mão na parede.

Agora, você sempre vai fazer parte desse lugar, falou ele.

Sei que é uma memória real e não algo do Livro porque meu pai nunca escreveu isso. Também é uma imagem muito nítida. Tão níti-da que chego a esperar que meu pai entre na cozinha a qualquer mo-mento com um pincel nas mãos e falando: "Pronta para terminar o trabalho, Mags?".

A dor do luto volta a espetar meu coração.

"Você está bem, Maggie?"

Afasto meu olhar da parede e o devolvo para a chefe Alcott, que me observa com preocupação.

"Sim", respondo, ainda que me sinta tonta e um pouco desorien-tada. Não apenas pela memória e saudade, mas por saber que consigo me lembrar de algo relativo a esse lugar. Não achei que fosse possível. O que me faz pensar, com um misto de medo e ansiedade, no que mais posso lembrar, porque essa memória do meu pai não é tão calorosa ou boa. Ela traz um gosto amargo por todos os anos de mentira e engana-ção que vieram depois.

"Você já..." Começo a girar a caneca com as mãos, pensando na me-lhor forma de fazer a próxima pergunta. "Já se perguntou por que meu pai te contou aquelas coisas? Você mesma disse que não acreditou nele. Então por que acha que ele falou tudo aquilo?"

A chefe de polícia pondera a respeito da pergunta, refletindo na resposta. Com a cabeça inclinada para trás e o dedo indicador batendo no queixo pontudo, aquela mulher me lembra um participante de programa de perguntas e respostas, tentando pensar em algo que está além de seu conhecimento.

"Acho que foi um esquema para o futuro", diz por fim. "Seu pai, talvez sua mãe também, estavam preparando o terreno para o que estava por vir. E eu, ingênua como era, fui o bode expiatório deles. Não estou dizendo que os dois sabiam que isso se tornaria tão popular quanto se tornou, ninguém poderia prever isso. Mas acredito que eles esperavam que essa história chamasse a atenção. Se eu tivesse dispensado os dois, provavelmente eles iriam direto para o *Gazeta de Bartleby*. Graças a mim, aquele jornal de quinta categoria é que foi atrás deles."

"Depois que você falou com meus pais, chegou a vir pra cá para revistar a casa?"

"Pode ter certeza que sim. O portão estava escancarado e a porta da frente, destrancada."

"Você viu algo de estranho?"

"Você quer dizer fantasmas?" A chefe de polícia solta uma risada baixa, deixando claro que acha a ideia uma baboseira total. "Tudo que encontrei foi uma casa vazia. As coisas de vocês ainda estavam aqui, deixando claro que saíram com pressa, mas não havia sinal de confronto. Nada que indicasse que algo a atacou ou seus pais, apesar de você estar com um corte e um Band-Aid na bochecha, bem embaixo do olho. Lembro disso porque eu disse que você estava parecendo um jogador de futebol."

Sem perceber, meu dedo indicador desliza sobre minha bochecha esquerda, tocando a cicatriz de uns três centímetros na pele.

"O que aconteceu depois que você olhou a casa?"

"Voltei para o Two Pines e avisei a seus pais que estava tudo em ordem. Falei que, seja lá o que os tenha atacado, já havia ido embora e que era seguro voltar. Foi quando seu pai me contou que não tinha intenção de voltar. Liguei para o Walt Hibbets, lhe pedi que trancasse o lugar e segui meu caminho."

"E foi só isso?"

"Para alguém que viu tudo de perto, você tá fazendo um monte de perguntas", fala a chefe de polícia. "Se importa de contar o motivo?"

Dou um gole no meu chá insosso e conto tudo. Não me lembro de morar aqui. Não acredito que Baneberry Hall seja assombrada. Sim, acho que meus pais estavam mentindo. Não sei por quê. Sim, tenho plena convicção de que eles esconderam algo de mim pelos últimos vinte e cinco anos. E sim, pretendo com toda certeza descobrir o que foi.

Deixo de lado apenas as últimas palavras de meu pai. É pessoal demais para compartilhar.

Quando termino, a chefe Alcott passa a mão pelo cabelo prateado e conclui: "Por isso que você queria conversar".

"Sim", confesso. "Quero conversar com as pessoas mencionadas no livro, todo mundo que eu conseguir. Quero ouvir a versão de cada uma, não a do meu pai. Talvez eu consiga ter uma ideia do motivo por que eles saíram e o que esconderam de mim."

"Pode parecer loucura", continua ela. "Mas tentou perguntar pra eles?"

"Tentei, não deu muito certo."

"Bem, fazer o pessoal daqui abrir o bico não vai ser fácil, ainda mais quando alguns deles já estão mortos."

"Fiquei sabendo do Walt Hibbets."

"E a Janie June", prossegue a chefe Alcott. "Mas você ainda pode encontrar o Brian Prince."

Conheço esse nome. É difícil esquecer a pessoa que escreveu a matéria que mudou completamente a vida da minha família.

"Ele ainda escreve para o *Gazeta de Bartleby*?"

"Sim, só que agora é o dono, editor e único repórter. Tenho a impressão de que terá notícias dele assim que o homem descobrir que você está de volta."

"Tem mais alguma coisa que consegue se lembrar daquela noite?", questiono a policial. "Qualquer coisa que possa ser útil?"

"Acho que é só isso." A chefe Alcott pega seu chapéu. "Porém, de vez em quando, penso no que aconteceu naquela noite. A cara do seu pai. A cara de todos vocês. Sabe a frase: 'Parece que você viu um fantasma'?

Ela se aplicava perfeitamente aos três. E, às vezes, acabo pensando que tem algum fundo de verdade naquele livro."

Minhas mãos ficam dormentes pelo choque, obrigando-me a deixar a caneca de lado. "Acredita que Baneberry Hall é mesmo assombrada?"

"Não é pra tanto", me responde. "Não sei o que aconteceu aqui naquela noite, mas seja lá o que for, os deixou assustados pra cacete."

Essa é a deixa para a chefe de polícia ir embora. Faço companhia até a porta, que é trancada depois de sua saída. Após a visita surpresa de Elsa Ditmer e a descoberta de que os fanáticos por *Casa dos Horrores* já conseguiram invadir o local, parece ser uma boa ideia.

Sozinha de novo, continuo meu *tour* por onde parei. Percebo algo de estranho assim que retorno à sala de visitas. As duas esteiras de abrir da parte superior da escrivaninha estão fechadas, embora eu tenha quase certeza que as deixei abertas.

Mas essa não é a única coisa estranha.

O abridor de cartas — aquele com as iniciais de William Garson que deixei em cima da escrivaninha — sumiu.

CASA DOS HORRORES

27 DE JUNHO
2º Dia

Nossa primeira manhã em Baneberry Hall começou cedo, principalmente porque nenhum de nós dormiu bem na noite anterior. Coloquei a culpa em estar num lugar novo com sua própria ambientação sonora: o clique estalado do ventilador de teto, o arranhar sinistro de um galho de árvore contra a janela do quarto... um coro infinito de ruídos e rangidos como se uma tempestade atingisse a casa.

Cheguei a ouvir barulhos até mesmo em meus sonhos, sons estranhos que pareciam vir de cima e debaixo. Sonhei com portas batendo ao se fecharem, gavetas escancaradas, além de armários abrindo e fechando e abrindo de novo. Tinha certeza de que eram sonhos, porque cada vez que acordava, certo de haver um invasor na casa, os barulhos paravam.

Maggie também sonhou, apesar de que suspeito ter sido sua imaginação em vez de sonhos reais. Ela entrou em nosso quarto pouco depois da meia-noite, segurando o travesseiro como se fosse um ursinho de pelúcia favorito.

"Escutei alguma coisa", minha filha me disse.

"Eu também, meu amorzinho", acalmei-a. "Lembra quando falei pra você que nosso apartamento cantava uma música durante a noite? Essa casa também. Só é uma música diferente."

"Não gosto dessa música", retrucou Maggie. "Posso dormir aqui hoje?"

Jess e eu havíamos discutido a possibilidade de Maggie não querer dormir em seu quarto. Ela era muito nova e desacostumada a mudanças.

"A gente pode permitir uma noite na nossa cama", dissera Jess. "Pode parecer meio duro, mas ela precisa se acostumar a dormir no próprio quarto."

Dado o fato de que Jess estava dormindo — e nem mesmo um terremoto durante uma invasão alienígena acordaria minha esposa — a escolha de qual noite seria coube a mim. Escolhi que seria naquela.

"Claro que pode", respondi. "Mas só hoje. Amanhã, você vai dormir no seu quarto."

Maggie se aconchegou ao meu lado, e tentei dormir mais uma vez. Entretanto, os sonhos retornaram. Todos aqueles barulhos... eu não conseguia distinguir de onde vinham e eles sempre desapareciam quando eu acordava.

Só teve uma vez que um barulho pareceu não ser um sonho, e foi logo antes de o sol raiar. Eu estava num sono profundo quando ouvi.

Tum.

Um baque seco vindo do andar de cima, tão alto que fez o teto tremer. Foi forte, como se algo pesado houvesse colidido contra o chão.

Assustado pelo barulho, sentei ofegante na cama. Inclinei a cabeça para o lado, meu ouvido apontou para o teto, buscando por outros sons. Tudo quieto. No final das contas, era apenas um sonho, igual aos outros.

Só para ter certeza, olhei para Maggie e Jess, curioso para saber se elas também ouviram. As duas estavam dormindo profundamente, Jess encolhida ao redor de nossa filha, entrelaçando os cabelos com ela.

Olhei para o relógio, que marcava 4h54.

Tentei voltar a dormir, mas os sonhos me deixaram nervoso e com medo de que, assim que fechasse os olhos, os ruídos recomeçariam. No momento em que o número cinco surgiu no mostrador das horas, desisti e fui para o andar de baixo.

Enquanto descia as escadas para o andar principal, notei que o lustre passou a noite ligado, e seu brilho contrastava de modo desconfortável com a manhã ainda escura. Confirmei que *havia* mesmo um problema com a fiação. Guardei na memória um lembrete para verificar se Hibbs poderia dar uma olhada depois.

Quando terminei de descer as escadas, fui até o interruptor no *hall* e o desliguei.

Melhor assim.

Segui em direção a cozinha, onde fiz café. Uma hora depois, Jess estava de pé, dando um beijo meio grogue na minha bochecha antes de ir direto para a cafeteira.

"Você não vai acreditar nos sonhos estranhos que tive ontem à noite", ela comentou.

"Vou sim", respondi. "Também tive."

"E a Maggie? Acredito que tenha um bom motivo para tê-la deixado dormir conosco."

"Ela estava com medo."

"Não podemos deixar nossa filha se acostumar com isso", relembrou Jess.

"Eu sei, eu sei, mas é uma grande mudança pra ela. Pare pra pensar, Maggie só morou naquela caixa de fósforos de apartamento. Agora, a gente traz a menina para um lugar dez vezes maior. Imagina como isso deve ser intimidador para ela. Até eu estou meio intimidado. Sonhei a noite toda que escutava uns barulhos."

Jess ergueu o olhar que estava voltado para a xícara, demonstrando sua inquietação. "Que tipo de barulho?"

"Coisas aleatórias. Barulho de portas, armários, gavetas."

"Foi o mesmo sonho que tive", interrompeu Jess. "Você acha que..."

"Que os barulhos eram reais?"

Ela respondeu com um leve aceno afirmativo.

"Não, estou certo que não."

"Então por que nós dois ouvimos? É provável que a Maggie também. E por isso ficou assustada." Um choque de desespero atravessa o rosto de Jess. "Merda. E se alguém invadiu a casa? Um invasor pode ter entrado aqui, Ewan. Conferiu se alguma coisa foi roubada?"

"Metade das nossas coisas estão encaixotadas. E eu não saberia dizer se algo que já estava na casa sumiu ou não. Além do mais, o portão de entrada estava fechado e a porta trancada. Não daria para entrar."

"Mas aqueles barulhos..."

Puxei Jess para um abraço, sentindo seu corpo tenso e a caneca quente contra meu peito. "Não foi nada. Não estamos acostumados com tanta casa assim, nossa imaginação está a mil por hora."

Era uma boa explicação. Fazia sentido, ou ao menos achávamos que fazia. Apesar de os medos de Jess se provarem válidos depois, eu de fato acreditava no que estava dizendo.

Mesmo assim, outro indício de que havia algo de errado com o lugar aconteceu poucas horas depois, quando Elsa Ditmer chegou para o segundo dia de trabalho. Dessa vez, ela trouxe suas filhas.

"Achei que Maggie gostaria de fazer novas amizades", a mulher comentou.

As duas garotas eram a imagem cuspida da mãe. Mesmo rosto aberto e expressivo. Mesmos olhos amigáveis. A diferença estava na personalidade de cada uma.

Hannah, a caçula, não possuía nenhum pouco da discrição de sua mãe. Quando Maggie desceu as escadas, Hannah a olhou de cima a baixo, de um jeito que apenas crianças podem fazer sem arrumar problemas.

"Meu nome é Hannah. Eu tenho 6 anos", disse ela, após achar Maggie aceitável. "Você gosta de esconde-esconde? Porque a gente vai brincar agora. Tem um monte de lugar pra se esconder aqui e eu conheço todos. Tô te falando pra você saber quando eu ganhar."

Petra, a mais velha, era mais reservada. Ao contrário de sua mãe, não parecia ser tímida. Parecia apenas ser mais distante, avaliando tudo — eu, Jess, a casa... — com um misto de distração e tranquilidade.

"Vou ficar de olhos nelas", Petra disse quando Maggie e Hannah saíram para brincar de esconde-esconde. "Para garantir que ninguém vai cair num poço ou algo do tipo."

Aos 16 anos, Petra era mais alta que a mãe e tão magra quanto um graveto. Suas roupas, uma regata rosa e shorts cáqui, faziam com que seus braços e pernas parecessem ainda mais compridos. Sua aparência me lembrava um cervo, desengonçado, no entanto ágil. Seu cabelo estava preso em um rabo de cavalo, revelando um crucifixo de ouro semelhante ao que sua mãe usava.

"As crianças ficarão bem com a Petra", tranquilizou Elsa. "Ela é uma boa babá."

Enquanto observava Petra apressando o passo para alcançar Maggie e Hannah, acabei lembrando do que Elsa falou no dia anterior a respeito de sua filha ser forte e protetora. Diante de uma primeira noite difícil em nossa nova casa, essa lembrança serviu como um bálsamo.

A esperança de Maggie criar uma amizade com Hannah também trazia um grande alívio. Desde o último ano, Jess e eu estávamos ficando cada vez mais preocupados pela falta de amigos da nossa filha. Nossa suspeita era que ela estivesse mais solitária do que demonstrava. Maggie era mais quietinha, não exatamente tímida, observadora seria um bom termo. Sentia-se confortável em apenas sentar e ficar olhando, assim como Petra parecia estar.

Agora que as crianças estavam ocupadas, os adultos poderiam cuidar de seus afazeres. Jess e Elsa foram para a Sala Índigo, que eu esperava estar livre de cobras após o dia anterior. Voltei para a cozinha, onde organizei todos os pratos, talheres e utensílios que a família Carver deixou para trás. Apesar do que aconteceu aqui, eu ainda não conseguia entender por que a senhora Carver não quis levar nada. Talvez ela estivesse com medo de que as coisas nesta casa poderiam trazer memórias dolorosas demais para serem revividas. Sendo esse o caso, não havia problema algum em organizar xícaras lascadas e velhos talheres de prata, mantendo uns e me desfazendo de outros.

No decorrer da tarefa, um dos sinos na parede tocou. Era um diferente do que tocara um dia antes. Dessa vez, o sino estava enumerado com a indicação do antigo quarto de hóspedes, da época que Baneberry Hall era uma pousada. Aquele sino pertencia ao quarto Nº 4, também conhecido como o quarto da Maggie.

A princípio, apenas ignorei, achando que era uma das meninas brincando. Até me preparei para uma sinfonia de sinos, enquanto as garotas exploravam os outros quartos, puxando a corda em cada um. Porém, apenas o do quarto de Maggie tocou.

E tocou.

E tocou.

Os toques eram frenéticos e fortes. Não eram apenas algumas meninas puxando uma cordinha de leve. Eram puxões intensos.

Saí com curiosidade da cozinha em direção ao andar de cima. Lá, não ouvia mais o sino. Apenas um arrastar de corda sendo puxada da parede.

Maggie era quem estava puxando a corda, descobri quando entrei em seu quarto e a peguei com a boca na botija.

"Tinha uma menina aqui", Maggie disse com os olhos assustados.

"Tem certeza que não foi a Hannah?", perguntei. "Era para vocês estarem brincando de esconde-esconde, lembra?"

Elsa Ditmer havia se juntado a nós nesse momento por causa do barulho. A mulher permaneceu no corredor, demonstrando relutância para entrar no quarto.

"Pode ter sido a Petra", ela falou.

"Não", contou Maggie para nós. "Elas estão se escondendo."

Após ouvirem os próprios nomes, Hannah e Petra surgiram de seus esconderijos do segundo andar. Ambas permaneceram ao lado da mãe no corredor.

"A gente tá aqui", disse Hannah.

Petra espiou o interior do quarto. "O que tá acontecendo?"

"A Maggie disse que tinha alguém no quarto", respondi.

"Mas *tinha*", insistiu Maggie, enquanto batia o pé.

"Então pra onde ela foi?"

Maggie apontou para o guarda-roupa, o colosso de madeira posicionado logo em frente à cama. As portas estavam fechadas. Abri as duas, revelando o interior vazio. Maggie, mesmo pega na mentira, não desistiu.

"Mas eu vi!", gritou minha filha.

A essa altura, Jess veio compor o quadro. Com a paciência infinita que apenas uma mãe poderia ter, conduziu Maggie para fora do quarto.

"Vamos pegar algo para você comer e tirar uma soneca em seguida. Depois de ontem à noite, você deve estar exausta."

Eu estava seguindo logo atrás das duas, quando Elsa me parou no corredor.

"Sua filha... ela é sensitiva, não?"

"Todas as garotas nessa idade são."

"Algumas são mais do que outras", retrucou Elsa. "A Katie também era sensitiva."

"A filha do Curtis Carver?"

Ela deu um rápido aceno. "Meninas assim podem sentir coisas que o resto de nós não consegue. Quando isso acontecer, pode ser melhor acreditar nela."

Disse isso e saiu, voltando em silêncio pelo corredor.

No começo, ignorei o que ela disse. Maggie era a minha filha, não dela. E não estava disposto a fingir que acreditava em qualquer baboseira só para a menina ficar feliz. Entretanto, naquela noite, não consegui tirar as palavras de Elsa da cabeça.

Ainda mais quando os barulhos retornaram.

Não apenas os sons comuns de uma casa que se prepara para uma longa noite de verão, mas também os barulhos nos sonhos. Os solavancos e batidas de portas, armários, *closets* abrindo e fechando. A cacofonia preenchia meu sono, e o silêncio só chegou quando acordei alguns minutos antes da meia-noite.

Sentado na cama, olhei para a porta do quarto, ouvindo atentamente em busca de qualquer indício que revelasse se os ruídos eram reais. Tudo o que ouvi foram os suspiros sonolentos de Jess e um coro de grilos entre as árvores lá fora.

Pensei em Maggie no mesmo instante e em como Elsa Ditmer havia — com bastante precisão — a chamado de sensitiva. Ocorreu-me a ideia de que seu conselho para acreditar em Maggie, na verdade, significava olhar as coisas pela perspectiva da minha filha. Compreender que, embora eu soubesse que esses barulhos noturnos fossem comuns para uma casa antiga, eles poderiam ser assustadores para alguém tão jovem. Se eles conseguiam me manter acordado, então era possível que Maggie também não conseguisse dormir. Foi o motivo que me levou a pensar que não faria mal dar uma conferida nela.

Escorregando para fora da cama, saí de mansinho em direção ao quarto da Maggie. Enquanto me aproximava, vi sua porta — que, por insistência de Maggie, ficara aberta depois do beijo de boa-noite — ser fechada com um leve toque.

Significava que minha filha *estava* acordada.

Abri apenas uma fresta da porta, esperando ver Maggie subindo de volta na cama, pronta para ler um dos seus livros infantis à luz da lua. Em vez disso, a encontrei deitada na cama, coberta da ponta dos pés aos ombros por seus lençóis. Ao que tudo indica, num sono profundo também. Pela nossa experiência de pais, Jess e eu já conseguíamos reconhecer quando ela fingia dormir. As respirações rápidas, pálpebras se movimentando e a posição imóvel igual a uma pedra sempre denunciavam. Maggie estava dormindo pra valer agora, o que levantou uma única e preocupante pergunta: quem acabara de fechar a porta do quarto?

A garota que Maggie disse ter visto.

Foi a primeira coisa que pensei. Uma ideia maluca que foi logo descartada. Não havia garota alguma. Quanto à porta do quarto que se fechou sozinha, foi apenas uma corrente de ar, dobradiças frouxas ou um problema da forma como a colocaram décadas atrás.

Foi então que olhei para o guarda-roupa. O local onde Maggie disse que a menina imaginária desapareceu.

As duas portas estavam completamente abertas.

RILEY SAGER
A CASA DA ESCURIDÃO ETERNA

CINCO

As portas do guarda-roupa estão fechadas.

Nada de surpreendente. É provável que elas não sejam abertas há vinte e cinco anos.

O que me surpreende é que alguém — meu pai, presumo — tenha pregado duas tábuas de madeira de pinus nas portas. As tábuas fazem um X nas duas portas, dando uma impressão de proibido. Como uma casa assombrada enfeitada para o Halloween.

Combina com o lugar, acho.

Mesmo assim é ridículo.

Entretanto, não posso reclamar de clichês quando escolhi dormir no meu antigo quarto. Há diversos outros lugares onde eu poderia passar a noite durante minha estadia. O antigo quarto dos meus pais, inclusive, é o maior e acredito que o mais confortável.

No entanto foi este quarto que me chamou a atenção depois de carregar minhas malas escada acima. O quarto sinalizado pelo Nº 4 no sino da cozinha. Gostaria de falar que a escolha foi pautada nas velhas lembranças. Na verdade, acredito que foi apenas por ser um quarto legal. Posso perceber por que meu pai o escolheu para mim. Tem bastante espaço e um charme próprio.

Exceto pelo guarda-roupa, que tem tudo, menos charme. Um negócio enorme e dissonante, que domina todo o cômodo. Ele também traz a sensação de pertencer a outro cômodo: a sala de visitas, a Sala Índigo ou qualquer ambiente que não fosse este.

A forma como as tábuas o mantém bloqueado colabora para essa ideia. Só consigo supor por que meu pai fez algo assim. É por isso que volto até a caminhonete, pego um pé de cabra e arranco as duas tábuas com quatro puxões rápidos.

A madeira bate contra o chão e as portas do guarda-roupa começam a se abrir.

Quando abro completamente as duas portas, encontro vestidos.

Eles são pequenos. Vestidos de criança em diversas cores do arco-íris. Alguns vestidos rodados, frufrus e até justos na cintura com fitas de cetim. O tipo de porcaria que nenhuma criança com o mínimo de dignidade deveria usar. Dou uma examinada, percebendo o tecido um pouco rígido e a poeira que se acumulou nos ombros. Em um deles, há uma teia de aranha que se estende das mangas até a saia. É quando percebo que esses são meus vestidos, do tempo em que eu ainda era uma criança. Segundo o Livro, minha mãe os guardava aqui na esperança de que um dia eu quisesse me vestir como uma dona de casa modelo. Até onde sei, nunca coloquei nenhum deles no corpo. Deve ser por isso que estão largados às traças no guarda-roupa.

Contudo, quando sigo para o *closet*, e abro sua porta inclinada por conta do telhado, encontro mais roupas minhas. Roupas que tenho *certeza* que eu usava. São exatamente o meu estilo, jeans comuns, camisetas listradas e um par de tênis com um chiclete grudado na sola do pé esquerdo. São várias roupas, todo o meu vestuário dos 5 anos de idade parece estar presente neste cômodo.

Na entrevista para o *60 Minutes* — aquela em que apareço toda tímida e com um corte de cabelo horrível —, meus pais afirmaram que fugimos de Baneberry Hall apenas com as roupas do corpo. Tenho cada palavra decorada de tanto assistir à entrevista.

"É verdade que vocês nunca retornaram para a casa?", interrogou o entrevistador.

"Nunca", respondeu meu pai.

"Jamais", completou minha mãe, dando ainda mais ênfase.

"Mas e as suas coisas?", prosseguiu o entrevistador. "Roupas? Coisas de valor?"

"Continua tudo lá", disse meu pai de prontidão.

Assim como a maioria das coisas relatadas no Livro, jamais acreditei ter sido real. Não seria possível deixar *tudo* para trás.

E, mesmo assim, deparo-me com um *closet* repleto com minhas roupas antigas. Começo a pensar que talvez meus pais tivessem contado a verdade. A suspeita fica ainda maior quando vou para o outro cômodo, a brinquedoteca adjacente. O chão está cheio de brinquedos. Blocos de madeira, peças de Lego e até uma Barbie jogada de bruços no tapete igual a uma vítima de homicídio. Parece que uma garotinha abandonou o lugar no meio de uma brincadeira, sem nunca voltar.

Tento encontrar o motivo pelo qual meus pais fariam tal coisa. Por que tirar os brinquedos e as roupas da única filha? Tenho certeza de que eu gostava deles, deveria ter uma camiseta favorita, um bichinho de pelúcia predileto ou um livro que pedia para os pais lerem diversas vezes. Por que me privar de tudo isso sem um bom motivo?

A melhor resposta que posso encontrar é que foi para manter a credibilidade. Ninguém acreditaria nos meus pais se eles tivessem voltado para pegar a Barbie, por exemplo, ou aquele tênis com chiclete. Para manter o esquema futuro, como disse a chefe Alcott, precisaram propositalmente abrir mão de tudo.

Acho que os dois pensaram ser um sacrifício que valeria a pena. Um que tentaram compensar mais tarde, depois que o Livro fez sucesso, mimando a filha com coisas. Meu pai parecia até gostar. Fui a primeira garota da escola a ter um DVD *Player* e uma TV de tela plana e um iPhone. Quando fiz 16 anos, ganhei um carro novo. Quando completei 17, fui presenteada com outro. Na época, pensei que a culpa era pelo divórcio dos dois. Agora, acredito que foi uma forma de tentar se redimir por tudo que o Livro me causou.

Podem até me chamar de ingrata, mas eu trocaria tudo isso pela verdade.

Deixo a brinquedoteca e sigo pelo corredor, espiando os outros quartos do andar. A maior parte deles um dia foi quarto para hóspedes durante a fase em que Baneberry Hall era uma pousada. Eles são pequenos e a maioria está vazio. Um deles contém alguns resquícios que presumo serem dos dias de pousada: uma cama de solteiro sem lençóis e uma mesa de cabeceira com as pernas bambas, com uma luminária sem lâmpada inclinada acima do móvel igual a um homem bêbado. No quarto ao lado, há uma máquina de costura antiga e carretéis de linha empilhados em pirâmides organizadas. No chão, há uma caixa de papelão cheia de revistas *Life* dos anos cinquenta.

Como a maioria das coisas aqui veio junto com a casa, faz sentido que meus pais deixassem quase tudo para trás. Nada disso parece ter valor e não acredito que alguém tivesse apego emocional a uma mesa de cabeceira quebrada ou uma máquina de costura da marca Singer de meados do século passado.

Encontro um cenário diferente no antigo quarto dos meus pais ao final do corredor. Apesar de ter presumido que seria o quarto onde meu pai dormia durante suas visitais anuais, o cômodo parece não ter sido tocado nos últimos vinte e cinco anos. Igual à minha brinquedoteca, o lugar está parado no tempo. As joias da minha mãe, bem mais discretas das que ela usa agora, estão espalhadas pela superfície da cômoda, uma gravata enrolada como uma cobra lhe faz companhia. Um vestido embolado está jogado num canto, e um salto preto aparece por baixo do tecido.

Para ser sincera, o quarto está repleto de roupas. A cômoda, dividida em 'lado dele' e 'lado dela', está abarrotada. Cada gaveta que abro revela meias, roupas íntimas e coisas que meus pais não queriam que eu encontrasse: uma caixa com camisinhas e uma antiga latinha de pastilhas com maconha escondida no interior.

Mais roupas da minha mãe estão penduradas no *closet*, incluindo um vestido floral do qual só me lembro porque ela está usando na foto emoldurada que meu pai mantinha em seu apartamento. Está com uma aparência feliz naquela foto, com meu pai ao seu lado e a minha versão bebê em seu colo.

Refletir acerca dessa foto agora me faz pensar no modo como essa fotografia acabou aparecendo na casa do meu pai. Aquela moldura já fez parte de Baneberry Hall? Caso sim, meu pai a levou conosco quando saímos? Ou a pegou durante uma de suas visitas secretas aqui anos depois?

Então a maior pergunta de todas: por que levar apenas aquela foto?

Porque todo o resto ficou para trás. Os ternos e calças e cuecas do meu pai estão aqui. Além do relógio que não saiu da mesa de cabeceira ou o vestido de casamento da minha mãe, que permanece fechado na capa de proteção no fundo do *closet*.

Continua tudo aqui. Meu pai não mentiu a esse respeito, o que me faz pensar o que mais do Livro pode ser verdade.

Tudo.

O pensamento intrusivo surge na minha mente sem convite ou pedido. Fecho meus olhos, balanço a cabeça e ele vai para longe. Não é porque deixamos tudo para trás que significa que esse lugar seja assombrado. Só quer dizer que meu pai esteve disposto a sacrificar tudo — sua casa, suas coisas e sua família — pelo Livro.

De volta ao meu quarto, desfaço as malas, colocando minhas roupas de adulto ao lado das roupas de criança. Troco a calça *jeans* e camiseta de trabalho por um *short* de flanela e uma camiseta desbotada dos *Caça-Fantasmas* que roubei de um antigo namorado da faculdade. A ironia da situação tornou a ideia engraçada demais para eu resistir.

Deito na cama que era grande demais para meu tamanho aos 5 anos e pequena demais para mim hoje. Meus pés saem pela borda da cama, e, se eu me revirar muito, acabo caindo pelas laterais, mas vai ser suficiente por enquanto.

Em vez de dormir, passo a hora seguinte acordada na escuridão, fazendo o que faço em cada casa em que trabalho.

Escuto.

E, pelo visto, Baneberry Hall tem muito a dizer. Desde o zumbido do ventilador de teto até o rangido do colchão abaixo de mim, a casa tem barulho em todos os cantos. Lá fora, o ar quente do verão faz uma fresta entre as telhas gemer. O som faz coro com os grilos, sapos e pássaros noturnos que habitam as árvores ao redor da casa.

Estou quase adormecendo, embalada pelo ruído branco da natureza, quando outro som surge do lado de fora.

Um galho.

Partindo-se ao meio com um estralo alto.

O barulho repentino silencia o resto da floresta. Naquele silêncio recém-formado, sinto uma presença no exterior da casa.

Tem algo lá fora.

Deslizo pra fora da cama e vou até a janela, que oferece uma visão inclinada de cima em direção ao terreno abaixo envolto na escuridão noturna. Vasculho a área próxima da casa, encontrando apenas o luar iluminando a grama e os galhos mais altos de um carvalho. Sigo olhando para as partes mais distantes, onde as árvores dão sequência ao quintal da casa, esperando ver um cervo pisando com cautela na grama.

Em vez disso, encontro alguém parado logo além da linha de árvores.

Não consigo distinguir sua aparência. Está escuro demais e, quem quer que seja, está no meio das sombras. Na verdade, se a pessoa estivesse alguns passos para trás, nem seria possível enxergá-la.

No entanto, sou capaz de enxergá-lo. Posso vê-lo. Ou seria ela?

Imóvel como uma estátua.

Apenas observando a casa.

Até agora.

Lembro do que a chefe Alcott disse a respeito de pessoas tentando invadir o local. Ela os chamou de zumbis e disse que alguns conseguem entrar.

Não durante minha estadia.

Me afasto da janela, saio correndo pelo quarto, desço as escadas e chego à porta da frente. Do lado de fora, corro ao redor da lateral da casa e a grama orvalhada escorrega sob meus pés descalços. Ao chegar aos fundos da casa, vou direto para onde a figura estava.

Não há ninguém. Toda linha formada pelas árvores também está vazia.

Tento escutar o som de passos se afastando, mas o som dos grilos, sapos e pássaros noturnos retornou, dificultando ouvir qualquer coisa.

Permaneço ali por mais alguns minutos, pensando se realmente vi alguém rondando pelo lado de fora. Existe a possibilidade de ter sido apenas a sombra de uma árvore, uma ilusão da luz da lua ou apenas minha imaginação, projetando imagens paranoicas depois da conversa que tive com a chefe Alcott.

Ainda que seja possível, é pouco provável.

Porque tenho certeza do que vi: uma pessoa parada em pé exatamente onde estou.

O que significa que precisarei investir em um sistema de segurança e instalar um refletor no quintal como medida de prevenção. Afinal de contas, apesar do portão de entrada, da floresta e do muro de pedra que cerca tudo, Baneberry Hall não está tão isolada quanto parece.

E não estou tão sozinha aqui quanto pensei a princípio.

CASA DOS HORRORES

28 DE JUNHO
3º Dia

Após dois dias arrumando nossas coisas e organizando nossos móveis com os que estavam aqui antes, era por fim chegada a hora de lidar com a sala de estudos no terceiro andar, algo que eu mal podia esperar. Sempre quis ter meu próprio escritório. Toda a minha carreira de escritor foi pautada na escrita em cubículos com paredes brancas, mesas bambas de motéis e em nossa mesa da cozinha em Burlington. Minha expectativa era de que ter um espaço só meu me fizesse voltar a sentir como um escritor de verdade.

O único problema era que aquele cômodo também fora o local onde Curtis Carver se suicidou, um fato que pesava em meus ombros enquanto subia os degraus do corredor estreito até o terceiro e último andar. Eu estava preocupado que o ambiente ficasse carregado por sua morte, que sua culpa, desespero e loucura pairassem sobre o local e se infiltrassem em cada espaço.

Todos os meus receios foram embora quando finalmente entrei na sala de estudos. O cômodo continuava tão encantador quanto me lembrava. O teto alto, as estantes robustas e aquela enorme mesa feita de carvalho afastavam qualquer dúvida de que um dia aquele escritório pertencera a William Garson. Assim como a própria Baneberry Hall, a mesa de trabalho tinha a essência de grandeza que só poderia ser materializada por um homem de riqueza e *status* social, igual ao resto do cômodo. Em vez de Curtis Carver, era a presença do senhor Garson que dominava o ambiente da sala de estudos.

Entretanto, eu não conseguia ignorar o fato brutal de que um homem havia tirado a própria vida nesse lugar. Para conseguir enxergar o espaço como realmente meu, era preciso me livrar de qualquer vestígio de Curtis Carver.

Comecei com o primeiro dos dois *closets*, ambos com a parte de cima da porta inclinada, igual ao *closet* no quarto de Maggie. Em seu interior, havia prateleiras cheias de jogos de tabuleiro antigos, alguns deles vindo diretamente dos anos trinta: Banco Imobiliário, Detetive e Escadas e Serpentes. Havia até um tabuleiro de Ouija com as bordas da caixa desgastadas. Lembrei-me do que Janie June dissera sobre Gable e Lombard terem se hospedado aqui e sorri com a ideia dos dois usando o tabuleiro Ouija na sala de visitas iluminada pela luz de velas.

Abaixo dos jogos, no chão, estavam duas maletas quadradas com as superfícies cobertas de poeira. Puxei as duas para fora do *closet*, descobrindo que não estavam vazias, por conta do peso.

Havia algo dentro de cada uma.

A primeira maleta, descobri após abrir, não se tratava de uma maleta, mas de um antigo toca-discos de vinil dentro de uma bolsa de couro para protegê-lo. Complementando o aparelho, a outra maleta continha discos de vinil guardados nas embalagens originais de papelão. Dei uma boa olhada, desapontado com a coleção de orquestras de Jazz e trilhas sonoras de musicais.

Oklahoma, Ao Sul do Pacífico, O Rei e Eu...

Um fã de Rodgers & Hammerstein passou por aqui, e eu tinha plena convicção de que não era Curtis Carver.

Levei o toca-discos até a mesa e o liguei, curioso para saber se ainda funcionava. Peguei o primeiro vinil na maleta — *The Sound of Music*, a trilha sonora do filme *A Noviça Rebelde* —, e botei para tocar. A música preencheu o ambiente.

Enquanto Julie Andrews cantava algo relacionado às colinas estarem vivas, caminhei para o segundo *closet*, passando pelas duas janelas que pareciam olhos, similares às que ficam na frente da casa. Esse par de janelas dava para os fundos da casa, com vista para as árvores que desciam pela encosta íngreme da colina. Dei uma espiada no lado de fora, vendo Maggie e Jess de mãos dadas contornando a casa. Ciente de minha presença no cômodo, Jess lançou um olhar para a janela e acenou com a mão.

Acenei de volta, sorrindo. Os últimos dias foram difíceis, eu estava com o corpo dolorido de tanto carregar e desempacotar coisas, cansado das noites maldormidas e preocupado com os problemas de adaptação da Maggie. No café da manhã, lhe perguntei por que havia aberto as portas do guarda-roupa no meio da noite, e Maggie jurou que não havia feito isso. Porém, naquele momento, todo meu estresse se derreteu ao ver minha esposa e filha aproveitando o espaço dos fundos de nossa nova casa. As duas pareciam felizes ao explorar o entorno da floresta, foi quando percebi que ter comprado esse lugar foi a melhor decisão que tomamos.

Continuei minha tarefa no segundo *closet*, que estava quase vazio. As únicas coisas ali eram uma caixa de sapatos na prateleira de cima e, ao seu lado, quase uma dúzia de embalagens coloridas de filmes polaroides. A caixa de sapatos era azul com o clássico logo da Nike nas laterais. Descobri o motivo para a grande quantidade de filme dentro da caixa: uma câmera Polaroid e uma pilha desorganizada de fotos tiradas.

Primeiro, examinei a câmera, que era quadrada e pesada. Ao pressionar um botão na lateral, a lente e o *flash* da câmera apareciam no topo. O botão para disparar a foto ficava na parte de cima. Na parte de trás, o contador indicava que ainda havia filme suficiente para mais duas fotos.

Igual ao toca-discos, decidi testar a câmera. Fui para a janela dos fundos e vi Maggie e Jess a caminho das árvores. Maggie estava correndo e Jess seguia atrás, gritando para que ela fosse mais devagar.

Apertei o botão para tirar a foto antes de as duas sumirem entre as árvores. No segundo seguinte, enquanto a câmera fazia um barulho de rotação, uma fotografia quadrada foi surgindo da abertura na parte frontal da câmera. A imagem em si ainda estava se formando, formas difusas começaram a emergir do branco cor de leite. Deixei-a de lado para que terminasse de revelar a foto e voltei para as fotografias guardadas na caixa de sapato.

Pegando a primeira que vi, descobri ser uma foto de Curtis Carver. Ele olhava diretamente para a câmera com um olhar vazio no rosto, a luz do *flash* deixava sua pele com uma palidez típica de doenças mais graves. A julgar pelo braço esticado na lateral da imagem, foi o próprio Curtis que a tirou. Entretanto, o enquadramento estava todo errado, capturando apenas dois terços do seu rosto e o ombro esquerdo. Atrás dele, a sala de estudos parecia idêntica ao seu estado atual: vazia, escura e com sombras se acumulando no canto do teto.

Havia uma data escrita com marcador na parte inferior da faixa branca que circundava a fotografia.

Dia 2 de julho.

Peguei outra foto na caixa. A imagem era a mesma — uma fotografia descentralizada de Curtis Carver também tirada pelo próprio retratado na sala de estudos —, mas os detalhes eram diferentes. Ele vestia uma camiseta vermelha em vez da branca que usava na fotografia anterior. O cabelo estava desarrumado e a barba por fazer escurecia suas bochechas.

A data marcada abaixo da foto mostrava 3 de julho.

Peguei mais três fotos, encontrando as datas de 5 de julho, 6 de julho e 7 de julho.

As quatro que encontrei abaixo seguiam o mesmo padrão, com as datas de 8 de julho, 9 de julho, 10 de julho e 11 de julho.

Passar as fotos era como assistir a um vídeo de passagem do tempo, igual àqueles que usam nas escolas com flores desabrochando em velocidade superavançada. No entanto, era a linha do tempo de Curtis Carver e, em vez de avançar, parecia retroceder. A cada foto, seu rosto ficava mais magro, a barba parecia maior e a sua expressão se tornava mais abatida.

Seus olhos eram a única coisa que não mudava.

Olhando bem fixamente para eles, não era possível ver nada. Nenhuma emoção ou humanidade. A cada foto, seus olhos eram buracos escuros que nada revelavam.

Lembrei-me de uma frase que ouvi há muito tempo: *Quando se olha muito tempo para o abismo, o abismo também olha para dentro de você.*

Coloquei as fotografias de volta na caixa. Embora houvesse mais, não tinha estômago para isso. Tive minha cota de olhar para o abismo por uma manhã.

Preferi pegar a foto que eu havia tirado, que estava totalmente revelada agora. Gostei do que vi. Consegui capturar Maggie e Jess prestes a entrarem na floresta.

Mal dava para ver Maggie, apenas um borrão de cabelo castanho ao fundo e a sola branca do tênis como um indicativo de que ela corria. Jess estava mais nítida, de costas para a câmera, cabeça inclinada e braço direito estendido para afastar um galho à sua frente.

Permaneci tão concentrado em ambas que precisei de certo tempo para perceber outra coisa na foto. Quando vi, meu corpo deu um pulo de surpresa. Meu cotovelo bateu no toca-discos, interrompendo a música "Sixteen Going on Seventeen" com um som estridente da agulha arranhando o vinil.

Ignorei o aparelho e continuei a encarar a foto.

Logo ali, próximo à borda da fotografia, havia uma espécie de sombra encapuzada.

Pensei ser um homem, apesar de não ter certeza porque não enxergava os detalhes. Tudo que consegui identificar foi uma forma muito parecida com um humano de pé, no limiar entre a grama e as árvores.

Não fazia ideia de quem, ou o que, poderia ser. Sei apenas que ver aquilo fez uma onda gelada de medo percorrer minha espinha.

Eu ainda estava olhando para a figura na foto quando um grito, tão alto que ecoou na casa, rompeu da floresta.

Pelo tom agudo e terror na voz, soube imediatamente que pertencia a Jess.

Num instante, saí correndo da sala de estudos, passando pelos dois andares inferiores até chegar do lado de fora. Lá, contornei a casa até chegar à parte de trás, onde mais gritos podiam ser ouvidos.

Dessa vez, era Maggie, berrando um grito de dor contínuo a plenos pulmões.

Acelerei o passo ao entrar na floresta, saltando pela vegetação rasteira e desviando das árvores até chegar onde Jess e Maggie estavam. Ambas estavam no chão. Jess estava ajoelhada ao lado de Maggie, que permanecia deitada de barriga para baixo, gritando como uma sirene de ambulância.

"O que aconteceu?", falei assim que me aproximei.

"Ela caiu", respondeu Jess, tentando soar calma, mas falhando miseravelmente. Suas palavras saíam num frenesi descontrolado. "A Maggie estava correndo, então tropeçou, caiu e bateu numa pedra ou algo do tipo. Meu Deus, Ewan. Parece feio."

Ao lado dela, vi uma pequena poça de sangue no chão próxima à cabeça de Maggie. Ver aquela cena — o vermelho fresco contra o verde musgo da grama — despertou pânico em mim. Respirando profundamente, virei Maggie para o lado com gentileza. Ela manteve a mão pressionada contra a bochecha esquerda, enquanto o sangue escorria entre seus dedos.

"Fica quietinha, meu bem", sussurrei. "Deixa eu dar uma olhada no estrago."

Afastei a mão de Maggie, revelando um corte abaixo do seu olho esquerdo. Embora não fosse grande, parecia profundo o suficiente para precisar de pontos. Tirei minha camiseta e a pressionei contra o corte, torcendo para estancar o sangramento. Em resposta, Maggie soltou outro grito.

"Precisamos ir pra emergência", falei.

Jess, com seu instinto maternal falando mais alto, não me deixou carregar Maggie. "Eu a levo", indicou minha esposa enquanto colocava nossa filha no colo, o sangue escorrendo por sua camisa. "Encontro você no carro."

Ela partiu com Maggie ainda soluçando nos braços. Fiquei para trás apenas para examinar o lugar onde minha filha havia batido o rosto. Foi fácil encontrar. Uma mancha úmida de sangue refletia o sol em cima da pedra retangular, que se projetava cerca de uns três centímetros acima do solo.

Só que não era uma pedra.

Seu formato era específico demais para ser obra da natureza.

Para minha completa surpresa, tratava-se de uma lápide.

Ajoelhei-me e afastei a sujeira que se acumulava ali há décadas. Contrastando as letras encobertas de terra com o mármore branco, um nome familiar apareceu.

WILLIAM GARSON
Amado pai
1843 — 1912

RILEY SAGER
A CASA DA ESCURIDÃO ETERNA

SEIS

Depois de ver alguém do lado de fora, foram necessárias duas horas e uma boa dose de Valium antes de eu ficar calma o suficiente para me deitar, e, mais difícil ainda, conseguir pegar no sono. Quando enfim consegui, um pesadelo invadiu meus sonhos. Eu estava na cama, mas a sombra que vi do lado de fora pairava sobre mim com as costas voltadas para o teto.

Acordei sem fôlego, uma camada de suor fina sobre minha pele refletia o luar que entrava pela janela. Foi necessária uma segunda boa dose de Valium para dar conta do recado e me permitir dormir.

Agora, são 6h e, mesmo que preferisse ficar na cama, tenho que me levantar. Tem trabalho para ser feito.

Como não há café na casa, faço de um banho gelado o substituto meia-boca para a cafeína. Saio do chuveiro totalmente acordada, apesar de dolorida e sem ânimo. Parece que alguém acabou de me estapear e deixou minha pele avermelhada e pulsando. Quando me vejo no espelho do banheiro, percebo minha cicatriz sobressaltada na fraca luz do amanhecer. Uma linha branca no meio de uma bochecha rosada. Encosto nela, sentindo a pele ao redor inchada e sensível pela falta de sono.

Meu café da manhã consiste numa barrinha de cereal — literalmente, a única coisa de comer que pensei em trazer — acompanhada de outra caneca daquele chá horrível e a promessa de passar no mercado até o final do dia.

Enquanto termino a refeição, dou uma olhada no celular e vejo uma mensagem de texto da minha mãe. Pelo jeito, desconfio que ela ouviu o recado que deixei na secretária eletrônica.

Estou muito desapontada com você. Por favor, não fique aí.

Minha resposta é um exemplo de maturidade.

Quero ver quem vai me impedir.

Pressiono o botão de enviar e subo as escadas para dar uma passada pela Sala Índigo e pela sala de visitas, procurando o abridor de cartas que perdi durante a cena toda com Elsa Ditmer e sua filha. É a única explicação. Abridores de carta não desaparecem sozinhos, porém, depois de muito tempo de busca sem resultado, acabo desistindo.

Tento me convencer de que está em algum lugar por aí, como embaixo da pilha de correspondência abandonada há anos. Vai acabar aparecendo e, se não aparecer, tanto faz.

Às 7h, vou para o lado de fora e começo a descarregar a minha caminhonete antes que Dane chegue, mesmo que sua ajuda facilitasse. Prefiro fazer sozinha. Primeiro, porque já estou aqui e não quero perder tempo e, segundo, porque quero que veja com seus próprios olhos que *posso* fazer isso sozinha. Ele está aqui para ajudar, não para fazer o serviço pesado.

Quando Dane chega — pontualmente às 8h —, metade da caminhonete está vazia e os equipamentos estão espalhados pelo chão. Ele olha atento para a maleta da furadeira ao lado da escada, que está apoiada na serra circular de bancada. Acho que está impressionado.

Enquanto está me ajudando a terminar de descarregar a caminhonete, lhe explico o plano: fazer uma limpa na casa, mantendo tudo que vale a pena salvar e jogando o resto fora. Vamos começar por cima, pela antiga sala de estudos do meu pai, e descer andar por andar, cômodo a cômodo. Ainda não sei o que fazer com a casa. Preciso passar mais tempo aqui antes de bolar uma ideia específica para o *design*, mas estou propensa a trabalhar com o que já tenho aqui: madeiras nobres, padrões ornamentados e cores profundas e ricas. Se eu tivesse que dar um nome para o projeto, chamaria de *glamour* vitoriano.

Com a caminhonete descarregada, pegamos algumas caixas de papelão e seguimos para dentro. A casa parece maior na luz matinal, mais confortável e clara. Quem não conhecesse a sua história, poderia até definir o local como aconchegante. Mas o passado de Baneberry Hall pesa o ambiente, ao ponto de me fazer sentir um calafrio quando passamos pela janela dos fundos e vejo a área onde o invasor de ontem estava parado.

"Você tem uma cópia da chave do portão, certo?", pergunto a Dane, enquanto subimos os degraus para o último andar."

"Eu seria um péssimo caseiro se não tivesse."

"Você por acaso não deu uma volta por aqui na noite passada? Por volta das onze?"

"Nesse horário, eu estava dormindo enquanto passava o jogo do Red Sox. Por quê?"

"Vi alguém perto das árvores. Poucos metros da parte de trás da casa."

Dane para de subir, se vira e me olha de um jeito preocupado. "Ele fez alguma coisa?"

"Até onde sei, só ficou parado, olhando para a casa, antes de desaparecer entre as árvores."

"Devia ser um zumbi", explica Dane.

"Acho que essa palavra não é apenas linguajar policial."

"Chamamos eles assim por aqui. A maioria são crianças da região. Ouvi dizer que gostam de desafiar um ao outro para entrar escondido e dar uma olhada na famosa casa dos horrores. São inofensivos, mas talvez seja melhor não facilitar. O portão de entrada estava escancarado hoje de manhã. Você tá praticamente pedindo pra alguém invadir."

Deixando a explicação meio machista do Dane de lado, sei que está certo. Havia me esquecido do portão ontem à noite. Aprendi a lição e não planejo repetir o erro.

"Recado recebido", respondo ao mesmo tempo que abro a porta da sala de estudos. O ambiente está abafado, ainda que nem sejam 9h e o raiar do sol não tenha chegado à casa. Também está cheio de pó. Enormes partículas de poeira pairam no ar ao entrarmos, praticamente brilhando com a claridade que começa a entrar pelas janelas redondas.

Dane dá uma olhada no cômodo, parecendo impressionado. "É um espaço excelente. O que você planeja fazer aqui?"

"Estava pensando num quarto de hóspedes", respondo. "Ou talvez uma quitinete integrada."

"Precisaria instalar um banheiro."

Solto uma careta porque ele está certo. "O encanamento vai ser difícil."

"E caro", complementa. "Sei que pode parecer loucura, mas se você quisesse, poderia remover o chão..."

"E transformar o quarto abaixo numa suíte principal com telhado de duas águas..."

"E com uma claraboia!"

Precisamos nos calar, os dois ficaram sem fôlego. Falamos a mesma língua, bom saber.

A atenção de Dane vai para as estantes de livros ao longo da parede. Vou para a mesa de trabalho de meu pai, incomodada com as lembranças de quando Allie e eu esvaziamos seu apartamento uma semana depois de sua morte. Não foi nada fácil. O lugar inteiro tinha o cheiro dele, um cheiro tranquilizador de lã, loção pós-barba e livros antigos. Cada objeto que eu colocava na caixa de papelão parecia uma parte de sua existência sendo enclausurada num lugar onde ninguém poderia acessar. A cada cardigã puído, e cada livro desgastado nas bordas, eu estava apagando o meu pai, parte por parte, e isso me deixou devastada.

A pior parte foi encontrar uma caixa de manuscritos no chão do *closet* de seu escritório, entre sua antiga máquina de escrever e um conjunto de tacos de golfe raramente usados. Acontece que meu pai havia escrito cinco livros depois de *Casa dos Horrores*. Todos eram histórias de ficção. Nenhum publicado. Um deles tinha uma carta de seu agente de longa data, dizendo que todo mundo só queria outra história de fantasmas.

Agora, abro a gaveta superior da mesa do meu pai sem pressa, me preparando para outros indícios de seus fracassos. Não encontro nada além de canetas, clipes de papel e uma lupa.

Entretanto, a gaveta debaixo reserva uma surpresa.

Uma cópia do Livro.

Pego ele nas mãos e assopro a poeira da capa. Essa é uma versão em capa dura, a primeira edição. Posso afirmar porque é o único que não traz as palavras que todos os autores sonham em colocar em seus livros: um *best-seller* do *New York Times*. Todas as edições seguintes destacavam o título como uma medalha de honra.

A capa é boa, algo que muitos consideram ter impulsionado o sucesso inicial do Livro. É uma ilustração de Baneberry Hall vista por um ângulo impossível de se obter na vida real. Uma imagem do alto, a vista panorâmica de uma grande casa inclinada no topo da colina. Há uma luz acesa no terceiro andar — o mesmo em que estamos agora — com um brilho esverdeado saindo das janelas redondas, dando a impressão de que Baneberry Hall está nos observando. A floresta ao redor parece tragada pela casa, as árvores se inclinando em direção a ela, como se fossem súditos obedientes aguardando para fazer a vontade de seu mestre.

Foi essa edição que li quando tinha 9 anos. Sabia que meu pai tinha escrito um livro e sabia que era algo importante. Lembro das entrevistas, da equipe de palco e dos holofotes que machucavam minha vista.

O que eu não entendia, não por completo, era qual o assunto do livro e por que as pessoas tratavam minha família de maneira diferente das outras pessoas. Acabei descobrindo por uma colega de classe chamada Kelly, que precisou me desconvidar para a festa de aniversário dela. "Minha mãe disse que seu pai escreveu um livro do diabo e não posso mais ser sua amiga", afirmou ela.

Naquele final de semana, decidi que deveria ler o livro, e para isso peguei uma cópia da primeira edição em uma prateleira do escritório do meu pai. Durante o mês seguinte, precisei ler em segredo, como se fosse uma revista pornográfica, em situações das mais diversas: debaixo dos lençóis com uma lanterna, depois da aula ou antes de meu pai chegar de uma aula de escrita criativa que lecionava para se manter ocupado... uma vez, quando já estava com coragem o suficiente para colocar o Livro na mochila e levar pra escola, matei aula para lê-lo no banheiro das meninas.

Ler algo proibido chegava a ser emocionante. Finalmente, compreendi por que minhas amigas ficavam tão animadas por roubar *Flores no Sótão* de suas irmãs mais velhas. Entretanto, também era perturbador ver os nomes dos meus pais, *meu* nome, num livro sobre coisas das quais não me recordava.

Ainda pior era ver como meu pai me transformou numa personagem que não tinha qualquer semelhança real comigo, mesmo que apenas quatro anos nos separassem naquela época. Não via nada de mim na Maggie do Livro. Achava que era esperta, levava jeito para as coisas e não tinha medo de nada. Pegava aranhas, com as quais passeava no parquinho da escola. A Maggie do Livro era tímida e desajeitada, uma esquisitona solitária. Doeu saber que meu próprio pai me retratou daquela forma. Será que essa era a forma como me via? Quando pensava em mim, enxergava apenas uma menina assustada? Será que essa era a impressão de todos?

Concluir a leitura do Livro me deixou com uma leve impressão de ter sido usada. Meu pai havia me explorado, mesmo que eu nem entendesse isso direito na época. Só sabia que a sensação era de estar confusa, humilhada e não representada.

Sem falar da raiva.

Fiquei furiosa pra caralho, ao ponto de não saber o que fazer com tanta raiva. Precisei de semanas até finalmente confrontar meus pais a respeito. Aconteceu durante uma de suas trocas de guarda compartilhada, em que eu era passada adiante como um bastão de revezamento.

"Vocês mentiram a meu respeito!", gritei enquanto segurava o livro no ar para eles. "Por que vocês fizeram isso?"

Minha mãe me disse que o Livro era algo que a gente não discutia. Meu pai falou para mim sua resposta pronta pela primeira vez.

"O que aconteceu, aconteceu, Mags. Jamais mentiria sobre algo assim."

"Mas você mentiu!", afirmei. "A garota neste livro não sou eu."

"Claro que é você", interferiu minha mãe, tentando encerrar a discussão.

"Não sou nada parecida com ela." Na ocasião, comecei a chorar, o que apenas aumentou minha humilhação. Queria demonstrar força em meio à resistência deles. "Ou eu sou a garota nesse livro, ou eu sou eu. Qual é a verdadeira?"

Meus pais se recusaram a me responder. Minha mãe me deixou com um beijo na bochecha, e meu pai me levou para tomar sorvete. Derrotada, engoli a raiva como um comprimido amargo, definindo assim o curso da minha adolescência. Silêncio da minha mãe, negações do meu pai e minha investigação secreta por anos a fio em busca de mais informações.

Um pouco daquela raiva infantil retorna enquanto folheio o Livro, lendo trechos que há muito tempo decorei.

"Eu realmente odeio esse livro", comento.

Dane me olha com curiosidade. "Ouvi dizer que é bom."

"Não é, não muito."

Outro aspecto do livro que me frustra: seu sucesso inexplicável. Os críticos não foram gentis, chamando o estilo de medíocre e o enredo de genérico. Com esse tipo de comentário, não deveria ter ficado tão popular. Porém, a obra se diferenciou no cenário da não ficção que, naquele período, estava saturado de livros alusivos a como enriquecer pela fé, homicídios no sudeste da Geórgia e surtos de Ebola que mal foram contidos. Como resultado, o Livro se tornou uma daquelas coisas que as pessoas acabam lendo porque todo mundo está lendo.

Continuo a folhear o Livro, parando petrificada quando um trecho de duas frases chama minha atenção.

"Maggie, não tem ninguém ali."

"Tem sim!", gritou ela. "Todos eles estão aqui! Eu te disse que eles iam ficar zangados!"

Fecho o Livro com força e o jogo na mesa.

"Você pode ficar com esse, se quiser", digo a Dane. "Na verdade, você pode pegar praticamente qualquer coisa neste quarto. Não que tenha algo de valor. Não tenho certeza se existe um mercado para bugigangas encontradas em casas assombradas de mentirinha."

Há dois *closets*, um de cada lado do cômodo, com portas inclinadas para acomodar o teto inclinado. Cada um de nós escolhe um, a porta do escolhido por Dane se abre com um rangido enferrujado.

"Não há nada aqui além de umas caixas quadradas", avisa ele.

Cruzo o quarto e olho por cima de seu ombro. No chão do armário, vejo duas maletas. Arrastamos ambas para fora do armário e cada um abre uma. Há um toca-discos dentro da maleta aberta por Dane. Na minha, uma coleção de discos de vinil. O primeiro vinil tem um título familiar: *The Sound of Music*.

Deparar-me com aqueles discos me arrasta em direção à mesma sensação de desconforto que experimentei na noite passada, quando descobri que meu pai não mentiu ao dizer que deixaram tudo para trás. Um tremor involuntário percorre meu corpo na tentativa de afastar a sensação. Só porque essas coisas são verdade, não significa que a história escrita por meu pai seja real. Preciso me lembrar disso. Baneberry Hall provavelmente está cheia de coisas mencionadas no Livro.

Escreva sobre o que você sabe, era o conselho favorito do meu pai.

"Isso é tralha", falo antes de retornar para meu *closet*. "Devíamos jogar fora."

Dane segue o oposto da recomendação e coloca o toca-discos na mesa, seguida pela maleta com os discos.

"A gente devia dar uma olhada", sugere, enquanto examina os vinis. "Quer ouvir um musical ou, uh, prefere um musical?"

"Prefiro o silêncio", respondo com certa irritação na voz.

Dane entende o recado e se afasta da mesa, acompanhando-me para o segundo *closet*, enquanto abro a porta.

Dentro, há um ursinho de pelúcia sentado no chão.

Suas costas estão contra a parede, como se fosse um refém. Os pelos, que um dia foram marrons, agora estão brancos pelos anos de poeira. Um dos botões pretos nos olhos caiu, deixando um emaranhado de fios sobressaindo no local onde ficaria o nervo óptico. O pescoço do urso ostenta um laço vermelho com as pontas dobradas, como se tivesse sido abraçado com muita força por muito tempo.

"Era seu?", questiona Dane, antes de apertar o urso, levantando uma nuvem de poeira.

"Não, pelo menos, acho que não. Não me lembro."

Um pensamento me ocorre. Um pensamento triste. É possível que esse urso tenha pertencido a Katie Carver e foi deixado para trás, como tantas outras coisas da família. Meu pai, sem saber o que fazer com ele, pode tê-lo colocado no *closet* e esquecido de sua existência.

Pego o urso da mão de Dane, coloco-o na escrivaninha ao lado do toca-discos e volto para o trabalho. Tem outra coisa dentro do *closet*, algo empoeirado em cima da prateleira superior.

Uma caixa de sapatos azul.

Igual àquela que, no Livro, meu pai diz ter encontrado. Cheia de fotografias estranhas do pai de Katie. Minha inquietação retorna. Agora, ainda mais forte e sorrateira. Com as mãos trêmulas, levo a caixa até a mesa e a abro, ciente do que vou encontrar em seu interior: uma câmera Polaroid e uma série de fotos.

Na mosca.

A câmera, um trambolho pesado, ocupa um dos lados da caixa. As fotos, cinco no total, estão jogadas de forma desorganizada no outro lado. No entanto, em vez do olhar vazio de Curtis Carver, a primeira foto que vejo é, para minha surpresa, uma foto minha. Assim como a fotografia na sala de visitas, a semelhança comigo não é muito grande.

Estou usando uma calça jeans e camiseta do Batman na foto, que foi tirada em frente a Baneberry Hall, o que significa que eu tinha 5 anos na época. A casa parece espreitar ao fundo como se estivesse nos bisbilhotando. Pelo fato de não haver cicatriz, nem mesmo um curativo, na minha bochecha, presumo também ter sido tirada nos três primeiros dias da nossa estadia.

Igual à próxima foto, que mostra duas outras garotas ao meu lado, uma tem a idade próxima da minha e a outra é bem mais velha. Estamos no meu quarto, alinhadas em frente ao guarda-roupa. O *flash* fez nossos olhos ficarem vermelhos, dando aquele olhar de crianças demoníacas.

Consigo reconhecer a outra menina mais nova. Vi os mesmos traços faciais no rosto da mulher que conheci ontem à noite. A única diferença é que essa versão mais jovem não possui a mesma seriedade da atual.

Hannah Ditmer.

O que significa que a garota mais velha na foto é Petra.

Sua beleza é de tirar o fôlego. Alta, pele cremosa, cabelos loiros presos no topo da cabeça. Ao contrário de Hannah e de mim, que estamos de pé com os braços na cintura, Petra faz uma pose: mão na cintura e uma perna levantada com o pé para trás. Vejo os seus pés descalços com as unhas dos pés pintadas de vermelho.

Estamos vestidas para dormir, Hannah e eu de pijama, Petra com uma camiseta grande branca e *short* da Umbro. Ela também usa um colar, um pequeno crucifixo pendurado em uma delicada corrente de ouro.

Lembro-me daquela noite. Pelo menos, a versão no Livro daquela noite. A noite do pijama que deu terrivelmente errado. Foi uma das primeiras coisas que me deixou obcecada aos 9 anos: como eu poderia não me lembrar de nada daquela noite horrível. Passei noites sem dormir, com medo de ser verdade o que tinha lido, porque era de fato assustador. Um tipo de cenário de filme de terror que ninguém deseja experimentar na vida, e vivi isso, mas não conseguia lembrar de nada, o que significava que deveria ter algo de muito errado comigo.

Depois de atravessar várias noites acordada, olhando para o teto em ambos os quartos das duas casas separadas onde morei, comecei a perceber por qual razão não conseguia me lembrar dos eventos do Livro. Eles nunca tinham acontecido.

Assumi para mim que isso incluía a festa do pijama.

Porém, de acordo com essa polaroide, eu estava errada. Em algum momento dos nossos vinte dias em Baneberry Hall, houve uma vez em que Hannah e Petra passaram a noite em casa.

Pelo menos, parte da noite.

Petra também está na próxima foto. Ela permanece de pé na cozinha com minha mãe. As duas olham para cima, vendo um buraco gigante no teto. A pose de ambas está numa sincronia não intencional. As cabeças inclinadas para trás, de perfil, com as gargantas à mostra. As duas poderiam facilmente serem confundidas com mãe e filha. O que me faz pensar se minha mãe viu essa foto e, caso sim, como se sentiu ao se ver ao lado de uma mulher mais jovem e parecida em aspecto físico e gosto. Uma que fosse feminina. O tipo de filha que ela nunca teve.

Há outras duas pessoas na foto, uma à frente da outra no fundo da imagem. Na frente, há um homem mais velho de camisa de flanela e calça jeans, subindo uma escada. Atrás dele, alguém mais jovem que mal dá para ver. Tudo o que consigo distinguir é uma parte de rosto, um cotovelo flexionado, metade de uma camiseta preta e um pedaço de calça jeans.

Walt Hibbets e meu pai. Dois dias depois do incidente na cozinha.

Assim como a noite do pijama, essa é uma das passagens mais famosas do Livro. E, se essa foto serve como prova, se trata de outra descrição que também tem raízes na realidade.

Seguro as duas fotografias lado a lado, estudando cada uma. Meu estômago continua a ser preenchido lentamente por uma náusea que começou no momento em que encontrei a caixa de sapatos. É a sensação de perder o chão, algo que só as más notícias, as esperanças desfeitas e um coração partido podem causar.

É a sensação de perceber que aquilo que você pensava ser uma mentira, pode ser verdade.

Uma parte minha sabe que isso é completamente ridículo. O Livro é uma obra de ficção, apesar de ter as palavras *Uma História Verídica* estampadas na capa, logo abaixo do título. Minha mãe confirmou isso. No entanto, uma vozinha na parte de trás da minha cabeça sussurra que, talvez, apenas talvez, eu possa estar errada. É a mesma voz que, ontem à noite, antes de Elsa Ditmer dar as caras, sugeriu que a pessoa dentro da Sala Índigo poderia ser o Senhor Sombra.

Ouço a voz agora, cochichando palavras venenosas ao meu ouvido.

Você sabe que é verdade. Sempre soube.

O que torna ainda mais estranho é que reconheço esse sussurro insistente.

É meu pai. Parece exatamente como ele soava pouco antes de morrer.

Escuto sua voz outra vez quando pego as duas últimas fotos da caixa. A primeira é uma foto sua fazendo uma típica *selfie*. Braço estendido, queixo abaixado e um pedaço vazio de parede ao fundo sobre o ombro esquerdo dele. Ele olha diretamente para a câmera, o que faz parecer que está olhando para além dela, em direção ao futuro. Seus olhos se prendem aos meus num espaço de distância de vinte e cinco anos.

Prometa que nunca vai voltar para lá, escuto sua voz dizendo. *Lá não é seguro. Não para você.*

Torcendo para que seus sussurros desapareçam se eu não estiver mais olhando para seu rosto, viro a última polaroide. Foi tirada em um ângulo bem inclinado de uma das janelas com vista para os fundos. No chão abaixo, há duas pessoas entrando no bosque.

Uma delas é minha mãe.

A outra sou eu com 5 anos.

É a exata foto que meu pai descreveu no Livro. Aquela tirada por ele quando encontrou a câmera Polaroid. Contra minha vontade, meu olhar vai automaticamente para a área esquerda da foto, ao mesmo tempo ciente e com medo daquilo que encontrarei.

É nítido, pairando no canto esquerdo da imagem há uma forma escura escondida entre as árvores.

Pode ser um tronco de árvore escurecido por uma sombra.

Também pode ser uma pessoa.

Não consigo distinguir porque a qualidade da imagem é péssima. Está toda granulada e fora de foco, além de tremida. Apesar disso, a forma escura tem a clara silhueta de uma pessoa.

Entretanto, o pior de tudo é como a figura está parada perto do exato mesmo lugar da pessoa que vi na noite passada. Pode ser apenas coincidência, entretanto o modo como meu estômago está se revirando me diz que não.

O sussurro imaginário do meu pai brota novamente.

É o Senhor Sombra. Você sabe que é ele.

Só que o Senhor Sombra não é real. Assim como o Livro não é real.

Continuo a encará-la, pensando no que aconteceu momentos após a fotografia ter sido tirada. Minha mão trêmula vai até minha bochecha, meus dedos tocam a linha de pele sobressaltada sob meu olho. Percebo que a cicatriz é mais uma prova de que o Livro, por mais fantástico que seja, contém elementos de verdade.

Jogo as fotos sobre a mesa, onde se espalham por sua superfície. A de cima é a *selfie* do meu pai com seus olhos encarando os meus, como se ele já soubesse o que estou prestes a fazer.

Saio do escritório, deixando Dane sozinho.

Sigo para o lado de fora, passando pela caminhonete, desviando do equipamento no chão e contornando a casa.

Passo pela parede lateral tomada pela hera, seus tentáculos escalando até o segundo andar.

Adentro a floresta envolta em sombras, recriando acidentalmente a foto de meu pai e seguindo pela encosta abaixo em meio a ervas daninhas, *baneberries* vermelhas que reluzem e raízes de árvores.

Por fim, chego a um conjunto de blocos de mármore que emergem da terra de forma tão desordenada que parecem dentes podres.

O cemitério.

Mais uma coisa que meu pai não mentiu.

Atrás de mim, escuto Dane chamando pelo meu nome. Ele também está na floresta, agora, chegando perto de mim. E percebo quando interrompe bruscamente seus passos ao ver as lápides.

"Caramba", exclama.

"Leu os meus pensamentos."

Ajoelho-me em frente à lápide mais próxima, limpo a sujeira com a mão e vejo um nome inscrito no mármore.

Então começo a dar risada.

Não posso acreditar que pensei, mesmo por um segundo, que o Livro fosse verdade. Ele demonstra como meu pai era um bom mentiroso e que subestimei grandemente seu talento. É claro que a *Casa dos Horrores* inclui lugares e situações reais. Se existisse mesmo um cemitério na sua propriedade, é óbvio que você iria mencioná-lo. Quando se mistura fatos com ficção, entrelaçando os dois como um ninho de cobras, algumas pessoas acabam por acreditar. Políticos fazem isso o tempo todo.

E, por um breve segundo, realmente acreditei. Foi difícil não acreditar depois de encontrar tantas coisas citadas no Livro. O toca-discos, a fotografia de mim e minha mãe, a noite do pijama, o teto da cozinha e o cemitério... tudo feito para eu acreditar que o Livro era real.

Porém, neste momento, olhando para o nome na lápide, percebo que eu estava certa o tempo todo: o Livro é conversa fiada.

ROVER
Aqui jaz um bom cachorro

Dane, agora ao meu lado, encara o mármore e diz: "Isso daqui é um maldito cemitério de animais?".

"Parece que sim", respondo. "Se não for, a família Garson tinha sérios problemas mentais."

Passeamos pelo resto do cemitério. Embora seja certamente antigo e, realmente assustador, não é nada comparado ao lugar que meu pai descreveu. Há diversas lápides para cachorros, tantas outras para gatos, que você perde a conta, e até uma para um pônei chamado Ventania.

Apontando para este túmulo específico, Dane comenta: "Vai ver foi um cavalo fantasma que sua família encontrou".

"Fantasmas não existem", retruco. "Humanos ou animais."

"Ei, não desacredite em fantasmas com tanta rapidez."

"Você não acredita nesse tipo de coisa, não é?"

A expressão de Dane começa a ficar pensativa.

"Se acredito em fantasmas? Na verdade, não. Pelo menos, não da forma que as pessoas enxergam, como algo sobrenatural. Mas, sim, acredito que coisas acontecem. Coisas que não conseguimos explicar, não importa o quanto a gente tente. O inexplicável, era como minha avó materna chamava."

"Então ela acreditava?"

"Ah, pode ter certeza. Ela era uma irlandesa da velha guarda. Cresceu ouvindo histórias de duendes e fadas. Sempre achei um pouco ingênuo o modo como expressava as suas crenças nesse tipo de coisa." A voz dele perde o volume, nada além de um sussurro. "Mas então, vi um quando tinha 10 anos. Talvez não fosse um fantasma, mas era alguma coisa."

"Alguma coisa inexplicável?", concluo.

Dane fica um pouco corado e coça sua nuca. Um gesto meio infantil, no entanto estranhamente cativante. Uma das muitas versões de Dane Hibbets que conheci nas últimas vinte e quatro horas — o caseiro bonito e metido, o funcionário entusiasmado, a fonte de informações —, porém essa é a minha favorita.

"A gente morava numa casa antiga a algumas cidades daqui", começa a falar. "Era uma casa alta e estreita. Meu quarto ficava no último andar, meio isolado do resto. Não me importava muito, tinha 10 anos e queria privacidade. Só que numa noite de outubro, acordei com o som da minha porta sendo aberta. Sentei na cama e vi minha avó colocar a cabeça pra dentro do quarto. 'Só queria te desejar boa noite, meu rapazinho', ela falou. Era esse o apelido que ela me dava: rapazinho. Então saiu, fechando a porta logo em seguida. Antes de voltar pra dormir, conferi o relógio na cômoda. Era uma e trinta e dois da madrugada.

"De manhã cedo", prosseguiu. "Desço as escadas e encontro meus pais sentados na cozinha. Minha mãe estava chorando e meu pai parecia atordoado. Perguntei para os dois onde estava a vovó e por que ninguém me contou da visita. Foi quando eles me contaram que minha avó tinha falecido durante a noite. Exatamente a uma hora e trinta e dois minutos da madrugada."

Ficamos em silêncio após isso. Falar algo seria quebrar a repentina e estranha conexão entre nós. É parecido com a nossa interação no escritório, apesar de agora ser mais forte, porque é pessoal. Em meio ao silêncio, penso na história de Dane e como ela é mais bonita do que assustadora. Fez com que eu desejasse que meu pai tivesse dito algo parecido antes de morrer. Em vez disso, ganhei um aviso relacionado à Baneberry Hall e uma desculpa por algo que nunca admitiu ter feito, os dois motivos que me trouxeram até aqui.

"Preciso confessar algo", acabo por falar.

"Deixa eu adivinhar", disse Dane em tom sério. "Seu nome verdadeiro é Ventania."

"Quase, mas a verdade é que não voltei aqui apenas para reformar Baneberry Hall. O real motivo pra eu estar aqui é tentar descobrir por que deixamos esse lugar da forma como tudo aconteceu."

"Você acha que tem mais coisa aí?"

"Tenho certeza que sim."

Conto tudo a ele: minha relação conturbada com o Livro, as últimas palavras enigmáticas do meu pai, a certeza que tenho de que meus pais têm escondido algo de mim por vinte e cinco anos...

"Sei que meu pai era um mentiroso", afirmo, apontando com o queixo para o túmulo de Rover. "Agora, quero saber a respeito do que ele mentiu. E por quê."

"Mas você já sabe que é mentira", reflete Dane. "Por que esse trabalho todo só pra descobrir os detalhes?"

"Porque...", faço uma pausa, tentando encontrar palavras para expressar um sentimento intrínseco e inexplicável. "Porque a maior parte da minha vida foi definida por esse livro. Mesmo assim, meus pais se recusaram a me contar qualquer coisa sobre ele. Cresci sozinha e confusa e me achando uma estranha, pois todo mundo achou que eu era a vítima de alguma coisa inexplicável."

Dane acena em aprovação diante do meu uso do termo de sua avó. "É uma ótima palavra."

"Realmente, é", respondo com um sorriso, apesar das lágrimas que se formam nos meus olhos. Eu as enxugo com as costas da mão antes que possam escapar. "No entanto não foi algo que vivi. Nunca aconteceu. Só quero saber agora da história verdadeira. Tá aí a sua resposta, uma confissão íntima e vergonhosa."

"Obrigado pela sua sinceridade", diz Dane. "Não deve ter sido fácil."

"Não foi, mas Baneberry Hall tem sido o assunto de muitas mentiras, achei que estava na hora de alguém começar a dizer a verdade."

CASA DOS HORRORES

29 DE JUNHO
4º Dia

Voltei à floresta no dia seguinte, dessa vez, com Hibbs. Jess ficou dentro de casa com Maggie, tentando amenizar a dor de nossa filha com um pouco de aspirina infantil e desenhos animados. Nossa viagem até o pronto-socorro acabou sendo melhor do que eu esperava. Ainda que tenha demorado bastante — mais de três horas lá dentro — e considerando que custou bem caro, Maggie não precisou levar pontos, o que foi uma ótima notícia.

A notícia ruim é que havia um cemitério em nossa propriedade, o motivo pelo qual pedi para Hibbs me acompanhar. Eu precisava de ajuda para contar os túmulos.

"Ouvi uns rumores de que a família estava aqui, mas nunca acreditei", disse Hibbs enquanto examinávamos o solo, procurando por mais lápides.

Até o momento, eu havia encontrado três. Duas delas eram provavelmente do filho mais velho e do neto — William Jr. e William III, respectivamente — de William Garson. A terceira estava apagada demais para ler.

"Ninguém sabia desse lugar?", perguntei.

"Tenho certeza que já souberam um dia", respondeu Hibbs. "Mas o tempo passou, o lugar mudou de dono e as árvores continuaram crescendo e aumentando de quantidade. Quando paramos pra pensar, é triste. O lugar de descanso de uma família que já foi tão grandiosa está agora esquecido no meio de uma floresta. Falando nisso, encontrei mais uma."

Ele apontou para a quarta pedra em formato retangular saltando da terra. Na superfície, havia uma inscrição com um nome e uma data.

ÍNDIGO GARSON
Amada filha
1873 — 1889

"Ela era muito bonita, essa daí", comentou Hibbs. "Aquele retrato dela na casa? Disseram pra mim que é fiel que nem uma fotografia."

"Você sabe bastante sobre a família Garson?"

"Ah, ouvi muita coisa com o passar do tempo."

"Sabe o que aconteceu com a Índigo? Ela morreu jovem demais."

"Ouvi a história dela", disse Hibbs. "Meu avô conhecia ela, há muito tempo mesmo, desde quando era só um garotinho. Disse que a menina era a imagem cuspida daquele retrato. Então não foi surpresa alguma quando descobri que o artista que pintou o quadro ficou perdidamente apaixonado por ela."

Foi a primeira impressão que tive quando vi o quadro da parede. A única razão para um artista representar Índigo Garson de maneira tão angelical só poderia ser por paixão.

"Ela correspondeu ao amor dele?", questionei.

"Sim", respondeu Hibbs. "Diz a história que os dois planejaram fugir e se casar. O William Garson ficou furioso quando descobriu. Falou pra Índigo que ela era nova demais pra se casar, mesmo sendo comum as mulheres casarem com 16 anos naquela época. E proibiu a Índigo de ver o artista de novo. A decepção amorosa foi tão grande que a menina se matou."

A notícia de que outro morador de Baneberry Hall havia cometido suicídio me fez estremecer.

"Como?"

"Veneno", Hibbs apontou para colina abaixo, onde alguns arbustos de plantas estavam, os galhos finos cobertos de *berries* escarlates. "Com isso daí."

"Ela comeu *baneberries*?", lhe perguntei.

Hibbs deu um aceno firme com a cabeça. "Uma grande tragédia. O velho Garson ficou de coração partido. Reza a lenda que ele contratou o mesmo artista para vir aqui de novo e pintar o quadro dele no lado oposto da parede com a lareira. Desse jeito, pai e filha estariam juntos para sempre em Baneberry Hall. O pintor não queria, mas estava precisando de dinheiro e não teve muita escolha."

Nesse momento, ficou claro o motivo do retrato de William Garson na grande sala ser sutilmente hostil. O pintor o desprezava e quis deixar isso claro.

Caminho até o túmulo do senhor Garson, a mancha do sangue de Maggie continuava lá, um vermelho ressecado na lápide.

"Essa história é muito conhecida?", pergunto. "O resto da cidade sabe dela?"

"Acho que a maior parte sim." Hibbs deu um sorriso e seu dente de ouro brilhou na claridade. "Pelo menos, o pessoal dos velhos tempos, como eu, sabe."

"Sabe mais alguma coisa sobre este lugar?"

"Mais do que a maioria, acho", fala Hibbs com aparente orgulho.

"No dia que nos conhecemos, você me perguntou se a Janie June tinha me contado tudo. Naquele momento, acreditei que sim, só que agora..."

"Agora, você suspeita que a corretora escondeu o jogo de você."

"Isso mesmo", admito. "E eu gostaria que você preenchesse as lacunas pra mim."

"Não sei, Ewan", disse Hibbs enquanto fingia procurar por mais lápides no chão. "Talvez você ache que quer isso, mas, às vezes, é melhor não saber."

A raiva se inflamou no meu peito, queimando e ficando cada vez mais forte. E só piorou quando olhei para baixo e vi o sangue de minha filha manchando o túmulo de William Garson. Fiquei tão bravo que andei a passos firmes no cemitério arborizado e peguei Hibbs pelo colarinho.

"Me lembro quando me disse que queria se certificar se eu estava pronto pra este lugar", gritei. "Mas eu não estou e, agora, minha filha se machucou aqui. Ela poderia ter se matado, Hibbs. Então se tem alguma coisa que não tá me contando, você precisa desembuchar agora."

Hibbs não me empurrou para longe, o que não duvido que poderia ter feito. Apesar de sua idade, o homem parecia ser forte como um buldogue. Em vez disso, tirou com gentileza meus dedos da gola de sua camisa e disse: "Quer mesmo saber a verdade? Eu vou te contar. Coisas aconteceram naquela casa. E quando digo coisas, estou falando de tragédias. Sim, tem a Índigo Garson e a família Carver, mas também têm outras coisas. E todas essas coisas, bem, elas... não vão embora".

Suas palavras fizeram um calafrio percorrer minha espinha. Provavelmente, pela forma como Hibbs disse, devagar, prolongando a frase como se esticasse um elástico até estourar.

"Está me dizendo que Baneberry Hall é assombrada?"

"Estou te dizendo que Baneberry Hall não se *esqueceu*", falou. "Ela se lembra de tudo que aconteceu desde que a Índigo Garson engoliu aquelas frutinhas. E, de vez em quando, a história acaba se repetindo de alguma forma."

Parei por um momento para absorver totalmente aquela informação. O que ouvi era um absurdo tão grande que tive dificuldade de entender. Quando por fim compreendi o que estava sendo dito, senti-me tão desnorteado que achei que também cairia de cara na lápide de William Garson.

"Não estou dizendo que vai acontecer com vocês", continuou. "Apenas digo que a possibilidade existe. Da mesma forma que existe a possibilidade de um raio atingir a sua casa. Quer um conselho? Tentem ser o mais feliz que conseguirem nessa casa. Ame sua família, abrace sua filha e beije sua esposa. Do que sei, essa casa nunca testemunhou muito amor. Ela só se lembra da dor. Você precisa fazer ela se esquecer."

Voltei da floresta para encontrar Maggie deitada no colo da mãe na sala de visitas. Metade do seu rosto estava coberto por um curativo enorme. A pele ao redor estava irritada e vermelha de uma forma que eu tinha certeza que um hematoma feio apareceria em breve.

"São muitos?", perguntou Jess.

"Uns doze. Ao menos foi o que conseguimos encontrar. Não me surpreenderia em descobrir que há mais túmulos lá fora, as lápides estão soterradas pela grama ou caindo aos pedaços."

"Quero matar essa Janie June. Ela deveria ter avisado que tem a droga de um cemitério no nosso quintal."

"Talvez ela não soubesse", falei. "As lápides estão bem escondidas."

"A mulher é uma corretora de imóveis", reclamou Jess. "É o trabalho dela saber o que tem ou não na nossa propriedade. Penso que ela sabia que, se contasse pra gente, ficaríamos assustados e precisaria ir atrás de outro casal inocente para passar a perna."

"Janie não passou a perna na gente", afirmo, mesmo que começasse a pensar o contrário. Afinal, se ela não passou a perna em nós dois, pelo menos, escondeu o jogo. Porque Jess estava certa, com certeza uma corretora de imóveis saberia da existência de um cemitério na propriedade.

"O Hibbs disse alguma coisa?"

No caminho de volta para a casa, tomei a decisão de não contar à minha esposa da morte trágica de Índigo Garson. Jess estava no limite sabendo apenas de duas mortes dentro de Baneberry Hall. Uma terceira a faria sair correndo sem olhar para trás. E, para ser totalmente honesto, não poderíamos nos dar a esse luxo. Comprar a casa havia custado quase todas as nossas economias. Não sobrou nada para dar de entrada em outra casa ou num aluguel.

Para o bem ou para o mal, estávamos presos ali.

O que significava que eu precisaria seguir o conselho de Hibbs e ser o mais feliz possível naquele lugar. Mesmo que isso envolvesse não ser completamente sincero com a minha esposa. Na minha cabeça, eu não tinha outra escolha.

"Nada demais", falei antes de pegar Maggie no sofá. "Agora, vamos tomar um sorvete. Cobertura extra para todo mundo, acho que estamos merecendo."

• • •

Levando em consideração tudo que Hibbs me contara naquela tarde, fiquei surpreso como eu me sentia cansado na hora de ir pra cama. Presumi que ficaria acordado boa parte da noite, preocupado com tudo que ouvi sobre o cemitério, Índigo Garson e a questão de Baneberry Hall não se *esquecer*. Em vez disso, peguei no sono assim que minha cabeça encostou no travesseiro.

Não durou muito.

Cinco minutos antes de meia-noite, acordei com um sonho estranho.

Música.

Alguém, em algum lugar, estava cantando.

Um homem. Sua voz era suave e melodiosa, vinda de uma parte distante da casa.

Olhei para o lado da cama para verificar se Jess também havia acordado com a música, porém, ela continuava a dormir profundamente. Torcendo para que minha mulher permanecesse assim, levantei da cama e sai de fininho do quarto.

A música estava ligeiramente mais alta no corredor, o suficiente para eu reconhecer a canção.

"You are sixteen, going on seventeen..."*

A música vinha do andar de cima, algo que só percebi quando cheguei ao outro lado do corredor. Era possível ouvir seu eco na escada que levava à sala de estudos. Não apenas a música, mas também um frio forte o suficiente para me fazer tremer.

"Baby, it's time to think.**"

Comecei a subir os degraus com nervosismo. A cada passo, a música ficava mais alta e o frio piorava. No topo da escada, o frio estava tão intenso que, se houvesse luz ali, tenho certeza de que enxergaria minha respiração.

"Better beware...***"

Quando abri a porta, a música quase estourou meus tímpanos. O interior da sala estava mergulhado na escuridão, o tipo de breu que faz alguém hesitar. Além de frio, tão gelado que minha pele se arrepiou por completo.

---

*   Você está com 16 anos, indo para os 17... [NT]
** Querida, está na hora de pensar... [NT]
*** Melhor ter cautela... [NT]

"... be canny...*****"*

Entrei no cômodo, abraçando-me para sentir um pouco de calor. Acendi o interruptor perto da porta e a luz inundou o quarto.

"... and careful...******"*

Em cima da mesa, exatamente onde deixei, estava o toca-discos. O vinil encaixado nele girava em alta velocidade e no volume máximo.

"Baby, you're on the..."

Tirei a agulha do disco e o silêncio recobriu a casa como um cobertor de lã. O frio também foi embora, dando lugar a um calor instantâneo que se espalhou pelo cômodo, ao menos foi o que pensei. Enquanto aproveitava o silêncio e o calor recém-chegados, ocorreu-me que talvez fosse minha imaginação.

Não a música.

Ela era real o bastante.

O vinil ainda girava no toca-discos com seus sulcos refletindo a luz da lâmpada acima. Desliguei o aparelho, sem afastar o olhar até o disco parar por completo. Presumi que fosse obra de Jess que, num momento de insônia, veio até aqui e ouviu um pouco de música antes de ficar cansada.

A única explicação para o frio era que aquilo seria fruto da minha imaginação. Qualquer outra explicação — uma corrente de ar ou vento entrando pela janela — parecia pouco provável, se não impossível. Portanto, devia ser minha imaginação, estimulada pelo que Hibbs me contara antes. Esse era o medo irracional que eu esperava, chegando com algumas horas de atraso.

E foi exatamente isto: algo irracional.

Casas não tinham memória para lembrar ou esquecer as coisas, o sobrenatural não existia e não havia razão para temer esse lugar.

Voltei pra cama naquele momento. Estava convencido de que estava sugestionado com tudo que ouvi de Hibbs.

Que as coisas estavam normais.

E nada de estranho estava acontecendo em Baneberry Hall.

No entanto, eu estava equivocado.

Totalmente equivocado.

**** ... ser prudente... [NT]
***** ... e tomar cuidado. [NT]

RILEY SAGER
A CASA DA ESCURIDÃO ETERNA

SETE

Dispenso o Dane mais cedo depois da nossa conversa no cemitério. Pareceu a coisa certa, apesar de não termos feito praticamente nada na casa. Revisitar possíveis passados mal-assombrados nos deu o direito de uma tarde de descanso.

Pra mim, esse descanso significava ir para a cidade em busca de itens mais do que necessários.

Minha viagem até o mercado me leva à rua principal de Bartleby, que tem um nome clássico para cidade pequena: Maple Street. Passo por casas de madeira tão firmes e resistentes quanto as pessoas que moram nelas, restaurantes com grandes janelas e placas anunciando *waffles* com a autêntica calda local e pela igreja de praxe ostentando uma torre de marfim em direção aos céus. Tem até uma praça central — nada além de um corredor verde, gazebo e mastro com a bandeira nacional.

Dotada de uma beleza nostálgica, Bartleby possui uma única falha em seu currículo que não se vê em cidades parecidas. A sensação de que o tempo passou e a cidade não acompanhou. Mesmo assim, percebo pequenas tentativas de modernização. Um restaurante japonês, um bistrô vegetariano, uma loja de usados especializada em roupas de grife com um sofisticado vestido da Gucci na vitrine.

Vejo uma confeitaria, que me faz pisar no freio no meio da Maple Street. Pela minha experiência, onde se assam coisas gostosas, também há café. Geralmente, café bom. Levando em consideração meu atual estado descafeinado, é uma razão boa o suficiente para frear com tudo.

Estaciono na rua e entro no local decorado de maneira que é ao mesmo tempo moderno e atemporal. Acessórios de cobre, mesas com tampo de azulejo e cadeiras mistas em estilos diferentes, paredes pintadas de azul meia-noite, adornadas com ilustrações de pássaros em um estilo datado, enquadradas em molduras ornamentadas. Aos fundos da loja, o balcão se estende de parede a parede, repleto de bolos decorados de forma majestosa, doces delicados e tortas tão elaboradas que fariam inveja em qualquer conta no Instagram. No que diz respeito ao aspecto visual, a proprietária certamente sabe o que está fazendo.

Caminho em direção ao balcão, pronta para dizer para a mulher arrumando os doces o quanto amei a decoração e estilo da loja. O elogio morre na minha garganta quando a mulher se levanta e vejo quem ela é.

Marta Carver.

Reconheci a mulher das fotos que vi quando estava obcecada com *Casa dos Horrores* na adolescência e torcia para o Google me ajudar a preencher as lacunas do que eu sabia. Marta está mais velha e mais serena, na casa dos seus cinquenta e alguns anos. O cabelo castanho está com as raízes brancas e a blusa amarela com avental por cima lhe dá uma aparência maternal. Os óculos não ajudam, o mesmo modelo de aro redondo pouco favorável que ela usava em todas aquelas fotos.

Aparentemente, não fui a única a visitar o Google aqui, porque está claro que ela sabe quem sou. Seus olhos se arregalaram o suficiente para demonstrar sua surpresa, enquanto a mandíbula se contrai tensionada. Ela pigarreia para limpar a garganta, e me preparo para um discurso enfurecido alusivo ao meu pai. Seria razoável. De todas as pessoas em Bartleby que odeiam o livro, Marta Carver é quem tem o maior motivo de todos.

Em vez disso, ela força os lábios num sorriso educado e diz: "No que posso ajudá-la, senhora Holt?".

"Eu..."

Eu sinto muito. Gostaria de dizer. *Sinto muito que meu pai tenha explorado a sua tragédia no livro dele. Sinto muito que, por causa disso, o mundo inteiro saiba o que o seu marido fez.*

"Um café, por favor", é o que acabo dizendo, as palavras secas na garganta. "Para viagem."

Marta não diz mais nada enquanto coloca o café e me entrega. Solto um fraco "Obrigada" e pago com uma nota de dez dólares. O troco vai pra jarra de gorjetas em cima do balcão, como se sete dólares pudessem compensar por vinte e cinco anos de dor.

Digo para mim mesma que não preciso pedir desculpas. Que foi meu pai, não eu, que errou com aquela mulher. Que sou tão vítima quanto Marta foi.

Porém, assim que deixo a confeitaria, tenho duas certezas.

Primeira, sou uma covarde.

E, segunda, espero nunca mais encontrar Marta Carver enquanto eu estiver viva.

Volto do mercado com uma dúzia de sacolas na caçamba da picape. Como a cozinha de Baneberry Hall deixa muito a desejar, comprei coisas fáceis de preparar. Sopa enlatada, cereais frios e comida congelada que pode ser reaquecida no micro-ondas.

Quando paro o carro perto da casa, encontro um Toyota Camry também estacionado na entrada circular. Em seguida, um homem aparece da lateral da casa, como se estivesse rondando pela propriedade. Parece estar na casa dos cinquenta e poucos anos, é magro, tem uma barba bem-feita e veste um paletó xadrez que combina com a gravata-borboleta. Seu estilo me lembra um vendedor de antigamente, só falta um chapéu de palha e uma garrafa de óleo de cobra. Conforme se aproxima com uma mão estendida e outra com um bloco de anotação de repórter, percebo exatamente quem ele é.

Brian Prince.

Não posso dizer que ninguém me avisou.

"Bom ver você, Maggie", começa, como se fôssemos bons amigos.

Saio da caminhonete com um olhar irritado. "Está invadindo minha propriedade, senhor Prince."

"Me desculpe", diz ele, fazendo uma espécie de meia reverência. "Ouvi comentários de que estava de volta à cidade, então quis dirigir até aqui e ver com meus próprios olhos. Espero que não se incomode com minha intromissão."

Pego uma sacola da caminhonete e carrego até a varanda. "Por acaso irá embora se lhe disser que estou incomodada?"

"De má vontade, mas vou", responde. "Mas pretendo voltar depois, para que possamos terminar logo com isso."

"Terminar logo com isso?"

"Nossa entrevista, é claro", diz ele.

Volto para a caminhonete e pego duas outras sacolas. "Acredito que não sou matéria para o seu jornal, senhor Prince."

"Sinto muito, mas preciso discordar. Acredito que toda a comunidade ficaria muito interessada em saber que um membro da família Holt voltará a morar em Baneberry Hall."

"Não estou de mudança", digo. "Na verdade, estou de saída. Aí está sua matéria em duas frases."

"Quais são seus planos para a casa?"

"Consertar, vender e, com sorte, obter algum lucro", respondo enquanto sigo para a varanda, apontando para o equipamento no chão da frente. Primeiro, a serra circular de bancada. Depois, a lixadeira elétrica e, por fim, uma marreta enorme.

"Apenas o fato de que Baneberry Hall, em breve, estará à venda de novo já é matéria por si só", diz Brian.

Bem no fundo, sei que Brian Prince não tem culpa. Ele ouviu uma história interessante sobre uma casa assombrada, entrevistou meu pai e escreveu o que ouviu. Fez apenas o seu trabalho, assim como a chefe Alcott fez o dela. Os únicos culpados são meus pais, e nem mesmo os dois tinham noção de que a história de Baneberry Hall tomaria proporções tão grandes e se tornaria o fenômeno que foi. No entanto, isso não me impede de querer pegar a marreta e perseguir Brian Prince até que esse homem suma daqui.

"Seja assunto para matéria ou não, não *quero* falar com você", aviso.

"Seu pai queria", continua ele. "Infelizmente, nunca teve a chance."

Coloco as sacolas na varanda, percebo minhas pernas trêmulas com a surpresa. "Você conversava com o meu pai?"

"Não com muita frequência", responde Brian. "Mas continuamos a nos corresponder vez ou outra no passar dos anos. E uma coisa que conversamos pouco antes da sua doença piorar foi a possibilidade de ele voltar aqui para fazer uma entrevista comigo."

"Suponho que a ideia foi sua."

"Na verdade, foi seu pai que sugeriu. Se ofereceu para uma entrevista exclusiva. Eu e ele conversando dentro da casa, vinte e cinco anos depois."

Outra coisa que meu pai sequer mencionou, provavelmente porque sabia que eu tentaria convencê-lo de abandonar a ideia.

"Meu pai lhe disse qual seria o assunto principal dessa tal conversa?", pergunto, brincando com a possibilidade de que poderia ser uma tentativa de, enfim, esclarecer tudo após tantos anos. Uma espécie de confissão sendo feita na cena do crime.

A ideia é imediatamente descartada pelas palavras de Brian Prince.

"Seu pai queria reafirmar o que havia escrito no livro."

"E você concordou com isso?", pergunto com sinceridade. Minha opinião inicial a respeito de Brian Prince ser inocente nesta história começa a mudar. "Não viu nenhum problema com o meu pai contando um monte de mentiras, e você apenas repassando tudo isso como verdade?"

"Não planejava pegar leve com seu pai", responde Brian, ao mesmo tempo que ajusta com cuidado sua gravata-borboleta. "Pensava em fazer umas perguntas complicadas, tentar espremê-lo até conseguir a verdade."

"A verdade é que ele inventou tudo. Todo mundo sabe disso."

Visto que Brian Prince não demonstra o menor sinal de ir embora tão cedo, decido sentar nos degraus da varanda. Quando Brian se senta ao meu lado, estou cansada demais para mandá-lo meter o pé. Sem mencionar minha leve curiosidade quanto a sua sincera opinião relacionada ao motivo que nos fez abandonar Baneberry Hall.

"Por acaso chegou a investigar o que meu pai lhe disse?", questiono.

"Não naquela época", admite Brian. "Pra começo de conversa, eu não tinha acesso à casa. Além do mais, tinha outras matérias para cuidar."

Meus olhos reviram. "Não deve ter sido muito importante. O *Gazeta* colocou a história de faz de conta do meu pai na primeira página."

Tal fato, eu gostaria de acrescentar, foi o exato motivo que fez outros jornais prestarem tanta atenção na história. Se a matéria de Brian estivesse enterrada no meio do jornal, ninguém nem perceberia.

Entretanto, ao deixar estampada na primeira página, ao lado de uma foto particularmente sinistra de Baneberry Hall, o *Gazeta* validou as mentiras do meu pai.

"Se o prazo para a entrega da matéria fosse um dia depois, é provável que a história da sua família nem fosse para o jornal, mas eu só descobri o desaparecimento da filha mais velha da senhora Ditmer no dia seguinte à publicação do jornal."

Meu corpo se tensiona ao ouvir falar a respeito de Petra. "Achei que ela havia fugido."

"Vejo que você já conversou com a chefe Alcott", diz Brian, oferecendo um sorriso bajulador. "A propósito, essa é a declaração oficial da polícia, que Petra Ditmer fugiu. Meu palpite é que soa melhor do que dizer que uma garota de 16 anos sumiu de forma misteriosa e a polícia foi incapaz de descobrir o que realmente aconteceu."

"O que você acha que aconteceu?"

"Essa era uma das coisas que eu queria perguntar pro seu pai."

Uma sensação de desconforto invade meu estômago. Embora eu não saiba para onde Brian está levando essa conversa, seu tom de voz sugere que não irei gostar.

"Por que perguntar pra ele?", digo. "Meu pai não fez a Petra fugir..."

"Desaparecer", corrige Brian.

"Desaparecer, fugir, tanto faz..." Fico de pé, voltando em direção a picape, sem a menor vontade de ouvir o que Brian tem para dizer. "Meu pai também não estava envolvido em nada disso."

"Eu também achava que não", insiste Brian, permanecendo sentado nos degraus da varanda, com o mesmo sorriso, com o mesmo cinismo de quem acha que está apenas em uma visita amigável quando claramente não está. "Foi só depois, muito tempo após a publicação do livro dele, que comecei a suspeitar que poderia existir alguma relação."

"Como?"

"Para começar, Petra Ditmer foi vista por último em 15 de julho, a mesma noite que você e sua família saíram desse lugar. Não acha que é um pouco estranho para ser uma coincidência?"

A informação me desmonta. Senti por um breve momento de tontura que poderia desmaiar. A fala de Brian me tomou de assalto, fazendo com que buscasse apoio na caminhonete para não cair atônita.

Petra Ditmer desapareceu na mesma noite em que fugimos de Baneberry Hall.

Brian estava certo — parece mais do que uma simples coincidência, mas não sei o que mais poderia ser. Petra obviamente não fugiu com minha família. Me lembraria se isso tivesse ocorrido. Além do mais, a chefe Alcott estava dentro do nosso quarto de hotel no Two Pines naquela noite. Com toda certeza, teria informado se uma garota de 16 anos também estivesse lá.

"Acho que está exagerando", digo para Brian.

"Estou? Li o livro do seu pai diversas vezes. Petra Ditmer é mencionada em muitas passagens. Levando em consideração a diferença de idade que os separava, os dois pareciam bem *próximos*."

O tom lascivo que ele usa nessa última palavra faz o meu sangue ferver. Sim, Petra é mencionada com frequência no Livro, muitas vezes, em momentos importantes. Isso não pode ser negado, ainda mais quando tenho fotos para provar. Só que isso também não significa que ela e meu pai eram, para usar o eufemismo de Brian, próximos.

Eu conhecia meu pai melhor do que ele próprio. Ewan Holt era várias coisas: um mentiroso, um pouco sedutor, no entanto não era um pervertido ou mulherengo. Sei disso tão bem quanto sei que minha mãe, se tivesse sido traída, levaria até o último centavo do meu pai. E como ela não fez isso, preciso acreditar que deixamos Baneberry Hall por outras razões.

"A maioria das coisas naquele livro é falsa, basta uma verificação para comprovar. Não dá para confiar em nenhuma palavra que está escrita ali, incluindo o quanto de tempo ele e Petra Ditmer passaram juntos. Meu pai não era idiota, senhor Prince. Se ele fosse o verdadeiro responsável pelo desaparecimento da Petra, certamente não a citaria tanto, ainda mais num livro que centenas de pessoas leriam."

"Agora, quem está exagerando não sou eu. Jamais disse que seu pai foi o responsável. O que estou *sugerindo* é que existe uma relação. Sua família saiu de Baneberry Hall quase no exato momento em que Petra

Ditmer desapareceu sem deixar rastros. Isso não é comum, Maggie. Não aqui, em Bartleby." Brian fica de pé e faz uma cena ao limpar sua calça com as mãos, como se o simples fato de sentar nos degraus da varanda de Baneberry Hall tivesse de alguma forma o deixado sujo. "Alguma coisa estranha aconteceu na noite que sua família saiu, e pretendo descobrir o que foi. Agora, você pode me ajudar ou me atrapalhar..."

"Por tudo que é mais sagrado, tenho certeza que não vou ajudá-lo", interrompo.

Embora Brian Prince e eu compartilhemos do mesmo objetivo, fica claro que cada um está buscando respostas por motivos diferentes.

"Ainda que essa não seja a resposta que esperava ouvir, respeito mesmo assim", afirma Brian. "Mas só para você saber, *vou* descobrir a verdade a respeito daquela noite."

"Pois terá que fazer isso fora da minha propriedade. O que significa que precisa sair. *Agora*."

Brian ajusta sua gravata uma última vez antes de entrar em seu carro e sair. Sigo atrás dele, caminhando pela longa estrada sinuosa que desce a colina até o portão de entrada. Depois de ter certeza que ele se foi, fecho e tranco o portão.

Então volto para a casa, onde enfim posso carregar minhas compras para dentro. Sobrecarregada com sacolas pesadas nos dois braços, passo pelo *hall* de entrada antes de perceber algo de errado.

Está claro aqui.

Claro demais.

Olho para o teto e vejo o lustre aceso, brilhando ao máximo.

Tem algo de estranho nisso. Quando saí da casa, estava tudo escuro.

Enquanto eu estive fora, de algum modo, o lustre foi ligado.

CASA DOS HORRORES

30 DE JUNHO
5º Dia

Tum.

Igual a três noites atrás, o baque seco sacudiu a casa e me acordou. Ao virar para o lado na cama, olhei o relógio digital na mesa de cabeceira, os números verdes brilhavam na penumbra que antecedia o nascer do sol. O relógio marcava 4h54.

A mesma hora em que ouvi o barulho anteriormente.

Era perturbador, sim, mas também era útil, pois me permitia saber que não fora um sonho. O barulho era real e vinha do terceiro andar.

Apesar de ser tão cedo, escorreguei para fora da cama e segui meu caminho em direção à sala de estudos acima. Lá dentro, nada parecia diferente. As portas de ambos os *closets* estavam fechadas e o toca-discos estava silencioso.

Quanto ao barulho, não fazia ideia do que poderia ser. Eu suspeitava que a casa era a responsável. A maior probabilidade era de ser algo relacionado ao sistema de aquecimento se reiniciando em determinado horário. Claro, pouco antes das cinco da manhã era um horário estranho para isso, porém não via outra possibilidade para justificar o barulho.

Em vez de voltar para a cama, fui para o andar principal antes de amanhecer pela segunda vez desde que nos mudamos. De novo, o lustre estava acesso. Eu continuaria achando ser um problema com a fiação, se não houvesse escutado o toca-discos na noite anterior. Obviamente, minha esposa era a responsável por ambos.

Quando Jess se juntou a mim na cozinha às seis, meu bom-dia foi um: "Não sabia que você era fã de *A Noviça Rebelde*".

"Mas eu não sou", respondeu, a última palavra dando sequência a um bocejo.

"Bem, você era na noite passada. Não me importo que use a sala de estudos, só desligue o toca-discos antes de sair."

Minha esposa me deu um olhar sonolento de confusão. "Que toca-discos?"

"O que está em cima da minha mesa", falei. "Ele estava ligado e tocando uma música na noite passada. Calculei que teve problemas para pegar no sono, foi até lá e ouviu um pouco de música."

"Não faço a menor ideia do que você tá falando", disse Jess enquanto caminhava para a cafeteira. "Eu dormi a noite toda."

Foi minha vez de oferecer um olhar confuso. "Você não foi mesmo pro meu escritório?"

"Não."

"E não ligou o toca-discos?"

Jess serviu um pouco de café para si. "Se eu tivesse ligado, com certeza não seria para ouvir a trilha sonora de *A Noviça Rebelde*. Por acaso chegou a perguntar pra Maggie? Ela gosta daquele filme. Será que não andou bisbilhotando por lá?"

"Meia-noite?"

"Não sei o que te dizer, Ewan", falou Jess ao se sentar à mesa da cozinha. "*Você* não ligou o aparelho em algum momento?"

"Sim", respondi. "Mas foi há dois dias. Pouco antes da Maggie se machucar."

"E desligou?"

Eu não sabia. Só me lembrava de ouvir os gritos na floresta e esbarrar no toca-discos antes de sair correndo da sala de estudos. Entre o desespero de levar Maggie para o pronto-socorro e a descoberta de um cemitério em nossa propriedade, não tive tempo de voltar lá até a noite passada.

"Agora que você comentou, acho que não desliguei."

"Aí está sua resposta." Jess deu um gole generoso em sua caneca, orgulhosa de si mesma. "Você deixou o aparelho ligado e alguma coisa acabou fazendo a agulha voltar para o vinil. Então a casa ganhou vida com o som da música."

"Caso seja isso, o que fez a agulha voltar para o vinil?"

"Um rato?", sugeriu Jess. "Talvez um morcego? É uma casa antiga. Tenho certeza que tem algum bicho andando dentro dessas paredes."

Fiz uma careta. "Não quero nem pensar nisso."

Mas pensar nisso foi exatamente o que fiz. Existia a possibilidade de um animal morar na sala de estudos. Além do mais, uma cobra apareceu na Sala Índigo. Embora eu achasse muito improvável que algum bicho conseguisse acidentalmente colocar um disco de vinil para tocar.

Após o café da manhã, voltei para o terceiro andar e dei uma boa examinada no toca-discos. Tudo parecia normal. Ele estava desligado, com o disco no prato, sem sinal de algum roedor ter passado por perto. Bati com a mão na lateral, só para ver se moveria com a ajuda de uma pessoa ou um rato.

Nada aconteceu.

Aquilo era um adeus para a teoria de Jess. O que significava que a culpada só poderia ser a Maggie.

Antes de sair, tirei o aparelho da tomada só por garantia. Então segui em direção ao canto da Maggie, prestes a dizer que ela precisava pedir permissão antes de entrar no meu escritório. Foi a única ideia que me ocorreu para impedir que acontecesse outra vez.

Encontrei Maggie sozinha em sua brinquedoteca ao lado de seu quarto, porém minha filha não parecia estar sozinha. Sentada no chão com uma variedade de brinquedos ao seu redor, aparentava estar conversando com uma pessoa imaginária à sua frente.

"Você pode ver, mas não encostar", falou ela, repetindo algo que Jess quase sempre dizia quando íamos a uma loja. "Se quiser brincar, vai ter que encontrar os seus brinquedos."

"Com quem está conversando?", perguntei à sua porta.

Em Burlington, Maggie não demonstrara indícios de ter um amigo imaginário. O fato de ter um agora me fazia questionar se aquilo não era obra das filhas de Elsa Ditmer quando ficaram juntas três dias atrás. Agora que havia experimentado um pouco de companhia, talvez Maggie desejasse mais.

"Só uma menina", respondeu.

"Ela é uma nova amiguinha sua?"

Maggie deu de ombros. "Não muito."

Entrei no cômodo, olhando fixo para o espaço no chão onde sua não muito amiga imaginária estaria sentada. Apesar de ninguém realmente estar ali, Maggie havia aberto um espaço para ela.

"A sua amiga tem nome?"

"Não sei", respondeu Maggie. "Ela não pode falar."

Fiz companhia para minha filha no chão, garantindo que eu não invadiria o espaço de sua amiga imaginária. Ainda me sentia culpado por tê-la acusado de mentir a respeito da garota no guarda-roupa. Maggie não havia mentido, estava apenas no seu mundo de faz de conta.

"Entendo", comentei. "Então qual das duas foi ao meu escritório na noite passada?"

Maggie deu o mesmo olhar confuso de Jess na cozinha com a cabeça levemente inclinada, a sobrancelha direita arqueada e a testa franzida. As duas eram tão parecidas que chegava a ser estranho. A única diferença era o curativo na bochecha de Maggie, que ficou amarrotado enquanto ela fazia aquela cara.

"Que escritório?", disse ela.

"A sala de estudos no terceiro andar. Você não andou por lá, não é?"

"Não", Maggie respondeu de uma forma que acreditei ser a verdade. Seu tom de voz ficava vago quando ela mentia. Sua voz soou ainda mais convincente quando se virou para o espaço vazio e perguntou: "Você não foi pra lá, foi?".

Ela parou de falar, absorvendo a resposta silenciosa que apenas uma criança poderia ouvir.

"Minha amiga também não foi", informou Maggie. "Ela passou a última noite na caixa de madeira."

Aquelas três palavras, inofensivas sozinhas, ganharam um novo significado sinistro quando usadas naquela ordem. Elas fizeram com que eu pensasse num caixão com uma garotinha em seu interior. Sorri para Maggie, tentando esconder meu desconforto.

"Que caixa de madeira, meu amorzinho?"

"A que fica no meu quarto, aquela que a mamãe deixa as coisas penduradas."

O guarda-roupa. Mais uma vez, pensei como era estranha a aparente fixação de Maggie por uma simples peça de mobília. Repeti para mim mesmo que minha filha tinha 5 anos e estava apenas fazendo o mesmo que todas as crianças de sua idade fazem... brincando, imaginando coisas, não contando mentiras.

Porém, lembrei-me em seguida dos barulhos que eu continuava ouvindo em meus sonhos, e o som desta madrugada definitivamente não foi um sonho. O que me fez pensar naquilo que Hibbs dissera em relação a casa não se esquecer. Sem mencionar a porta de Maggie que se fechou na outra noite, como se uma força invisível a empurrasse. Um sentimento de pavor se apoderou de mim e, de repente, não tive mais o desejo de alimentar a imaginação de minha filha. Na verdade, tudo que eu queria era sair dali.

"Tive uma ideia. Vamos lá fora pra brincar." Fiz uma pausa, antes de fazer uma pequena concessão à imaginação de Maggie. "Sua nova amiga pode vir também."

"Ela não tem permissão para sair", disse Maggie ao pegar em minha mão. Minha filha, antes de deixarmos a brinquedoteca, se voltou para o espaço onde sua amiga imaginária provavelmente se sentava. "Pode ficar, mas fala pros outros que não quero eles aqui."

Hesitei outra vez, chocado pela palavra que minha filha havia usado. *Outros.*

A menina invisível com quem Maggie conversava e brincava não era sua única amiga imaginária.

"Estou preocupado com a Maggie", contei para Jess, naquela noite, enquanto nos preparávamos para dormir. "Acho que ela está muito sozinha. Sabia que nossa filha tem amigos imaginários?"

Jess colocou a cabeça para fora do banheiro na suíte principal, sua escova de dentes estava em sua mão e a boca cheia de espuma igual ao Cujo, o cão raivoso. "Também tive uma amiga imaginária na idade dela."

"Só uma ou mais de uma?"

"Apenas uma." Jess desapareceu no banheiro. "Era a Minnie."

Aguardei até que Jess terminasse de escovar os dentes e estivesse de volta antes de fazer minha próxima pergunta. "Quando você fala que sua amiga imaginária se chamava Minnie, você está falando da Minnie Mouse?"

"Não, a minha Minnie era diferente."

"Era uma rata?"

"Sim", respondeu Jess, corando a tal ponto que até seus ombros ficaram na cor rosa. "Mas ela era diferente, juro. Minha Minnie era comprida e peluda, igual a um rato de verdade, só que maior."

Aproximei-me de Jess pelas costas, a envolvi em meus braços e beijei seu ombro ao lado da alça de sua camisola. Sua pele permanecia quente. "Acho que você está mentindo pra mim", sussurrei.

"Tá bom", admitiu Jess. "Minha amiga imaginária era a Minnie Mouse. Minha imaginação é uma merda, assumo. Está feliz agora?"

"Sempre estou feliz quando estamos juntos." Eu e Jess nos aconchegamos na cama, enquanto ela alinhava seu corpo ao meu. "Suspeito que nossa filha não está. Acho que anda muito solitária."

"Ela vai para o jardim de infância no outono", lembrou Jess. "Vai fazer amigos lá."

"E no resto do verão? Não podemos esperar que Maggie passe o tempo todo trancafiada nessa casa com amigos imaginários."

"O que você sugere?"

Eu enxergava apenas uma alternativa, que envolvia duas pessoas que moravam à frente do portão de entrada para Baneberry Hall.

"Penso que deveríamos chamar as filhas da Elsa", falei.

"Para uma tarde de brincadeiras?"

Essa seria a melhor opção, se a última brincadeira delas houvesse transcorrido sem problemas. Porém, devido à timidez de Maggie, e ao fato de Hannah ser tão mandona, elas não se entrosaram tão bem quanto deveriam, ou melhor, quanto poderiam se entrosar. Para realmente criarem uma amizade, precisavam de algo além de outra brincadeira sem graça de esconde-esconde.

"Estava pensando numa festa do pijama", comentei.

"Com as duas meninas?", perguntou Jess. "Não acha que a Petra está velha demais para isso?"

"Não se pagarmos pra ela ser a babá. Assim poderia ficar de olho na Maggie e na Hannah, e nós, minha querida, poderíamos ter uma noite decente."

Beijei seu ombro mais uma vez. Então fui para o pescoço.

Jess se derreteu toda. "Falando desse jeito comigo, não tem como negar."

"Ótimo", arrematei, pressionando seu corpo contra o meu. "Vou falar com a Elsa amanhã."

O assunto estava resolvido. Maggie teria sua primeira noite do pijama.

No final das contas, aquela foi uma decisão que, mais tarde, traria arrependimento para nós três.

RILEY SAGER
A CASA DA ESCURIDÃO ETERNA

OITO

À noite, recebo uma mensagem da Allie.

Passando para ver como você está. Tudo certo com a casa?

Ela tem futuro, escrevo de volta.

Allie responde com um emoji de um dedão fazendo joinha e um: sem fantasmas, eu presumo.

Nenhum.

Apesar de livre de assombrações, muitas coisas relacionadas a este lugar não me deixam à vontade. A pessoa do lado de fora da casa na noite passada, por exemplo, ou o lustre que magicamente se ligou sozinho. Esta última me deixou tão assustada que liguei e perguntei a Dane se ele voltou na casa enquanto estive fora. Ele jurou que não.

Ainda por cima, tem tudo que Brian Prince me contou, o que me levou a sentar de imediato na cozinha com uma cópia do Livro e as polaroides alinhadas como se eu fosse um detetive. Folheio o Livro, procurando por pistas que confirmassem que Brian estava certo de alguma forma, mesmo que sua insinuação de meu pai ter algum tipo de relacionamento afetivo com Petra seja tão vazia quanto nojenta.

Pouco depois de minha mãe casar com Carl, meu pai e eu viajamos para Paris. Fui contrariada. Tinha acabado de completar 14 anos, uma idade em que nenhuma garota quer ser vista com um dos pais. Entretanto, eu sabia que meu pai não havia reagido bem ao novo casamento de minha mãe e precisava daquela viagem mais do que eu.

Partimos poucos meses depois da minha decisão de finalmente parar de fazer perguntas ligadas ao Livro, pois sabia que nunca receberia uma resposta sincera. Fiz apenas uma pergunta durante a viagem — outro dos meus ataques-surpresa, dessa vez, em frente à *Mona Lisa* — e recebi a resposta padrão do meu pai. Por isso, uma das coisas que mais lembro daquela viagem, além dos lanches de *croque-monsieur* e um flerte com um garçom dos sonhos chamado Jean-Paul, foi um raro momento de honestidade durante um piquenique à sombra da Torre Eiffel.

"Você acha que vai casar de novo igual minha mãe fez?", perguntei.

Meu pai pensou na resposta enquanto mastigava um pedaço de baguete. "Provavelmente não."

"Por quê?"

"Porque sua mãe foi a única mulher que amei."

"Ainda a ama?"

"Para falar a verdade, sim", respondeu.

"Então por que vocês se divorciaram?"

"Algumas vezes, Mags, um casal passa por algo tão terrível que nem mesmo o amor pode consertar."

Depois de falar, ficou em silêncio, apenas se espreguiçando na grama e observando o sol afundar por detrás da Torre Eiffel. Mesmo sabendo que estava se referindo ao Livro, não ousei fazer mais perguntas. Meu pai já estava com a guarda baixa, eu não queria pressioná-lo ainda mais.

Talvez se tivesse feito isso, enfim receberia uma resposta sincera.

Deixo o Livro de lado e vou para as fotografias, prestando ainda mais atenção naquelas em que Petra estava presente. A princípio, parecem inocentes. Apenas uma adolescente sendo ela mesma, mas nuances sinistras começam a surgir conforme continuo a olhar. Na fotografia tirada na cozinha, nem Petra ou minha mãe sabem da presença do fotógrafo, dando um sentimento desconfortável de voyeurismo na imagem. Tratava-se de uma foto tirada antes que soubessem da presença de outra pessoa.

Ainda pior é a foto da festa do pijama. Petra está no meio e à frente, de uma forma que Hannah e eu passamos quase despercebidas. Ao contrário da foto na cozinha, Petra sabe que está sendo fotografada e gosta disso. Sua mão na cintura e perna levantada criam uma pose de *pinup* dos anos quarenta. É como se ela quase flertasse com o fotógrafo, que, nesse caso, só poderia ser meu pai.

Bato com as fotos virada para baixo na mesa, desapontada comigo por ceder à fofoca.

Atrás de mim, escuto o som de um dos sinos na parede.

Uma única batida ressonante.

O barulho me faz dar um pulo, derrubando a cadeira, que bate no chão. Fico contra a mesa, pressionando minha lombar na borda enquanto observo os sinos. A cozinha está em completo silêncio, exceto pelo som de meu coração martelando dentro do peito.

Quero crer que meus ouvidos estão enganados, que não passou de um daqueles lapsos em que a pessoa acredita ter ouvido algo, como um zumbido nos ouvidos, ou quando você jura ter escutado seu nome e não passava de um barulho aleatório.

Meu coração acelerado me diz que não estou imaginando coisas.

Um desses sinos acabou de tocar.

O que leva a um único fato inegável: outra pessoa está dentro da casa.

Circundo a mesa sem tirar os olhos dos sinos, caso um deles volte a tocar. Recuando de costas, chego à bancada e minhas mãos deslizam às cegas pela superfície do móvel até encontrar o que estou procurando.

Um faqueiro com seis facas.

Pego a maior delas, uma faca de trinchar com lâmina de dezoito centímetros. O aço brilhante reflete minha imagem.

Pareço assustada.

Estou assustada.

Segurando a faca com o braço estendido, saio de fininho da cozinha e subo os degraus até o andar principal da casa. Apenas quando chego à grande sala é que consigo ouvir a música. Uma melodia nítida que eu reconheceria mesmo sem a letra, ressoando de algum lugar acima, como se eu estivesse num sonho.

"You are sixteen, going on seventeen..."

Meu coração, que há poucos segundos batia a mil por hora, parece congelar, fazendo o som ficar ainda mais alto.

"Baby, it's time to think."

Ando pela grande sala com as pernas entorpecidas pelo medo, como se estivesse flutuando. Quando chego perto da saída, percebo que o lustre está balançando, dando a impressão de alguém ter pulado no chão acima dele.

"Better beware..."

Restam duas opções: correr ou confrontar seja lá quem estiver na casa. Quero correr, meu corpo inteiro implora por isso. Opto pela confrontação, mesmo que não seja a decisão mais sábia. Correr só leva a mais perguntas. Encarar pode ser a única forma de conseguir respostas.

"... be canny..."

Decisão tomada, começo a correr, sem dar chance para meu corpo protestar. Subo rapidamente as escadas, atravesso o corredor do segundo andar e encaro outra série de degraus. Ainda estou correndo quando chego ao último andar, a porta da sala de estudos está fechada diante de mim.

"... and careful..."

Me choco contra a porta, segurando firme a faca e soltando um grito ao entrar lá. Parte disso tudo é por autodefesa, tentando pegar de surpresa quem estiver lá. O resto é puro medo, invadindo todo meu interior igual estou invadindo o cômodo.

"Baby, you're on the brink."

A sala de estudos está vazia, apesar de todas as luzes estarem acesas e o toca-discos estar ligado no volume máximo.

"You are sixteen..."

Deslizo a agulha para fora do toca-discos e, com o coração ainda martelando, examino a sala, apenas para confirmar que ela está de fato vazia. Quem quer que estivesse aqui em cima, deve ter saído assim que ligou o toca-discos, mas não sem antes puxar a corda do sino.

O que significa que era um zumbi, algum garoto idiota que leu o Livro, ouviu falar da minha presença aqui e, agora, quis copiar parte da história.

O único problema da minha teoria é que fechei e tranquei o portão depois que Brian Prince saiu. Também fechei e tranquei a porta da frente quando entrei. Se fosse uma pegadinha de algum fã de *Casa dos Horrores*, como essa pessoa fez para entrar?

A pergunta perde a importância quando volto a olhar para a mesa e percebo que algo sumiu.

Igual ao abridor de cartas na sala de visitas, o ursinho de pelúcia, que Dane e eu encontramos mais cedo, desapareceu.

CASA DOS HORRORES

1º DE JULHO
6º Dia

"Ele diz que a gente vai morrer aqui."

Até aquele momento, era um dia atípico, pois *não* aconteceu nada de diferente. Não houve sinos tocando, cobras sorrateiras ou descobertas preocupantes. Se teve algum barulho às 4h54 da manhã, não escutei. Foi o primeiro dia normal que tivemos em Baneberry Hall

Então minha filha proferiu aquelas palavras, e foi tudo por água abaixo.

Chamei Jess de imediato, pois sabia que esse era um problema a ser resolvido por nós dois. Ainda assim, não tinha certeza sobre qual deveria ser nossa atitude. Um dos amigos imaginários de minha filha estava dizendo para ela que todos iríamos morrer. Nenhum livro que trata de paternidade explica o que fazer nessa situação.

"Senhor Sombra não é real", falou Jess ao mesmo tempo que se sentava na cama e pegava Maggie nos braços. "E não é um fantasma. É só uma parte da sua imaginação com uma voz maldosa lhe falando coisas que não são verdade."

Maggie não pareceu se convencer.

"Mas ele *é* real", respondeu ela. "Ele aparece de noite e diz que a gente vai morrer."

"Os seus outros amigos falam coisas assim?"

"Não são meus amigos", Maggie disse de tal forma que arrancou um pedaço do meu coração. Basicamente, ela estava me contando que não tinha amigos, nem mesmo imaginários. "Só são gente que entra no meu quarto."

"Quantas pessoas entraram aqui?", perguntou Jess.

"Três." Maggie contou com os dedos. "Tem o Senhor Sombra e a menina sem nome e a Senhora Cara de Moeda."

Jess e eu trocamos olhares de preocupação. Seja lá o que fosse isso, não era normal.

"Senhora Cara de Moeda?", falei. "Por que a chama desse jeito?"

"Porque ela tem duas moedas na cara, cada uma em cima de um olho, mas consegue ver mesmo assim. Ela tá olhando pra gente agora."

Maggie apontou para o canto próximo ao *closet* de porta inclinada. Não vi nada além de um espaço vazio onde o teto inclinado se encontrava com a porta. Jess também não viu coisa alguma, pois falou: "Não tem ninguém ali, meu anjinho".

"Tem sim!", gritou Maggie, mais uma vez, à beira das lágrimas. "Ela tá olhando pra gente."

Nossa filha estava tão convencida do que dizia que continuei a encarar o canto do quarto, procurando por sombras, olhando em vão para algo que eu não podia ver, mas minha filha conseguia, ainda que fosse apenas com sua mente.

Então ouvi um barulho.

Tap.

O som veio de algum lugar do corredor. Uma única batida no chão de madeira.

"O que diabos foi isso?", perguntou Jess.

"Não sei."

Tap.

O barulho foi mais alto dessa vez, dando a impressão de que, seja lá o que fosse aquilo, ainda estava no corredor, um metro mais próximo do quarto de Maggie.

Tap-tap.

Eles ficaram mais altos, o segundo soando mais próximo que o primeiro.

"Será que é o encanamento?", questionou Jess.

"Se for, por que não ouvimos até agora?"

Tap-tap-tap.

Desta vez, foram três, aumentando de volume até ficarem exatamente do outro lado da porta.

Maggie se encolheu ainda mais no colo da mãe, seus olhos não piscavam.

"É o Senhor Sombra", disse.

Senhor Sombra até poderia não ser real, mas aquelas batidas certamente eram. A única explicação que podia pensar era a mais óbvia de todas: um invasor havia entrado em Baneberry Hall.

"Tem alguém dentro da casa", sussurrei.

O barulho se tornou um fluxo contínuo, muito alto e muito próximo. Pareciam batidas do outro lado da porta, porém, sem nenhuma movimentação aparente.

Tap-tap-tap-tap-tap-tap.

O barulho começou a retroceder, como se voltasse e seguisse pelo corredor, parecendo ir em direção à escada para o terceiro andar.

Saltei da cama, decidido a seguir o som. "Você e a Maggie ficam aqui."

Jess se opôs à ideia. "Ewan, espera…"

Se ela falou mais alguma coisa, não ouvi. Àquela altura, eu estava correndo pelo corredor, tentando localizar a fonte daquele…

Tap-tap-tap-tap-tap.

Olhei nas duas direções do corredor. Nada. Certamente, nada que poderia ter provocado algo tão estranho quanto aquele…

Tap-tap-tap-tap.

O som havia diminuído, como se estivesse em outro canto da casa. Pude ouvir um último *tap* antes de morrer por completo, deixando-me no silêncio vazio do corredor.

Por pouco tempo.

Em poucos segundos, escutei outra coisa.

Música.

Ressoando diretamente acima de mim.

"You are sixteen, going on seventeen…"

Subi correndo os degraus para o segundo andar, pulando de dois em dois. Quando a porta da sala de estudos ficou visível, percebi que estava fechada, apenas uma fina faixa de luz passava pela fresta embaixo.

"Baby, it's time to think."

Sabia que deveria ter dado meia-volta, porém, já era tarde demais. Quem estivesse atrás daquela porta me ouviu chegando. Além do mais, a adrenalina me fez prosseguir pelo resto dos degraus, em direção à porta e sala de estudos adentro.

"Better beware..."

Exatamente igual à outra noite, o cômodo estava vazio. Eram apenas eu, o toca-discos e aquele maldito vinil girando e girando e girando.

"... be canny..."

Desliguei o aparelho e ouvi a música desacelerando até parar por completo. Então investiguei a sala de estudos, me perguntando aonde teria ido o invasor.

E como o sujeito produziu aquelas batidas.

E se aquilo se repetiria.

Pois não era a primeira vez. A primeira foi duas noites atrás, quando ouvi o toca-discos. Aquilo não era obra de Jess, de Maggie ou de um rato maldito.

A descoberta de que nossa casa havia sido invadida duas vezes me deixou abalado. Com as mãos trêmulas, tirei o vinil do toca-discos e o coloquei de volta na capa de papelão. Não via motivos para dar ao invasor a chance de tocá-lo uma terceira vez. Então tirei o toca-discos da tomada e o coloquei de volta na bolsa de couro. A bolsa e a maleta voltaram para o *closet* onde eu as encontrara.

Em seguida, desci às escadas para ligar para a polícia.

A policial que veio até nossa casa, oficial Tess Alcott, era tão jovem que, a princípio, não acreditei que ela fosse da polícia. Mal parecia uma garota que terminara de completar o curso das escoteiras, quanto mais entrar na academia de polícia. A policial provavelmente ouvia esse tipo de coisa constantemente, pois ela apresentava uma rispidez que parecia forçada.

"Algo foi levado?", interrogou ela, a caneta pressionada contra o pequeno bloco de anotações em sua mão. "Algum objeto de valor? Alguma quantia em dinheiro?"

"Não que saibamos", respondi. "Mas um monte dessas coisas não era nosso. Vieram junto com a casa. Então alguma coisa que não conhecemos pode ter sido levada."

Os três estávamos na sala de visitas, Jess e eu sentados à beira do sofá, nervosos demais para relaxar. A oficial Alcott estava sentada à nossa frente, examinando o cômodo.

"Os antigos donos antes de vocês eram Curtis Carver e sua esposa, correto?", nos questionou.

"Sim", falou Jess. "Acredita que isso possa estar relacionado com a invasão?"

"Não vejo motivos para estar."

Dei um olhar de curiosidade para ela. "Então por que a pergunta?"

"Para verificar os registros e ver se encontro alguma invasão quando eles moravam aqui. Como o invasor conseguiu entrar? Presumo que a porta da frente estava destrancada."

"Não estava", falei. "Tranquei-a antes de subir para colocar minha filha pra dormir, e a porta continuou trancada depois que o invasor saiu."

"Então eles entraram pela janela?"

"Todas estavam fechadas", confirmou Jess.

A oficial Alcott, que escrevia tudo isso em seu bloco de anotações, de repente, olhou para cima, mantendo a caneta pressionada contra o papel. "Estão certos de que teve mesmo um invasor?"

"Ouvimos uns barulhos", argumentei, compreendendo naquele momento como eu soava ridículo. Parecia uma criança, alguém tão assustado e com a imaginação tão fértil quanto Maggie.

"Muitas casas fazem barulhos", disse a oficial Alcott.

"Não esse tipo de barulho." Tentei descrever o *tap* das batidas que aconteceram pelo corredor, chegando ao ponto de bater com o pé no chão da sala de visitas para tentar imitar o som. "E teve a música. Alguém ligou o toca-discos na sala de estudos. E foi a segunda vez que isso aconteceu."

A policial se voltou para Jess. "Você ouviu o toca-discos?"

"Não ouvi." Jess me lançou um olhar carregado de desculpas. "Nenhuma das vezes em que tocou."

O bloco de anotações e caneta voltaram para o bolso da frente de seu uniforme.

"Olha, pessoal", começou. "Se nada foi levado, não há sinais de arrombamento e apenas um de vocês está ouvindo coisas..."

"Nós dois ouvimos as batidas", interferi.

A oficial Alcott levantou uma mão, em sinal para que eu me acalmasse. "Não sei o que você pretende que eu faça aqui."

"Pode começar acreditando no que estamos dizendo", respondi irritado.

"Senhor, acredito em você. Acredito que ouviu alguma coisa e pensou ser um invasor, porém me parece que o senhor ouviu algo diferente do que *pensa* ter ouvido."

Compreendi, naquele momento, um pouco da frustração de Maggie sempre que conversávamos sobre seus amigos imaginários. Ser desacreditado era enlouquecedor. A única diferença era que, em meu caso, eu estava falando a verdade. Aquilo *realmente* acontecera.

"Então devemos apenas deixar que aconteça de novo?"

"Não", respondeu a policial. "Devem ficar espertos, prestar atenção e ligar para a polícia na próxima vez que virem algo suspeito."

Sua escolha de palavras não passou despercebida.

Virem algo de suspeito. Não, ouvirem.

Antes de partir, a oficial Alcott deu um aceno com a cabeça, segurando a ponta do chapéu e deixando a mim e a Jess para que nos virássemos sozinhos. A única forma que encontrei de proteger minha família foi vasculhar a casa em busca de itens para criar um sistema de segurança improvisado.

Um pacote de fichas pautadas

Vários rolos de linha.

E uma caixa de giz.

"Pra que tudo isso?", perguntou Jess, enquanto eu rasgava a ficha pautada em pedaços.

"Pra ver se tem alguém entrando escondido na casa", respondi, enfiando os pedaços de papel entre a porta e o batente para que caíssem caso a porta fosse aberta. "Se tiver, isso vai mostrar pra gente por onde estão entrando."

Usei o giz para traçar uma linha fina no chão em frente à porta. Em seguida, amarrei uma linha de uma ponta a outra da porta, na altura do tornozelo. Se alguém entrasse, eu descobriria. O fio se romperia e o giz ficaria marcado.

"Em quantos lugares você vai fazer isso?", questionou Jess.

"Na porta da frente e em todas as janelas."

No momento em que deitei na cama, todas as janelas da casa que podiam ser abertas tinham um fio de linha atravessado e pedaços de papel presos entre o vidro e o peitoril.

Seja lá quem fosse o invasor, eu estava preparado para sua próxima visita.

Ao menos, era o que eu pensava.

Acontece que eu não estava preparado para aquilo que nos aguardava.

NOVE

Ainda estou olhando para o espaço vazio na mesa onde encontrei o ursinho, quando algo chama minha atenção. No extremo canto da minha visão periférica, percebo uma movimentação do lado de fora por uma das janelas da sala de estudos. Correndo até a janela, vejo de relance uma figura obscura sumindo entre as árvores nos fundos da casa.

No instante seguinte, estou correndo mais uma vez, fazendo a rota contrária que fiz para subir. Descendo as escadas, pelo corredor e mais escadas. A caminho da porta da frente, faço uma pausa, tempo suficiente para pegar a lanterna de uma caixa no chão da grande sala.

Então estou do lado de fora, percorrendo a lateral da casa e avançando pela floresta. Está completamente escuro aqui, com as copas das árvores eclipsando a lua. Ligo a lanterna, seu feixe de luz oscila pelo chão à minha frente, clareando ramos aleatórios de *Baneberries*.

"Sei que está aí!", grito entre a escuridão. "Vi você!"

Sem resposta.

Não que eu esperasse por uma, só queria avisar ao invasor que o vi. Com sorte, talvez o impeça de realizar uma nova visita.

Continuo a andar pela floresta, o declive da colina me faz ir mais rápido. Logo chego ao cemitério de animais, as lápides assimétricas se transformam em borrões brancos pela luz da lanterna. Depois de passar pelos túmulos, chego até a parede de pedra na base da colina. Ela é intimidadora na escuridão, com seus três metros de altura e tão sólida quanto o muro de um castelo.

Sinto-me uma criança perto dele, o que deveria trazer um pouco de conforto. Ninguém conseguiria passar por cima dessa belezinha, não sem uma escada. Essa descoberta leva a uma pergunta complexa: como esse zumbi entrou na propriedade?

A resposta chega no minuto seguinte, quando decido seguir a parede de pedra até o portão da frente. Percorro menos de cinquenta metros antes de encontrar uma parte do muro que desabou. A abertura não é das maiores, apenas uns trinta centímetros de largura, como se alguém usasse o próprio dedo para dividir um tablete de margarina. Preciso ficar de lado para atravessar o espaço. Quando chego ao outro lado, saindo totalmente do terreno oficial de Baneberry Hall, vejo a parte de trás de um dos chalés entre as árvores. O lado de fora, amarelo durante o dia, parece esbranquiçado pelo luar. Um brilho atravessa uma das janelas. Em seu interior, a luz verde-azul de tela indica que uma televisão está ligada.

O chalé pertence a Dane ou à família Ditmer. Não sei quem mora em cada casa. Suponho que é algo que eu deveria descobrir, visto que uma entrada alternativa para minha casa não está tão longe de seu quintal.

Não que Dane ou Hannah Ditmer precisassem entrar escondidos na propriedade. Os dois possuem as chaves do portão e da porta da frente. Poderiam entrar direto a hora que quisessem.

O que indica que, seja lá quem entrou e saiu, veio por aqui. Apenas precisou passar pelo vão no muro. A parte mais difícil, até onde sei, seria ter o conhecimento desta entrada. E não me surpreenderia se muitas pessoas de Bartleby ou de outras regiões possuíssem esse conhecimento.

Retorno apressada para Baneberry Hall, convencida de que há mais zumbis a caminho e eu preciso estar preparada. Lá dentro, pego a faca e conduzo uma busca pela casa. A tarefa requer nervos de aço para abrir cada porta, sem saber o que irei encontrar, e ligar o interruptor, esperando pelo pior naquela fração de segundo entre a escuridão e as luzes estarem acesas.

No final das contas, Baneberry Hall está vazia.

Por quanto tempo, não sei.

Por isso, pego uma página do livro do meu pai.

Literalmente, pego pra mim.

Rasgo a página da edição que estava na mesa da cozinha e divido em vários pedaços pequenos. A sensação é boa. Nunca havia destruído uma cópia do Livro antes, e a satisfação que sinto agora me faz desejar ter feito isso anos atrás.

Lembro do meu pai, conforme coloco os pedações de papel na fenda da porta, pensando se ele estaria orgulhoso ao me ver fazendo algo que também fez, de acordo com o Livro. Provavelmente não. Se ele sentisse algo, suspeito que seria desapontamento pela minha promessa quebrada de nunca retornar para Baneberry Hall.

Me esforcei demais para não o decepcionar. Ainda que o enxergasse como um mentiroso desde os 9 anos, continuei a buscar por sua aprovação em tudo que eu fazia. Acredito que essa vontade partia da ideia de que se eu me provasse boa o suficiente, ele acabaria me considerando digna de saber a verdade sobre o Livro. Poderia também ser apenas a rebeldia típica da filha de pais divorciados. Como eu sabia que nunca alcançaria o padrão elevado de minha mãe, meu foco eram os critérios mais fáceis de meu pai.

Com isso não quero dizer que não foi um bom pai. Ele foi, de muitas maneiras, um pai excelente, não apenas por me estragar com tantos mimos. Era atencioso e gentil. Nunca me diminuiu, como minha mãe fazia. E ele nunca, jamais, me subestimou.

À medida que eu crescia, meu pai me entregava listas de livros para ler, filmes para assistir e discos para ouvir. Coisas que ninguém ofereceria para uma adolescente. Filmes do Bergman, álbuns de Miles Davis e livros de Tolstói, Joyce e Pynchon. Cada um deles demonstrava sua crença de que me considerava capaz de abrir minha mente e expandir meus horizontes. E mesmo que eu tivesse zero interesse em ouvir *jazz* ou ler *O Arco-Íris da Gravidade*, tentei ao máximo para agradá-lo. Meu pai acreditava em mim e eu não queria deixá-lo na mão.

De qualquer forma, o desapontei quando entrei na faculdade e decidi cursar *design* e não jornalismo ou literatura inglesa, destruindo os seus sonhos de ter outra escritora na família. Além da ocasião quando larguei o emprego que eu tinha como *designer* desde a faculdade. Era um trabalho estável, mas que era um saco. Em seguida, comecei minha própria empresa com a Allie.

Essa decisão deu início a um período de altos e baixos que durou até a morte de meu pai. Uma vez, ele me disse que nosso relacionamento era como uma rosa: dotada de beleza, mas vinha com espinhos. Eu gostava de comparar com o clima, sempre em mudança. Vivíamos estações gélidas, períodos de calor, meses em que conversávamos quase todos os dias e longos períodos de silêncio absoluto.

A maioria dessas circunstâncias era ditada por mim e minha relação com o Livro. Se eu conseguisse passar alguns meses sem ser reconhecida em razão da *Casa dos Horrores*, tratava meu pai como se fosse meu melhor amigo. Porém, no momento em que o Livro voltava a entrar no meu caminho — como aquela vez em que um repórter de tabloide me encurralou no aniversário de vinte anos da publicação —, eu ficava fria, até mesmo amargurada.

Enquanto isso, meu pai começou seu isolamento do mundo, enclausurando-se no apartamento dele com os livros e filmes clássicos que tanto amava. O outrora entrevistado onipresente, alguém disposto a ser mencionado em qualquer assunto, desde o sobrenatural até a indústria literária, havia se desconectado de todos os meios de comunicação. Por muito tempo, achei que ele estivesse cansado de viver com a mentira que havia criado e não queria mais ter nada a ver com isso. Seu contato com Brian Prince pode sugerir o contrário.

Nossa relação mudou com a doença dele. Seu câncer era agressivo, cravando suas garras sem trégua e em alta velocidade. Não havia mais tempo para frescura da minha parte. Precisava estar lá por ele e estive, até o último momento.

À meia-noite, há pedaços do Livro enfiados na porta da frente e em todas as janelas.

Vou para meu quarto.

Tranco a porta.

Coloco a faca que estava comigo na mesa de cabeceira ao lado da cama.

Meu ato final desta noite consiste em tomar uma dose de Valium, me arrastar até as cobertas e tentar dormir, apesar de saber que não será fácil, isso se houver alguma chance de pegar no sono.

CASA DOS HORRORES

2 DE JULHO
7º Dia

Eu passei a noite em claro. O ponteiro dos minutos dando voltas, transformando-se nas horas em que permaneci deitado, olhando para o teto, questionando se, quando ou como alguém conseguiu entrar. A noite foi repleta de barulhos, todos inofensivos. Ainda assim, nenhum deles me impediu de acreditar ser o invasor voltando para outra rodada. Pensei no muro de pedra e o portão de ferro forjado na entrada e como eu costumava debochar de seu tamanho. Agora, gostaria que fossem mais altos.

No momento em que a escuridão da noite começou a dar lugar para o amanhecer, meus pensamentos se voltaram para outra coisa.

Tum.

Lá estava ele novamente.

Olhei para o relógio: 4h54. Na hora exata.

Abandonando a esperança de pegar no sono, escorreguei para fora da cama em silêncio, para não acordar Jess e Maggie, que passou outra noite conosco. Fui para o andar de baixo e me deparei com o lustre aceso, o que parecia impossível. Não fui para a cama ontem sem antes ter certeza de que havia desligado.

Temendo que o invasor houvesse outra vez entrado na casa, corri para a porta da frente. O fio de linha permanecia intacto, a linha de giz não fora tocada e os pedaços de folha pautada ainda estavam entre a porta e o batente.

Tranquilo pela certeza de que ninguém arrombara a porta, desci para a cozinha, preparei um pouco de café extraforte e despejei a bebida numa caneca que tinha quase o tamanho de uma tigela de sopa. Depois de tomar alguns goles revigorantes, retornei para conferir metodicamente todas as janelas do resto da casa. Estavam iguais à porta, completamente intocadas.

Ninguém esteve aqui.

Ninguém além de nós, as galinhas.

Minha avó costumava usar essa frase, quando eu era um menino e brincava de esconde-esconde com meus primos no enorme celeiro atrás da casa dela. Por ser o mais novo e menor, era a vovó que se escondia comigo, trazendo-me para seus braços e encolhendo seu corpo junto ao meu atrás dos fardos de feno ou em cantos escuros que sempre cheiravam a couro e óleo de motor. Quando um dos meus primos vinha nos procurar, perguntando se tinha alguém lá, vovó sempre respondia: "Ninguém além de nós, as galinhas".

Após verificar o sistema de segurança improvisado, voltei à cozinha e peguei minha caneca. Ao dar outro gole, reparei na poeira branca espalhada sobre a mesa. Junto a ela, havia pequenos pedaços cinza de detrito.

Então senti algo.

Alguma coisa dentro da caneca.

Pequeno e fino como uma tala de fibra para cavalo.

Encostou no meu lábio superior antes de passar por meus dentes da frente. Era algo viscoso e de sabor repugnante.

Afastei a caneca da boca no mesmo instante. O café que não consegui engolir escorreu pelo meu queixo. O líquido que cheguei a beber voltou numa tosse sufocante de refluxo.

Espiei dentro da caneca. Uma pequena onda circular se espalhou pela superfície do café até chegar à borda. Inclinei o recipiente, e a coisa que estava dentro emergiu na superfície, um lampejo cinza que subia e descia no líquido preto.

Derrubei o vasilhame e me afastei da mesa enquanto o café se espalhava pela superfície. Na crista da onda, como uma minúscula serpente marinha se aproximando da costa marítima, havia uma cobra filhote.

O animal peçonhento se contorceu em cima da mesa, traçando um caminho sinuoso por entre o café derramado. Fiquei o encarando, perplexo e enojado. Meu estômago revirou tanto que precisei tapar a boca com a mão.

Ao olhar pra cima, vi um buraco no gesso do teto do tamanho da circunferência de um dosador de bebidas. Outras duas cobras minúsculas saíram do buraco e caíram em cima da mesa. O som da aterrissagem foi igual ao de duas gotas generosas de chuva batendo contra um para-brisa.

Revirei o lugar em busca de algo para prendê-las: uma tigela, um tupperware ou qualquer coisa. Eu estava de costas para a mesa, remexendo num armário, quando ouvi outra coisa caindo com o som de um *splash* asqueroso.

Virei-me vagarosamente, temendo ver o que eu sabia que encontraria.

Uma quarta cobra.

Desta vez, não era um filhote.

Em fase adulta e com pelo menos trinta centímetros de comprimento, o animal havia aterrissado de costas, deixando à mostra uma barriga tão vermelha quanto as *baneberries* do lado de fora. A cobra se virou, e pude ver duas listras gêmeas cor de ferrugem percorrendo a parte de cima do animal, igual à outra que encontrara na Sala Índigo no dia da mudança.

A cobra adulta deslizou passando pelos filhotes e foi direto para a caneca de ponta-cabeça, tentando se retorcer no interior do espaço pequeno. A cobra emitiu um silvo de raiva ou de medo, eu não saberia dizer.

Permaneci observando a cena, paralisado pelo horror, quando mais duas cobras filhotes caíram como gotas de chuva na mesa.

Olhei para o buraco no teto, onde uma sétima cobra — outra adulta — estava se esgueirando para fora, deixando primeiro a cabeça à mostra. Ela tentou retornar, contraindo seu corpo na tentativa de subir, o que apenas acelerou sua descida.

Ao se chocar contra a mesa — mais um *splash*, igual a uma bexiga d'água acertando seu alvo — a mesa sacudiu. Fragmentos do gesso do teto caíram como confete. Àquela altura, a maioria das cobras filhotes havia caído da borda da mesa e se movia em todas as direções. Uma dela veio até mim, o que me fez dar um pulo para o balcão.

Acima, um forte som de algo se partindo ecoou do teto. Rachaduras se espalharam pela sua superfície, como raios em zigue-zague. De pé no balcão, joguei-me na direção dos armários quando um enorme pedaço de teto desabou sobre a mesa.

Uma nuvem de poeira se espalhou pela cozinha. Fechei os olhos e cobri a boca, impedindo de sair o grito que se formara na minha garganta.

A onda de poeira me atingiu. Era áspera, como areia. Pequenos detritos grudaram na minha pele e cobriram meu cabelo.

Quando abri os olhos de novo, a poeira ainda estava se dissipando, revelando aos poucos os estragos e apertando cada vez mais o nó em minha garganta. Primeiro, o buraco retangular no teto. Em seguida, a parte quebrada na mesa e no chão, agora, em vários pedaços menores.

E mais cobras.

Uma dúzia, talvez mais.

Todas caíram juntas, um bolo de cobras tão grande a se retorcer e sibilar, que minha preocupação era a mesa quebrar ante o peso. Em questão de segundos, elas se desenrolaram e saíram rastejando.

Pela mesa.

No chão.

Algumas caíram atrasadas do teto, levantando nuvens de poeira individuais.

O grito que eu impedira de sair finalmente se libertou e ecoou na cozinha.

Gritei por Jess.

Gritei por socorro.

Gritei sons que nem sabia ter a capacidade de reproduzir, apenas por não haver outra maneira de expressar meu pânico e repulsa e medo.

Quando se acalmaram, assentadas junto à poeira do teto, percebi que nenhum grito no mundo poderia me ajudar naquela situação. Precisaria pular do balcão e correr. Não havia outra alternativa.

Soltando mais um berro, dei um pulo. Meus pés descalços encostaram no chão, enviando um alerta para as cobras. Uma delas me atacou. Suas presas se prenderam na barra da calça do meu pijama, o animal peçonhento se contorceu até rasgar o tecido e se libertar.

Outra tentou abocanhar meu pé direito. Pulei bem a tempo, evitando a mordida, apenas para encontrar uma terceira cobra alvejando meu pé esquerdo. Essa também errou seu ataque.

Atravessei a cozinha dessa forma, saltando igual a um coelho pelo chão. Em determinado momento, pisei numa cobra quando coloquei os pés no chão. Era apenas um filhote, seu corpo se contorcia de um jeito repulsivo abaixo do meu pé.

Então eu estava na escada, a caminho do andar superior, ao mesmo tempo que Jess e Maggie desciam. As duas ouviram meus gritos e vieram correndo.

Desejei que não tivessem vindo.

Pois significava que elas também veriam o horror que acontecia na cozinha.

Maggie gritou quando viu as cobras, soando igual aos meus gritos anteriores. Jess deixou escapar um gorgolejar de puro horror. Pensei que minha mulher passaria mal, então a segurei pelo braço e a levei para cima antes que tivesse chance. Usei minha mão livre para pegar Maggie, que estava parada atrás da mãe.

Juntos, subimos os degraus e corremos pela sala de jantar. Jess e Maggie esperaram na varanda da frente, enquanto eu subia em direção à suíte principal para pegar minhas chaves, carteiras e um par de tênis.

Em seguida, nós três fugimos da casa, sem saber aonde íamos, mas com a certeza de que não poderíamos permanecer ali.

Duas semanas depois, fizemos a mesma coisa.

Entretanto, na segunda vez, nunca mais retornamos.

DEZ

É a calada da noite e estou em minha cama, num estado entre o adormecer e a vigília.

Meu pai tinha um termo para isso.

No limbo.

Aquela fronteira em que não se está num sono profundo, nem completamente desperto.

Então, estou no limbo.

Ao menos, acredito estar.

Posso apenas estar sonhando, porque nesse intermédio difuso, escuto a porta do guarda-roupa se abrir.

Abro meus olhos, levanto a cabeça do travesseiro e olho para o guarda-roupa inerte na parede oposta à cama.

As portas estão de fato abertas, apenas uma fresta, uma fenda escura pela qual consigo ver o interior do guarda-roupa.

Um homem está lá dentro.

Encarando-me.

Seus olhos não piscam.

Lábios cerrados.

Senhor Sombra.

Isso não é real. Repito em minha cabeça como um mantra. *Isso não é real. Isso não é real.*

Mas o Senhor Sombra permanece ali, à espreita, sem um movimento, apenas me olhando.

Em seguida, as portas do guarda-roupa se abrem e, de repente, ele está ao pé da minha cama, inclinando-se sobre mim, segurando meus braços e sussurrando: "Vocês vão morrer aqui".

Meus olhos se abrem arregalados — dessa vez, de verdade. Me sento na cama com um grito de pavor entalado na garganta. Lanço um olhar amedrontado para o guarda-roupa. Suas portas estão fechadas e não tem nenhum Senhor Sombra. Tudo não passou de um sonho.

Não, um sonho não.

Um pesadelo.

Um que paira sobre mim enquanto saio da cama e vou na ponta dos pés até o guarda-roupa. Embora eu saiba que estou sendo paranoica e ridícula, coloco meu ouvido em uma das portas, procurando ouvir algum barulho.

Nada.

Eu sabia disso.

Pensar que poderia haver qualquer coisa ali faria de mim alguém tão ingênua quanto Wendy Davenport ou qualquer outra pessoa que acredita no Livro.

Ainda assim, o medo aperta meu peito quando abro apenas uma fresta entre as portas. Tento me convencer de que é a precaução que me faz espiar o interior. Alguém invadiu minha casa noite passada, faz sentido querer ter a certeza de que o invasor não voltou.

Mas eu sei do que se trata.

Estou procurando pelo Senhor Sombra.

Dentro do guarda-roupa, vejo apenas os vestidos pendurados na escuridão. Eles se iluminam quando abro as portas por completo, permitindo que a luz cinza que entra pelas janelas os alcance.

O guarda-roupa está vazio. É claro que está.

Mesmo assim, o pesadelo paira no ar por tempo suficiente para me fazer decidir começar o dia, mesmo que o dia ainda nem tenha começado. No chuveiro, cada ranger do encanamento antigo parece sinalizar a chegada do Senhor Sombra. Toda vez que fecho os olhos contra o jato d'água, acho que irei encontrá-lo quando voltar a abri-los.

O que mais me incomoda é que o pesadelo não se pareceu com um. Tinha a sensação de uma experiência. Algo real.

Uma memória

Igual à que tive na cozinha, eu e meu pai pintando o cômodo.

Mas não pode ser.

Não posso me lembrar de algo que nunca aconteceu.

O que significa que estou me lembrando do Livro. Faria sentido, se meu pai não tivesse escrito na primeira pessoa. O leitor enxerga tudo apenas pela visão dele, e li *Casa dos Horrores* o suficiente para saber que meu pai nunca escreveu essa cena.

Sobrevivo ilesa ao banho, obviamente, e sigo para o andar de baixo. Os pedaços de papéis seguem entalados na porta da frente, igual às janelas.

A casa não foi invadida.

Não há mais ninguém aqui além de mim.

Ninguém além de nós, as galinhas.

Quando Dane chega, às oito, estou no meu terceiro café, e elétrica com tanta cafeína. E desconfiada. Bem no fundo, sei que Dane não tem nada a ver com o que rolou ontem à noite. Ainda assim, vê-lo entrar em Baneberry Hall sem que eu tenha aberto o portão ou a porta da frente me faz lembrar da passagem na parede de pedra e do chalé logo em frente. Também preciso considerar o toca-discos, que ninguém mais sabia termos encontrado ontem. Só eu e ele, que insistiu em colocar o aparelho em cima da mesa.

"Você mora em qual chalé?", pergunto. "O amarelo ou o marrom?"

"O marrom."

O que significa que ontem à noite avistei o chalé de Elsa e Hannah. Dane mora no lado oposto da estrada de cascalho.

"Minha vez de fazer uma pergunta", diz ele, observando a caneca de café em minha mão. "Tem mais de onde esse veio? Posso pegar um pouco?"

"Tem uma cafeteira pela metade com seu nome nela."

Quando descemos até a cozinha, sirvo uma caneca generosa e a entrego para Dane.

Ele dá um gole e diz: "Por que você me perguntou do meu chalé? Planeja me fazer uma visita?".

Percebo o flerte em sua voz, impossível não reparar. Ao contrário da noite em que cheguei, agora, não é algo surpreendente ou indesejável. Porém, o momento poderia ser mais oportuno. Tenho assuntos mais urgentes.

"Alguém invadiu esta casa na noite passada", informo Dane.

"Sério?"

"Sério."

Repasso os acontecimentos da última noite, sem poupar nenhum detalhe. Ele escuta tudo: o sino, a música, o ursinho de pelúcia desaparecido e meus berros para a pessoa que fugiu pelas árvores.

"E você acha que fui eu?", pergunta Dane.

"Claro que não", respondo, manipulando a verdade para não o deixar ofendido. "Só estava me perguntando se você não viu nada de suspeito ontem à noite."

"Nada mesmo. Chegou a perguntar pra Hannah se foi ela?"

"Não tive essa oportunidade ainda. Você sabe sobre a brecha na parede de pedra? Tem uma fresta num lugar que desmoronou."

"Aquele buraco está lá há décadas, acho. Escrevi pro seu pai no ano passado, perguntando se ele queria que eu consertasse, mas nunca tive resposta."

O motivo da ausência de respostas era porque meu pai estava resistindo a sessões agressivas de quimioterapia, mesmo que as esperanças fossem mínimas. Era apenas um prolongamento de vida. Uma forma de esticar sua linha do tempo em mais alguns meses.

"Bem, alguém usou aquela passagem para entrar na propriedade", continuei. "E ainda entrou na casa, apesar de que não sei como isso aconteceu."

Dane pega uma cadeira e se senta com as costas dela viradas para frente, suas pernas abertas entre o encosto. "Tem certeza disso? O ursinho pode apenas ter caído atrás da mesa. Empilhamos bastante coisa lá."

"Isso não explica o toca-discos. Ele não se ligou sozinho."

"A menos que tenha algum problema com a fiação. Percebeu mais alguma coisa estranha?"

"Sim", respondo, relembrando da noite em que cheguei. "O interruptor da Sala Índigo não funciona. Sem mencionar o lustre aceso quando voltei pra casa ontem."

"E aqui embaixo?" Dane olha para o teto da cozinha e examina a luminária, um retângulo robusto de vidro fumê com detalhes dourados que, assim como o resto da cozinha, exala uma aura de anos oitenta. Seu olhar vai em seguida para o retângulo manchado que se destaca no teto bem acima da mesa.

"Parece uma infiltração", comenta ele.

"Já coloquei na lista gigantesca de coisas para fazer nesta cozinha."

Dane sobe na mesa e fica logo abaixo do retângulo em destaque, examinando a área de perto.

"O que você está fazendo?"

"Verificando se o teto está comprometido", responde. "Talvez seja preciso consertar isso mais cedo do que imagina."

Ele cutuca o retângulo saliente com o dedo indicador. Então, com a mão toda, pressiona o teto. Ver o teto ceder um pouco sobre seus dedos desbloqueia outra memória que conheço apenas pelo Livro. Meu estômago fica embrulhado, enquanto imagino o gesso se abrindo e as cobras chovendo.

"Pare, Dane." Minha voz soa mais ansiosa do que eu gostaria que soasse. "Deixa assim por enquanto."

"Esse gesso tá uma droga", afirma Dane ao mesmo tempo que continua pressionando. O teto se expande e contrai levemente, como o peito de alguém dormindo, subindo e descendo.

São as cobras, sussurra a voz que ouvi ontem. A voz do meu pai. *Você sabe que elas estão lá, Maggie.*

Se têm cobras escondidas dentro do teto, quero fingir que não existem, igual a meus pais fingindo que o Livro não destruiu nossa família.

"Dane, é sério", reitero, soando brava agora. "Para com isso."

"Eu só..."

A mão de Dane atravessa o teto, perfurando o gesso até seu pulso. Ele solta um palavrão e tira o punho do teto.

O teto estremece enquanto pequenos pedaços de gesso caem dele.

A textura da parte restaurada escurece, ficando ainda mais em evidência. Gêiseres de poeira do gesso estouram das fendas recém-formadas no teto, que dá voltas no ar antes de chegar até a mesa.

Seguido por um leve ronco.

O som do teto cedendo.

Então ele cai.

Um espaço retangular se desprende como uma escotilha. Ele balança em direção a Dane, que tenta se desviar de sua trajetória. O teto o atinge mesmo assim, derrubando o homem.

Dane cai pesado e se arrasta para trás, escapando por pouco do pedaço de gesso que se desprende completamente do teto e se despedaça contra a superfície da mesa. Poeira brota dos destroços, formando uma nuvem fedorenta que se espalha pela cozinha.

Fecho os olhos e aperto a borda do balcão da cozinha com os dedos, me preparando para as cobras que certamente começarão a despencar a qualquer momento.

Não fico surpresa quando algo cai do teto.

Estava esperando por isso.

Nem mesmo vacilo quando escuto seu som de baque surdo contra a mesa.

Quando a poeira se dissipa, Dane e eu abrimos nossos olhos para enxergar uma mancha disforme disposta em cima da mesa como um enfeite.

Dane pisca incrédulo. "Que... porra... é... essa?"

Ele salta da mesa e se afasta. Faço o oposto e me aproximo.

Parece um saco de juta, acho. Pode ser de lona também. A poeira por cima dificulta a visão. Cutuco com o dedo indicador, e o seu conteúdo se move, emitindo um som que só consigo comparar às peças do jogo Scrabble dentro da bolsa de tecido.

"Talvez seja um tesouro escondido", comenta Dane com a voz atordoada, de forma que não consigo discernir se está brincando ou falando sério.

Em silêncio, ergo e viro o saco. Seu conteúdo é despejado numa sucessão empoeirada que se acumula sobre a mesa, formando um pequeno monte cinzento.

São ossos.

Ossos humanos.

Sei disso porque, por último, cai um crânio humano, que rola por cima do bolo. Restos de pele estão grudados ao osso em que brotam ásperos fios de cabelo. As órbitas dos olhos se parecem com dois buracos negros.

Paralisada de medo, encaro a pilha de ossos, sabendo que, bem lá no fundo — um lugar onde apenas meus pensamentos mais sombrios e medos mais profundos residem —, foi esse o motivo pelo qual minha família saiu de Baneberry Hall.

CASA DOS HORRORES

3 DE JULHO
8º Dia

"Escuta aqui, você vai contar pra gente o que mais tem de errado com essa casa e vai ser agora, ou juro por Deus que não vou descansar até cassar a sua licença de corretora."

A voz de Jess, que já era alta quando ela ficava brava, aumentava em raiva e volume conforme conversava ao telefone com Janie June.

"Pode ter certeza que estou falando sério, cacete!", gritou Jess em resposta a algo que Janie June lhe disse. "Da mesma forma que estou falando sério a respeito de processá-la e arrancar até o seu último centavo."

Eram apenas ameaças vazias. Não havia nada que pudéssemos fazer pelas vias legais. Quando concordamos em comprar Baneberry Hall, os problemas da casa se tornaram nossos problemas. A casa também passou por uma vistoria, que não encontrou nenhum indício de que havia uma família de cobras morando no teto. Era um simples caso da mãe natureza sendo uma desgraçada com D maiúsculo.

No entanto, Jess continuou a gritar com Janie June por mais quinze minutos, sua voz ecoava nas paredes revestidas com painéis de madeira do quarto.

Mesmo para um motel de beira de estrada barato, o Two Pines Motor Lodge já teve dias melhores. Os quartos eram minúsculos, a iluminação era fraca e um aroma desagradável de fumaça de cigarro com alvejante industrial estava impregnado em cada canto.

Se houvesse qualquer outro lugar em Bartleby para chamar de lar por uma noite, seria lá onde estaríamos. Entretanto, o Two Pines era nossa única saída. E, visto que nossa casa estava tomada por cobras, não podíamos nos dar ao luxo de sermos exigentes.

Ainda assim, fizemos o melhor que podíamos naquela situação. Após o *check-in* no dia anterior, Jess saiu para assaltar as máquinas de vendas. Ela retornou com os bolsos abarrotados de biscoitos murchos, barras de chocolate e refrigerantes quentes. Comemos sentados no chão, Maggie feliz da vida por comer doces na hora do almoço. Após o jantar num restaurante a um quilômetro e meio de distância, passamos a noite amontoados na cama de solteiro minúscula, assistindo a uma TV que, independentemente do canal, exibia uma imagem com estática.

Agora, a manhã havia chegado e nossas tentativas de fazer o melhor possível com a situação foram pelo ralo, apesar do ralo do Two Pines estar entupido. O cheiro de esgoto ficava ainda pior com as janelas seladas, que tornavam o quarto abafado e barulhento conforme Jess continuava com seu discurso inflamado.

Fiquei aliviado quando a oficial Alcott bateu em nossa porta logo antes do horário de *check-out*, avisando que as cobras foram removidas e poderíamos voltar para nossa casa.

"Era que tipo de cobra?", perguntou Jess após desligar o telefone.

"Só umas cobras-corais, a espécie é barriga-vermelha", respondeu a oficial Alcott. "Completamente inofensivas."

"Diz isso porque nenhuma delas nadou no seu café", retruquei.

"Bem, elas foram embora. O controle de animais capturou todas. Só preciso avisar, parece que uma bomba explodiu na sua cozinha. Achei melhor avisar com antecedência para vocês se prepararem."

"Obrigado", falei por fim.

Depois que a Oficial Alcott saiu, nos despedimos do Two Pines e retornamos cansados para uma casa que não estávamos mais certos se queríamos voltar. Dirigi em silêncio por todo percurso, sentindo-me um idiota por não ter pensado que a realidade de morar em Baneberry Hall seria bem diferente da fantasia que eu criara em minha mente. No entanto, agora éramos obrigados a confrontar nada além dessa realidade. Foi necessário pouco mais de uma semana para que o sonho de viver em Baneberry Hall se transformasse num pesadelo.

E, de fato, pesadelo era a palavra certa para descrever a cozinha. Foi o que Jess e eu descobrimos quando chegamos lá.

A oficial Alcott estava enganada. Não parecia que uma bomba explodira no lugar. Parecia que uma batalha inteira aconteceu ali, uma verdadeira zona de guerra, como Londres após o bombardeio alemão. As cobras foram embora, porém os destroços ficaram: pedaços de teto, estilhaços de madeira e forros de isolamento macios que provavelmente continham amianto. Tapei meu nariz e boca e falei pra Jess fazer o mesmo antes de entrarmos no meio da bagunça.

A ideia foi boa, visto que um odor forte e nojento preenchia o ar. Cheirava a poeira, a podridão e algo vagamente ácido que não estava lá no dia anterior.

Caminhei entre o entulho com um nó no estômago. Precisaríamos de uma enorme limpeza, uma que sairia cara. Eu quis pegar Jess pelo braço, dar meia-volta e abandonar Baneberry Hall para sempre. O local era grande demais, com problemas demais e história demais para dar conta.

Entretanto, não podíamos. Investimos praticamente todo nosso dinheiro naquela casa. E, ainda que não tivéssemos o fardo de uma hipoteca para lidar, eu sabia que não conseguiríamos vender. Não neste estado e nem tão rápido assim.

Nós estávamos presos a Baneberry Hall.

No entanto, essa não era a nossa vontade.

Jess resumiu meus sentimentos com perfeição enquanto encarava o buraco no lugar que costumava ficar o teto da nossa cozinha.

"Essa casa que se foda", desabafou.

RILEY SAGER
A CASA DA ESCURIDÃO ETERNA

ONZE

Eu me sento na varanda da frente, incerta se tenho permissão para retornar para dentro de Baneberry Hall. Ainda que eu possa, não quero, apesar de estar precisando de um banho urgente. Meu cabelo está coberto de poeira e meu rosto é um caos de sujeira. Também estou exalando um cheiro forte de suor, de *drywall* e de vômito, porque foi exatamente o que fiz alguns minutos depois de ver o que saiu do saco — que, a propósito, era de lona, não juta. Descobri algumas horas atrás. Era um saco de lona em que enfiaram um corpo.

Tenho aprendido muitas coisas nas últimas seis horas que passei nessa varanda. Sei agora, por exemplo, que Baneberry Hall é considerada uma cena de crime, com direito a fita amarela na porta da frente e uma van investigativa da polícia estadual estacionada na entrada perto da casa.

Também sei que se um esqueleto despencar do teto na sua mesa de cozinha, você será bombardeada com perguntas. Algumas você conseguirá responder, como: "O que fez o teto cair?" ou: "Após descobrir o esqueleto, fez alguma coisa com os ossos?". Outras — do tipo: "Como um esqueleto foi parar no seu teto pra começo de conversa?" — vão deixá-la sem palavras.

E sei que se acontecer de *duas* pessoas estarem presentes quando uma ossada cai do seu teto sem explicação, os dois serão interrogados separadamente para ver se as histórias batem. Foi o que aconteceu comigo e com Dane, que foi levado para os fundos da casa para seu interrogatório.

Agora, Dane foi embora, a chefe Alcott o dispensou. Permaneço na casa porque, tecnicamente, é a minha casa. E quando restos mortais de alguém são encontrados dentro de uma casa, a polícia se certifica que o proprietário fique por um tempo.

A chefe Alcott, que andou entrando e saindo da casa por horas, reaparece calçando luvas de borracha e protetores descartáveis sobre os sapatos. Ela se junta a mim na varanda, retirando as luvas e limpando as mãos em seu uniforme.

"É melhor você começar a pensar na possibilidade de achar algum lugar para passar a noite", me aconselha. "Vai levar um tempo aqui. Os peritos da polícia investigativa acabaram de recolher o que sobrou do cadáver, mas ainda têm quartos para examinar, evidências para coletar e relatórios para preencher. A burocracia de sempre. Espero que, após tudo isso, a gente consiga descobrir quem é."

"É a Petra Ditmer", falo sem pestanejar.

Só poderia ser ela. A garota que desapareceu há vinte e cinco anos. A garota que nunca voltou para sua casa na mesma noite em que minha família deixou a nossa.

A garota que, definitivamente, não fugiu.

"Não vou tirar nenhuma conclusão precipitada", responde a chefe de polícia. "Aliás, você deveria seguir o meu exemplo. Não vamos saber nada por um dia ou mais. O cadáver vai para um laboratório forense em Waterbury. Lá irão analisar tudo, verificar os registros dentários e tentar fazer uma identificação positiva."

A ideia de que eu poderia estar errada é perfeita: a possibilidade daqueles ossos pertencerem a outra pessoa e não a uma adolescente de 16 anos. Talvez serem de um membro detestável da família Garson ou, quem sabe, uma vítima desconhecida de Curtis Carver.

Mas tenho certeza que é a Petra.

"Conseguiram descobrir como o corpo foi parar no teto?", pergunto.

"Por cima", diz a chefe Alcott. "Encontramos uma parte com tábuas soltas no andar principal. Um quadrado de um metro por um metro. Elas poderiam ser retiradas e recolocadas no lugar sem ninguém perceber. Somente o fato de um tapete cobrindo o espaço, e se tem um esconderijo perfeito."

Sei. Meu pai havia mencionado isso no Livro. Até agora, achei que era invenção dele.

Tantos pensamentos inundando minha cabeça. Um pior que o outro. Pensamentos de que havia restos humanos dentro da casa o tempo todo que estive lá. Que aqueles velhos ossos eram de Petra Ditmer — dane-se a abordagem sem conclusões precipitadas da chefe Alcott. Pensamentos de que seu corpo foi enfiado numa bolsa de lona e jogado sob o assoalho. Que provavelmente passei por cima dela dezenas de vezes sem nem saber.

"Em que cômodo foi isso?", questiono.

"O segundo da parte da frente, com as paredes verdes e lareira."

A Sala Índigo.

O mesmo lugar por onde Elsa Ditmer vagava quando cheguei a Baneberry Hall. Talvez aquela mulher não seja tão confusa quanto pensamos. Existe uma chance de que, apesar de sua doença, ela saiba mais que todo mundo e esteja lutando para encontrar a maneira certa de nos contar.

"Olha, Maggie", continua a chefe Alcott. "Vou ser sincera com você. Se confirmarem que é mesmo Petra Ditmer..."

"É ela."

"Se for ela, bem, a situação vai ficar desfavorável para o seu pai."

Disse isso com gentileza, como se eu não estivesse pensando na mesma coisa pelas últimas seis horas. Como se as últimas palavras do meu pai não estivessem ecoando dentro do meu crânio esse tempo todo, igual a um rádio que não pode ser desligado."

Sinto. Muito.

"Compreendo", falei.

"Vou precisar perguntar mais cedo ou mais tarde, então é melhor que seja logo. Acha que seu pai seria capaz de matar alguém?"

"Não sei."

É uma resposta horrível, não apenas por ser vaga. É horrível porque faz com que eu me sinta um lixo de filha. Queria ser como aqueles filhos de suspeitos por assassinato que li nos jornais sensacionalistas e vi nos programas de crimes reais, como o *Dateline*. Pessoas que estão certas da inocência dos pais.

Meu pai não faria mal a uma mosca.

Ele tem a alma mais gentil de todas.

Saberia se meu pai fosse capaz de matar alguém.

Ninguém nunca acredita neles. *Eu* nunca acredito neles.

Não consigo me forçar a ser tão incisiva quanto à inocência de meu pai. Pelo amor de Deus, tinha um cadáver no nosso teto. Ainda mais depois de suas últimas palavras, que são tão incriminadoras que fico feliz por não as mencionar para a chefe Alcott. Não a quero imputando um crime ao meu pai antes de sabermos todos os fatos. Principalmente, quando os fatos que sabemos *de verdade* parecem indicar que ele é tão culpado quanto o próprio diabo.

Mas então me lembro da conversa com Brian Prince, quando só lhe faltou dizer com todas as palavras que meu pai foi o responsável pelo desaparecimento de Petra. Naquele momento, eu estava certa e pronta para atuar em sua defesa. Aquilo que eu disse continua valendo. Nós saímos de Baneberry Hall juntos. Isso é um fato incontestável. Meu pai não conseguiria matar Petra e esconder seu corpo, enquanto eu e minha mãe também continuávamos no interior da casa, e ele nem teve a chance de voltar depois que chegamos ao Two Pines.

Mas meu pai voltou. Não naquele dia, talvez, mas depois, voltando sempre no mesmo dia, ano após ano.

Dia 15 de julho.

A noite na qual saímos e na mesma data em que Petra desapareceu.

Não sei o que fazer com essas informações.

Estou prestes a contar para a chefe Alcott a respeito de suas visitas, torcendo para a oficial ter uma boa teoria acerca delas, quando a porta da frente se abre e os investigadores da polícia estadual aparecem com o corpo. Ainda que não tenha sobrado nada da sua forma humana, o esqueleto é retirado da casa como qualquer coisa vítima de assassinato: em um saco mortuário em cima de uma maca.

Estão descendo os degraus da varanda quando uma comoção surge do outro lado da entrada. Viro-me em direção ao barulho e vejo Hannah Ditmer abrindo caminho pela multidão de policiais.

"É verdade?", pergunta sem interlocutor específico. "Encontraram a minha irmã?"

Ela avista a maca com o saco mortuário, e seu rosto fica petrificado.

"Quero ver", diz Hannah, seguindo em direção ao saco mortuário.

Um dos policiais — um jovem de olhos esbugalhados que provavelmente está em seu primeiro trabalho na cena de um crime — coloca uma das mãos com luvas azuis nos ombros de Hannah. "Não tem mais nada pra ver aqui", diz.

"Preciso saber se é ela. *Por favor.*"

O tom de voz das duas últimas palavras — soando ao mesmo tempo com determinação e tristeza — faz a chefe Alcott sair dos degraus da varanda.

"Pode abrir", autoriza. "Não custa nada deixar a mulher dar uma olhada."

Hannah chega ao lado da maca, uma de suas mãos treme apoiada no pescoço. Quando o policial de olhos esbugalhados gentilmente abre o zíper do saco mortuário, o som atrai outros curiosos igual a mel para abelhas famintas.

Não fiquei de fora.

Paro a alguns metros de distância, ciente de que minha presença pode não ser bem-vinda. Porém, assim como Hannah, preciso ver.

O jovem policial termina de abrir o saco, revelando os ossos em seu interior, arrumados da maneira aproximada ao que seria se o esqueleto estivesse intacto. O crânio em cima, costelas no meio com os longos braços ao lado, os ossos ainda conectados por partes de tendões necrosados. A ossada está mais limpa do que quando encontrei, parte de sua sujeira deve ter ficado na cozinha, concedendo um brilho fosco semelhante ao bronze para os ossos.

Hannah se concentra para examinar os restos mortais.

Não chora. Nem sequer grita.

Apenas olha e diz: "Encontraram mais alguma coisa?".

Outro policial se aproxima, vestido com roupas de civil e um boné de *baseball* da policial estadual.

"Isso daqui estava dentro do saco onde o corpo foi encontrado", informa, enquanto segura vários sacos transparentes contendo possíveis provas.

Dentro deles, vejo pedaços de roupa que o tempo transformou em trapos, um pedaço do que parece ser uma flanela quadriculada, uma camiseta com manchas pretas, um par de calcinhas se desprendendo do elástico e um sutiã que, agora, não passa de arame. Os pedaços de borracha em outro saco indicam que já foram um par de tênis algum dia.

"É ela", afirma Hannah com um soluço de pesar. "É a Petra."

"Como sabe?", questiona a chefe Alcott.

Hannah aponta para o menor dos sacos com as supostas provas.

Em seu interior, tão claro quanto o dia, há um crucifixo de ouro.

CASA DOS HORRORES

4 DE JULHO
9º Dia

O dente de ouro de Walt Hibbs estava completamente à mostra enquanto ele encarava boquiaberto o buraco no teto de nossa cozinha.

"Foram as cobras que fizeram tudo *isso*?", questionou.

"Você deveria ter visto ontem", respondi. "Parecia ainda pior."

Elsa Ditmer ajudou a mim e a Jess limparmos a cozinha durante a tarde do dia anterior. Enquanto Petra cuidava de Maggie, recolhemos os destroços com uma pá, varremos o chão e esfregamos a mesa e os balcões. Quando conseguimos terminar, estávamos exaustos, sem mencionar mais sujos do que jamais estivemos em nossas vidas.

Agora, era chegada a hora de tapar o formidável buraco em nosso teto. Para isso, contei com Hibbs, que trouxe consigo um garoto da cidade para ajudar, pois o trabalho era difícil demais para apenas uma pessoa. Juntos, tiraram a mesa da cozinha do lugar e colocaram uma escada abaixo do buraco. O caseiro subiu os degraus até sua cabeça e ombros desaparecerem no teto.

"Passa a lanterna", solicitou ao seu ajudante.

Com a lanterna em mãos, Hibbs fez uma varredura com o feixe de luz no perímetro interior do teto.

O resto de nós assistiu de cabeça erguida. Eu, Jess, o ajudante de Hibbs e Petra Ditmer, que aparentemente deu uma passada para ver se precisaríamos outra vez de alguém para cuidar de Maggie durante o trabalho. Estava evidente que uma curiosidade mórbida a atraíra ao local, pois ela não viu Maggie desde que chegou.

No dia anterior, peguei a câmera da sala de estudos para tirar algumas fotos caso a companhia de seguros precisasse de provas dos danos. Naquela manhã, estava com ela em mãos e tirei uma foto de Petra e Jess encarando Hibbs na escada. Ao ouvir o *clique* da foto, Jess olhou na minha direção, depois para Petra, então de novo para mim. Ela estava prestes a dizer algo, quando Hibbs tomou a dianteira.

"Bem, a boa notícia é que parece não ter mais problemas", anunciou. "As vigas estão boas e a fiação intacta, mas parece que ainda tem um ninho aqui."

Então varreu os restos de ninho para o chão. O que mais caiu no chão foi poeira, embora também houvesse teias de aranha, pedaços ressecados de pele de cobra e, o mais perturbador, os ossos de um rato.

"Agora, isso daqui é estranho", disse Hibbs. "Tem mais alguma coisa aqui."

Desceu as escadas, segurando uma lata de metal que parecia tão velha quanto a própria casa. Entregou-a para Jess, que colocou a lata na mesa da cozinha e usou um pano para tirar o pó.

"É uma lata de biscoitos", concluiu, virando o item em suas mãos. "Parece do final do século XIX."

A lata não estava em sua melhor forma, mesmo antes de ir parar no nosso teto, sabe Deus como. Um amassado enorme estragou a tampa, e a borda inferior estava enferrujada. Entretanto, a cor era agradável — verde-escuro com arabescos dourados.

"Acha que vale alguma coisa?", perguntou Petra.

"Não muito", disse Jess. "Meu pai vendia umas iguais a essa na loja dele por cinco dólares cada."

"Como acha que foi parar lá?", indaguei.

"Provavelmente, pelo assoalho", explicou Hibbs. "Qual cômodo fica em cima daqui?"

Girei em meu próprio eixo, tentando traçar nossa exata localização dentro de Baneberry Hall. Visto que a cozinha percorria o subsolo de um lado ao outro da casa, só poderia ser a grande sala ou a Sala Índigo.

No final, acabou sendo a segunda opção. Hibbs e eu descobrimos quando subimos para conferir. Nós caminhamos por ambos os cômodos, sapateando pelo chão com a ponta de nossos calçados, quando uma região das tábuas na Sala Índigo emitiu um som oco.

Nós dois nos ajoelhamos ao lado das tábuas, que estavam parcialmente encobertas pelo tapete oriental no centro da sala. Juntos, Hibbs e eu enrolamos o tapete para liberar o espaço, revelando um quadrado de tábuas de um metro por um que não se conectava ao restante do assoalho. Cada um pegou uma das pontas e ergueu. Pelo interior, era possível ter uma visão clara da cozinha, onde Jess e Petra permaneciam inclinadas sobre a lata de biscoitos.

Isso explicava muita coisa. Não apenas sobre a lata no teto, mas também sobre como a cobra entrara na Sala Índigo em nosso primeiro dia lá. De algum modo, a cobra havia rastejado pelas tábuas soltas.

Assustada por nos ver espiando do teto, Jess falou: "Desçam aqui. Tem alguma coisa dentro da lata".

No momento em que retornamos para a cozinha, a lata já estava aberta e seu conteúdo espalhado pela superfície da mesa. Eram quatro envelopes amarelados pelo passar dos anos.

Jess abriu um e retirou uma folha de papel dobrada em três partes. O papel fez um som de *craque* ao ser aberto, igual às folhas secas do outono.

"É uma carta", disse, pigarreando para começar a ler. "Minha estimada Índigo. Escrevo estas palavras com pesar em meu coração, após a recente conversa com teu pai."

Petra pegou a carta da mão de Jess, amassando o papel. "Ca-ra-lho", exprimiu ela. "São cartas de amor."

"Parece que foram escritas para a Índigo Garson", concluiu Jess.

"A *estimada* Índigo", corrigiu Petra. "Posso ficar com elas?"

Quase disse não, pois gostaria de dar uma olhada antes. Jess me impediu, lançando um olhar de aviso para lembrar-me de minha promessa.

O passado fica no passado.

"Por favorzinho?", insistiu Petra. "É que, tipo, sou fascinada por esse tipo de coisa antiga."

"Acho que não tem problema", respondi, obtendo um aceno de satisfação de Jess. Ainda assim, não pude deixar de concluir com uma ressalva. "Só me avisa se tiver alguma coisa com relevância histórica nelas."

Petra deu uma piscadinha para mim. "Prometo avisá-lo se encontrar algo de dar água na boca."

• • •

Naquela noite, sonhei com os envelopes antigos à minha frente. A cada envelope que eu abria, encontrava uma cobra que rastejava por minhas mãos e se enrolava entre meus dedos. Mesmo assim, continuei a abrir os envelopes, rezando para que ao menos um estivesse vazio. Nenhum estava. Quando o último envelope foi aberto, eu estava encoberto por serpentes. Um cobertor rastejante do qual eu não conseguia me livrar.

Acordei suando frio, bem a tempo de não perder outro som familiar preenchendo a casa.

Tap.

Olhei para Jess, que dormia profundamente.

Tap-tap.

Sentei na cama com as pernas esticadas, prestando atenção ao som se aproximando pelo corredor.

Tap-tap-tap-tap-tap-tap-tap.

Aquele alvoroço passou voando pelo exterior da porta do nosso quarto. Então sumiu, substituído por uma música distante, mas inconfundível.

"*You are sixteen, going on seventeen...*"

Coloquei os pés no chão, a recordação daquele sonho desapareceu de minha mente. Só conseguia pensar na música, tocando apesar de o toca-discos e os álbuns estarem no *closet*.

"*Baby, it's time to think.*"

A partir daquele momento, tudo que aconteceu parecia como num sonho. Um sonho recorrente que não iria embora, não importa o que fizesse para afastá-lo.

Fiquei de pé.

Atravessei o corredor com os pés descalços no assoalho de madeira.

Subi os degraus para o terceiro andar, adentrando na atmosfera fria e confusa que emanava da sala de estudos.

O *déjà-vu* prosseguiu conforme eu entrava no cômodo e via o toca--discos na mesa, como se nunca o houvesse tirado de lá.

"*Better beware be canny and careful...*"

Tirei a agulha do vinil e desliguei o aparelho. Então permaneci lá, completamente parado, me perguntando se era mesmo um sonho e, caso sim, quando eu enfim iria acordar.

DOZE

A placa do Two Pines Motor Lodge está ligada e brilhando quando entro no estacionamento, seus pinheiros de neon emitem uma luz verde moribunda que se espalha pelo asfalto como musgo. Quando entro na recepção do motel, a atendente não desvia o olhar de sua revista. O que é uma bênção, considerando que estou suada, coberta de poeira e toda desgrenhada.

"Um quarto custa cinquenta a pernoite", informa ela.

Pesco minha carteira e coloco duas notas de vinte e uma de dez no balcão. Presumo que esse não é o tipo de lugar que exige um documento ou cartão como garantia. A atendente comprova minha teoria ao pegar o dinheiro, tirar a chave do suporte na parede ao seu lado e deslizá-la na minha direção.

"Seu quarto é o de número quatro", me informa, sem interromper o não contato visual. "As máquinas de venda ficam do outro lado do motel. *Check-out* ao meio-dia."

Pego a chave e uma nuvem de sujeira se desprende de minha manga. Como a casa estava lotada de policiais quando saí, não tive a chance de trocar de roupa. Trouxe apenas uma bolsa de produtos de higiene tamanho viagem que comprei na loja de conveniência a caminho daqui.

"Hã... tem alguma lavanderia por aqui?"

"Infelizmente, não." A atendente enfim me olha e franze a testa numa expressão confusa. "Se lavar tudo na pia agora, talvez dê pra secar até de manhã. Se não, tem um secador de cabelo na parede."

Agradeço e me arrasto para meu quarto. Conforme destranco a porta, me pergunto se é o mesmo em que meus pais e eu ficamos depois de fugir de Baneberry Hall. Se for o caso, duvido que algo esteja diferente desde a última vez que estivemos aqui. O interior parece que não foi modificado nos últimos trinta anos. Um passo para dentro do quarto e a sensação é de entrar numa máquina do tempo e ser transportada direto para os anos 1980.

Vou para o banheiro, ligo o chuveiro e, ainda vestida, entro debaixo dele. Parece mais fácil que usar a pia.

A princípio, a cena é similar àquela do chuveiro no filme *Psicose*, com a água manchada circulando o ralo. Quando a sujeira se desgruda de minhas roupas o suficiente para que eu as considere utilizáveis a curto prazo, começo a tirar uma peça de cada vez.

Só depois de tirar tudo e deixar pendurado na cortina do chuveiro, pingando água com sabão, é que me sento na banheira, com os joelhos contra o peito, e começo a chorar.

Acabo chorando por meia hora. A raiva, a tristeza e a confusão são grandes demais para fazer qualquer outra coisa. Choro por Petra, lamentando por sua fatalidade, mesmo sem ter memórias com ela. Choro por meu pai, tentando conciliar o homem que pensei que era com a coisa horrível que pode ter feito.

Por fim, choro por todas as personagens que interpretei durante os anos: a menina confusa aos 5 anos, a filha carrancuda de pais divorciados, a garota de 9 anos sempre brava, a curiosa, a que gostava de provocar, a obediente... tantas encarnações, cada uma delas buscando por respostas, levando-me até aqui, agora, encarando uma possível verdade que não sei como lidar.

Tinha esperanças de que o banho e a sessão de choro me renovariam — uma ducha catártica de purificação. Em vez disso, só me deixaram cansada e com os dedos enrugados. Como não tenho nada seco para vestir, me enrolo na toalha e uso um edredom de uma das camas de solteiro como um roupão improvisado. Então sento na beira da cama desarrumada e olho meu celular.

Allie ligou enquanto eu estava no banho. A mensagem de voz que ela deixou na caixa postal é de um entusiasmo incomum.

"E aí, minha faz-tudo predileta? Só hoje que percebi que, até agora, recebi um total de zero fotos daquela casa. Se mexe, garota. Quero os detalhes: cornijas, frisos, revestimentos... não vai deixar essa vadia aqui na mão, hein?"

Meu desejo é ligar de volta e contar tudo que aconteceu nas últimas vinte e quatro horas. No entanto, me seguro, porque sei exatamente o que ela irá dizer: que deveria sair, voltar para Boston e esquecer Baneberry Hall.

Só que já é tarde para isso. Mesmo que eu quisesse sair, não acredito que isso seja possível. A chefe Alcott certamente terá mais perguntas para mim. Também tenho minhas próprias perguntas, uma lista quilométrica de questões que seguem sem resposta. Até eu descobrir mais sobre o que realmente aconteceu naquela casa, não vou a lugar algum.

Envio uma mensagem para Allie, tentando equiparar seu estilo de animosidade.

Foi mal! Tô correndo pra cima e pra baixo. Vou tentar te enviar uns *nudes* bem *sexy* dos revestimentos e frisos amanhã.

Primeira missão concluída, parto para a segunda: outra ligação para minha mãe. Ao contrário da primeira, quero que ela atenda desta vez.

Minha esperança é que minha mãe possa esclarecer a relação entre meu pai e Petra. Brian Prince estava certo em algo: os dois *realmente* pareciam próximos no livro. O que não significa que o resto seja verdade, somente minha mãe sabe tudo que aconteceu. Apenas ela será capaz de atestar a inocência de meu pai.

Pela primeira vez na vida, preciso da opinião dela.

Quando a ligação cai mais uma vez na caixa postal, sinto como se jogassem um balde de água fria em mim.

"Oi, mãe. Sou eu. Ainda estou em Vermont, trabalhando em Baneberry Hall. E, bem, encontramos uma coisa aqui." Paro de falar, perplexa pelo uso de um eufemismo tão terrível. Petra não era uma coisa. Era uma pessoa, uma jovem que um dia foi alegre e cheia de vida. "Precisamos conversar. Assim que possível. Por favor, me ligue de volta."

Desligo a ligação e examino o quarto.

É uma pocilga.

A parede revestida de madeira em frente à única janela do quarto está desbotada pelo sol. Um dos cantos do painel no teto contém uma mancha pior que a da cozinha de Baneberry Hall, o que não traz boas lembranças. O carpete é de lã sintética laranja.

Alguém bate na porta. Duas batidinhas tímidas que me fazem acreditar ser a atendente da recepção com um informe de que as autoridades de Vermont declararam Two Pines como um risco biológico à saúde e ordenaram a evacuação imediata do lugar. Porém, abro a porta e encontro Dane parado do lado de fora.

"Me desculpa por ter quebrado seu teto", diz timidamente. "Para compensar, trouxe algo como um pedido de desculpas."

Levanta as mãos e mostra uma garrafa de *whiskey bourbon* numa mão e um engradado de cerveja na outra.

"Não sabia se você precisava ficar muito ou pouco bêbada", me explica.

Pego a garrafa de *bourbon*. "Muito é pouco."

Dane conclui de forma assertiva que estou convidando-o para se juntar a mim. Ele entra no quarto e fecha a porta em seguida. A presença do álcool tirou minha atenção por um momento de como ele está bonito, com sua calça jeans e camiseta surrada dos Rolling Stones colada no peito. Tem um furo na camiseta, bem no lugar do coração, mostrando uma parte da pele bronzeada.

"Camisa legal", disfarço quando Dane percebe que estou olhando.

"Tenho essa camisa desde que era adolescente."

"Dá pra ver."

"Cobertor legal", diz ele.

Dou uma voltinha. "Estou fingindo que é uma túnica."

Dane abre uma cerveja. Abro o *bourbon*. Não temos copos no quarto — não esperava menos desse tipo de "hotel" —, por isso, bebo direto da garrafa. O primeiro gole não faz nada além de esquentar o fundo da minha garganta. O segundo se mostra uma cópia do primeiro. O terceiro é quando a magia acontece. Só então o torpor mais do que bem-vindo começa a se instaurar.

"Como você me encontrou?", pergunto.

"Fui por eliminação." Dane toma outro gole de cerveja. "Fui pra Baneberry Hall primeiro. A polícia ainda estava lá, então presumi que você estaria em outro lugar. Como estamos falando de Bartleby, só poderia ser aqui."

"Sorte a minha", comento, antes de dar mais dois goles no *bourbon*.

Nós dois ficamos num silêncio confortável. Dane permanece numa das camas, e eu, na outra, feliz por apenas beber e ver o jogo do Red Sox na televisão centenária e com estática.

"Você acha mesmo que era a Petra Ditmer no teto?", me pergunta.

"Sim, acho."

"Meu Deus, coitada da mãe dela."

"Chegou a conhecer a Petra, Dane?"

"Posso ter conhecido numa das vezes que vim visitar meus avós. Mas se conheci, não me lembro."

"Você disse que sempre conversava com meu pai por ocasião de suas visitas anuais", prossigo. "A respeito do que conversavam?"

Dane toma outro gole enquanto pensa. "A casa, o terreno, se alguma coisa precisava de conserto..."

"Só isso? Apenas sobre a manutenção da casa?"

"Basicamente", diz Dane. "De vez em quando, a gente conversava sobre o Red Sox ou o clima."

"Em alguma ocasião foi mencionado o nome de Petra Ditmer?"

"Seu pai me perguntava da Elsa e da Hannah. Como estavam e se precisavam de dinheiro."

Uma pergunta estranha para se fazer a alguém. Quero pensar que era o lado caridoso do meu pai, mas suspeito ser outra coisa, como um desejo culposo de compensá-las.

Bebo mais do *bourbon*, torcendo para que a bebida seja capaz de afastar esses pensamentos. Deveria ter certeza da inocência de meu pai. No entanto, estou indo na direção oposta, cheia de incertezas a respeito do que devo pensar.

"Considera ser possível acreditar em duas coisas ao mesmo tempo?", pergunto para Dane.

"Isso depende se uma dessas coisas cancela ou não a outra", explica. "Por exemplo, acredito que Tom Brady é o maior *quarterback* que já pisou em campo. Mas também acho que é um otário. Uma crença não anula a outra. Elas podem existir ao mesmo tempo."

"Estava falando de algo mais pessoal."

"Você está em New England. Aqui, os Patriots *são* algo pessoal."

Por um lado, sou grata pela forma como Dane está tentando me distrair com a bebida e conversa fiada, mas, ao mesmo tempo, isso é frustrante — o mesmo tipo de evasão que meus pais usavam.

"Você sabe do que estou falando", continuo. "Acredito mesmo que meu pai não seria capaz de matar alguém, ainda mais uma garota de 16 anos. Ele nunca foi violento e jamais levantou a mão pra me bater. Além do mais, o conhecia bem, sempre foi uma pessoa atenciosa, dócil e gentil."

"Você também acredita que era um mentiroso", afirma Dane, como se precisasse ser lembrada disso.

"Ele era. Por isso não consigo parar de pensar que talvez ele tenha *feito* alguma coisa. Se o que está no livro é uma mentira, como saber se a vida do meu pai também não era? Não apenas as coisas que ele dizia ou a forma como agia, mas toda sua vida. Vai ver ninguém o conhecia de verdade, nem mesmo eu."

"Está pensando de verdade que seu pai matou a Petra Ditmer?"

"Não", respondo.

"Então você acha que ele é inocente?"

"Não falei isso."

A verdade é que não sei o que pensar. Ainda que todos os indícios apontem para o seu envolvimento na morte de Petra, tenho dificuldade de enxergar meu pai como um assassino. É igualmente difícil acreditar que ele é inocente por completo. Ele literalmente mentiu para mim até o final da vida. As pessoas não mentem, a menos que estejam escondendo algo.

Ou desejam poupar alguém da verdade.

Seja lá qual for a verdade, sei que a morte de Petra tem alguma relação com isso.

"Uma coisa é certa", diz Dane, interrompendo meus pensamentos. "O motivo pra você vir para Bartleby mudou e de forma drástica."

Meus planos para a casa mudaram, tenho certeza disso. Mesmo que a polícia me deixe voltar e reformar Baneberry Hall, não tenho certeza se ainda quero. De um ponto de vista brutalmente prático, é idiotice. Aquela casa não será vendida por uma fração do seu valor, isso se alguém comprar depois do último incidente trágico.

Porém tento enxergar a situação por um ponto de vista mais humano. Petra Ditmer passou mais de duas décadas apodrecendo dentro de Baneberry Hall, um fato horrível. Quando penso nisso, não fica difícil concordar com a chefe Alcott de que Baneberry Hall deveria virar poeira."

"Vim aqui para descobrir a verdade", conto para Dane. "Esse ainda é meu objetivo, mesmo que eu não goste dela."

"E a casa?"

"Amanhã volto pra lá." Abro meus braços, gesticulando para a parede desbotada e o teto manchado e o carpete sintético com cheiro de mofo. "Mas hoje à noite, vou viver a vida de madame que sempre mereci."

Dane se move para a beira da cama até estarmos frente a frente, nossos joelhos quase se tocam. O clima no quarto mudou. Uma eletricidade impregnada de calor perpassa entre nós. Só então percebo que meu gesto de abrir os braços fez o cobertor cair por meus ombros, deixando-me apenas de toalha.

"Posso ficar aqui se você quiser", propõe Dane com sua voz rouca. "Se você quiser."

Meu Deus, a oferta é tentadora. Ainda mais com um terço da garrafa de *bourbon* no estômago e Dane me olhando desse jeito. Meu olhar se volta para o furo em sua camiseta, a visão provocante de sua pele. Isso me deixa com vontade de vê-lo sem a camiseta. Não seria difícil fazer isso acontecer, bastaria jogar essa toalha para longe.

E depois? Todas as minhas emoções conflitantes e confusão ainda estariam aqui de manhã, ainda mais intensas pela mistura de prazer com negócios. Uma vez que os dois se unem, é praticamente impossível separá-los.

"É melhor você ir", declaro ao mesmo tempo que puxo o cobertor de volta para meus ombros.

Dane assente com um movimento seco de confirmação. Ele não pergunta se tenho certeza absoluta e nem joga um charme na esperança de me fazer mudar de ideia.

"Te vejo amanhã então", se despede.

Ele pega a cerveja, mas deixa o *bourbon*, outro companheiro imprudente para passar a noite. Minha vontade é acabar com a garrafa e desmaiar no doce paraíso dos alcoólatras. No entanto, assim como a ideia de dormir com Dane, essa possibilidade me traria mais problemas do que conforto. Então, com grande relutância, ajeito o cobertor no meu corpo e levo a garrafa para o banheiro, onde despejo o restante da bebida pelo ralo.

CASA DOS HORRORES

5 DE JULHO
10º Dia

"Você tá querendo me foder?"

Apesar de ser a pior forma possível de dar bom-dia para minha esposa, não pude evitar. O retorno do toca-discos para a mesa e aquela música infernal me deixaram com um humor tão sombrio, que passei a noite toda me revirando na cama, preocupado de fechar os olhos e a música retornar.

Quando o barulho do andar de cima aconteceu exatamente às 4h54, soube que o sono nunca chegaria.

Minha agitação só aumentou quando desci para o andar principal e encontrei o lustre aceso e brilhando tão forte quanto o sol.

"Do que está falando?", me questionou com uma expressão que misturava tristeza e confusão.

"Você sabe muito bem do que estou falando, cacete. O toca-discos estava ligado de novo ontem à noite."

"Na sala de estudos?"

Soltei um suspiro de frustração. "Sim, na sala de estudos. Coloquei de volta no *closet*, apesar disso, noite passada, estava em cima da mesa mais uma vez e tocando aquela música idiota. Então, se isso for algum tipo de pegadinha, você precisa saber que não tem mais graça."

Jess recuou e se encolheu contra o balcão. "Não sei por que você acha que tive alguma coisa a ver com isso."

"Por ser a única pessoa que poderia ter feito."

"Está se esquecendo da nossa filha."

No andar de cima, a campainha tocou. Optei por ignorá-la. Seja lá quem fosse poderia esperar.

"A Maggie não tem capacidade para isso."

"Você acha mesmo?", indagou Jess. "Sei que pensa que Maggie é a filhinha do papai e que não faria nada de errado, no entanto nossa filha não é tão inocente quanto parece. Tenho certeza que uma boa parte desse negócio de amigos imaginários é para chamar a sua atenção."

A gargalhada que soltei em seguida pareceu tão sarcástica que chegou a surpreender até a mim próprio. "Essa é a sua desculpa pra toda essa merda do toca-discos?"

Àquela altura, eu sabia que a briga não era apenas pelo toca-discos. Estávamos brigando por tudo que acontecera desde que nos mudamos para Baneberry Hall. Dez dias de dor de cabeça, arrependimento e tensão em que não tocamos no assunto. Agora, estávamos colocando tudo pra fora, inflamando o assunto com a velocidade de um incêndio florestal.

"Não encostei no seu toca-discos!", gritou Jess. "E, se eu tocasse nele, você não poderia reclamar, afinal foi você que nos obrigou a mudarmos pra esta casa abandonada por Deus."

"Não obriguei ninguém", gritei de volta. "Você também amou essa casa."

"Muito menos do que você. No momento em que colocamos o pé aqui, deu pra ver na sua cara que era essa a casa que você queria."

"Você poderia ter falado..."

"É mesmo?", interrompeu Jess. "Saiba que tentei, Ewan, contudo não funcionou. Nunca funciona. Pois nas vezes em que tentei, você começava a argumentar e manipular a situação até conseguir o que queria. É sempre assim. Eu e a Maggie não temos escolha a não ser dançar conforme a *sua* música. Agora, estamos numa casa que tem a porra de um cemitério nos fundos e nossa filha está agindo de maneira mais estranha do que nunca, e esse maldito teto..."

Ela parou de falar, soluçando e com o rosto vermelho. As lágrimas corriam por suas bochechas, algo a que eu não conseguia assistir sob nenhuma circunstância. Estava prestes a puxá-la para meus braços, dar o abraço mais forte que eu podia e dizer que tudo ficaria bem. Porém, Jess tornou a falar e o que disse me congelou de surpresa.

"E não vou nem citar a Petra."

Minha espinha se enrijeceu. "O que tem ela?"

"Vi o jeito como você olha pra ela, Ewan. Percebi que tirou uma foto dela ontem."

"Você também estava na foto."

"Estava parada ao lado dela, não por vontade sua."

Fiquei perplexo. Eu tinha tanto interesse sexual por Petra Ditmer quanto tinha por Hibbs.

"Ela é uma criança, Jess. A ideia de que eu teria interesse nela é ridícula."

"Tão ridícula quanto eu levantar no meio da noite para ligar um toca-discos que nunca vi na vida."

Jess esfregou as lágrimas do rosto e saiu da cozinha. Segui seus passos, correndo pelos degraus até o andar principal.

"Jess, espera."

Ela continuou subindo pela escada de serviço e saiu na sala de jantar, cada passo parecia um terremoto. Interrompi meus passos, surpreso com a visão de alguém parado na grande sala, destacado pela moldura do umbral que separava aquele cômodo da sala de jantar.

Petra Ditmer.

"Toquei a campainha", disse ela. "A Maggie me deixou entrar."

"Há quanto tempo está aí?", perguntei.

"Não muito", respondeu, apesar de suas bochechas coradas indicarem que havia ouvido, se não toda, pelo menos uma boa parte da nossa discussão.

"Não é um bom momento, Petra."

"Sei disso, me desculpe." Ela olhou nervosa para o chão. "Li as cartas que estavam no teto ontem à noite."

Petra cavucou a mochila que trazia consigo e retirou os envelopes, cada um estava selado dentro de um saco plástico individual. Entregando-os nas minhas mãos, ela disse: "Você vai querer ler isso, senhor Holt".

Larguei as cartas na mesa da sala de jantar. Naquele momento, elas eram a última das minhas preocupações.

"Eu vou, mas..."

Petra colocou a mão em cima delas e as empurrou de volta para minha direção. "Agora", pontuou ela. "Confie em mim."

• • •

As cartas estavam abertas no chão da Sala Índigo, aonde Petra e eu fomos após ela exigir que as lesse. Havia quatro cartas, escritas à mão em uma caligrafia elegante e fluida.

"Todas parecem ter sido escritas por alguém chamado Callum", disse Petra. "Eram para Índigo, o que me faz pensar que ela escondeu debaixo das tábuas depois que leu. Você sabe, por garantia."

"Por que precisaria esconder?"

Petra apontou para a primeira carta. "A resposta está bem aqui."

Peguei o papel que estava tão rígido quanto um pergaminho ancestral e comecei a ler.

3 de julho, 1889

Minha estimada Índigo,

Escrevo estas palavras com pesar em meu coração, após a recente conversa com teu pai. Como temíamos, minha querida, ele recusou-se a me conceder permissão para pedir tua mão em casamento. As razões para sua decisão são as mesmas que havíamos antecipado: faltam-me os recursos necessários para promover o mesmo estilo de vida ao qual tu estás habituada, e não me provei digno para o mundo dos negócios ou das finanças. Apesar das minhas súplicas para que ele mudasse sua concepção, garantindo-lhe que se tu fosses minha esposa, nenhum bem te faltará, ele manteve sua recusa de sequer considerar tal fato. Nosso plano de unirmos nossas vidas como marido e mulher de maneira adequada — com a bênção de teu pai, ante os olhos de Deus e na presença daqueles próximos a nós — chegou a um triste desfecho.

Todavia, mantenho a esperança, minha amada, pois há outro caminho pelo qual podemos nos tornar cônjuges, embora meu coração queira evitar a todo custo. Visto que teu pai claramente não mudará sua opinião. Sugiro a ousadia de desafiarmos seus desejos. Conheço um reverendo em Montpelier que concordará em nos unir em sagrado matrimônio sem o consentimento de tua família. Tenho pleno conhecimento de que a fuga é uma empreitada drástica, porém, se teu amor por mim é tão forte quanto clamas, logo imploro para que consideres minha proposta. Por gentileza, responda-me imediatamente com a tua decisão. Ainda que te negues, garanto que permanecerei para sempre...

Teu amado e devoto,
Callum

Abaixei a carta e meu olhar se direcionou para a pintura acima da lareira. Hibbs havia me contado a história da tentativa frustrada de Índigo fugir com o homem que a pintou com tanto amor. Fiquei com a dúvida se esse artista e o autor das cartas eram a mesma pessoa.

De pé, aproximei-me da pintura, outra vez impressionado com a quantidade de detalhes no quadro: o brilho alegre nos olhos de Índigo, a sugestão de um sorriso em seus lábios rubros e cada fio na pelagem do coelho que a menina segurava. Exceto pela tinta lascada ao redor dos olhos do animal, a obra estava impecável. Não me surpreendeu o nome do artista que encontrei no canto inferior direito.

Callum Auguste.

"Foi ele", disse Petra, de repente ao meu lado. "Foi ele o cara que escreveu as cartas."

"Sim", disse, soltando uma risadinha por sua escolha de palavras. "O mesmo cara."

Voltamos ao chão da sala, onde prossegui na leitura das outras cartas, começando por aquela que estava com a data de três dias após a primeira.

6 de julho, 1889

Minha querida Índigo,

Meu coração tem se enchido de alegria desde o recebimento de tua resposta, e permanecerei no mesmo regozijo pelo resto de minha vida. Sou grato, meu estimado amor, por concordares com meu plano, mesmo a despeito do sofrimento que sentes por desobedecer às ordens de teu pai. Tenho conhecimento de que o laço entre vocês é mais poderoso em relação ao de outros pais e filhas. Tu és a menina dos olhos dele, e não há vivalma que pode culpá-lo por ansiar apenas o melhor para ti. Meu maior sonho é que, algum dia, ele venha a compreender e aceitar aquilo que já sabemos: nós necessitamos apenas de nosso amor eterno.

Tornei a falar com o reverendo que concordara em nos casar em segredo. Seu desejo é realizar a cerimônia daqui a duas semanas. Apesar de sabermos ser um tempo significantemente curto para que te prepares para tal evento de suma importância, antes cedo do que tarde. Postergar nosso matrimônio além disto apresentaria o risco de teu pai descobrir nosso plano. Cuidei dos preparativos para que uma carruagem espere por ti à frente dos portões de Baneberry Hall à balada da meia-noite daqui a nove dias.

Um amigo de confiança estará nas rédeas, ele concordou em levar-te ao local onde trocaremos nossos votos. Um local que reluto em informar nesta carta, pois temo que ela caia nas mãos erradas. Prepara-te o quanto puderes e de maneira discreta. Quando o relógio badalar à meia-noite, fuja deste lugar na esperança de um dia a opinião de teu pai acerca de nosso casamento mudar e de que tu possas retornar para o lar que tanto amas, desta vez, como minha esposa.

Para sempre teu,
Callum

10 de julho, 1889

Minha amada Índigo,

Tua mais recente carta tem me preocupado mais do que gostaria de admitir. Tu suspeitas de que teu pai descobriu algo de nosso plano? Se for este o caso, o que te leva a desconfiar que ele saiba? Rogo aos céus que seja meramente resultado do nervosismo acerca do que estamos prestes a realizar, pois a descoberta de teu pai sobre nosso plano acarretaria em nada de bom. Torno a insistir para que prossigas com o máximo de sigilo.

Com devoção,
Teu Callum

15 de julho, 1889

O medo apodera-se de mim ao passo que escrevo-te estas palavras, um medo tão primal que meus ossos estremecem ante a possibilidade de teu pai ter planos para impedir nosso matrimônio a qualquer custo. Em tua última carta, compreendi que ele de fato tem conhecimento do que planejamos, ainda que não tenha admitido. Não confie nele, minha querida. A única coisa que me impede de irromper pelas portas de Baneberry Hall e te levar para longe é o consolo de que apenas parcas horas nos separam da meia-noite. Permaneças forte e segura até lá, meu amor.

Teu eterno,
Callum

Abaixei a última com uma dor no peito, sabendo que Índigo Garson nunca se casou com seu pobre e amado Callum. Petra, percebendo minha tristeza, perguntou: "Ela nunca casou com ele, não é?".

"Não", respondi. "Pelo que me contaram, o pai dela descobriu, a impediu de fugir e a proibiu de se reencontrar com esse Callum."

Petra soltou um assovio discreto. "Que droga, o que a Índigo fez?"

"Ela se matou."

"Que *droga*." Ela fez uma expressão pensativa. "Qual era a idade dela quando morreu?"

"Dezesseis"

"A minha idade. E vai por mim, se eu estivesse apaixonada por alguém, nada no mundo me impediria de ver essa pessoa. Nem mesmo minha mãe e, sem sombra de dúvida, não iria me matar por isso."

Ela remexeu as cartas, ignorando o estado frágil. Quando encostou o dedo indicador numa delas para apontar, pequenos pedaços caíram da página.

"Bem aqui", disse, lendo em voz alta. "*Meus ossos estremecem ante a possibilidade de teu pai ter planos para impedir nosso matrimônio a qualquer custo.*"

Entregou-me a carta, e a li mais uma vez, prestando atenção ao aviso de Callum sobre William Garson.

Não confies nele, minha querida.

"E se..." Petra parou de falar, suas bochechas corando outra vez, como se soubesse que falaria algo idiota a seguir. "E se a Índigo Garson não cometeu suicídio? E se ela foi assassinada pelo pai?"

Estava pensando na mesma possibilidade. Sempre achei que faltasse um fator crucial na história que Hibbs contara, algo que conectasse tudo isso. Percebi que poderia ser esse o fator.

"Acho que você pode estar no caminho certo", falei para Petra. "A pergunta é: o que podemos fazer a respeito?"

Petra arqueou uma sobrancelha, como se a resposta fosse óbvia.

"A gente pode pesquisar", disse ela. "E ver se conseguimos provar que William Garson era um assassino."

RILEY SAGER
A CASA DA ESCURIDÃO ETERNA

TREZE

Pela manhã, passo uma hora secando minhas roupas úmidas com o secador antes de fazer o *check-out* no motel. Pode-se aprender muito sobre as acomodações em Bartleby pelo fato de eu preferir voltar para uma casa supostamente assombrada, que tinha um esqueleto no teto, a passar outra noite no Two Pines.

Porém, não é apenas o estado lastimável do motel que me leva de volta a Baneberry Hall. Meu retorno é por necessidade. A verdade por que saímos, o fato de meu pai continuar voltando para a casa, e a verdade do que aconteceu com a pobre Petra está cada vez mais próxima. Agora, é só uma questão de tempo até descobrir.

Recebo até uma escolta policial, cortesia da chefe Alcott, que dá uma passada pelo motel, enquanto estou saindo, para me dar carta branca para voltar. Ela insiste em seguir à frente com seu Dodge Charger surrado durante todo percurso até a casa. Quando chegamos a Baneberry Hall, entendo o motivo.

O portão da frente está bloqueado por repórteres do jornal impresso e televisivo. Diversas vans de notícia armaram acampamento à beira da estrada, com as portas traseiras abertas e cinegrafistas atléticos esperando no interior como crianças entediadas. Eles saltam das vans quando chegamos ao portão, as câmeras voltadas na minha direção. Os repórteres se amontoam em volta de minha caminhonete, incluindo Brian Prince, com sua gravata-borboleta e uma expressão de eu te disse com um toque extra de soberba.

"Maggie!", grita ele. "Você acha que seu pai assassinou Petra Ditmer?"

Sigo dirigindo, andando lentamente com a caminhonete até chegar ao portão. A chefe Alcott sai de sua viatura, munida com as chaves que entreguei antes de deixarmos o Two Pines. Ela atravessa a multidão de repórteres e destranca o portão.

"Vamos lá, vamos lá", diz ela para a multidão, dispersando o amontoado de gente com vários gestos braçais. "Deixem a garota passar."

Brian Prince é o último a se movimentar. Ele bate na janela da caminhonete, implorando por alguma declaração minha."

"Qual é, Maggie? Por que você não me conta seu lado da história?"

Piso fundo no acelerador e a caminhonete avança, deixando Brian esperneando na nuvem de poeira. Não reduzo a velocidade até chegar ao topo da colina, em frente a Baneberry Hall. Ela parece ainda mais sinistra do que ontem, apesar de ser algo impossível. As únicas coisas que mudaram foram o que sei a respeito do lugar e o pedaço de fita policial rasgado e pendurado na porta da frente.

A chefe Alcott para na entrada atrás de mim. Sai de seu carro, e eu pulo pra fora da minha caminhonete. Mantemos certa distância, encarando uma à outra como *cowboys* do cinema antes de um duelo de pistolas. Nós duas sabemos que possivelmente estamos em lados opostos. Vai depender do quanto acho que meu pai é culpado, algo que muda a cada instante.

"Tinha esperança de que a gente pudesse conversar", começa ela. "O pessoal de Waterbury fez uma análise preliminar do cadáver na noite passada."

"É a Petra, não é?"

"Não oficialmente. Eles ainda precisam conferir os registros dentários, mas os ossos pertenciam a alguém do sexo feminino no final da adolescência. Então parece bem provável ser ela mesma."

Ainda que eu não esteja surpresa, a notícia me deixa desorientada. Vou até a varanda e sento nos degraus. Minhas coxas começam a ficar assadas por causa da calça úmida. Eu estaria mais confortável com outra muda de roupas, mas não estou totalmente preparada para entrar em Baneberry Hall.

"Descobriram a causa da morte?"

"Não de maneira conclusiva", responde a chefe Alcott. "O crânio dela está fraturado. Foi a única lesão que identificaram. Não dá pra concluir se foi a causa da morte. Vai ser algo difícil de determinar, considerando a condição dos ossos."

"Por que você achava que a Petra tinha fugido tanto tempo atrás?", questiono.

"Quem disse que eu achava isso?"

"Brian Prince."

"Imaginei", murmura ela. "A verdade é que *realmente* suspeitei que alguma coisa tinha acontecido com a Petra."

"Por que você não disse nada?"

"Não estava no comando, então não podia ditar as regras. Essa era a função de três chefes de polícia antes de mim. O resto do pessoal na força-tarefa estava pouco se lixando pra uma garota adolescente. Me importava, mas optei por ficar quieta, algo que lamento a cada maldito dia dos últimos vinte e cinco anos." Chefe Alcott respira fundo para se recompor. "Mas agora sou *eu* quem dita as regras. E quero saber o que aconteceu com aquela pobre garota. Então vamos falar dos suspeitos. Além do seu pai, quem mais você acha que poderia ter colocado o corpo dentro do assoalho?"

"Eu é quem deveria lhe perguntar isso. Pensando bem... nós podemos discutir esse tipo de coisa?"

A chefe de polícia remove seu chapéu e corre os dedos pelo cabelo prateado curto. "Não vejo nenhum mal de a gente conversar. Só estou tentando pensar em todas as possibilidades. Não deveria me ver como a inimiga, Maggie."

"Você acha que meu pai matou alguém."

"E você não me deu nenhum motivo para duvidar disso."

Se minha mãe tivesse retornado minha ligação, poderia estar mais preparada para essa conversa. Porém, ela não retornou, mesmo depois de eu ter feito uma nova ligação na manhã de hoje. Agora, consigo apenas lançar suposições ao vento, como uma criança assoprando um dente de leão.

"Sei que meu pai parece ser o culpado", escolho dizer. "E, até onde sei, pode mesmo ser o culpado, mas, caso seja o assassino, por que mencionar tanto a Petra no livro? Se meu pai fosse amante dela, como o Brian Prince acha, ou matou a garota, como provavelmente todo mundo acha, faria mais sentido nem mencionar seu nome."

"Talvez ele esperasse que fôssemos pensar dessa forma", sugere a chefe Alcott. "Ou talvez foi outra pessoa."

A chefe de polícia olha em direção à porta da frente. "Poucas pessoas tinham acesso a casa."

"O Walt Hibbets tinha", complemento. "E tinha as chaves também."

"Verdade", concorda a chefe Alcott. "Mas qual seria a motivação dele? A Petra morou do outro lado da estrada de cascalho a vida inteira. Ele teria várias oportunidades de cometer assassinato. Não que o velho Walt tivesse cara de assassino, mas se foi ele, por que esperar tanto?"

"Talvez ele soubesse que Baneberry Hall estava vazia", respondo, buscando por uma explicação. "E colocou o corpo lá para incriminar o meu pai."

"Esconder um corpo não é a melhor maneira de incriminar alguém, mas é interessante que tenha mencionado alguém da família Hibbets." Ela enche a boca para falar, o que me faz encolher pelo desconforto. Minhas calças fazem um barulho de chiado nos degraus. "Ontem, fiquei surpresa quando vi o Dane aqui."

"Ele está me ajudando com a casa", informo. "Por que a surpresa? Ele é empreiteiro também, apesar de ter falado que os negócios não iam bem."

"Chegou a se perguntar o motivo?"

Não. Nem sequer pensei no assunto. Precisava de ajuda, Dane precisava de um trabalho, e juntamos o útil ao agradável.

"O que quer dizer?", pergunto.

"Quero dizer que a maioria das pessoas daqui não se sente muito confortável em contratar um ex-presidiário", informa a chefe de polícia.

O ar fica preso em meus pulmões. Essa notícia não é tão chocante quanto os acontecimentos de ontem, mas um esqueleto cair do teto não é parâmetro de comparação.

"O que ele fez?"

"Lesão corporal grave", diz a chefe. "Aconteceu em Burlington, uns oito anos atrás. Teve uma briga de bar, Dane se exaltou e espancou o outro cara até deixá-lo inconsciente. Para piorar, a vítima ainda ficou em frangalhos, passou um mês no hospital e Dane passou um ano na prisão."

Minha mente se apega à imagem de Dane, num bar de quinta categoria, socando por diversas vezes o rosto ensanguentado de um estranho caído no chão. Quero pensar que ele não é capaz de tamanha violência, mas abandonei todas as minhas certezas, ao menos aquelas relacionadas aos homens na minha vida.

A chefe Alcott pressente isso e diz: "Não me preocuparia com isso se fosse você". Antes de se levantar, ela dá um tapinha amigável no meu joelho. "São outros os problemas com os quais deve se preocupar."

Coloca o chapéu de volta, retorna para seu carro e sai dirigindo, deixando-me sozinha nos degraus para refletir sobre três coisas. Primeira, Dane — o homem com quem *quase* transei na noite passada — tem um lado violento. Segunda, não consegui encontrar uma boa razão para a chefe Alcott não suspeitar de meu pai. E terceira, é possível que ela tenha tocado no assunto do segundo fato para me impedir de fazer o primeiro.

Isso levanta uma última reflexão. Apesar das evidências apontarem para outro caminho, talvez a chefe Alcott tenha suas próprias motivações.

Só consigo entrar na casa depois de trinta minutos da partida da chefe Alcott. A maior parte desse tempo é usado para conversar com uma Allie realmente irritada, algo que posso compreender.

"Por que você não me contou que encontraram uma garota morta em Baneberry Hall?", diz assim que atendo meu celular.

"Não quis deixá-la preocupada."

"Pois bem, não deu muito certo. Principalmente, porque precisei ler no Twitter: 'Corpo encontrado na mansão de *Casa dos Horrores*.' Era esse o título da matéria. Por um segundo, achei que era você."

Um nó se instaura no meu estômago por mais de um motivo. Odeio o fato de Allie, mesmo por um instante, ter pensado que algo de ruim tivesse acontecido comigo. Então tem a questão de Baneberry Hall virar notícia nacional outra vez. Se Allie viu, várias outras pessoas também viram.

"Me desculpe", tento dizer. "Deveria ter lhe contado."

"Ainda bem que sabe disso, mocinha."

"É que as coisas estão uma loucura agora. Encontrei o corpo daquela menina, a polícia acha que foi meu pai, e alguém invadiu a casa."

"Teve uma invasão?", pergunta Allie, incapaz de esconder sua preocupação. "Quando?"

"Duas noites atrás. Não fizeram nada, apenas zanzaram pela casa um pouco."

"E desde quando zanzar pela casa dos outros é fazer nada?"

"Não estou em perigo."

"Mesmo assim." Allie faz uma pausa para respirar e se acalmar. Posso ouvir sua respiração pelo telefone. "Maggie, entendo que precisa de respostas, entendo mesmo, mas isso não vale a pena."

"Vai valer", respondo. "Alguma coisa aconteceu naquela casa na noite que a gente foi embora. Passei a maior parte da minha vida querendo saber o que foi. Não posso sair agora, preciso ir até o fim."

Allie diz que me compreende, apesar de estar claramente fingindo. Não espero que compreenda. A maioria das pessoas numa situação tão fodida quanto essa ficaria feliz em ir para casa, deixar a polícia resolver e esperar pelas respostas. Mas meias respostas a respeito da morte de Petra me deixarão apenas com meia história.

Preciso do contexto.

Preciso dos detalhes.

Preciso da *verdade*.

Se meu pai matou Petra, quero saber o motivo, principalmente para saber o que sentir em relação a ele.

Vim até aqui na esperança de perdoá-lo.

Mas não posso perdoar um assassino.

Por isso que não posso abandonar a ideia de sua inocência. Sou a sua filha. Escolhemos caminhos diferente e tivemos nossos desentendimentos, porém eu tinha mais em comum com ele do que tenho com minha mãe. Nós dois éramos mais parecidos do que diferentes. Se meu pai era um assassino, o que isso faz de mim?

Depois que desligo a ligação com Allie, ainda preciso de dez minutos para criar coragem e entrar em Baneberry Hall. No caminho, termino de arrancar o restante de fita policial, que voa para longe como uma folha seca. Paro, hesitante, no *hall* de entrada. Um *déjà-vu* do dia em que cheguei. A única diferença é que, agora, Baneberry Hall realmente parece assombrada.

Avanço em silêncio pela casa por respeito a Petra, suponho. Talvez seja um medo inconsciente de que seu espírito permaneça aqui, na Sala Índigo, na área em que o tapete, agora enrolado contra a parede, estava antes. A polícia levou as tábuas soltas do assoalho como prova do crime. Então estou com um buraco no chão quase do mesmo tamanho que o caixão de uma criança.

Através do vão, consigo enxergar a cozinha abaixo, onde limparam todos os destroços do teto. O que também deve servir de prova do homicídio agora, jogada em caixas de papelão e carregada para fora da casa.

Em seguida, vou para a sala de visitas. Vejo disposta em cima da escrivaninha uma foto da minha família no porta-retratos de moldura dourada. Pego o porta-retratos e encaro a imagem de nós três juntos, felizes e completamente alheios ao que estava por vir. Meu pai, bonito e charmoso, minha mãe sorrindo e eu com o sorriso de janelinha, todos parecem desconhecidos para mim.

Passo por um momento melancólico, admirando a foto.

Então bato o porta-retratos na escrivaninha com força.

E repito.

De novo.

E de novo.

E de novo.

Continuo a martelar até o vidro se quebrar em centenas de pedaços, o metal da moldura se retorcer e a imagem de minha família estar tão amassada que ninguém reconheceria.

Acho que estamos melhor representados assim.

Minha atitude, embora catártica, deixou a escrivaninha coberta com cacos de vidro. Tento juntá-los com o pedaço de papel mais próximo que encontro, o bilhete dobrado com aquela única e intrigante palavra:

ONDE??

Na correria dos últimos dias, acabei me esquecendo por completo de sua existência. No dia que cheguei, não tinha a menor ideia do que poderia significar. Vê-lo agora traz um lampejo de compreensão.

Petra.

Alguém esteve procurando por ela, ainda que a polícia não estivesse. Seja lá quem for, veio direto à fonte: meu pai.

Vasculho a escrivaninha em busca de mensagens similares. Consigo encontrá-las numa das gavetas inferiores. Amontoadas lá dentro, há dúzias de folhas de papel. Algumas dobradas, outras lisas, algumas têm bordas amareladas pelo tempo e outras estão tão brancas quanto a neve.

Pego uma das folhas e vejo outra mensagem escrita na caligrafia esticada e trêmula.

POR QUÊ?

Pego outra folha, uma com as bordas amareladas. A caligrafia é a mesma, apesar de essa estar um pouco melhor. As linhas estão menos trêmulas, como se a pessoa escrevesse com mais calma.

ME DIZ ONDE ELA ESTÁ

Pego todas as folhas que foram jogadas dentro da escrivaninha, deixando-as numa pilha. Em seguida, começo a folhear a pilha enquanto leio cada uma. Todas contêm mensagens similares.

O QUE VOCÊ FEZ COM ELA????

Igual a um caixa de banco contando dinheiro, também conto as folhas de papel, transferindo da primeira pilha para uma segunda ao seu lado, cada folha é uma batida na superfície da escrivaninha.

São vinte e quatro ao total.

Uma para cada ano desde que Petra Ditmer desapareceu.

E a última que vejo me diz exatamente quem as escreveu.

ONDE ESTÁ A MINHA IRMÃ?

CASA DOS HORRORES

6 DE JULHO
11º Dia

O interior da biblioteca de Bartleby tinha uma estranha semelhança com Baneberry Hall. Grande e com seu charme gótico, o lugar era uma confusão de janelas arqueadas e cornijas esculpidas. Entrar lá parecia literalmente como estar em casa. Não fiquei surpreso quando vi a placa de bronze na entrada, anunciando que a biblioteca fora financiada por William Garson.

Um retrato dele estava pendurado no outro lado do corredor. Reconheci seu rosto do quadro na grande sala, embora este pintor fosse bem mais gentil ao retratá-lo. Os traços do senhor Garson eram mais suaves e seus olhos não tão escuros. Com sua cartola e barba branca, ele parecia mais um velhinho simpático do que alguém capaz de matar a própria filha.

A principal sala de leitura da biblioteca era um octógono no centro do edifício, com elementos decorativos de madeira. O balcão de empréstimo ficava no centro do cômodo, o coração da biblioteca. Saindo da mesa, como os raios em uma roda de bicicleta, havia estantes de livros de madeira que se estendiam do chão ao teto em dois níveis separados. As escadarias flanqueavam a porta por ambos os lados e subiam em direção ao segundo andar.

Onde encontrei Petra.

Ela havia se apossado de uma mesa inteira, que estava coberta de livros alusivos à história de Bartleby e várias pastas volumosas.

"Você está aqui", disse ao me ver. "Tava achando que não ia aparecer."

E quase não apareci, por causa de Jess. Embora ela tenha se desculpado pelo que disse ontem — um "Sinto muito pelo negócio da Petra. Eu estava com ciúmes e sendo ridícula" meio cansado —, eu sabia que minha esposa não gostaria da ideia de que fosse me encontrar sozinho com a garota. Especialmente quando nossa intenção era investigar o passado de Baneberry Hall, algo que lhe prometi que não faria. Porém, minha curiosidade acerca do destino de Índigo Garson superou qualquer medo relacionado ao nosso encontro. Essa curiosidade sempre vencia o bom senso.

"Parece que você andou ocupada", eu disse enquanto me sentava ao lado de Petra.

"Tive ajuda", Petra deu uns tapinhas na pilha de pastas. "O bibliotecário de plantão me deu isso. Ele disse que muitas pessoas vêm aqui querendo saber mais da sua casa. É estranho morar num lugar famoso?"

"Não passei tempo suficiente para saber", respondi, deixando de fora o quanto Baneberry Hall parecia estranha por uma série de outros motivos. "É estranho morar praticamente sob a sombra dela?"

Distraída, Petra começou a girar uma mecha de seu cabelo loiro. "Não muito. Nunca morei em outro lugar para saber a diferença, mas minha mãe sim fica estranha às vezes."

"Como assim?"

"Ela sempre reza antes de subir lá, beija o crucifixo, coisas assim... ela me disse uma vez que a casa era mal-assombrada."

"Ela realmente acredita nisso?"

"Minha mãe é supersticiosa", Enquanto falava ia pegando uma pasta e me entregando outra. "É coisa de gente da Alemanha. Pessoal muito rígido e *muito* religioso. Tipo, se ela soubesse que eu tô fazendo isso, diria que só vai me trazer problemas. Que eu seria assombrada pelo espírito maligno de William Garson ou algo assim."

A pasta que ela me entregou estava cheia de recortes de jornais. A maioria vinha do jornal local, o *Gazeta de Bartleby*, que parecia ser quase tão antigo quanto Baneberry Hall. O primeiro recorte era uma xerox de uma primeira página desgastada, datada de 3 de setembro de 1876. A principal matéria, sob o título CASA ABERTA NA MANSÃO GARSON, falava da noite em que William Garson convidara toda a cidade para visitar sua enorme propriedade.

Muitas outras matérias jornalísticas na pasta tinham um teor semelhante: manchetes sobre bailes, aniversários e visitantes famosos em Baneberry Hall. Para mim, uma das mais divertidas foi de 1940: REALEZA DE HOLLYWOOD PASSA O VERÃO EM BARTLEBY. A matéria incluía uma foto meio apagada de Clark Gable e Carole Lombard tomando coquetéis na Sala Índigo.

Contudo, histórias de morte também rondavam os relatos de glamour e frivolidade. Muito mais do que eu imaginava, com base na minha experiência de vida. Uma série de tragédias que começou com a morte de Índigo Garson. Um acidente de carro em 1926 que matou outro membro da família Garson. Um afogamento na banheira em 1941. Dois hóspedes da pousada que morreram misteriosamente, um em 1955 e o outro no ano seguinte. Uma queda fatal na escada em 1974.

Ao vasculhar essas histórias, pensei no que Hibbs havia dito.

Baneberry Hall não se esquece.

Suas palavras me fizeram questionar por que ele nunca se preocupou em me contar sobre todas essas mortes que ocorreram lá. Era impossível que não tivesse conhecimento desses fatos. Sua família trabalhara naquele lugar por gerações. O que significava que havia uma razão para que omitisse essas outras mortes.

É possível que não quisesse nos assustar.

Ou, talvez, sua intenção era de que não soubéssemos.

Topei com uma matéria do *Gazeta* sobre Curtis e Katie Carver, a tragédia mais recente de Baneberry Hall. O jornalista não perdeu tempo ao entrar nos detalhes macabros.

Um homem e sua filha pequena morreram no que a polícia de Bartleby chamou de um bizarro assassinato seguido de suicídio em Baneberry Hall, um dos endereços mais antigos e infames da cidade. A polícia afirma que Curtis Carver, 31 anos, asfixiou sua filha de 6 anos, Katie, antes de se matar. Um crime que chocou a costumeira e tranquila comunidade.

A foto que acompanhava a matéria era a mesma que Jess havia encontrado durante nossa visita à casa. Marta Carver e a jovem Katie com vestidos e sorrisos combinando, enquanto Curtis mantinha distância, com sua aparência bonita e sinistra ao mesmo tempo.

Coloquei o recorte em cima de outras matérias relacionadas às mortes em Baneberry Hall. Queria ler mais a respeito de todas, entretanto, estávamos lá para descobrir mais sobre William e Índigo Garson. As outras teriam que esperar.

"Vou tirar cópias dessas aqui", disse a Petra. "Já volto."

A grande e pesada máquina de xerox — a única da biblioteca — ficava do lado de fora da sala de leitura octogonal, oferecendo dez cópias pela bagatela de um dólar. Tirando alguns trocados de meu bolso, coloquei a mão na massa e fiz cópias de cada matéria.

A última delas — uma reprodução da matéria alusiva à família Carver, com a foto manchada e escura — estava saindo da máquina quando uma mulher passou ao meu lado e entrou na sala de leitura. O clima na biblioteca mudou com sua presença. Era como se uma descarga elétrica percorresse todo o lugar, silencioso, mas percebido por todos os presentes. As pessoas desviavam o olhar de seus livros para olhá-la e burburinhos sussurrados paravam de súbito.

Virando de costas, encontrei o mesmo rosto que estava na xerox.

Marta Carver.

Tentando ignorar a atenção indesejada, ela passeava por uma prateleira de lançamentos com a cabeça erguida. Isso não a impediu de notar que eu a encarava, e não tive escolha senão me aproximar dela.

"Com licença, senhora Carver?", falei nervosamente.

Por detrás das lentes dos óculos, seus olhos piscaram para mim. "Sim?"

"Sou Ewan Holt."

Ela ajeitou sua postura. Ficou claro que ela sabia quem eu era.

"Olá, senhor Holt."

Apertamos as mãos. A dela era pequena e continha um leve tremor.

"Peço desculpas por incomodá-la, mas estava pensando se tem alguma coisa em Baneberry Hall que gostaria de guardar. Se sim, ficaria feliz em lhe devolver."

"Tenho tudo o que preciso, obrigada."

"Mas toda aquela mobília..."

"É sua agora", informou. "Você pagou por ela."

Embora seu jeito não fosse rude, senti alguma coisa não falada pairando entre suas palavras. Foi então que descobri o que era: medo. Marta Carver estava aterrorizada com Baneberry Hall.

"Não é apenas a mobília", prossegui. "Encontrei outras coisas que acredito serem suas, uma câmera e um toca-discos. Acho que ainda têm algumas fotografias lá."

Ao mencionar as fotografias, Marta Carver olhou para as cópias recém-saídas da bandeja, ainda em minhas mãos. A de cima, percebi, era a matéria relativa ao assassinato da filha e suicídio do marido. Virei a cópia ao avesso, contra o meu corpo, mas já era tarde demais. Ela havia visto e reagiu com um sobressalto involuntário.

"Preciso ir", disse. "Foi um prazer conhecê-lo, senhor Holt."

A senhora Carver passou por mim e saiu rapidamente da biblioteca. Só consegui murmurar um pedido de desculpas para o vento, sentindo-me não apenas idiota, mas também rude.

Retornei para a mesa, prometendo nunca mais incomodá-la.

"Olha isso", Petra pediu quando cheguei.

Ela estava lendo uma matéria do *Gazeta* relativa à morte de Índigo Garson, escrita alguns meses após o acontecimento. Olhei por cima de seu ombro em direção ao título da manchete.

GARSON CONSIDERADO INOCENTE NA MORTE DA FILHA

"De acordo com essa matéria, uma empregada contou à polícia que, na noite do suicídio da Índigo, viu o senhor Garson na cozinha, colocando o que parecia ser várias *baneberries* numa tigela. Ele não viu a mulher subindo da adega, então levou as frutinhas e uma colher para o andar de cima, segundo a empregada. Uma hora depois, Índigo estava morta. Tenho certeza que foi ele, senhor Holt."

"Então por que ele não foi julgado pelo homicídio?"

"É disso que fala essa porcaria de matéria. Aqui diz que não localizaram indícios de prova e autoria suficientes, e como, mesmo que tivessem localizado, um homem como William Garson nunca faria algo assim. 'Um membro exemplar da comunidade.' É uma afirmação direta da polícia."

Petra apontou para as palavras como se esfaqueasse a matéria com o dedo indicador.

"Sei que as coisas eram diferentes naquela época", continua ela. "Mas parece que nem quiseram tentar. 'Ah, uma adolescente morreu? Quem liga?' Mas pode ter certeza que se fosse o contrário, se tivessem visto a Índigo levando uma maldita tigela de *baneberries* para seu pai, enforcariam a menina em praça pública."

Ela afundou na cadeira e inspirou profundamente, concluindo sua indignação. Compreendia sua raiva, havíamos chegado a um beco sem saída. Ainda que nós dois acreditássemos que William Garson assassinara a própria filha, não havia como provar.

"Vou nessa", disse Petra. "Estou nervosa demais. Preciso de um sorvete ou de um travesseiro para abafar meus gritos, ainda não decidi. Te vejo amanhã."

Olhei confuso para ela. "Amanhã?"

"A festa do pijama. Ainda vai acontecer, não é?"

Após todo o caos do teto e a briga com Jess, eu havia me esquecido da ideia de Hannah e Petra passarem a noite em Baneberry Hall. Não era o melhor momento para uma festa do pijama. Na verdade, parecia o pior momento possível, porém, Maggie precisava desesperadamente de amigas. Não podia negar isso à minha filha.

"Ainda está de pé", falei ao mesmo tempo em que colocava as matérias debaixo do braço, preparando-me para sair da sala de leitura. "Maggie mal pode esperar."

RILEY SAGER
A CASA DA ESCURIDÃO ETERNA

QUATORZE

Os repórteres ainda estão no portão de entrada.

Consigo vê-los quando me aproximo da entrada, um em cima do outro no lado oposto do portão de ferro forjado, esperando que eu apareça. Agora que sua espera foi recompensada, eles avançam, empurrando mãos *microfonadas* pelas barras do portão como uma horda de mortos-vivos num filme de terror.

Entre os repórteres está Brian Prince, sua gravata-borboleta se contorce conforme afasta os outros de seu caminho com os cotovelos, lutando pela melhor posição.

"Maggie!", grita. "Uma palavrinha! Quais são seus planos agora para Baneberry Hall?"

Atrás deles, os *flashes* das câmeras explodem como fogos de artifício. Cegada pela luz, começo a arrastar meus pés para trás, antes de me virar e sair correndo. Logo, estou subindo a colina de volta para Baneberry Hall.

Para sair desse lugar, vou precisar de uma rota de fuga diferente. Para minha sorte, conheço uma. Para o azar de Brian Prince e dos outros repórteres, eles não.

Desviando da entrada, mergulho na floresta e volto a descer pela colina, agora protegida pela cobertura das árvores. Prossigo pela floresta até chegar à parede de pedra que cerca a propriedade. Uma caminhada lado a lado com o muro me leva até sua parte que desmoronou. Passo para o outro lado e, cinco minutos depois, estou emergindo da floresta atrás do chalé de Elsa Ditmer.

Como outros repórteres também podem estar esperando na frente de sua casa, sigo pelos fundos da residência, aperto o passo para chegar à varanda dos fundos. A porta se abre antes que eu tenha a chance de bater. Hannah está parada do lado de dentro com a mandíbula contraída.

"O que você quer?", me pergunta.

"Oferecer os meus pêsames por sua perda."

"Não vai trazer minha irmã de volta."

"Eu sei."

Hannah morde as bochechas e questiona: "Mais alguma coisa?".

"Na verdade, sim", coloco a mão em minha bolsa e tiro os bilhetes, todos os vinte e quatro. "Gostaria de saber se você poderia me explicar isso."

Ela dá um passo para o lado, permitindo minha entrada no chalé. Hannah me acompanha até a cozinha. No caminho, passamos pela sala, onde um programa de auditório é exibido por uma televisão de tubo com chiado. Capto num átimo a imagem de Elsa Ditmer encolhida numa poltrona com um cobertor de tricô puxado até o queixo.

Me pergunto se Hannah lhe contou que encontraram Petra. Caso sim, também me pergunto se Elsa conseguiu compreender.

Na cozinha, o cheiro de cigarro e óleo vegetal dão um gancho de direita nas minhas narinas. Eu e Hannah nos sentamos à mesa da cozinha, que possui uma perna menor que as outras. A mesa bambeia quando Hannah se apoia para pegar um cigarro, acendendo-o em seguida. O móvel volta a bambear quando coloco os bilhetes em cima.

Hannah nem se incômoda de dar uma olhada. Está claro que está familiarizada com eles.

"Comecei a escrever isso um ano depois que vocês saíram e a Petra desapareceu", explica. "Aquele livro maldito do seu pai tinha acabado de sair, e eu estava brava."

"Por que vocês três estavam no livro?"

Hannah me olha com incredulidade. "Porque ele fez alguma coisa com a Petra e se safou. Quando seu pai apareceu aqui do nada, literalmente um ano depois da Petra desaparecer, bem... não consegui mais aguentar."

Então ela pega os bilhetes, e os folheia até encontrar aquele que me levou à sua porta.

ONDE ESTÁ A MINHA IRMÃ?

"Eu estava com tanto ódio quando escrevi isso", diz Hannah, colocando o papel na mesa bamba. "Achei que seria terapêutico ou algo do tipo. Finalmente, escrever a pergunta que passei um ano inteiro fazendo. Não ajudou. Só me deixou com mais raiva. Tanta raiva que fui até Baneberry Hall e deixei na varanda da frente. O bilhete desapareceu no dia seguinte depois que seu pai saiu. Foi quando eu soube que ele tinha visto."

"E então se tornou uma tradição anual", concluo.

Hannah solta uma baforada de fumaça. "Achei que se eu fizesse isso sempre, finalmente conseguiria ter uma resposta. E depois de tantas vezes, acho que seu pai já havia se acostumado com eles."

"Ele nunca a confrontou ou reclamou disso?"

"Não", informa Hannah. "Seu pai jamais conversou com a gente. Acho que ele tinha medo do que eu iria dizer."

"Mesmo assim ainda pagava sua mãe?", perguntei.

"Todos os meses." Hannah bate a ponta do cigarro contra o cinzeiro de cerâmica e dá uma longa tragada. "Aumentava o valor a cada ano e depositava direto na conta da minha mãe. Acredito que fazia isso por culpa. Não que realmente me importasse com os motivos dele. Quando se tem uma mãe doente para cuidar, pouco importa a origem do dinheiro... ou o pretexto."

"Mesmo se for do homem que você acredita que matou sua irmã?"

Hannah se recosta na cadeira, estreitando os olhos até tornarem-se duas fendas. "Ainda mais nesse caso."

"Ouvi dizer que a maioria das pessoas achou que Petra tinha fugido. Por que acha que meu pai teve alguma coisa a ver com o desaparecimento dela?"

"Por tê-lo visto voltando para Baneberry Hall", diz Hannah.

"Quando?"

"Umas duas semanas depois que a Petra sumiu."

Em choque, inclino-me sobre a mesa, que bambeia outra vez. "Duas semanas? Tem certeza?"

"Positivo. Eu estava com muita dificuldade para dormir nas primeiras semanas depois do desaparecimento. Ficava acordada a noite toda, esperando minha irmã voltar. Uma manhã, levantei com o raiar do sol e fui caminhar na floresta, acreditando que eu ainda poderia encontrar a Petra se procurasse o suficiente." Hannah deixa escapar uma pequena risada com um tom de tristeza. "Então, lá estava eu, vagando pela floresta atrás da sua casa. Quando cheguei ao muro que cerca a propriedade, andei até o portão de entrada. Tinha quase chegado à estradinha, quando vi um carro parando."

"Meu pai", presumo.

"Sim, tão claro quanto o dia. Ele saiu do carro, destrancou o portão e entrou dirigindo."

"Ele a viu?"

"Acredito que não. Eu ainda estava na floresta. Além do mais, seu pai parecia bem focado em entrar o mais rápido possível."

"Ele ficou lá por quanto tempo?"

"Não sei. Quando saiu, já havia voltado pra casa."

"O que acha que ele estava fazendo?"

Hannah apaga seu cigarro. "Naquela época, eu não fazia ideia, mas hoje em dia, acho que estava se livrando do corpo da Petra."

A chefe Alcott me disse que foi até Baneberry Hall na noite que partimos e não encontrou nada de anormal. Se meu pai havia matado Petra e escondido o corpo no assoalho, significa que agiu antes da chefe da polícia revistar a casa ou bem depois.

Talvez duas semanas depois.

Se for este o caso, o corpo de Petra precisaria ficar em outro lugar. No entanto, prefiro não pensar nisso.

"Contou a mais alguém que o flagrou voltando pra casa?", pergunto a Hannah.

"Não, porque achei que ninguém me daria ouvidos. A polícia não estava muito interessada. Naquele período, a história do seu pai sobre Baneberry Hall ser assombrada estava se espalhando. Os curiosos de plantão já passavam perto do portão de entrada, tentando dar uma espiada no lugar. Quanto a Petra, todos acreditavam que ela havia fugido e voltaria quando quisesse. O que jamais ocorreu."

"Sua mãe acredita que ela fugiu, não é?"

"Sim, porque foi isso que eu disse que aconteceu."

Ela acende outro cigarro e inala a fumaça. Uma tragada faminta e demorada na qual toma a decisão de me contar tudo que sabe.

"A Petra tinha um namorado ou algo assim."

Hannah deixa a palavra pairar no ar em insinuação. Fico me perguntando se Brian Prince compartilhou sua teoria sobre meu pai com ela.

"Eu não sei quem era ou quanto tempo durou", prossegue Hannah. "Mas ela saía escondida à noite. Sei disso porque a gente compartilhava o quarto. Ela esperava até achar que eu estava dormindo antes de sair pela janela. Quando eu acordava de manhã, minha irmã estava dormindo de volta na cama. Perguntei pra ela uma vez, e tive que ouvir que foi um sonho meu."

"Por que sair escondida?"

"Porque minha mãe não permitia que ela se encontrasse com rapazes ou fizesse qualquer coisa que contrariasse a vontade de Deus." Hannah ergue o cigarro numa demonstração e dá outra tragada que claramente vai contra a vontade divina. "A única coisa que precisa saber a respeito de minha mãe é que era rígida, igual a mãe dela, a avó e a todas as mulheres trabalhadoras e tementes a Deus da família Ditmer. Existe uma razão para que todas tenham se tornado faxineiras. A limpeza é o mais próximo do trabalho de Deus."

Um pouco de cinza do cigarro de Hannah cai na mesa. Ela não se incomoda de limpar, um pequeno ato de rebeldia.

"Quando a gente era pequena, eu e a Petra não podíamos fazer nada. Sem festinhas da escola, nada de cinema com os amigos... era só escola, trabalho e oração. Era uma questão de tempo até a Petra se rebelar."

"Por quanto tempo sua irmã ficou saindo escondida?"

"Só uma semana ou duas, até onde sei. A primeira vez que vi, foi no começo de julho."

Sinto um aperto no peito. Torcia para que fosse antes de minha família se mudar para Baneberry Hall. Mas não, nós estávamos lá no começo de julho.

"Na noite que a Petra desapareceu, chegou a vê-la saindo?"

Hannah nega com a cabeça. "Mas acredito que saiu, porque não estava aqui de manhã cedo."

"Foi aí que você contou para sua mãe a respeito da fuga?"

"Sim."

"Por quê?"

"Porque o Buster também sumiu."

Hannah percebe minha expressão confusa e explica melhor.

"Era o ursinho de pelúcia da Petra. Ela ganhou bem antes de eu nascer e ainda dormia com ele como se tivesse a minha idade. Se ela passava a noite em algum lugar, o Buster estava junto. Apesar de não se lembrar, Petra o levou pra noite do pijama na sua casa."

Hannah se levanta e sai da cozinha. Um minuto depois, está de volta com uma fotografia, encarando-a enquanto começa a falar:

"Ela nunca saía de casa sem seu ursinho. Nunca. Quando percebi que o Buster também havia sumido, presumi que minha irmã fugiu. Provavelmente, com esse garoto dos encontros."

Esse garoto pode ter sido o meu pai, uma possibilidade que deixa minhas pernas tão bambas quanto as da mesa na cozinha. O sentimento fica ainda pior quando Hannah enfim me mostra a foto. Na imagem, vejo Hannah e ela, provavelmente no quarto que dividiam. Petra está sentada na cama e, ao seu lado, está um ursinho de pelúcia com uma familiaridade perturbadora.

Pelos marrons.

Botões pretos nos olhos.

Um laço vermelho ao redor do pescoço.

É o exato ursinho que Dane e eu encontramos no escritório de meu pai, aquele que desapareceu. Mesmo que eu não saiba e provavelmente nunca descubra quem o pegou, só consigo pensar em dois motivos para ele estar em Baneberry Hall.

"Você comentou que a Petra trouxe o Buster quando vocês passaram a noite em casa", conjecturo o primeiro motivo.

"Sim", confirma Hannah. "Mesmo que a gente não tenha ficado a noite toda."

Graças ao Livro, sei bem disso.

"Existe alguma possibilidade de a Petra tê-lo esquecido lá?", pergunto, tentando não falar demais. Hannah não precisa saber que, até pouco tempo, Buster estava em Baneberry Hall. "Ou ter perdido em outro lugar?"

"Ela trouxe de volta com ela", diz Hannah. "Tenho certeza."

Isso elimina a primeira possibilidade, deixando-me apenas com o outro motivo para Buster estar lá, um que eu não gostaria que fosse verdade.

Petra levou o ursinho consigo porque achou que fugiria para sempre. Provavelmente, com meu pai. Essa ideia suga todo o ar de meus pulmões.

Com falta de ar, não me resta mais nada além de sair atônita do chalé. Hannah me segue pela sala, onde a televisão mudou do programa de auditório para uma série de comédia. As risadas forçadas ecoam pela TV.

Apenas quando chego à porta me viro com o intuito de lhe perguntar uma última coisa. A pergunta não é motivada apenas pela foto de Petra com o ursinho de pelúcia, mas pela memória da manhã de ontem: Senhor Sombra no guarda-roupa, olhando para mim e se aproximando.

"Parece que você se lembra bastante da noite que tivemos a festa do pijama em Baneberry Hall."

"É bem difícil de esquecer." Hannah solta uma risada sem graça, como se não conseguisse acreditar que, com tudo mais acontecendo, seja isso que eu queira saber. Para mim, faz total sentido. Ela estava lá e se lembra, eu não.

"O que o meu pai escreveu a respeito daquela noite", tento dizer. "Era tudo mentira, não?"

"Acho que não", diz Hannah.

Estudo sua expressão em busca de algum indício de falsidade. Ela mantém o olhar fixo em mim, indicando que não está para brincadeiras.

"Então o que o meu pai escreveu sobre aquela noite..."

"É tudo verdade", afirma Hannah sem hesitação. "Palavra por palavra."

CASA DOS HORRORES

7 DE JULHO
12º Dia

O dia da festa do pijama começou como qualquer outro em Baneberry Hall.

Tum.

Levantei-me da cama sem olhar para o relógio — não era mais necessário — e fui para o andar de baixo, onde o lustre estava aceso. Desliguei o interruptor com um suspiro pesado e desci até a cozinha para fazer uma rodada de café extraforte. Aquela se tornara minha rotina matinal.

À essa altura, a exaustão era uma visitante assídua em Baneberry Hall, como se a casa se negasse de propósito a me dar uma boa-noite de sono. Contra-atacava da melhor forma possível, com cochilos no meio da tarde e indo para a cama cedo.

Porém, naquele dia, não haveria soneca. A tarde fora reservada para os preparativos a fim de receber duas outras pessoas na casa. Nossa preocupação foi passar no mercado, fazer faxina e mascarar o lugar para que parecesse um lar feliz, o que estava longe de ser verdade.

O objetivo principal ao trazer Petra para supervisionar a festa do pijama era fornecer para mim e Jess a oportunidade mais que necessária de passarmos um tempo sozinhos para relaxar. Entretanto, quando Hannah e Petra chegaram com mochilas nas costas, sacos de dormir e uma leva de *cookies* preparados por sua mãe, percebi que a presença delas apenas nos deixava mais estressados. Principalmente quando Maggie pediu para falar apenas comigo e com Jess no meio do jantar.

"Não pode esperar?", perguntei para Maggie. "Temos visitas."

"É importante", nos disse.

Nós três seguimos para a grande sala, deixando Hannah e Petra para comer espaguete com almôndegas num silêncio constrangedor.

"Espero que você tenha um bom motivo", disse Jess. "É falta de educação deixar suas amigas assim."

O semblante de Maggie era firme como uma rocha. O corte em sua bochecha cicatrizara o suficiente para ela não mais precisar do curativo. Agora, à mostra, lhe concedia uma aparência mais sábia, de quem tem experiência de vida.

"As meninas precisam ir embora", avisou Maggie. "A Senhora Cara de Moeda não quer as duas aqui. Ela não gosta. E ficou brava a noite toda." Maggie apontou para um canto vazio. "Tão vendo?"

"Agora não é hora pra isso", disse Jess. "Não com suas amigas aqui."

"Elas não são minhas amigas."

"Mas podem ser", entrei na conversa, tentando usar minha voz encorajadora. "Dá só uma chance. Pode ser, meu amorzinho?"

Maggie pensou na possibilidade. Seus lábios se contraíram numa linha fina, enquanto ela considerava os prós e contras de ter uma amizade com Hannah.

"Tudo bem", disse por fim. "Mas acho que eles vão ficar zangados."

"Quem vai ficar zangado?"

"Todos os fantasmas."

Ela voltou para a mesa, deixando-me, e também a Jess, sem palavras. Maggie, entretanto, estava mais comunicativa que nunca e permaneceu assim pelo resto do jantar. E durante a sobremesa com sorvete. E no jogo de tabuleiro que jogaram em seguida. Quando Maggie saiu vitoriosa após uma partida de Mouse Trap, correu em volta da mesa da sala de jantar como se fosse uma volta olímpica em final da Copa do Mundo.

Era tão bom vê-la se divertindo com outras garotas. Pela primeira vez desde que chegamos a Baneberry Hall, Maggie parecia feliz, mesmo quando olhava ocasionalmente para os cantos do cômodo.

Esses olhares espantados ficaram mais evidentes quando as garotas se aprontaram para dormir. Enquanto Petra se envolvia numa briga de travesseiros meio sem graça e impulsionada por sua irmã, Maggie apenas ficou sentada, seus olhos alternavam entre o guarda-roupa e o canto do quarto. Quando lhes pedi para fazerem uma pose, uma ao lado da outra, ao mesmo tempo que ajeitava a câmera Polaroid, Maggie pareceu mais concentrada na parede atrás de mim que na lente da câmera.

"Elas estão a caminho da terra dos sonhos", anunciei para Jess, após desligar as luzes no quarto de Maggie e me retirar para o nosso. "E se precisarem de alguma coisa, a Petra pode dar conta."

Me joguei na cama, tapando a vista com um braço quando aterrissei. Teria me lançado direto para um sono profundo, se não houvesse uma questão alugando um triplex em minha mente desde o jantar.

"Acho que a gente deveria levar a Maggie num profissional."

Jess, que estava à sua penteadeira passando hidratante, olhou-me pelo espelho. "Você quer dizer... um psicólogo?"

"É, um terapeuta, sabe? Claramente, tem alguma coisa acontecendo. Nossa filha está sofrendo com a mudança, não tem amigos e não quer fazer amizades. E esse papo todo de amigos imaginários, não é normal, e também não é uma tentativa de chamar atenção."

Pelo espelho, vi a expressão de mágoa no rosto de Jess. "Vai mesmo jogar isso na minha cara sempre que falarmos da nossa filha?"

"Não era minha intenção", falei. "Só estava tentando defender a ideia de que a gente devia levar a Maggie num profissional. Ele poderia ajudar."

Jess ficou em silêncio.

"Ou você não tem opinião formada a esse respeito", prossegui. "ou não concorda comigo e não quer dizer."

"Fazer terapia é um grande passo", disse ela por fim.

"Não acredita que Maggie possa ter algum problema?"

"Ela tem amigos imaginários e dificuldade de fazer amigos reais. Não penso que devemos punir nossa filha por isso."

"Não é punir, é ir atrás da ajuda necessária." Sentei-me e fui para a borda da cama. "Esses amigos imaginários não são normais, Jess. Senhora Cara de Moeda e Senhor Sombra. Esses nomes são estranhos, até assustadores, foram escolhidos por uma menina assustada. Você ouviu como ela os chamou: fantasmas. Para pra pensar como Maggie deve estar apavorada."

"É só uma fase", insistiu Jess. "Ocasionada por toda essa mudança e as coisas que aconteceram na casa. Tenho medo de mandá-la pra um psicólogo e ela se sentir uma estranha ou excluída. Pra mim, essa é uma preocupação exagerada a respeito de algo que ela vai superar sozinha, basta apenas se acostumar com a casa."

"E se ela não superar? E se for realmente algum transtorno ou problema que..."

Um grito me interrompeu.

Um berro diretamente do quarto de Maggie, ressoando pelo corredor como um disparo em direção ao nosso quarto. Quando o segundo grito nos atingiu, Jess e eu já estávamos fora do quarto e correndo pelo corredor.

Fui o primeiro a chegar ao quarto de Maggie, esbarrando em Petra, que saiu correndo em direção ao corredor. Petra envolveu seus braços magros ao redor de si, como se tentasse ficar aquecida de um frio repentino.

"É a Maggie", nos disse.

"O que aconteceu?", perguntou Jess ao nos alcançar.

"Não sei, só sei que está pirando."

Dentro do quarto, Maggie começou a gritar algo.

"Sai daqui!" Pude ouvir.

Corri para dentro do quarto, e o que vi me deixou confuso.

As portas do guarda-roupas estavam escancaradas e todos os vestidos que Jess havia pendurado encontravam-se espalhados pelo quarto. Hannah estava com o saco de dormir até o pescoço, branca de medo, recuando pelo chão igual a uma lagarta se contraindo e se esticando para andar.

Maggie estava em pé na cama, gritando para o guarda-roupa aberto.

"Sai daqui! *Sai* daqui!"

Do corredor, ouvi Petra contando a Jess o que acontecera.

"Estava dormindo", disse ela, suas palavras saindo numa torrente. "Hannah acordou gritando, dizendo que a Maggie tinha puxado o cabelo dela, mas Maggie disse que não e que foi outra pessoa. Aí, ouvi o guarda-roupa abrindo e as coisas saíram voando e a Maggie gritou."

Nossa filha permanecia na cama. Seus gritos evoluíram para um choro ensurdecedor que se recusava a diminuir. No canto, as mãos de Hannah pra fora do saco de dormir tampavam seus ouvidos.

"Maggie, não tem ninguém ali."

"Tem sim!", gritou. "Todos estão aqui! Eu disse pra você que eles iam ficar zangados."

"Meu amorzinho, calma. Tá tudo certo."

Estendi a mão até Maggie, porém ela me afastou com um tapa.

"Não tá!", vociferou Maggie. "Ele tá aqui embaixo!"

"Quem?"

"O Senhor Sombra."

Apenas quando sua voz diminuiu um pouco que consegui ouvir um barulho irreconhecível vindo debaixo da cama.

"Não tem nada aqui", falei, tentando convencer Maggie e a mim mesmo.

"Ele tá aqui!" Maggie se esgoelava. "Eu vi! E a Senhora Cara de Moeda tá bem ali!"

Ela apontou para o canto atrás da porta do *closet*, que percebi também estar aberta. Não lembrava de estar assim quando entrei no quarto, porém, seria impossível estar de outra forma antes.

"E também tem a garotinha", disse ela.

"Onde ela está?", perguntei.

"Bem do seu lado."

Apesar de saber que era apenas minha mente me pregando peças, pude sentir uma presença ao meu lado. A sensação era a mesma de quando sabemos que tem alguém se esgueirando atrás de nós. A corrente de ar foi que denunciou. Tive vontade de olhar para o lado, entretanto, fiquei com receio de que isso fizesse Maggie achar que eu acreditava em suas palavras.

Então não olhei, mesmo quando senti — ou achei ter sentido — alguém tocar minha mão. Em vez disso, olhei para Hannah, do outro lado do quarto, esperando que sua reação me indicasse se havia algo ali. No entanto, os olhos de Hannah estavam bem fechados, enquanto ela continuava a escorregar para trás em direção ao canto onde Maggie disse ter visto Senhora Cara de Moeda de pé.

Era claro que não havia nenhuma Senhora Cara de Moeda ali, pois essa figura não existia, mas quando Hannah chegou ao canto, também começou a gritar.

"Tem algo aqui! Alguma coisa encostou em mim!"

Entre seus gritos, tornei a ouvir o barulho debaixo da cama.

Um som abafado de arrastar.

Como se fosse uma aranha gigante.

Sem pensar duas vezes, fiquei de joelhos.

Acima de mim, Maggie voltou a berrar, entrando numa harmonia dissonante com Hannah. Mais barulho veio da porta, Jess querendo saber o que infernos eu estava fazendo.

Ignorei Jess.

Ignorei tudo.

Todo meu foco estava direcionado para a cama. Precisava ver o que havia lá embaixo.

Com as mãos trêmulas, toquei no lençol meio caído e o empurrei para o lado.

Olhei para a escuridão embaixo da cama de Maggie.

Nada ali.

Então as molas do colchão afundaram, a visão perturbadora me fez soltar um grito e pular para trás. Foi quando vi Hannah fora de seu saco de dormir e, naquele instante, segurando Maggie pelos braços em cima da cama, tentando tirá-la daquele transe sinistro em que ela estava.

"Para, Maggie!", gritou ela. "*PARA!*"

Maggie parou de gritar.

Sua cabeça se virou para Hannah num estalo.

Então Maggie desferiu um soco.

Sangue explodiu do nariz de Hannah, voando em Maggie, na cama e no chão.

Com uma expressão atordoada, a garota se inclinou para trás, e caiu pela borda da cama. Ela bateu com força no chão, chorando no momento que aterrissou. Jess e Petra correram até ela.

Permaneci onde estava.

Também no chão.

Apenas encarando minha filha, que parecia não perceber o que fizera. Maggie olhava para o canto do *closet*. Agora, a porta estava fechada, apesar de eu não fazer ideia como ou quando isso aconteceu.

O guarda-roupa estava igual. Ambas as portas completamente fechadas.

Maggie olhou para mim e, com a voz carregada de alívio, falou:

"Eles foram embora."

RILEY SAGER
A CASA DA ESCURIDÃO ETERNA

QUINZE

Fecho o Livro depois de ler o capítulo da festa do pijama. Enquanto encaro a vista aérea de Baneberry Hall na capa, as palavras de Hannah ecoam em *looping* na minha cabeça.

É tudo verdade.

Mas não é; não pode ser. Porque se a parte da noite do pijama for verdade, então o resto do Livro também é. E me recuso a acreditar nisso. O Livro é uma mentira.

Certo?

Sacudo a cabeça, desapontada por minha dúvida. Claro que é, não passa de conversa fiada. Sei disso desde meus 9 anos.

Então por que continuo à mesa de jantar com o Livro diante de mim? Por que me sinto obrigada a ler o capítulo que fala da noite do pijama para começo de conversa? Por que estou prestes a ler o mesmo capítulo uma segunda vez?

Quero acreditar que o motivo seja porque minha opção por mergulhar de cabeça na *Casa dos Horrores*, em vez de encarar a possibilidade de meu pai ter matado Petra, é mais fácil. É apenas uma distração necessária, nada além disso.

Mas sei que não é bem assim. Já vi muitas semelhanças entre a vida real e o Livro para descartar qualquer ideia. E não consigo afastar a sensação de que algo estranho está acontecendo. Estranho o suficiente para fazer minhas mãos tremerem ao abrir o Livro.

E fechá-lo.

E abri-lo novamente.

Então jogá-lo pela sala de jantar, onde ele voa pelo ar e se choca contra a parede num alvoroço de páginas.

Pego meu telefone, conferindo se minha mãe retornou minha ligação. Algo que ela não fez. Ligo de novo e, quando cai direto na caixa postal, desligo sem deixar uma mensagem. O que lhe diria? *Oi, mãe. Você tinha conhecimento do corpo no teto? Foi o pai que colocou? É verdade que eu enxergava fantasmas quando era pequena?*

Largo o celular na mesa e começo meu jantar: um pacote de Doritos e uma lata de nozes. Apesar de haver comida suficiente para diversas refeições, cozinhar não está nos meus planos. Depois do que aconteceu na cozinha, quero passar o mínimo de tempo possível lá. Então encho minha boca de salgadinho e mando para dentro com um gole de cerveja. Em seguida, minha mandíbula se preocupa em mastigar as nozes, enquanto meus olhos se concentram no Livro, que jaz aberto no chão. Estou tentada a pegá-lo de novo. Em vez disso, seguro as polaroides que encontrei na sala de estudos.

A primeira é uma foto minha e da minha mãe entrando na floresta. No canto da imagem, está a figura obscura que poderia ter sido uma pessoa, como cheguei a pensar, mas é claramente uma árvore na sombra.

A próxima é da noite do pijama, comigo e Hannah de coadjuvantes para o protagonismo da Petra. Analiso a pose dela, a mão no quadril, a perna dobrada e os lábios entreabertos num sorriso de flerte. Não posso deixar de pensar que se exibia para meu pai.

A Petra tinha um namorado, falou Hannah mais cedo. *Ou algo assim.*

Poderia ser meu pai? Ele seria capaz de trair minha mãe dessa forma? Mesmo ouvindo de sua boca que minha mãe foi a única mulher que amou, às vezes, o amor não tem nada a ver com isso.

Sigo para a próxima foto — o reparo no teto da cozinha —, que adquire um novo e mórbido significado com os acontecimentos dos últimos dias. Agora, se trata de uma fotografia de uma garota de 16 anos olhando diretamente para o local onde seu cadáver seria descoberto vinte e cinco anos depois. Olhar essa imagem me faz estremecer tanto, que a cadeira chega a balançar.

Afasto essa polaroide e olho para a foto minha em frente a Baneberry Hall, surpresa por algo interessante. Não tenho um curativo abaixo do meu olho esquerdo, o que me faz acreditar que a fotografia foi feita logo após a nossa mudança. No entanto quando revejo a foto da festa do pijama, também não tem curativo. Nem mesmo um corte, hematoma ou qualquer indício de um machucado, apesar de o Livro dizer que a festa do pijama aconteceu *após* eu me machucar na lápide da floresta.

Reúno as polaroides e as reorganizo na mesa como se fossem cartas de um jogo da memória, alinhando-as em ordem cronológica com base nos acontecimentos narrados no Livro.

Na primeira, estou com um sorriso de ingenuidade do lado de fora de Baneberry Hall. A imagem da menina que nunca acreditei ser, que, contudo, agora temo realmente ter sido.

Na segunda, minha mãe e eu estamos entrando na floresta nos fundos da casa.

Na terceira, temos a festa de pijama, e na quarta vejo a cena da cozinha.

Por fim, na quinta, que é a *selfie* do meu pai, e que na verdade poderia ter sido tirada a qualquer momento, apesar de me parecer que foi ao final de nossa estadia. Ele parece exausto, como se houvesse um peso em seus ombros.

Sei que, em algum momento, existiu um curativo. A chefe Alcott me disse que o viu quando estava falando com meu pai no Two Pines. Além do fato de eu ter a cicatriz para provar.

Se não foi em nosso terceiro dia aqui, conforme o Livro afirma, então quando foi?

E como aconteceu?

E por que meu pai distorceu os fatos?

Uma pergunta retórica que já sei a resposta. Distorceu porque o Livro é uma ment...

Meu pensamento é interrompido por uma voz de algum lugar na casa, cantando uma música que faz meu estômago revirar.

"You are sixteen, going on seventeen..."

Agarro a borda da mesa, pálida de terror. A voz de Hannah volta a inundar meus pensamentos.

É tudo verdade. Palavra por palavra.

A música continua a tocar, agora, mais alta, como se alguém acabasse de aumentar o volume.

"*Baby, it's time to think.*"

Bobagem, isso sim.

Não há fantasmas nesta casa.

Mas *tem* um zumbi.

"*Better beware be canny and careful...*"

Saio correndo da sala de jantar e passo pela grande sala. O lustre está ligado de novo, apesar de ter certeza que não uso seu interruptor há dias.

Quando chego à porta da frente, descubro que está trancada. Os pedaços de papel que coloquei entre a porta e o batente permanecem no mesmo lugar.

"*Baby, you're on the brink.*"

As janelas também estão trancadas, me certifiquei disso mais cedo. Se for um zumbi — e claro que é um — como conseguiu entrar?

Só tem um jeito de descobrir.

A música continua a tocar, enquanto vou na ponta dos pés para o andar de cima, tentando ao máximo não fazer barulho.

Está tocando cada vez mais alto quando chego ao segundo andar, o que acaba me ajudando, pois encobre o som dos meus passos quando entro no meu quarto e pego a faca na mesa de cabeceira.

Volto para o corredor, segurando a faca com tanta força que as pontas de meus dedos ficam brancas e continuam assim enquanto subo os degraus para o terceiro e último andar. No lado oposto da porta da sala de estudos, a música ainda toca

Abro a porta com tudo, rompendo violentamente para dentro e anunciando minha presença com um berro gutural e uma faca afiada.

O lugar está vazio.

Quase vazio.

Em cima da mesa, como num passe de mágica, encontro Buster outra vez.

• • •

Fico parada em frente à varanda, com os braços ao meu redor para me proteger do frio da noite, enquanto a chefe Alcott termina sua varredura em Baneberry Hall. Liguei para ela no instante seguinte após ver Buster, e nos encontramos no portão de entrada. Graças a Deus, todos os repórteres haviam debandado durante a noite. Se tivessem ficado, me veriam abrir o portão com as mãos trêmulas e tão pálida quanto um fantasma.

Depois de chegar, a chefe Alcott conferiu o perímetro da casa primeiro, rondando o lugar diversas vezes com sua lanterna. Agora, está lá dentro, conferindo as janelas. Consigo vê-la da entrada, uma sombra enquadrada na janela redonda em forma de olho no último andar.

Depois de terminar, a oficial vem até a varanda.

"Nenhum sinal de arrombamento", informa a chefe de polícia.

Exatamente o que eu não queria ouvir. Se houvesse algo que apontasse para uma entrada forçada — digamos, uma janela quebrada, por exemplo — seria uma alternativa muito melhor para a situação que agora enfrento. Não há explicação para o toca-discos ligar ou Buster reaparecer de repente.

"Tem certeza que isso realmente aconteceu?"

Fecho mais os braços ao redor de mim. "Acha que estou inventando?"

"Não disse isso", retruca. "Mas não desconsidero a possibilidade de que sua imaginação esteja a mil por hora. Não ficaria surpresa, considerando o que você encontrou na cozinha no outro dia. Qualquer um ficaria ansioso."

"Tenho certeza do que vi", respondo. "E do que ouvi também."

"Maggie, eu olhei tudo de cima a baixo. Não tem como um invasor ter entrado na casa."

"E se..." Tento parar de falar, sabendo que é ridículo, mas é tarde demais. As palavras já saíram. "E se não for um invasor?"

A chefe Alcott franze a testa. "O que mais poderia ser?"

"E se as coisas que meu pai escreveu forem verdade?"

Dessa vez, nem mesmo hesito antes de falar. As palavras surpreendem até mesmo a mim. A chefe Alcott parece mais irritada do que surpresa, percebo por suas narinas dilatadas.

"Logo agora, está me dizendo que acredita na ideia de Baneberry Hall ser assombrada?"

"Estou dizendo que algo realmente bizarro está acontecendo aqui", afirmo. "Não estou mentindo para você."

A princípio, penso que estou soando igual ao meu pai nos capítulos finais de *Casa dos Horrores*: confusa, assustada e à beira da loucura pela privação de sono. Entretanto, quando a ficha finalmente cai, tenho uma noção tão atordoante quanto um murro na boca

Estou soando como a versão que ele escreveu de mim.

Me tornei a Maggie do Livro.

"Maggie, gosto de você", diz a chefe de polícia. "Você parece uma garota esperta, tem a cabeça no lugar. É por isso que darei a você a chance de parar agora, antes que isso vá longe demais."

"Parar o quê?"

"De fazer a mesma coisa que seu pai fez. Ele prejudicou essa cidade, prejudicou a família Ditmer e, tenho certeza, matou a Petra Ditmer. Seu pai se safou por causa daquela estúpida historinha de fantasmas dele e porque as pessoas compraram a ideia. Agora, que estamos prestes a descobrir o que realmente aconteceu, não vou permitir que desvie o foco novamente com histórias de que essa casa é assombrada. Me recuso a deixar você escrever a porra de uma continuação."

Ela entra furiosa em sua viatura e vai embora em segundos. As luzes traseiras do carro brilham num vermelho colérico enquanto desaparecem colina abaixo.

Caminhando, sigo sua saída pela longa e sinuosa estrada para trancar o portão, me perguntando se apenas isso será o suficiente para impedir o que quer que esteja acontecendo. Espero que sim, apesar de não acreditar. Neste exato momento, o Livro é mais real do que jamais foi

E não quero reviver tudo.

Não quero ser a garotinha assustada sobre quem meu pai escreveu.

Quando retorno para a casa, a única medida preventiva que posso pensar é seguir até o terceiro andar, pegar o toca-discos e carregá-lo até o lado de fora. Em seguida, pego minha marreta da pilha de equipamentos próxima. Eu a ergo acima de meus ombros, meu tríceps se contraí com o esforço.

Então, com um golpe violento, desço a marreta e estraçalho o toca-discos em vários pedaços.

Jess e eu estávamos sentados em silêncio na recepção. Ainda que não fosse restrito ao consultório, ficar em silêncio foi algo que fizemos bastante nas últimas doze horas. Não havia muito a dizer. Nós dois sabíamos que havia uma coisa de muito errada com nossa filha.

"Encontrei um psicólogo infantil que consegue atender a Maggie hoje. A consulta é às onze", foram as únicas palavras que disse para minha esposa, após o fiasco da noite anterior.

"Ótimo", respondeu Jess, soltando a quarta palavra que dissera até aquele momento. Ouvi as outras três depois que Elsa Ditmer passou para buscar as filhas e recebeu uma torrente de desculpas da nossa parte.

"Elas foram embora", falara Jess, parafraseando sem querer a mesma coisa que Maggie disse após socar Hannah Ditmer.

Aquelas palavras se repetiam em minha cabeça muito tempo depois de terem sido proferidas por Maggie e Jess. Conseguia ouvi-las agora, tanto na voz de Maggie quanto na de Jess, enquanto observava a sala de espera da dra. Lila Weber.

Por ser uma psicóloga infantil, eu esperava que o local fosse mais amigável para crianças, com brinquedos perto da porta e os Wiggles tocando na caixa de som. Em vez disso, a sala de espera era tão bege e tão sem graça quanto um consultório odontológico. Algo desanimador, considerando que eu estava desesperado por uma distração para afastar minha mente do fato de que Maggie estava conversando com a dra. Weber por quase uma hora, e em breve descobriríamos como nossa filha estava transtornada. Seria a única resposta para uma criança com a capacidade de fazer o que ela fez durante a festa do pijama. Eu ainda me perguntava se Jess e eu éramos os culpados.

Maggie foi um acidente. O melhor de todos, como se provou, porém, ainda assim, um acidente. Um dos motivos pelos quais eu e Jess nos casamos com tanta pressa foi sua gravidez. Como eu amava Jess de todo coração e o casamento já estava em nossos planos, não vimos razão para adiar o inevitável.

Mesmo assim, a paternidade era algo assustador para mim. Meu pai era, em suas próprias palavras, um homem difícil de se lidar. Bebia muito e não tardava para se enfurecer. Ainda que eu soubesse que ele nos amava, demonstrar nunca foi sua preocupação. Eu tinha medo de me tornar igual a ele.

Apesar disso, Maggie nasceu.

O último mês de gestação foi difícil para Jess, e a dificuldade persistiu na sala do parto. Quando Maggie nasceu, sua chegada foi anunciada por um silêncio na sala. Não houve choro e as enfermeiras não estavam olhando encantadas para o bebê. Naquele instante, eu soube que havia algo de errado.

Acontece que o cordão umbilical ficou preso ao redor de seu pescoço, quase a estrangulando até a morte na hora do parto. O momento tenso de silêncio, enquanto as enfermeiras trabalhavam para salvar Maggie, foi o mais assustador de toda minha vida. Incapaz de fazer qualquer coisa, além de esperar — e torcer —, eu segurei na mão de Jess e rezei para um Deus que nem sabia se existia. Prometi a ele que se Maggie sobrevivesse, eu seria o melhor pai que pudesse ser.

Então, por fim, Maggie começou a chorar, um pranto a plenos pulmões que encheu meu coração de alegria. Minha oração havia sido atendida. Logo ali e naquele momento, fiz uma promessa de fazer o que fosse necessário para protegê-la.

Conforme eu esperava no consultório da dra. Weber naquela manhã, temi que minha proteção não seria suficiente, e que o problema de Maggie estivesse fora do meu controle. Porém, ela parecia normal quando saiu da sala da psicóloga, chupando um pirulito e mostrando um adesivo que ganhara.

"Você se saiu muito bem hoje, Maggie", afirmou a terapeuta. "Agora, preciso que seja boazinha por alguns minutos, enquanto converso com seus pais, tudo bem?"

Maggie concordou com a cabeça. "Tá bom."

A dra. Weber abriu um sorriso acolhedor para nós. "Venham por aqui, mamãe e papai."

Nós dois entramos em sua sala e nos sentamos no sofá bege reservado para pacientes. Ela se sentou à nossa frente, seu rosto era uma máscara de tranquilidade. Eu buscava por qualquer indício de que nossa filha tivesse sérios problemas e fosse tudo nossa culpa.

"Primeiro, a Maggie está bem", começou ela.

"Tem certeza?", perguntei.

"Cem por cento de certeza. Ela tem uma imaginação incrível, o que é um dom maravilhoso, mas também acompanha uma série de dificuldades."

A principal delas, como apontou a psicóloga, era uma incapacidade ocasional de discernir entre realidade e imaginação. A imaginação de Maggie era tão vívida que, às vezes, quando ela interagia com seus amigos imaginários, realmente acreditava que eles estavam ali.

"Isso explica o que aconteceu na noite passada", nos informou a doutora. "Ela achou que esses amigos imaginários..."

"Fantasmas", interrompi. "Chamou-os de fantasmas."

A dra. Weber assentiu em resposta, franzindo o cenho para demonstrar que prestava atenção. Achei insuportável.

"Chegaremos nessa parte", disse. "De volta à noite passada... ela achou, realmente achou, que tinha mais gente no quarto e agiu de acordo."

"Foi por isso que ela bateu na filha da vizinha?", indagou Jess.

"Sim", respondeu a dra. Weber. "Pela forma como Maggie descreveu, acredito ter sido mais um reflexo do que um instinto violento ou vontade de machucar a menina. A melhor comparação que encontro para descrever é quando um animal encurralado parte para cima de alguém por medo. Naquele momento, Maggie apenas não sabia o que fazer e atacou."

Aquilo não explicava todo o resto: a porta do *closet*, o guarda-roupa, Hannah gritando que algo havia encostado nela...

E aquele barulho.

O ruído debaixo da cama.

Aquilo não foi só a imaginação de Maggie. Eu também *ouvi*.

"Gostaria de saber mais a respeito dos fantasmas", falei.

O sorriso da psicóloga perdeu a cor. "Não são fantasmas reais, é claro. Daqui pra frente, acho melhor nos referirmos a eles como frutos da imaginação."

"A Maggie acredita que são reais", persisti.

"Algo que ainda trabalharemos com ela", comentou a dra. Weber.

"Ela falou sobre eles?"

"Sim, falou. Ela tem três *frutos da imaginação* recorrentes." Deu uma ênfase a mais no termo para minha compreensão. "Um deles é uma garotinha com a qual conversa de vez em quando. A outra é uma moça jovem que ela chama de Senhora Cara de Moeda."

"E não se esqueça do Senhor Sombra", falei, pois Maggie certamente não se esquecia.

"Ela tem mais medo desse", explicou a psicóloga.

"Se eles são apenas..." Parei antes de falar *amigos imaginários*, optando pelo termo predileto da dra. Weber. "Se eles são apenas *frutos da imaginação*, por que a Maggie tem tanto medo deles?"

"Crianças também têm pensamentos sombrios", explicou. "Igual aos adultos. Elas também são boas ouvintes e captam mais do que acreditamos serem capazes de fazer. Quando problemas assim acontecem, é porque a criança está com dificuldade de processar algo que ouviu. Aconteceu uma coisa ruim na casa de vocês, uma tragédia. Maggie sabe disso, mas não sabe como lidar."

"Então o que devemos fazer?", questionei.

"Quer meu conselho? Sejam sinceros com ela. Expliquem, de um jeito que Maggie entenda, o que aconteceu, como foi algo triste e como nunca vai se repetir."

• • •

Naquela noite, seguimos o conselho da dra. Weber e sentamos com Maggie à mesa da cozinha, munidos de suas guloseimas prediletas: chocolate quente, *cookies* bem doces e um pacote de minhocas de gelatina ácidas.

Em cima da mesa, um pouco mais afastada do resto, também estava a matéria do *Gazeta* alusiva a Curtis e Katie Carver, que xeroquei na biblioteca.

"Antes da gente se mudar", iniciou Jess. "Uma coisa aconteceu aqui. Uma coisa ruim e muito triste."

"Eu sei", disse Maggie. "A Hannah me contou."

Soltei um resmungo, é claro.

"Ela contou exatamente o que aconteceu?", falei.

"Um homem mau matou a filha dele e depois se matou."

Ouvir essas palavras saindo da boca de minha filha quase despedaçou meu coração. Olhei do outro lado da mesa para Jess, que me deu um leve aceno em incentivo. Não era muito, mas significava muito para mim. Dizia que, independentemente de nossas discussões recentes, ainda estávamos naquela juntos.

"Foi isso mesmo", continuei. "Foi uma coisa horrível e deixou todo mundo muito triste. Coisas ruins acontecem de vez em quando, mas não sempre. Bem de vez em quando mesmo. A gente sabe que essas coisas podem deixá-la assustada e queremos que saiba que tudo isso ficou no passado. Nada parecido vai acontecer, enquanto a gente estiver por aqui."

"Promete?", perguntou Maggie.

"Prometo", respondi.

Jess se inclinou sobre a mesa e segurou gentilmente nossas mãos. "*Nós dois* prometemos."

"Se você tiver alguma pergunta a respeito do que aconteceu, não precisa ter medo de perguntar", disse para Maggie. "Podemos conversar a hora que você quiser. Na verdade, trouxe uma matéria de jornal relacionada a isso, quer ver?"

Aguardei até Maggie dar um sinal de concordância e empurrei a matéria em sua direção. Visto que suas habilidades de leitura ainda eram limitadas, seu olhar foi imediatamente para a fotografia.

"Ei", disse ela, apontando com o dedo para o rosto xerocado de Katie Carver. "Essa é a menina."

Todo meu corpo ficou tenso.

"Que menina, meu amorzinho?"

"A que brinca comigo de vez em quando."

"Hannah?", disse Jess com esperanças.

Maggie negou com a cabeça. "A menina que não pode sair do quarto."

Ela então olhou para o outro canto da foto, o mesmo em que Curtis Carver aparecia com sua expressão carrancuda. No instante seguinte, Maggie começou a choramingar.

"É ele", afirmou ela, subindo no meu colo e escondendo o rosto em meu peito.

"Quem?"

Maggie deu um último olhar assustado para Curtis Carver.

"*Ele*", disse ela. "Ele é o Senhor Sombra."

DEZESSEIS

Os repórteres retornaram cedo e bem-dispostos. Sei porque passei a noite inteira acordada. Em alguns momentos, apenas andando de um lado para o outro na grande sala. Em outros, checando a porta da frente e todas as janelas, confirmando uma segunda, terceira, quarta vez se estavam seguras. Porém, passei mesmo a maior parte da noite sentada na sala de visitas, alerta e com a faca na mão, esperando por mais coisas estranhas.

O fato de nada acontecer não diminuiu a pressão. Cada sombra que via na parede fazia meu coração disparar. Cada rangido na casa resultava num sobressalto. Em certo ponto, ao mesmo tempo que eu zanzava pelo cômodo, notei meu reflexo no espelho da escrivaninha. O susto que levei não foi por algo sobrenatural, mas sim pela aparência de enlouquecida que eu tinha.

Eu acreditava não ter nenhuma semelhança com a criança amedrontada no livro de meu pai. Acontece que aquela era eu o tempo todo.

Agora, estou em frente às janelas do último andar, espiando entre as árvores a linha de vans de notícia estacionando perto do portão de entrada. Me pergunto quando tempo eles ficarão lá antes de desistirem e irem embora. Espero que apenas mais algumas horas, não dias.

Porque preciso sair de novo e, dessa vez, o atalho pela fresta do muro não dará certo. Para essa empreitada, preciso ir de carro.

Chego a considerar a ideia de simplesmente subir na caminhonete e passar por cima da multidão, danem-se as consequências. Porém essa ideia seria mais uma vingança fantasiosa do que uma possibilidade real.

Vou precisar, primeiro, sair da caminhonete e abrir o portão, dando tempo de sobra para Brian Prince e sua corja investirem contra mim. Segundo, preciso estar preparada para, mesmo que me deixem sair em paz, ser seguida por eles, já que nada poderá impedi-los.

Minha única opção para escapar sem ser notada é pegar uma carona com alguém. Isso implica ligar para Dane, embora em nosso último encontro eu o tenha dispensado no Two Pines. Está claro que estamos nos evitando, apesar de cada um possuir seus próprios motivos. Suspeito que os de Dane sejam vergonha depois do meu fora e vontade de se afastar.

A minha desculpa é não ter processado totalmente o que a chefe Alcott me contou sobre sua prisão. Sei que pessoas cometem erros, porém não posso deixar de me sentir enganada. Até ele me convencer de que não é mais a mesma pessoa que foi presa, minha confiança será restrita a uma carona até a cidade.

"Preciso de um favor", falo pelo telefone quando ele me atende. "Você pode me dar uma carona no seu carro?"

"Claro", responde. "Já tô indo aí."

"Por tudo de mais sagrado, faça tudo, menos isso. Pega a sua caminhonete e dirige por um quilômetro e pouco em direção à cidade e me espera na estrada de cascalho."

Dane, limpando um pouco sua barra, não me pergunta o porquê. "Chego em dez minutos."

Conforme prometido, sua caminhonete está na lateral da estradinha. Vejo assim que saio da floresta, depois de atravessar a abertura no muro.

"Para onde, minha dama?", diz, assim que pulo para dentro.

Passo o endereço do consultório da dra. Weber que encontrei na internet. Para minha surpresa, ela continua atuando, e ainda em Bartleby.

O motivo de minha visita é simples: perguntar se de fato fui uma paciente sua e, em caso afirmativo, o que eu disse na consulta. Tenho poucas recordações de Baneberry Hall que não foram influenciadas pelo Livro, preciso de lembranças por outras fontes para tentar entender o que está acontecendo. No entanto, parte de mim já sabe o que vai acontecer.

É tudo verdade. Palavra por palavra.

Lá não é seguro. Não para você.

"Como estão as coisas?", pergunta Dane, depois de dirigir em silêncio por vários minutos.

"Bem", respondo.

Ele me olha de lado ao mesmo tempo que dirige. "Só isso? Bem... na outra noite, você não parava de falar."

"As coisas mudaram."

Mais um período de silêncio. Um intervalo de tempo tenso e infinito, ainda mais insuportável pelo fato de Dane estar certo. Eu não parava de falar naquela noite no Two Pines. Conversar com ele era bom e tranquilo, digo, quando eu não sabia de seu passado e nem do que ele poderia ser capaz de fazer. Agora, só quero chegar logo e falando o mínimo possível.

Dane se recusa a permitir isso.

"É por causa daquela noite?", questiona ele. "Se te deixei desconfortável, me desculpa. Estava entrando no clima da noite. Caso contrário, nunca teria dado a entender algo a mais. A última coisa que quero é transformar isso num..."

"Por que você não me disse que foi pra cadeia?" Solto a pergunta, incapaz de segurá-la por mais tempo.

Dane não reage, com exceção de uma pigarreada. Está claro que ele esperava por este momento.

"Você nunca me perguntou."

"Então é verdade?"

"Não tem como negar o que aconteceu", diz Dane. "Fiquei um ano na Prisão Estadual a nordeste daqui. A comida era péssima. A companhia, pior ainda, e dispenso as piadinhas sobre a hora do banho."

A piada — que não foi tão engraçada assim — murcha em meio à tensão do clima na caminhonete.

"É verdade que você quase matou um homem?", pergunto.

"Não foi de propósito."

Dane acredita que essa informação ameniza as coisas. Está enganado.

"Mas você queria machucar ele", retruco.

"Não sei o que eu queria", diz Dane com a voz tensa. "As coisas saíram do controle. Foi o outro cara que começou, tá bom? Não que faça diferença, mas foi o que aconteceu. Eu estava bêbado? Sim. Passei dos limites? Com certeza. Até hoje, me arrependo de cada soco maldito. Paguei pelo meu crime e me tornei outra pessoa, mas todo mundo sempre vai me julgar por causa desse erro terrível."

"Foi por isso que você não me contou? Pensou que eu iria julgá-lo?"

Dane dá uma fungada. "É exatamente o que está fazendo agora, não?"

"Eu não estaria se você tivesse sido sincero comigo. Sei muito bem como é o sentimento de todos tirarem conclusões precipitadas a seu respeito. Iria entender."

"Então por que você está agindo desse jeito?"

"Apenas porque eu tinha o direito de saber. Contratei você pra um trabalho, Dane."

"Então a gente só é patrão e empregado agora?"

"É exatamente o que sempre fomos", respondo com o mesmo tom de voz estranho da minha mãe. Quando escuto a formalidade passivo-agressiva, chego a tremer de agonia.

"Não parecia isso naquela noite", afirma Dane. "Cacete, nunca foi o que pareceu."

Minha voz volta a ser adornada com o tom de minha mãe. "Bem, mas é assim que será daqui pra frente."

"Só por que você descobriu que eu já fui preso?"

"Não, por causa de tudo com o que estou lidando agora. O Livro, meu pai, e o que ele pode ter feito... não preciso de outro mentiroso na minha vida."

Chegamos à cidade de Bartleby, que não acordou por completo. Vejo pessoas saindo de suas casas com cara de sono e café em copos para viagem ainda fumegantes. A um quarteirão de distância, o sino da igreja indica a hora: 9h.

Dane para perto da guia e me olha com cara de irritado. "Pode descer aqui. Considere isso meu pedido de demissão. Boa sorte encontrando alguém disposto a assumir o papel de pai para você."

Pulo pra fora da caminhonete sem hesitar, balbuciando um: "Valeu pela carona", antes de bater a porta e sair andando.

Dane me interrompe com um chamado. "Maggie, espera."

Viro de costas e vejo sua cabeça surgindo pela janela do carro. Ele parece absorto em mil pensamentos, sem, contudo, verbalizar nenhum deles. No final, se contenta com um tranquilo e protetor: "Vai precisar de carona pra voltar?".

Quase digo que sim, que preciso muito mais do que uma carona. Preciso de ajuda para entender todo esse inferno que está acontecendo, bem como se posso fazer algo a respeito. Só que não consigo me abrir, é melhor encerrar tudo por aqui.

"Não", respondo. "Consigo me virar para voltar pra casa."

Também consigo me virar para encontrar o consultório da dra. Weber. Ele fica no quarteirão ao lado da Maple Street, numa avenida bem-arrumada, que parece residencial, mas é comercial em sua maior parte. Casas no estilo *craftsman* se espalham em terrenos compactos, a maioria com placas de negócios: dentista, advocacia, funerária... não é diferente com a dra. Weber.

O interior é reconfortante ao ponto de ser monótono. Tudo está na cor creme ou bege, até mesmo a mulher inclinada sobre a escrivaninha para conferir o calendário. Com a pele bege, saia creme e blusa branca. Ela levanta a cabeça e me olha com curiosidade quando entro. Definitivamente é a dra. Weber, esse tipo de expressão só se adquire após décadas de escuta ativa.

"Não achei que tinha agendado uma consulta para logo cedo", diz. "Você é mãe de alguém?"

"Não tenho horário marcado", explico. "Gostaria de saber se a gente poderia conversar."

"Infelizmente, só atendo com horário marcado e só crianças, mas posso te indicar algum psicólogo mais apropriado."

"Não vim para uma consulta, já estive nessa posição."

"Então não sei como posso ajudá-la", me diz com gentileza.

"Sou uma ex-paciente. Fiz uma sessão com a senhora, pelo que sei."

"Tive diversos pacientes durante minha carreira."

"Meu nome é Maggie Holt."

A dra. Weber permanece completamente imóvel. Sua expressão é impassível. O único indício de surpresa é a mão que vai ao peito, em linha reta a seu coração. Ela percebe e tenta consertar, fechando o botão da blusa.

"Me lembro de você", comenta.

"Lembra do que conversamos?", questiono, em seguida, fazendo outra pergunta ainda mais urgente. "E como eu era?"

A psicóloga dá outra olhada rápida no calendário, antes de me direcionar até sua sala ainda mais saturada de tons bege e creme, incluindo os diplomas pendurados em molduras elegantes na parede. Começo a me perguntar se ela não teria sua própria fobia: medo de cores.

"Presumo que o motivo da visita seja o incidente atual em Baneberry Hall", diz a terapeuta, enquanto nos sentamos, ela em sua cadeira de analista e eu na reservada para os pacientes. "Imagino que foi um choque e tanto para você."

"Eu não usaria palavras tão leves."

"Acredita que seu pai matou aquela garota?"

"Não consigo pensar em quem mais poderia ter feito isso."

"Então é um sim?"

"Está mais pra um eu não sei." Minha voz fica tensa. A discussão com Dane me deixou na defensiva ou, talvez, estar sob o olhar observador da dra. Weber ativou meu modo de defesa. "Eu esperava que você pudesse me auxiliar a preencher as lacunas."

"Sinceramente, não sei se consigo ser útil. Nós só tivemos aquela única sessão que seu pai mencionou no livro dele."

Isso é surpreendente. Não imaginei que ela teria lido.

"O que você pensa de *Casa dos Horrores*?", pergunto.

A psicóloga coloca as mãos sobre seu colo. "Como romance, achei fraco. Do ponto de vista psicológico, é fascinante."

"Como assim?"

"Ao mesmo tempo que, na camada de cima, parece ser um livro que fala de uma casa assombrada e espíritos do mal, enxerguei o livro pelo que ele realmente era: a tentativa de um pai compreender sua filha."

Ela soa igual à dra. Harris, minha antiga terapeuta, e toda aquela típica baboseira analítica.

"Eu tinha 5 anos", prossigo. "Não existia muita coisa para tentar entender."

"Você ficaria surpresa com a complexidade das mentes infantis."

Começo a me levantar da cadeira, dominada por uma súbita vontade de sair. Essa conversa não vai para lugar algum. Ao menos, não para onde quero que vá. É a necessidade por respostas que me segura de volta no estofado bege da cadeira.

"Tudo que aquele livro fez foi dificultar bastante a vida da minha família. Principalmente a minha."

"Então por que você voltou para Baneberry Hall?"

"Herdei a casa. Agora, preciso reformá-la para vender."

"Você não *precisa*", diz a psicóloga. "Não diretamente. Tudo poderia ser resolvido à distância. Tem várias pessoas que cuidam disso."

"*Eu* cuido disso, é uma das coisas que faço na minha profissão como *designer*", falo com irritação. "Eu precisava ver a condição da casa."

"Acho que essa é a palavra-chave."

"Casa?"

A dra. Weber abre um sorriso paciente.

"Ver. Você precisava *ver* a condição da casa. Isso me lembra aquela frase 'eu preciso ver para crer'. O que me faz acreditar que não voltou para ver a condição da casa, mas, sim, com o intuito de, quem sabe, descobrir se o seu pai contou a verdade no livro dele."

Me inclino na cadeira para frente. "O que lhe disse durante a nossa sessão?"

"Então você é *designer*?", diz a psicóloga, ignorando minha pergunta. "*Designer* de quê?"

"Interiores."

"Fascinante."

Eu sabia que ela adoraria essa informação. Tenho certeza que a dra. Harris adorou. Ela disse que Baneberry Hall é a razão pela qual eu faço o que faço. Aparentemente, a história ficcional da nossa curta estadia me levou a buscar histórias em outras casas. Uma busca constante pela verdade.

"O que você espera alcançar com a reforma da casa?", pergunta a psicóloga.

"Lucro."

"Você tem certeza de que não é uma tentativa de mudar sua vivência lá? Renovar a casa para renovar sua história com ela?"

"Acho que é um pouco mais complexo que isso."

"É mesmo? Acabou de me dizer que a casa dificultou bastante sua vida."

"Não, eu disse que o livro do meu pai dificultou. A casa não teve nada a ver com isso."

"Mas é claro que teve", diz a dra. Weber, com um brilho no olhar de quem acha que acabou de me decifrar. "Está tudo conectado, Maggie. A casa, o livro, sua família... não estou surpresa que você pense que o livro é que a prejudicou. Só posso imaginar como deve ter sido estranho crescer com esse fardo. Agora está aqui, reformando Baneberry Hall. Não acha que essa empreitada é, na verdade, uma tentativa de reescrever sua história?"

"Não estou aqui pra ser examinada", respondo, aflita mais uma vez pela vontade de sair. Ao menos, agora, fico em pé. A dra. Weber permanece em sua cadeira. Nossa repentina diferença de altura me dá coragem. "Se não quer me contar o que lhe disse na nossa sessão, tudo bem. Só que não vou ficar aqui e deixá-la desperdiçar o meu tempo."

Dou um passo em direção à porta, parando apenas quando ela diz: "Seus pais entraram em contato comigo, falando que você estava com problemas para se habituar à nova casa. Quando descobri onde vocês moravam, não me surpreendi".

Ela faz um gesto para que eu volte para meu lugar.

"Por causa do que aconteceu com a família Carver?", falo, sentada outra vez.

"E outras coisas, histórias, boatos, toda cidade tem uma casa assombrada. Em Bartleby, é Baneberry Hall. Já era assim muito antes de o livro do seu pai existir."

Penso nos trechos do Livro relativos à história da casa. Todas aquelas reportagens que, segundo meu pai, ele teria encontrado a respeito das mortes que antecederam a tragédia da família Carver. Acreditava que era tudo invenção dele.

"Quando seus pais a trouxeram aqui, eu esperava conversar com uma garotinha com medo do escuro. Em vez disso, encontrei uma criança de 5 anos esperta e obstinada, que tinha certeza da existência de presenças sobrenaturais em sua casa."

"Cheguei a falar sobre fantasmas?"

"Ah, sim. Tinha uma garota pequena, a Senhora Cara de Moeda e o Senhor Sombra."

Uma pequena dose de medo percorre minha espinha como uma anestesia local. Me endireito na cadeira.

"Meu pai inventou eles."

"É possível", informa a dra. Weber. "Crianças são impressionáveis. Se um adulto contar algo, não importa o quanto seja impossível, uma criança tende a acreditar. Olha o Papai Noel, por exemplo. Então, sim, seu pai pode ter plantado a ideia dessas pessoas na sua cabeça."

Pela primeira vez desde que sentamos, percebo incerteza na voz dela.

"Você não acha que foi isso."

"Não", a psicóloga se mexe na cadeira. "Consigo dizer quando os pensamentos de uma criança são manipulados. Não era o seu caso. Por isso que me lembro tão bem de nossa sessão depois de tantos anos. Você falava com plena convicção."

"De fantasmas?"

Ela confirma com a cabeça. "Você disse que eles entravam no seu quarto à noite. Um deles sussurrava em seu ouvido na escuridão, avisando que todos na casa iriam morrer."

"Provavelmente, era só um pesadelo. Sofro com isso desde que era pequena."

"Não me lembro dos seus pais mencionarem isso. Você ainda tem esses pesadelos?

"Minha receita de Valium diz que sim."

Minha piada ruim não desperta nem mesmo um sorriso na dra. Weber. "A questão com as pessoas que sofrem com pesadelos crônicos é que elas acreditam ser real apenas durante o pesadelo. Quando acordam, sabem que tudo não passou de um sonho ruim."

Penso no pesadelo que tive três noites atrás, comigo na cama e Senhor Sombra me observado do guarda-roupa. Isso ainda me deixa desconfortável, mesmo dias depois.

"Então essas coisas de que falei ter visto... eu achava que era real?"

"Mesmo quando você estava bem acordada", responde a dra. Weber.

A cadeira parece ceder abaixo de mim, como se eu estivesse afundando nela, prestes a escorregar para o vazio. A sensação é tão forte que preciso olhar para o chão e garantir que nada está acontecendo. Ainda assim, a sensação de ser tragada pela terra permanece.

"Então o que está no livro... as coisas que você contou para meus pais..."

"Praticamente, tudo verdade", diz a psicóloga. "Não posso afirmar a autenticidade do restante do livro, mas aquela parte sim. Você realmente acreditava que aqueles seres existiam."

"Mas eles nunca existiram", afirmo, ainda me sentindo afundando, mais, mais e mais. Cada vez mais fundo na toca do coelho

"Não acredito em fantasmas", explica a dra. Weber. "Mas *você* acreditava que algo entrava no seu quarto à noite. Se era real ou imaginário, não posso afirmar, porém isso trazia angústia à sua mente. Alguma coisa a assombrava."

Fico de pé, aliviada por sair daquela cadeira. Uma olhada rápida para trás confirma que a almofada ainda está lá. A sensação de afundar só esteve em minha cabeça.

Gostaria de sentir o mesmo em relação aos fantasmas que afirmava ver quando criança. Entretanto não há nada que prove que não foram inventados, fosse por mim ou por meu pai.

Tudo que sei é que, para minha mente infantil, aqueles três espíritos, incluindo o Senhor Sombra, eram totalmente reais.

9 DE JULHO

14º Dia

Uma das exigências do novo trabalho de Jess era ensinar durante as férias de verão, que começavam naquela manhã. Deixados por conta própria, Maggie e eu fomos para a feira local de produtos orgânicos e para o mercado depois.

Sair um pouco da casa foi algo bom, ainda que apenas para cumprir obrigações. Após as palavras de Maggie na noite anterior, queria passar a menor quantidade de tempo possível em Baneberry Hall.

"Lembra do que a dra. Weber nos disse", falou Jess antes de sair para o trabalho, como se ver a psicóloga tivesse sido ideia dela. "É só o jeito da Maggie processar tudo que aconteceu."

Porém, eu *estava* preocupado. Tão preocupado que fiz Maggie ficar comigo, sentada à mesa da cozinha com um pouco de giz de cera e papel, enquanto eu guardava as compras. Eu colocava algumas latas no armário, de costas para Maggie, quando um dos sinos na parede tocou de súbito, um leve toque metálico que parou tão de repente quanto começou.

"Mags, por favor, não faça isso."

"Isso o quê?"

O sino tocou outra vez.

"Isso", falei.

"Eu não fiz..."

O sino tocou uma terceira vez, interrompendo-a. Me virei de costas instantaneamente, torcendo para encontrar Maggie perto da parede, na ponta dos pés, se esticando para alcançar um dos sinos. Porém, ela permanecia à mesa com um giz de cera na mão.

O sino deixou soar outro toque e, dessa vez, o vi se mover. A roldana de metal girou suavemente, obrigando o sino a também se mover e repetir o mesmo som. Foi quando soube que não era coisa da Maggie e que a corda ligada ao sino fora puxada de propósito.

Olhei para a plaquinha acima do sino, que agora permanecia silencioso e imóvel.

Sala Índigo.

"Fica aqui", ordenei para Maggie. "Não é pra sair."

Pulei os degraus de dois em dois até o andar principal, torcendo para a velocidade me ajudar a pegar seja lá quem fosse com a boca na botija. Após correr pela grande sala, passando pela frente da casa, entrei com tudo na Sala Índigo.

Vazia.

Um sentimento de desconforto se apoderou de mim ao passo que eu caminhava devagar pelo cômodo. Uma sensação de algo estranho acontecendo. Algo que ia além dos frutos da imaginação da Maggie. Enquanto eu continuava a dar voltas, garantindo que o local estava de fato vazio, uma coisa *não* parecia surpreendente.

Bem no fundo, eu *esperava* que a Sala Índigo estivesse vazia.

Àquela altura, a ideia de alguém entrando escondido em Baneberry Hall parecia mais um desejo íntimo do que uma possibilidade real. Pessoas não invadiam casas para ficar tocando sinos ou ligando aparelhos domésticos. Nem mesmo esse tipo de coisa era causada por ratos, correntes de ar ou cobras.

Havia algo a mais acontecendo.

Algo inexplicável.

Quando passei por debaixo do lustre, vi que ele estava aceso sem explicação, embora estivesse apagado mais cedo.

Desliguei o interruptor, escurecendo o cômodo outra vez, e voltei para a cozinha. Estava no meio da escada quando um coro de sinos soou da cozinha, levando-me a correr o resto do caminho de imediato. Lá dentro, vi que todos os sinos da parede ainda balançavam, como se fossem puxados de uma só vez.

Quem também balançava de tremores era Maggie, agora, longe da mesa da cozinha. Ela estava encolhida na parede oposta aos sinos, abraçando a si mesma num dos cantos. Seus olhos brilhavam de pavor.

"Ele tava aqui", sussurrou.

"O Senhor Sombra?", questionei em voz baixa.

Maggie deu um único e firme aceno com a cabeça.

"Ele já foi embora?"

Outro aceno.

"Ele disse algo para você?"

Maggie desviou o olhar de mim para a parede, então para os sinos, agora, silenciados. "Ele disse que quer conversar com você."

Naquela noite, peguei o tabuleiro Ouija e o arremessei sobre a mesa da cozinha, onde ele provocou um baque tão estrondoso, que assustou Jess, desviando seu foco distraído da taça de vinho que estava observando. Não tivemos a chance de conversar muito a respeito dos sinos, pois Maggie permaneceu por perto todo o tempo. Agora, nossa filha estava na cama e pude reportar tudo que aconteceu para Jess, indo buscar o tabuleiro Ouija em seguida.

"Onde você conseguiu isso?"

"Encontrei na sala de estudos."

"E o que pretende fazer com ele?"

"Se o Senhor Sombra quer conversar, então acho que devemos tentar."

Jess olhou para sua taça de vinho com uma cara de quem gostaria de beber tudo num só gole. "É sério?"

"Sei que parece idiota", comentei. "E beira o ridículo."

"Pra mim ultrapassa os limites do ridículo, não?"

"Disse a pessoa que andou pra cima e pra baixo com um incenso de sálvia."

"É diferente", afirmou Jess. "Aquilo era só superstição. Você está falando de..."

"Fantasmas", falei de uma vez. "Sim, estou dizendo que Baneberry Hall pode ser assombrada."

Pronto. A palavra que evitávamos há dias. Agora, não havia como fugir.

"Sabe que está soando como um maluco, não é?"

"Sei e não me importo", retruquei. "Tem alguma coisa estranha acontecendo aqui. Você não pode negar. Alguma coisa que não temos como impedir, a menos que saibamos com o que estamos lidando."

A expressão facial de Jess denunciou sua indecisão ao mesmo tempo que seus olhos encaravam o tabuleiro. Quando fez sua escolha, ela virou o vinho num só gole e disse: "Tá bom. Vamos fazer isso".

O tabuleiro Ouija era mais velho do que eu pensara a princípio. E também era bem diferente do tabuleiro que eu usava quando estava na adolescência e ficava chapado com uns amigos, um tentando assustar o outro. Antes de mais nada, aquele sim era um tabuleiro de verdade. Feito com madeira nobre e maciça, que se chocou contra a mesa quando o removi da caixa.

O verniz fornecia à madeira um tom alaranjado. Havia duas fileiras de letras pintadas sobre a superfície, arqueadas uma sobre a outra como um arco-íris duplo. Abaixo delas, vi uma linha reta com números.

$$1\ 2\ 3\ 4\ 5\ 6\ 7\ 8\ 9\ 0$$

Cada canto superior exibia uma única palavra. SIM no canto superior esquerdo e no direito, NÃO. Duas palavras encerravam o tabuleiro na parte inferior.

ATÉ MAIS

Assim como o tabuleiro Ouija, a *planchette*, ou indicador, também era diferente da que eu usava na adolescência. Nada de plástico, mas marfim verdadeiro com uma ponta afiada.

Coloquei uma vela que acabara de acender sobre a mesa e desliguei as luzes da cozinha.

"Que romântico", comentou Jess.

"Por favor, você pode levar isso a sério?"

"Sinceramente, Ewan, acho que não."

Nós estávamos sentados um de frente para o outro, em lados opostos do tabuleiro. Então colocamos nossos dedos sobre a *planchette*, prontos para começar.

"Existe algum espírito presente?", perguntei, ao mesmo tempo que olhava para cima.

A *planchette* não se moveu.

Perguntei de novo, dessa vez, entoando as palavras igual a um *médium* de filme. "Existe algum espírito presente?"

A *planchette* começou a se mover vagarosamente, um deslizar tímido pelo tabuleiro até a palavra no canto superior da direita.

NÃO

Do lado oposto da mesa, Jess mal conseguia conter o riso.

"Foi mal", disse ela. "Não pude evitar."

"Por favor, tenta manter a mente aberta", implorei. "Pelo bem da Maggie."

Jess ficou séria ao ouvir o nome de nossa filha. Ela sabia tão bem quanto eu que aquilo era por Maggie. Se havia fantasmas em Baneberry Hall, apenas nossa garotinha podia vê-los. O que significava que continuaria a vê-los até que fossem embora.

"Eu vou", disse ela. "Prometo."

Mais uma vez, perguntei se existia algum espírito presente. Agora, a *planchette* deslizou para a frente com um ímpeto tão vigoroso que quase me convenceu de que escaparia de nosso controle. No entanto, meus dedos permaneceram firmemente colados à peça. O indicador seguiu até o canto superior da esquerda.

SIM

"Você precisa de mais sutileza", falei para Jess. "Pare de empurrar assim."

"É *você* que tá empurrando."

Olhei para o tabuleiro e vi a *planchette* indicando SIM, mesmo que meus dedos mal estivessem encostando. Não era diferente com Jess. Seu toque era tão leve que seus dedos pareciam estar acima do marfim.

Uma corrente de ar frio entrou na cozinha, uma queda de temperatura tão abrupta que senti em meus ossos. Não sentira um frio tão grande desde a primeira noite que ouvi a música no terceiro andar. Quando soltei o ar, enxerguei meu próprio hálito.

Mesmo estremecendo, soltei outra pergunta antes que a *planchette* parasse de se mover.

"Espírito, você já residiu em Baneberry Hall antes?"

A *planchette* continuou a indicar a palavra.

SIM

"Espírito, qual é o seu nome?"

A *planchette* deslizou mais uma vez, tão rápida que Jess soltou uma exclamação audível de surpresa. Eu observava tudo, pasmo, enquanto o objeto se movia por conta própria até uma das letras no centro do tabuleiro.

C

Depois outra.

U

E outra.

R

"Falo com o espírito de Curtis Carver?", questionei.

A *planchette* fez um movimento brusco até o SIM no canto superior da esquerda. Do outro lado, Jess me olhava com preocupação. Estava prestes a levantar os dedos do indicador, quando balancei a cabeça, avisando-a para mantê-los ali.

"Curtis, é você a quem minha filha se refere como Senhor Sombra?"

A *planchette* continuou a indicar.

SIM

"Nossa filha disse que você tem falado com ela", continuei. "É verdade?"

Alguns movimentos em círculo indicaram a mesma palavra.

SIM

"Você tem algo para nos dizer?"

A *planchette* escorregou rapidamente de volta para a letra C, seguida por outras seis letras. O indicador se movia com tanta força que era possível ouvi-lo arranhando o tabuleiro. Jess e eu mantivemos os dedos em cima, nossos punhos iam de um lado para outro a cada letra.

U

Depois I.

Depois D.

Depois A.

Depois D.

Depois O.

"Cuidado?" Li em voz alta.

A *planchette* voltou em disparada para SIM, apontando por um breve momento, antes de retornar ao arco-íris duplo de letras e soletrar a mesma palavra.

CUIDADO

"O que isso quer dizer?", perguntei.

A *planchette* não parou de se mover, repetindo o padrão de sete letras mais três vezes.

CUIDADO

CUIDADO

CUIDADO

Assim que a ponta afunilada da *planchette* tocou a letra O pela última vez, ela seguiu de imediato para a parte inferior do tabuleiro num movimento brusco.

ATÉ MAIS

O frio deixou a cozinha. Senti que o espírito havia ido embora por causa do calor instantâneo.

"Mas que diabos acabou de acontecer?", perguntou Jess.

Não sabia o que lhe responder, nem tive tempo de refletir, pois naquele instante um grito penetrou pelo silêncio da casa.

Maggie.

Ela gritava com o mesmo berro de choro, parecido com uma sirene, que eu ouvira na noite da festa do pijama.

Nós corremos para cima, subindo os dois lances de escada até chegarmos ao segundo andar e entrarmos no quarto de Maggie. Mais uma vez, ela estava na cama, gritando em direção ao guarda-roupa.

As portas estavam abertas.

"O Senhor Sombra!", nos disse num grito choroso. "Ele tava aqui!"

RILEY SAGER
A CASA DA ESCURIDÃO ETERNA

DEZESSETE

Depois de deixar o consultório da dra. Weber, sigo de volta pela Maple Street em busca da biblioteca pública de Bartleby. O comentário da psicóloga relacionado à história de Baneberry Hall antes da família Carver me deixou curiosa para descobrir mais. Sem contar o benefício de manter minha mente afastada do Senhor Sombra, algo que preciso fazer com urgência. Ansiava pela tranquilidade pacífica que apenas uma biblioteca pode proporcionar.

Para meu azar, a biblioteca de Bartleby não existe mais, um fato que descubro ao entrar num salão de beleza para pedir informações.

"Ela fechou há muitos anos", informa a cabeleireira com seu olhar indiscreto para minhas pontas duplas. "Teve um incêndio que destruiu quase tudo. Fizeram uma votação e a cidade não quis reconstruir."

Agradeço e sigo meu caminho, recusando a oferta de um corte para aparar as pontas. Sem a biblioteca, só me resta um lugar onde posso encontrar informações: o *Gazeta de Bartleby*.

A sede do jornal fica localizada num prédio comercial modesto na extremidade sul da Maple Street. Do lado de fora, o quiosque de jornal exibe a última edição. A manchete na primeira capa está em negrito, com letras gritantes.

CORPO ENCONTRADO EM BANEBERRY HALL

Se todo título de matéria alusivo à casa for tão sensacionalista assim, não me impressiona Allie ter ficado preocupada. Eu também ficaria.

Um subtítulo segue abaixo da manchete principal, não tão grande, mas igualmente curioso.

Restos mortais descobertos em casa notória pertencem supostamente a garota desaparecida há 25 anos

Além do artigo — escrito por ninguém menos que Brian Prince —, há três fotos. A primeira é uma imagem antiga de Baneberry Hall, provavelmente retirada do arquivo da cidade e do mesmo período de publicação do Livro. As outras duas são a antiga foto de autor do meu pai e a fotografia desbotada de Petra Ditmer do anuário escolar.

Ver aquela primeira página me fez pensar duas vezes se deveria mesmo entrar no escritório jornalístico. No entanto a triste verdade é que preciso de Brian Prince mais do que este precisa de mim. Então decido entrar, apenas para me encontrar numa repartição que se parece menos como um jornal real e mais como um *hobby*, um bem solitário. A sala da redação, se é que dá para chamar assim, está repleta de mesas vazias com computadores, que devem estar sem uso desde que Bill Clinton era presidente.

Uma recepcionista com cara de vovó está sentada de frente para a porta de entrada. Em sua mesa, vejo a tigela obrigatória com balas de hortelã. Quando ela me vê, seus lábios formam um pequeno O de surpresa.

"O senhor Prince está..."

Levanto uma mão para interrompê-la. "Ele vai querer falar comigo."

Ao ouvir minha voz, Brian coloca a cabeça pra fora de uma sala com a placa EDITOR em letras garrafais.

"Maggie", diz ele. "Que surpresa você aqui."

Não posso discordar. Estou tão surpresa quanto ele, ainda mais com o que direi em seguida.

"Preciso da sua ajuda."

O sorriso que desponta no rosto de Brian chama mais atenção que sua gravata-borboleta. "Com o quê?"

"Quero dar uma olhada nos seus arquivos."

"Tudo que o *Gazeta* publicou nos últimos vinte anos está num arquivo *online*", explica ele, demonstrando pleno conhecimento sobre essa opção não ser a que estou buscando.

Nossos olhos se encaram por um momento numa competição silenciosa. Pisco primeiro, não tenho muita escolha, além de abrir mão.

"Se me ajudar, lhe dou uma entrevista exclusiva", falo. "Sem tabus ou assuntos proibidos."

Brian finge pensar na ideia, apesar de já ter tomado sua decisão. O brilho impassível em seus olhos entrega suas intenções.

"Me siga", fala.

Sou levada até uma porta nos fundos da redação. Além dela, passamos por um pequeno corredor e descemos as escadas que levam ao porão.

"Esse é o necrotério", anuncia Brian conforme descemos. "Todas as nossas antigas edições estão aqui, cada uma delas."

Ele acende a luz quando chegamos ao porão, iluminando um cômodo com o mesmo tamanho de uma garagem para dois carros. Ao longo das duas paredes mais extensas, encontro estantes de metal enfileiradas. Grandes livros encadernados com volumes de edições antigas as preenchem, cada livro tem a mesma altura e largura de uma folha de jornal. Nas lombadas, estão impressos os anos de publicação, começando com 1870.

Sigo direto para a coluna com a indicação de 1889, o ano da morte de Índigo Garson.

"Vai precisar de algum outro ano?", pergunta Brian.

Li o Livro tantas vezes que consigo listar todas as datas mencionados por meu pai. Brian recolhe todas. Cinco volumes de quatro décadas distintas, o peso dos livros deixa o editor do jornal corado e ofegante.

"Quando vamos fazer aquela entrevista?", me interroga após colocá-los na mesa de metal na outra extremidade do necrotério.

Me sento e abro o primeiro volume: 1889.

"Agora."

Enquanto um Brian Prince desajeitado sobe as escadas, correndo para pegar uma caneta e bloco de anotações, folheio as páginas frágeis de jornais cem anos mais velhos que eu. Como o *Gazeta* sempre foi um jornal semanal, não demoro muito para encontrar a matéria relativa a Índigo Garson: CIDADE LAMENTA FALECIMENTO DA HERDEIRA GARSON.

A injúria e o subtexto da manchete me irritam. Aquela herdeira tinha um nome, e o correto seria utilizá-lo. Além do mais, a matéria parece tirar o foco de Índigo e chamar atenção para a própria Bartleby, como se a morte de uma garota de 16 anos importasse menos que o sofrimento da cidade.

A matéria em si é tão frustrante quanto seu título. Pouco fala dos detalhes da morte de Índigo, entretanto despende uma atenção enorme para discorrer como seu pai permaneceu inconsolável e trancado no quarto. A parte mais relevante da notícia só aparece algumas edições mais para frente, com o chocante relato da empregada de Baneberry Hall, que afirmou ter visto William Garson indo em direção ao quarto da filha com as frutas que dão nome à casa. Duas semanas depois, vejo a manchete que meu pai cita em seu Livro.

GARSON CONSIDERADO INOCENTE NA MORTE DA FILHA

Ele não estava mentindo. Tudo isso era verdade.

Estou passando para o volume seguinte, 1926, quando Brian retorna para o necrotério. Apoiado numa prateleira com caneta e bloco na mão, me pergunta: "Pronta para começarmos?".

Aceno em consentimento, enquanto continuo folheando páginas cheias de anúncios com chapéus para madames, carros da Ford Modelo T e os últimos lançamentos cinematográficos em cartaz no cine teatro local da época. Apenas quando chego ao mês de maio é que encontro um artigo alusivo à morte de um membro da família Garson no acidente de carro.

Verdade número dois.

"Acredita que seu pai matou Petra Ditmer?", pergunta Brian.

"Espero que não."

"Mas *acredita* que ele matou?"

"Se me convencer disso, vai ser o primeiro a saber." Abro as edições de 1941. "Próxima pergunta."

"Acha que sua família saiu de Baneberry Hall, de repente, por causa da morte de Petra?"

"Talvez."

Achei o jornal que fala do afogamento na banheira ocorrido naquele ano. Verdade número três. As verdades de número quatro e cinco surgem minutos depois, quando vasculho as edições de 1955 e 1956. Dois hóspedes da pousada Baneberry Hall morreram, um em cada ano.

Enquanto isso, Brian Prince continua a disparar suas perguntas para mim. "Você sabe de outra razão para sua família fugir da casa?"

"A casa era assombrada", respondo ao mesmo tempo que chego aos jornais de 1974. "Pelo menos, foi o que me falaram."

Acabo de encontrar a matéria que estive procurando — QUEDA PROVOCA MORTE EM BANEBERRY HALL —, quando Brian bate com a palma da mão aberta sobre a página, bloqueando minha visão. Não faz diferença, vi o suficiente para confirmar que meu pai não mentiu sobre nenhuma das mortes em Baneberry Hall.

"Não está cumprindo sua parte do acordo", afirma ele.

"Você está me entrevistando, não está?"

"Não é uma entrevista se você se recusar a responder as perguntas."

Me levanto e deixo a mesa, seguindo para outra prateleira com mais edições jornalísticas.

"Estou respondendo. Realmente, espero que meu pai não tenha matado a Petra. E, sim, talvez a morte dela tenha sido o motivo para deixarmos o lugar. Se quiser os detalhes, terá que ir atrás de outra pessoa."

"Só me dá algo que eu possa usar na edição da semana que vem", pede Brian ao me seguir pela fileira de livros encadernados que abrangem duas décadas atrás. "Um depoimento de verdade."

Pego mais dois volumes, um de vinte e cinco atrás e outro do ano anterior, e os carrego até a mesa.

"Aqui está seu depoimento: igual a todos em Bartleby, estou chocada e muito triste com a descoberta recente dentro de Baneberry Hall. Minhas mais profundas condolências para a família de Petra Ditmer."

Enquanto Brian termina de copiar minhas palavras em seu bloco de anotações, abro o livro do ano em que minha família fugiu de Baneberry Hall. A matéria que noticia nossa partida é fácil de encontrar, está estampada na primeira página da edição de 17 de julho.

O TERROR DE BANEBERRY HALL
*Temendo por suas vidas, novos proprietários
abandonam propriedade histórica*

A história que deu início a tudo.

Não é a primeira vez que a vejo, é claro. Sua versão digitalizada está por toda *internet*. A manchete sensacionalista e a foto de Baneberry Hall, estranhamente parecida com a que está na atual primeira página do *Gazeta*, foram preservadas para sempre.

Assim como o nome do jornalista que a escreveu.

"Continua sendo o ponto mais alto da minha carreira", fala Brian Prince, espreitando por cima do meu ombro para ver sua obra.

"E o mais sombrio da minha família", respondo.

Leio a matéria, provavelmente pela centésima vez, me perguntando como minha vida teria sido se ela nunca fosse escrita. Minha infância teria sido normal, tenho certeza disso. Sem ficar excluída, sem ser atormentada ou provocada. Nenhum gótico estranho tentaria se aproximar de mim, confundindo-me com um deles.

Talvez eu me tornasse a escritora que meu pai queria que fosse. Se não existisse matéria, não existiria Livro, o responsável por me afastar da profissão para começo de conversa.

E, quem sabe, meus pais teriam mantido um casamento feliz, nossa família estaria completa, e eu não teria passado os feriados prolongados e as férias de verão saltando de uma casa para outra.

Mas a matéria existe. Desejar o contrário não muda os fatos. Até o dia da minha morte, as pessoas vão me relacionar à narrativa de Baneberry Hall que meu pai escreveu.

Uma parte de seu depoimento para Brian me chama a atenção.

"As pessoas vão rir", disse ele. "Vão chamar a gente de loucos, mas eu tenho certeza que existe alguma coisa naquela casa, algo sobrenatural, que quer nos ver mortos."

Ao ler isso, não posso deixar de pensar em minha conversa com a dra. Weber. Ela estava convicta de que eu havia falado a verdade, que acreditava no que vi dentro da casa.

Alguma coisa a assombrava.

Fecho o livro com força, sem vontade de continuar olhando para a matéria, apesar de conhecê-la de cor e salteado.

Pego o outro livro que retirei da prateleira do ano anterior.

Novamente, não é difícil encontrar a matéria que desejo. Também conheço a data. Quando chego lá, a primeira coisa que me aparece é uma manchete brutal por sua simplicidade.

ASSASSINATO SEGUIDO DE SUICÍDIO EM BANEBERRY HALL

Abaixo, tem uma fotografia de toda família Carver, uma imagem recorrente durante minhas buscas adolescentes pelo Google. Porém, fico impressionada pelas similaridades da família Carver com a minha, algo que não notei antes. É só mudar levemente os rostos e poderia dizer que estava olhando para uma foto minha e de meus pais durante nosso tempo em Baneberry Hall.

Porém o choque verdadeiro acontece quando reparo na autoria da matéria.

Brian Prince.

Duas famílias com experiências completamente distintas em Baneberry Hall, e foi Brian quem escreveu sobre as duas.

Me viro para o jornalista parado à minha frente. A entrevista está prestes a recomeçar. Só que, agora, serei eu a fazer as perguntas.

CASA DOS HORRORES

10 DE JULHO
15º Dia

Jess jogou o tabuleiro Ouija na lixeira, fazendo uma cena ao empurrá-lo cada vez mais fundo contra o conteúdo que estava no lixo. Para coroar sua obra de arte, ela jogou por cima os restos de nosso café da manhã: mingau empapado, ovos mexidos e migalhas de torradas.

"Já chega, Ewan", disse. "Sem falar de fantasmas, sem falar *com* fantasmas e sem fingir que não existe uma explicação lógica pra tudo isso."

"Não dá pra negar o que está acontecendo", falei.

"Eu lhe digo o que tá acontecendo, nossa filha está apavorada com cada segundo que tem que passar dentro dessa casa."

Isso era inegável. Nós havíamos passado a maior parte da noite consolando Maggie, que se recusava a voltar a seu quarto. Entre soluços chorosos e ataques de pânico, ela nos contou que estava dormindo, quando as portas do guarda-roupa abriram sozinhas. Então o Senhor Sombra saiu dele, sentou-se na beira da cama e lhe disse que ela iria morrer em breve.

A história se manteve a mesma, não importava quantas vezes nos contasse.

Minha reação foi ficar ainda mais preocupado que antes. Eu estava convencido de algum tipo de entidade ou espírito ocupava nossa casa, e temia pela segurança de nossa filha.

Jess teve uma reação diferente: negar até a morte.

"Você não pode ficar alimentando a ideia de que isso é real", comentou, enquanto se aprontava para um dia de trabalho, após uma noite sem dormir. "Até você parar, a Maggie continuará achando que esse Senhor Sombra é real."

"Mas na noite passada..."

"Nossas cabeças nos pregaram uma peça!", gritou Jess, sua voz ecoando dentro da cozinha.

"Nossas cabeças não moveram aquele negócio no tabuleiro."

"Isso fomos nós que fizemos, Ewan. Mais precisamente, *você*. Não sou idiota, sei como funciona um tabuleiro Ouija. Foi tudo uma influência sutil e poder de persuasão. Tudo que aquele troço mostrou era exatamente o que você queria ver."

Agora, Jess estava enganada. Eu não *queria* coisa alguma daquilo, porém estava acontecendo de qualquer maneira. Sabia bem disso, quando ela e Maggie conseguiram pegar no sono, encolhidas uma na outra em nossa cama, e continuei acordado, ouvindo. Primeiro, foi o som familiar no corredor.

Tap-tap-tap.

Seguido pelo mesmo trecho musical na sala de estudos acima.

"You are sixteen, going on..."

Então a música foi interrompida pelo barulho que aconteceu às 4h54 da manhã.

Tum.

Aqueles sons eram reais, existiam. Eu precisava de respostas para aqueles acontecimentos e também saber como pará-los.

"Não dá pra ignorar isso", expliquei. "Não temos escolha."

Jess deu um gole com raiva no café e abaixou os olhos, observando a caneca em seu punho fechado.

"Sempre tem uma escolha", ela retrucou. "Por exemplo, posso escolher ignorar minha vontade de tacar essa caneca na sua cabeça. Seria a coisa mais inteligente a se fazer. Tudo ficaria em paz e impediria que um de nós precisasse limpar uma enorme bagunça depois. É como *quero* resolver essa situação, mas, se você continuar pensando que a casa é assombrada, vai ser o mesmo que isso daqui."

Sem aviso, ela arremessou a caneca em frustração. A louça voou pelo cômodo, deixando rastros de café antes de explodir contra a parede.

"A escolha é sua", afirmou Jess. "Porém pode ter certeza absoluta que se for a escolha errada, não estarei por aqui para limpar a bagunça."

Jess foi trabalhar e eu limpei a caneca quebrada e os respingos de café. Mal terminara de colocar os estilhaços de porcelana na lixeira, sem a sorte que Elsa Ditmer prometera, quando os sinos na parede começaram a tocar.

Quatro sinos.

Não ao mesmo tempo, mas um de cada vez.

Primeiro foi o da Sala Índigo. Nenhuma surpresa até então, era o mais recorrente.

Em seguida, foi o quinto sino da primeira fileira na parede, a grande sala.

Depois, veio o último sino na primeira fileira, que tocou duas vezes. Um tilintar duplo em rápida sucessão.

O último sino a tocar foi o único que ressoou da fileira debaixo, o terceiro sino da esquerda para direita.

O padrão de cinco toques seguiu da mesma forma. Quatro sinos distintos, tocando num total de cinco vezes. Uma repetição. Após observar a combinação de sinos, comecei a suspeitar que não fosse um mero *poltergeist* aleatório.

Parecia um código, como se os sinos — ou seja lá o que fosse que os estivesse controlando — tentasse me dizer alguma coisa.

Retirei o tabuleiro Ouija da lixeira, limpando uma mancha persistente de mingau de aveia antes de colocá-lo sobre a mesa da cozinha. Conforme os sinos continuavam com seu padrão insistente, analisei a tabuleiro à minha frente. Percebi que se atribuísse uma letra para cada sino, talvez conseguiria decifrar a mensagem sonora.

Igual a um tabuleiro Ouija do tamanho da parede.

Comecei pelo primeiro sino da primeira fileira, era a letra A. Continuei relacionando os sinos com letras na primeira fileira, que terminou na letra L. Então segui para a fileira debaixo, começando pelo M. O único problema da minha teoria era o alfabeto possuir vinte e seis letras, e a parede ter vinte e quatro sinos. Para resolver isso, atribuí ao último sino da segunda fileira as últimas três letras do alfabeto.

XYZ

Não sabia se daria certo. Presumi que não. Que era algo ridículo demais pensar que um fantasma estivesse soletrando palavras para eu decodificar. Entretanto, acreditar em fantasmas era mais ridículo ainda. Dado o fato de que há muito abandonara essa impossibilidade, optei por manter a mente aberta.

O primeiro sino tocou, o terceiro da segunda fileira.

O

O segundo era da primeira fileira, o último dela.

L

Em seguida, o primeiro sino da primeira tocou, concluindo um cumprimento.

A

"Olá?", falei, ignorando o fato absurdo de não estar apenas certo quanto ao espírito soletrando, como estava falando com o mesmo espírito agora. "Quem está aí?"

Os sinos voltaram a tocar, desta vez, em outra ordem.

O terceiro da fileira de cima.

C

Quarto da esquerda para direita na segunda fileira.

U

Diversos outros sinos continuaram a tocar, formando o nome que eu suspeitara.

CURTIS CARVER

"Curtis, você falou com a minha filha na noite passada?"

O sexto sino da esquerda para direita na última fileira tocou, seguido por mais dois, um da fileira de cima e outro da debaixo.

SIM

"Falou que ela iria morrer aqui?"

Os mesmos três sinos tocaram na exata mesma ordem.

SIM

Engoli em seco, preparando-me para a pergunta que não queria, mas precisaria fazer.

"Você quer matar a minha filha."

Houve uma pausa que pode ter durado apenas cinco segundos, porém, pareceu ser uma eternidade. Durante esse tempo, pensei no que Curtis Carver fizera à sua filha. A imagem do travesseiro sobre o rosto dela enquanto dormia veio à minha mente. Eu não conseguia deixar de imaginar o terror que Katie Carver deve ter sentido ao acordar, e tenho certeza de que a menina acordou. Imaginei a mesma coisa acontecendo com Maggie e fui tomado pelo pânico.

Então um sino tocou.

Segunda fileira.

Não o sino a indicar a letra S, mas cinco sinos à sua esquerda.

N

O primeiro sino de todos tocou logo em seguida.

Ã

Concluindo com o terceiro da fileira debaixo.

O

Soltei um suspiro, um longo e pesado suspiro de alívio no qual outra pergunta me sobreveio. Uma que eu nunca havia considerado, pois achei que sabia a resposta antes mesmo de nos mudarmos para Baneberry Hall. Entretanto, após ver aqueles três sinos ressoarem sua canção, comecei a duvidar que me contaram o que de fato ocorreu.

"Curtis", disse. "Você matou sua filha?"

Mais uma pausa. Então três sinos tocaram, os últimos a ressoar pelo resto do dia, mas era o que eu precisava. A resposta de Curtis Carver foi absolutamente clara.

NÃO

RILEY SAGER

A CASA DA ESCURIDÃO ETERNA

DEZOITO

"Eu não sabia que você havia escrito a notícia da morte de Curtis Carver", falo para Brian Prince.

"Escrevi sim", ele abre um sorriso tão enorme que faz meu estômago revirar. Brian tem *orgulho* disso. "Foi a minha primeira grande matéria."

Volto a olhar para o jornal, preferindo a imagem da família Carver em vez da presunção mórbida do jornalista. "O que você lembra daquele dia?"

"Bastante coisa", me responde. "Como disse, eu era um novato no *Gazeta*, mesmo morando a vida inteira em Bartleby. O jornal impresso era mais importante naquela época. *Todos* os jornais impressos eram maiores. Como todos os jornalistas veteranos e mais velhos estavam por aqui, as matérias mais fracas ficavam pra mim: exibições de cachorros e concursos de culinária. Eu entrevistei Marta Carver poucos dias antes do assassinato. Ela fez um *tour* comigo por Baneberry Hall e mostrou tudo que planejava fazer com o lugar. Eu quis fazer uma matéria parecida com sua mãe, mas sua família não ficou por tempo suficiente."

"Desconfio que não viu fantasma algum nesse seu passeio", digo.

"Nem mesmo um. *Aquilo* sim daria uma história."

"Como era a Marta Carver quando a entrevistou?"

"Legal, amigável, comunicativa... ela parecia feliz." Brian faz uma pausa, um olhar reflexivo se instala em seu rosto. Pela primeira vez no dia, ele parece quase humano. "Penso bastante naquele dia. Como pode ter sido um dos últimos dias felizes que ela teve."

"Ela não casou de novo? Ou teve outro filho?"

O jornalista nega com a cabeça. "Nem mesmo saiu da cidade, o que foi uma certa surpresa para todos. A maioria acreditou que ela se mudaria para um lugar onde ninguém soubesse dela ou o que aconteceu."

"Por que você acha que ela ficou?"

"Acho que ela estava acostumada com a cidade", diz Brian. "Katie Carver está enterrada no cemitério atrás da igreja. Talvez tenha pensado que se mudar seria o mesmo que abandonar a filha."

Olho para a foto na página à minha frente, Curtis Carver afastado de sua família. "O pai não foi enterrado com ela?"

"Ele foi cremado a pedido de Marta. Dizem as más-línguas que ela descartou as cinzas no lixo."

A urna com as cinzas de meu pai está no fundo do *closet* no meu apartamento em Boston, na mesma caixa que a funerária me entregou quando saí do funeral. Meu plano era espalhá-las no Porto de Boston em algum momento do verão. Se for provado que ele matou Petra Ditmer, talvez eu descarte essa ideia e me inspire em Marta Carver.

"Deve ser difícil pra ela", comento. "Mesmo após tantos anos."

"Toda cidade tem aquela pessoa que sofreu alguma desgraça. Aquela que todos sentem pena", disse Brian. "Em Bartleby, essa pessoa é Marta Carver. Ela lida com a situação sem abaixar a cabeça. Admiro-a por isso. O que aquela mulher suportou acabaria com a maioria das pessoas, e a cidade a respeita e também a admira por isso, ainda mais agora."

Não havia pensado nisso, como as atuais notícias a respeito de Baneberry Hall também afetavam Marta Carver. Outra menina morta foi descoberta na mesma casa na qual sua própria filha morreu. Isso deve trazer à tona muitas memórias ruins.

"Meu pai escreveu que Marta deixou quase todos os seus pertences em Baneberry Hall", prossigo. "É verdade?"

"Provavelmente", responde Brian. "Sei que ela nunca voltou para aquela casa. Depois que encontrou o marido e a filha mortos, Marta ligou histérica para a polícia. Quando chegaram lá, a encontraram na varanda num choque tão grande, que precisaram levar a mulher para o hospital. Um dos seus amigos me contou que desde então ela nunca pisou outra vez no interior de Baneberry Hall."

Inclino-me para frente, ficando mais perto da foto, analisando o rosto de Marta Carver. Não tem muito para ver. Os detalhes estão borrados, nada além de pontos de tinta envelhecida, mas ela tem uma história para contar.

"Preciso ir embora", anuncio ao me levantar da mesa, deixando para trás todos os volumes de jornais antigos. "Obrigada pela ajuda."

"Obrigado pela *entrevista*", responde Brian, fazendo um sinal de aspas no ar para evidenciar seu sarcasmo.

Finjo não notar, tenho assuntos mais urgentes. Em específico, um que esperava evitar, mas não há escapatória.

Preciso conversar com Marta Carver.

A respeito de Baneberry Hall.

E como acredito que sua história seja mais parecida com a de meu pai do que qualquer um possa suspeitar.

Por ser hora do almoço, tem uma quantidade significativa de gente correndo para cima e para baixo. Um homem entra no restaurante japonês na Maple Street onde, ao lado, uma mulher sai de um restaurante vegetariano com vários embrulhos para viagem. Porém, é a confeitaria de Marta Carver que mais chama a atenção. Do lado de fora, pessoas se aglomeram nas mesas, conferindo seus celulares ao mesmo tempo que bebericam café gelado. Lá dentro, uma fila se forma logo após a porta e serpenteia ao longo da parede de pássaros.

Quando chega minha vez no balcão, Marta me cumprimenta com a mesma formalidade e educação de antes. "No que posso ajudar, senhora Holt?"

Eu deveria ter bolado um plano antes de chegar aqui, ou ao menos, pensado em algo para falar. Entretanto, tudo que faço é uma pausa constrangedora antes de dizer: "Estava me perguntando se não podíamos conversar, em algum lugar reservado".

Não lhe digo sobre qual assunto desejo conversar, e Marta não me pergunta. Ela já sabe. A grande questão é se vai concordar. O Livro forneceu todos os motivos do mundo para ela negar. Por isso, fico sem chão quando ela diz que aceita.

"Eu gostaria disso."

"Gostaria?"

Devo parecer tão surpresa quanto me sinto, porque Marta responde: "Somos muito parecidas, Maggie. Nós duas fomos moldadas por Baneberry Hall".

O cliente atrás de mim na fila limpa a garganta, indicando sua impaciência.

"Preciso ir", aviso. "Posso voltar depois, quando a confeitaria estiver fechada."

"Vou até você", informa Marta. "Afinal, já conheço o caminho. Além do mais, está na hora de encarar aquele lugar de novo. Vou me sentir melhor se souber que você está lá comigo."

Saio da confeitaria me sentindo aliviada. Foi melhor do que esperava.

Também me sinto com sorte porque, após minha saída repentina do *Gazeta*, Brian Prince não decidiu me seguir. Ele ficaria extasiado com a nova história bombástica que teria.

Marta Carver está prestes a retornar para Baneberry Hall.

CASA DOS HORRORES

11 DE JULHO
16º Dia

Após Jess sair para trabalhar naquela manhã, consegui convencer Petra Ditmer a cuidar de Maggie por algumas horas. A menina se mostrou relutante, algo compreensível, considerando todos os acontecimentos da última vez que esteve em Baneberry Hall. Foi convencida a aceitar somente depois que dobrei o pagamento habitual.

Sabendo que Petra estava com Maggie, fui até a confeitaria de Marta Carver no centro da cidade. Eu a encontrei atrás do balcão, onde ela forçou um sorriso educado.

"No que posso ajudar, senhor Holt?"

"Preciso conversar com você."

Marta apontou para um cliente atrás de mim. "Desculpe, mas estou muito ocupada no momento."

"É importante", falei. "Tem relação com o período em que você ficou em Baneberry Hall."

"Não gosto muito de falar desse assunto."

Seus ombros estavam curvados, como se a dor do luto realmente pesasse sobre eles. Gostaria de deixá-la em paz. Ela já possuía problemas o suficientes, e eu não estava interessado em trazer outros. Foi exclusivamente a minha necessidade de saber mais sobre o que estava acontecendo em Baneberry Hall que me manteve falando.

"Estou preocupado com a minha filha", falei. "Ela está passando por algumas coisas, coisas que tento compreender, mas não consigo."

A coluna de Marta se endireitou de repente. Após olhar outra vez para o cliente que aguardava atrás de mim, sussurrou: "Me encontre na biblioteca em dez minutos".

Retornei até a biblioteca e a esperei na sala de leitura. Marta chegou em exatos dez minutos, ainda vestindo o avental e com um pouco de glacê no antebraço. Havia farinha salpicada nas lentes de seus óculos, dando a impressão de que ela atravessara uma tempestade de neve.

"Fale mais de sua filha", iniciou ela. "O que está acontecendo com a menina?"

"Ela está vendo coisas. Quando você e sua família moraram em Baneberry Hall, alguém testemunhou algo estranho?"

"Estranho como?"

"Eventos incomuns e barulhos inexplicáveis."

"Você está sugerindo que a casa é assombrada?"

"Sim", não havia porque negar. Era exatamente o que eu estava sugerindo. "Acho que têm entidades sobrenaturais dentro de Baneberry Hall."

"Não, senhor Holt", disse Marta. "Nunca vi nada que sugerisse a existência de fantasmas naquela casa."

"Katie e Curtis chegaram a ver?"

Marta piscou bruscamente ao me ouvir falar de sua família, como se os nomes fossem uma rajada de ar contra a qual ela precisava se proteger.

"Creio que não", respondeu. "Meu marido afirmava que ouvia umas batidas no corredor à noite, mas tenho certeza que era só o encanamento. É uma casa antiga, como você bem sabe."

Presumi ser o mesmo barulho que andei ouvindo no corredor.

Tap-tap-tap.

Havia pensado que se tratava do espírito de Curtis Carver, porém o fato de que ele também ouvia significa que era outra coisa, ou outra *pessoa*. Não acreditava que a culpa fosse do encanamento.

"Voltando à sua filha", falou Marta. "Ela está doente?"

"Fisicamente, não; mentalmente, talvez. A Ka..." Consegui evitar que o nome de Katie fosse mencionado de novo. Devido à reação anterior de Marta, achei prudente não repetir. "Sua filha estava doente?"

"Ela ficou doente, sim, e com bastante frequência, fraqueza constante e enjoos. Nós não sabíamos qual era a causa. Consultamos médico após médico, na esperança que alguém pudesse nos dizer o que havia de errado. Chegamos até mesmo a ir num oncologista, pensando que poderia ser algum tipo de câncer."

Estar com uma criança doente e ser incapaz de fazer algo a respeito é o pesadelo de qualquer pai. Eu experimentara um leve indício da sensação quando Maggie estava com a dra. Weber, no entanto a experiência de Marta era muito pior.

"Todos os exames deram negativo", prosseguiu. "A Katie era, ao menos no papel, uma criança perfeitamente saudável. O mais próximo que chegamos de um possível diagnóstico foi a sugestão médica de que poderia haver mofo na casa. Alguma coisa a que ela fosse alérgica e não nos afetasse. Marcamos uma inspeção na casa, mas nunca chegou a acontecer."

Ela não terminou, deixando que deduzisse o restante.

"Compreendo que seja extremamente difícil para você falar sobre esse assunto", continuei, "porém gostaria de saber se poderia me contar o que aconteceu naquele dia."

"Meu marido assassinou minha filha e depois se matou", disse ela, encarando o fundo dos meus olhos, como se me desafiasse a desviar o olhar.

Nem mesmo pisquei.

"Preciso saber o que aconteceu", repeti tentando soar gentil.

"Realmente não acredito que descrever o pior dia da minha vida irá ajudá-lo."

"Não se trata de me ajudar", respondi. "A questão aqui é ajudar a minha filha."

A resposta de Marta foi um leve aceno de cabeça. Ela estava convencida.

Antes de responder, a mulher à minha frente se ajeitou na cadeira e colocou as palmas das mãos abertas sobre a mesa. Toda emoção se esvaiu de seu rosto. Percebi o que estava fazendo: recolhendo-se a um lugar seguro enquanto rememorava a destruição de sua família.

"Encontrei o Curtis primeiro." Sua voz também mudara. Estava sem vida, quase fria, mais uma estratégia de enfrentamento. "Ele estava no terceiro andar. Naquele cômodo dele, a caverna solitária. Era como o chamava, ninguém mais podia entrar. Eu acharia ridículo se Baneberry Hall não fosse tão grande. Tinha espaço de sobra para cada um de nós ter vários quartos exclusivos.

"Naquela manhã, acordei com um barulho na caverna solitária do Curtis. No instante que vi seu lado da cama vazio, fiquei preocupada. Pensei que ele poderia ter caído e se machucado. Subi correndo em direção ao terceiro andar, sem saber que a vida que eu conhecia e amava estava prestes a ter um fim. Quando vi o Curtis no chão, soube que estava morto. Tinha um saco de lixo cobrindo sua cabeça e um cinto em volta do pescoço, e ele não se mexia. Nem mesmo um pouquinho. Acho que soltei um grito, não tenho certeza. Só me lembro de berrar pra Katie ligar pra polícia. Como não obtive resposta, corri de volta para o segundo andar, gritando pra que saísse da cama, pois precisava de ajuda e lhe disse que de forma alguma subisse pro terceiro andar.

"Nem passou pela minha cabeça por que ela não me respondia até eu ficar a poucos centímetros da porta do quarto. Foi quando a ficha caiu. Minha filha também estava morta. Soube antes mesmo de abrir a porta e, quando abri, vi que era verdade. Ela estava lá, tão paradinha, e o travesseiro..."

A dor do luto rasgou sua voz como um machado. A máscara que ela usava para esconder suas expressões foi despedaçada, sendo substituída por uma combinação angustiante de dor, tristeza e remorso.

"Não consigo mais", afirmou ela. "Me desculpe, senhor Holt."

"Eu que peço desculpas", respondi. "Não deveria ter insistido."

Ainda assim, havia mais uma coisa que eu precisava saber. Algo que relutava em perguntar, pois sabia que apenas aumentaria o sofrimento de Marta.

"Tenho uma última pergunta."

"O que é?", retrucou Marta com um nervosismo compreensível.

"Você disse que acordou com um barulho no terceiro andar."

"Sim, descobri depois que era o som do corpo do Curtis caindo no assoalho. Um baque alto e horrível."

"Consegue se lembrar o horário disso?"

"Olhei para o relógio quando não encontrei o Curtis na cama. Ele marcava quatro e cinquenta e quatro da manhã."

Foi a confirmação do que eu presumira anteriormente. No entanto, isso não impediu que um arrepio percorresse todo meu corpo ao ouvir o horário.

Baneberry Hall não se esquece, Hibbs dissera.

Era verdade.

A casa continuava a se lembrar de acontecimentos importantes e os repetia. O que eu tentava entender era o porquê. Deveria haver um motivo para eu ouvir aquele barulho assustador toda manhã. Da mesma forma que havia um motivo para os sinos tocarem e as visitas constantes que Maggie recebia de um homem conhecido como Senhor Sombra.

Ele diz que a gente vai morrer aqui.

Quando minha filha repetiu essas palavras, elas soaram como uma ameaça, como se o espírito maligno de Curtis Carver pretendesse nos fazer mal.

Por que então ele não havia feito isso ainda? Ao contrário, continuava a tentar se comunicar conosco. O que me fez pensar que nunca se trataram de ameaças.

Ele tentava nos avisar.

"Além do barulho que seu marido ouvia no corredor, teve mais alguma coisa que ele viu e que era suspeito?", perguntei a Marta.

"Já disse que não", respondeu ela.

"E ele nunca falou nada quanto a se sentir desconfortável na casa?"

"Não."

"Ou que estava preocupado com a segurança da sua família?"

Marta cruzou os braços.

"Não, e eu gostaria que você me contasse o que está sugerindo, senhor Holt."

"Que outra pessoa, ou outra coisa, matou seu marido e sua filha."

Caso eu tivesse dado um tapa na cara de Marta, ela não aparentaria estar tão chocada. Seu corpo ficou imóvel por um momento e toda cor pareceu se esvair dele. Sua aparência era tão preocupante que temi que fosse desmaiar no meio da biblioteca, porém tudo ficou bem, antes que ela surtasse.

"Como você ousa?"

"Me perdoe", falei. "É só que estou começando a acreditar que os acontecimentos daquele dia não foram o que você *pensa* ter acontecido."

"Não venha me dizer o que sei ou não da ruína da minha família", Marta falou com nojo evidente. "Como você saberia mais do que eu sobre o que aconteceu?"

Hesitei, ciente que estava prestes a dizer algo que soaria monumentalmente idiota. Até mesmo insano. Sem mencionar como seria insensível em relação à situação da mulher à minha frente.

"Seu marido me contou."

Marta se atirou para fora da cadeira como uma flecha. Ela me olhou de cima, seu rosto estava retorcido de raiva e comiseração.

"Senhor Holt, eu sabia que era um homem ingênuo", disse ela. "Isso ficou claro no momento em que descobri que você havia comprado Baneberry Hall. O que eu não sabia, não até agora, é que você também é cruel."

Ela virou de costas e começou a andar para longe da mesa, saindo da sala de leitura e, por fim, para fora da biblioteca.

Permaneci à mesa, absorvendo todo o peso da culpa pelas palavras de Marta. Sim, era cruel da minha parte sobrecarregá-la com o fardo de minhas perguntas. E, sim, talvez eu fosse ingênuo em relação às intenções de Curtis Carver. Porém, algo estava prestes a acontecer em Baneberry Hall. Outro acontecimento não esquecido que se repetiria. Ingênuo ou não, eu acreditava que Curtis Carver estava tentando nos salvar do mesmo destino de sua família. Para conseguir impedir tal destino, eu precisava antes saber quem era o responsável por ele.

Após dez minutos remoendo minha culpa e preocupação, deixei a biblioteca. A caminho da saída, passei em frente a placa dedicada a William Garson e, no lado oposto, do retrato mais gentil e agradável do que está em Baneberry Hall.

Parado em frente à pintura, percebi que a aparência mais tranquila não era a única diferença entre os dois retratos.

Naquele à minha frente, firme em sua mão, havia uma bengala.

Concentrei-me nela, observando cada detalhe: o cabo de ébano, a manopla de prata, o jeito firme com o qual William Garson a segurava, os nós dos dedos bem cerrados, como se ele nunca fosse soltá-la. Reparar em tudo isso trouxe à minha mente um som familiar que eu ouvira diversas vezes nos últimos dias.

Tap-tap-tap.

Um arrepio percorreu todo meu corpo, tão gélido quanto a noite em que ouvi o toca-discos pela primeira vez.

Não, pensei. *Você está sendo ridículo. O fantasma de William Garson não está vagando por Baneberry Hall, nem batendo sua bengala pelos corredores.*

No entanto, o arrepio não foi embora, mesmo quando saí da biblioteca no calor daquela manhã, ainda ouvindo o eco das batidas por todo caminho de volta para casa.

RILEY SAGER
A CASA DA ESCURIDÃO ETERNA

DEZENOVE

Antes do pôr do sol, Marta Carver chega carregando um sorriso tímido e uma torta de cereja.

"É da confeitaria", explica. "Fazemos tudo fresco pela manhã, então gosto de dar o que sobra para meus amigos."

Aceito o presente inesperado, genuinamente comovida. "Somos amigas?"

"Espero que possamos ser, Maggie. Nós temos..." Ela faz uma pausa, incerta de como irei reagir ao que vem a seguir. "Nós temos mais em comum que a maioria."

Entendo o que quis dizer, Marta acha que meu pai é culpado. Ela pode estar certa, apesar de eu começar a ter minhas dúvidas. O fato de o Livro se provar verdadeiro em quase tudo sugere que outra pessoa causou a morte de Petra.

Ou outra *coisa*.

Algo que me assusta profundamente.

Se alguém tivesse me dito na semana passada que eu começaria a acreditar no Livro, chamaria essa pessoa de louca. Mas, pela primeira vez na minha vida, suspeito que meu pai sabia de algo que apenas consigo chegar à beira da compreensão.

Espero que Marta Carver possa me ajudar a ultrapassar para o outro lado.

"Parece deliciosa", falo, olhando para a torta. "Vamos entrar e comer um pedaço."

Marta não se move. Ela encara Baneberry Hall da porta da frente. Por detrás de seus óculos de aro redondo, seus olhos se inflamam de medo. Numa espécie de prazer culposo, vê-la assim me faz sentir melhor. Não sou a única a temer este lugar.

"Pensei que eu conseguiria entrar aí", revela. "*Quero* entrar aí, mostrar pra essa casa que não tenho medo. Como você conseguiu, Maggie?"

"Me convenci que não era real o que aconteceu aqui."

"Um luxo que não posso me dar."

"Então conversaremos aqui fora", informo. "Só me deixe levar isso daqui pra dentro."

Levo a torta para a cozinha no andar de baixo e volto com duas latas de cerveja. Apesar de não saber se Marta bebe, está visivelmente precisando de algo para ajudá-la nessa visita. De volta à varanda da frente, ela aceita a oferta e dá um gole meio tímido na cerveja. Percebo os anéis em sua mão direita — um anel de noivado com uma joia e uma aliança de casamento, em sinal de viuvez — e lembro do que Brian Prince me disse quanto a ela nunca ter se casado de novo. Só posso imaginar como essa mulher esteve solitária nos últimos vinte e cinco anos.

"Desculpe pelo meu comportamento", diz Marta após outro gole de cerveja, dessa vez, um bem longo e descontraído. "Achei que era corajosa o suficiente para entrar, porém essa casa consegue exercer algum tipo de influência. Não consigo parar de pensar em tudo que aconteceu, mesmo que meu único desejo seja esquecer."

Levanto minha cerveja num brinde macabro. "Conheço muito bem esse sentimento."

"Achei que entenderia", continua Marta. "Foi por isso que fiquei aliviada quando você passou na confeitaria hoje. Para falar a verdade, eu até esperava. Quase vim atrás de você, mas, com tudo que aconteceu nos últimos dias, não sabia se estaria disposta a conversar. Temos tanto para falar."

"Vamos começar pelo meu pai."

"Quer saber se o que está no livro é verdade. Pelo menos, a minha parte nele."

Marta lança um olhar de lado, conferindo se estou surpresa por descobrir que ela leu o Livro.

Estou.

"Eu li sob a orientação do meu advogado", explica ela.

"A sua parte é verdade?"

"Até certo ponto, sim. Me encontrei com seu pai, exatamente como acontece no livro. Ele veio até a minha loja e depois a gente se encontrou na biblioteca."

"E conversaram sobre o quê?"

Marta segura a lata de cerveja com ambas as mãos, como se estivesse cuidando de um bebê. Ela parece uma garota excluída no meio de uma festa de faculdade, tímida e com vergonha.

"A maior parte do que conversamos foi pro livro. Minha estadia na casa, os acontecimentos daquele dia horrível... ele me contou que estava trabalhando num livro sobre Baneberry Hall, foi por isso que concordei em falar. Queria que seu pai soubesse da verdade. Fui sincera sobre tudo, desde a doença da Katie até minha descoberta do corpo dela e do Curtis."

"E toda aquela parte relativa ao meu pai pensar que seu marido não fez isso?"

"Nunca falamos disso", diz ela. "Aquela parte é completa ficção."

Mantenho minha visão na lata de cerveja, envergonhada demais pelas atitudes de meu pai para conseguir olhar Marta nos olhos.

"Sinto muito por isso. Foi errado da parte dele."

As coisas que meu pai disse de Curtis Carver são um dos vários motivos pelos quais tive tantas dificuldades com as consequências do Livro. Uma coisa é inventar uma história absurda e dizer que é real. Os jornais sensacionalistas fazem isso toda semana. Outra coisa é reescrever a história de outra pessoa, algo impossível de passar batido. Ao afirmar publicamente que Curtis Carver não matou a própria família e cometeu suicídio, meu pai distorceu a real tragédia de Marta até se parecer com ficção. O fato de ela estar aqui, agora, mostra uma capacidade de perdão que não sei se possuo.

É por isso que me dói tanto pensar que existe um certo nível de verdade naquilo escrito por meu pai. Não apenas sobre Baneberry Hall ser assombrada.

Sobre tudo.

Lá não é seguro. Não para você.

"Meu pai chegou a falar de fantasmas?", pergunto.

"É claro", responde Marta. "Naquela época, a história da sua família estava em todos os jornais."

"Vocês dois conversaram *depois* que a gente saiu de Baneberry Hall?"

"Cerca de umas duas semanas depois. Me lembro porque todo mundo só falava disso na confeitaria. As pessoas estavam preocupadas que eu estivesse aflita por ver Baneberry Hall nas notícias com tanta frequência."

"E estava?"

"No começo", admite. "Mas eu também estava curiosa com as coisas que sua família viu aqui."

"Por quê?"

"Porque não me surpreenderia se esse lugar fosse assombrado." Marta sai da varanda para observar à frente de Baneberry Hall. O reflexo da casa preenche as lentes de seus óculos, ocultando a curiosidade medonha que estou certa que se faz presente em seus olhos. "Eu não acredito em fantasmas, mas essa casa, e tudo que aconteceu aqui, bem... é a única coisa capaz de me fazer mudar de ideia."

Permaneço na varanda, vendo-a observar Baneberry Hall. O que estou prestes a perguntar será crucial, algo que pode fazer Marta pensar que sou igual a meu pai.

Cruel.

"Já se perguntou, mesmo que por um segundo, se meu pai estava certo?", questiono. "Me refiro a todas aquelas coisas que ele aponta no Livro. E se seu marido não matou a filha de vocês?"

Esperava que Marta ficasse brava, mas sua reação é o exato oposto. Voltando para a varanda, ela me puxa para um abraço apertado.

"Oh, Maggie, sei o que você está sentindo agora. Já passei por isso também. A vontade de acreditar em qualquer coisa além da verdade que está bem diante dos seus olhos. Por meses, até anos, me refugiei na esperança de que não foi Curtis, que ele não poderia ser esse tipo de monstro. Só que foi ele, Maggie. Curtis fez isso."

"Como você tem certeza?"

"Ele deixou uma carta", explica Marta. "Ela ficou de fora dos relatórios policiais, por isso que não apareceu nos jornais naquela época. O Curtis sofria de depressão, algo que não era tão debatido quanto é hoje. A doença da Katie o deixou perturbado. A carta dizia que ele não conseguia mais suportar, que seu único desejo era acabar com o sofrimento que os dois estavam sentindo. A polícia confirmou a caligrafia e a perícia concluiu com indícios suficientes de autoria que ele cometeu o assassinato e o suicídio."

Ela hesita, como se pronunciar essas palavras arrancasse todo o ar de seus pulmões. Ao menos, foi o que as ouvir fez comigo. Mal consigo respirar.

"É difícil aceitar o fato de que alguém que você amou foi capaz de tamanha crueldade", diz ela por fim.

Não estou pronta para começar esse processo de aceitação. Como eu poderia, se tanta coisa que aconteceu naquela noite ainda permanece oculta?

Entretanto Marta já tem a sua certeza.

"Sempre me perguntei por que seu pai escreveu aquele livro. Me incomodava o motivo de alguém ir tão longe para espalhar esse tipo de mentira. Quando ouvi que você tinha descoberto o corpo daquela menina, tudo fez sentido. Era o jeito dele de se defender."

"Se defender do quê?"

"Da morte dela", diz Marta. "Ao tirar a culpa do meu marido nas páginas do livro, seu pai também tentou tirar a própria culpa. A única diferença é que não sabíamos, até pouco tempo, qual era o crime dele."

Não posso culpá-la por sua forma de pensar. Olhando em retrospecto, boa parte do livro parece uma confissão secreta. Meu pai chegou ao ponto de mostrar onde o corpo de Petra esteve escondido, como se desafiasse alguém a olhar para lá.

"Não a culpo por nada disso, Maggie. Nem pelo que seu pai disse, nem pelo que escreveu. Consigo até compreender por que você está fazendo esse negócio com os *sites* de leilão."

Pela vigésima vez durante nossa conversa, olho para Marta com uma profunda confusão. "Que negócio? E que *sites* de leilão?"

"Você andou vendendo coisas *online*, itens de Baneberry Hall: Artefatos Autênticos de Baneberry Hall. Foi assim que você chamou."

"Eu não fiz isso!"

"Alguém fez", afirma Marta. "Diversas pessoas comentaram comigo, incluindo meu advogado. Ele me aconselhou a processar por conta do lucro com base na exploração da minha tragédia."

Pego meu celular do bolso e abro meu aplicativo de navegador. Uma busca de três palavras depois — Artefatos Baneberry Hall —, e encontro um *site* de leilão com uma lista de dúzias de coisas que o vendedor alega serem da "casa mais assombrada dos Estados Unidos". Navego pelos produtos à venda, encontrando uma caneta-tinteiro, vários pratos, um par de castiçais e, a adição mais recente, um abridor de cartas de prata.

Toco na imagem para dar *zoom*, prestando muita atenção ao cabo. Apenas quando vejo duas letras familiares gravadas na prata — *W.G.* —, que percebo que o vendedor não está mentindo. Esse abridor de cartas é o mesmo que desapareceu de Baneberry Hall.

E sei exatamente quem pegou.

"Me desculpa", falo para Marta. "Mas eu preciso ir."

"Eu falei algo de errado?"

"De forma alguma. Na verdade, você me ajudou mais do que pode imaginar."

Marta adota uma expressão confusa, enquanto a acompanho até o carro. Agradeço pela torta e aviso que explicarei melhor depois. Porque, nesse exato momento, preciso falar com um fantasma.

Ou, para ser mais precisa, um zumbi.

CASA DOS HORRORES

12 DE JULHO
17º Dia

Não contei a Jess sobre os sinos ou minha conversa com Marta Carver ou meu medo de que algo horrível espreitasse no interior de Baneberry Hall. Sabia que ela não desejava ouvir. Jess passou a considerar que aqueles acontecimentos, se não anormais, ao menos, eram inofensivos. Negação era uma arma poderosa, uma que Jess não estava disposta a dispensar.

Quando minha esposa saiu para o trabalho, fui com Maggie para o chalé de Elsa Ditmer a fim de convencer Petra mais uma vez a cuidar dela. Porém, em vez de Petra, foi sua mãe que me atendeu à porta. Não havíamos nos falado desde a noite da festa do pijama, e notei resquícios de raiva em sua expressão tensa.

"Precisa de algo, senhor Holt?", disse, olhando para Maggie e não para mim.

Expliquei que precisava trabalhar um pouco em meu escritório e queria saber se Petra poderia ficar com Maggie por algumas horas.

"A Petra está de castigo", avisou Elsa, sem explicar o motivo. Entretanto, estava claro *qual* era o castigo. Vindo de dentro de algum lugar da casa, a voz de Petra atravessava a porta aberta.

"Senhor, tenha piedade da minha alma", ouvi seu murmúrio. "Não me julgue por meus pecados, mas perdoe meus erros e minha culpa."

Elsa fingia não ouvir. Por fim, olhou para mim e disse: "Posso ficar com a Maggie, se você quiser, mas só por uma hora".

"Obrigado. Seria de grande ajuda."

Elsa voltou para dentro da casa, onde ficou por um minuto, antes de aparecer de novo. Conforme ela fechava a porta da frente, eu ainda ouvia a oração fervorosa de Petra.

"Dai-me um coração puro e que seu Espírito Santo renove meus caminhos."

Juntos, nós três saímos em direção a Baneberry Hall, caminhando pelo sinuoso caminho arborizado num silêncio quase palpável. Elsa só abriu a boca quando o telhado da casa ficou à vista.

"Sua filha ainda vê coisas, senhor Holt?"

"Sim", respondi. "A psicóloga disse que ela tem uma imaginação fértil."

"Queria que fosse verdade."

Olhei para Elsa em surpresa. "Acha que Maggie está mentindo?"

"Pelo contrário, acho que ela vê coisas que a maior parte de nós não consegue."

Fantasmas.

Era disso que Elsa estava falando, que Maggie via fantasmas. Eu já sabia disso. O que não sabia, e falhei ao tentar descobrir com Marta Carver, era se precisava me preocupar. Ao chegarmos a casa, ficou claro que eu conversara com a pessoa errada. Eu deveria ter ido atrás de Elsa Ditmer desde o começo.

"A senhora pensa que minha filha corre perigo?"

Elsa fez um gesto solene em direção a Baneberry Hall. "Nesta casa, todas as filhas estão em perigo."

Pensei nos artigos que havia encontrado na biblioteca. "Você sabe de tudo que aconteceu aqui, então?"

"Sei", informou Elsa. "Minha mãe trabalhava aqui, assim como a mãe dela. Sempre estivemos cientes de todas as tragédias que aconteceram entre essas paredes."

"O que eu deveria fazer?"

"Quer minha opinião sincera?"

"Sim."

"Se eu fosse você, sairia daqui o mais rápido possível", falou Elsa. "Até lá, fique de olho na Maggie e tome o máximo de cuidado."

Em vez de entrarem, Elsa sugeriu que ela e Maggie brincassem na área dos fundos, atrás da residência. Depois de tudo que ouvi, achei uma ótima ideia. Parte de mim queria proibir Maggie de voltar a entrar na casa, mesmo sabendo ser impossível.

Enquanto elas brincavam, fui para a sala de estudos e sentei à minha mesa, folheando as matérias jornalísticas que havia xerocado na biblioteca. Não apenas aquelas que falavam das mortes de Índigo Garson e Katie Carver, mas todas as outras também. Todos os incidentes angustiantes que ninguém se preocupou em nos contar.

O acidente de 1926 aconteceu quando o carro perdeu a direção na descida da colina e entrou na floresta. O motorista afirmou que um borrão branco havia passado na frente do carro, obrigando-o a fazer a curva para evitar a colisão. O carro bateu numa árvore, matando a passageira: a neta de William Garson que tinha 14 anos.

O homem ao volante era seu pai.

Em 1941, quem se afogou na banheira foi a filha do produtor de Hollywood que havia comprado a casa da família Garson.

A menina tinha 4 anos, muito nova para estar sozinha na banheira.

Por isso, seu pai estava presente com ela.

Ele contou para a polícia que tinha, sem motivo aparente, subitamente desmaiado. O homem acordou diante da imagem do corpo sem vida de sua filha boiando na banheira. A polícia considerou a possibilidade de prestar queixa, mas não havia evidências para isso.

Então temos as duas mortes em dois anos, após Baneberry Hall se tornar uma pousada. Uma das hóspedes, uma garota de 15 anos, subiu sem explicações até o segundo andar e caiu de uma janela para sua morte. A outra, uma de 13 anos, foi encontrada morta na cama, vítima de uma condição cardíaca desconhecida.

Ambas as garotas estavam hospedadas com seus pais.

A morte de 1974 aparentou ser outro acidente. A vítima, a filha única da família que comprara a casa após seus dias de pousada chegarem ao fim, tropeçou e caiu da escada principal.

Tinha apenas 5 anos quando aconteceu.

A mesma idade da Maggie.

A única testemunha era o pai, que não conseguiu fornecer um bom motivo pelo qual sua filha, que andara para cima e para baixo naqueles degraus centenas de vezes, havia caído.

Somando a Índigo Garson e Katie Carver, sete pessoas morreram dentro ou nas proximidades de Baneberry Hall.

Todas garotas.

Todas com menos de 17 anos.

Todas na companhia de seus pais.

Naquele momento, alguma coisa entrou no cômodo. Senti, como se fosse uma presença imperceptível aos olhos.

"Curtis Carver? É você?"

Silêncio.

"Se for você, me dê um sinal."

O toca-discos ao meu lado ligou sozinho. Observei enquanto acontecia, meus olhos não acreditavam no que viam. Num momento, o prato do disco estava parado. No seguinte, começou a girar, borrando os sulcos do disco à medida que ganhava velocidade.

Ainda mais impressionante foi o braço do toca-discos se movendo sozinho, como se uma mão invisível mexesse nele. A agulha caiu no lugar de sempre, e a música começou a tocar.

"You are sixteen, going on seventeen..."

Vasculhei o quarto em busca de um vislumbre de Curtis Carver. Se Maggie podia vê-lo, então fazia sentido que eu também pudesse.

Nada.

Ainda assim, Curtis Carver estava lá. O toca-discos confirmava isso.

"Você matou sua filha?", perguntei.

A música continuou a tocar.

"Baby, it's time to think."

Acreditei ser sua forma de dizer não. Talvez porque havia começado a desconfiar de sua inocência. Além do mais, ele não estivera presente durante todas as outras mortes, porém, William Garson sim. Este havia estado em Baneberry Hall desde o começo, mesmo que a maior parte desse tempo fosse literalmente em espírito.

"Foi William Garson?"

"Better beware, be canny and careful..."

O vinil começou a travar, repetindo uma única palavra.

"careful""

"careful"

"careful"

A mensagem de Curtis era clara. William Garson estava fazendo pais assassinarem suas filhas, assim como ele fizera.

E se eu não encontrasse uma forma de impedi-lo, Maggie seria a próxima.

---

*   Cuidado. [NT]

RILEY SAGER
A CASA DA ESCURIDÃO ETERNA

VINTE

Hannah Ditmer não demonstra surpresa ao me encontrar esmurrando a porta dos fundos do chalé de sua mãe. Se tem algo que ela demonstra é impaciência, lançando um olhar que parece dizer: *Por que demorou tanto?*

"Quantas vezes você entrou em Baneberry Hall desde que cheguei?", pergunto. "E há quanto tempo está roubando da gente?"

"Não é roubar se ninguém quer", responde Hannah.

"Não é só porque a casa ficou vazia que essas coisas são suas pra levar embora."

Hannah dá de ombros, num gesto de quem concorda em discordar. "Posso te devolver o que não foi vendido, mas a maioria das coisas que peguei foi embora há muito tempo. Boa sorte tentando recuperar."

Ela se afasta da porta aberta, oferecendo a mim a escolha de entrar ou não. Está na cara que ela não se importa. Decido segui-la, passando pela sala — agora, a TV transmite um programa estridente de culinária —, e entro na cozinha.

"Você não chegou a responder minha pergunta", reitero. "Há quanto tempo está fazendo isso?"

"Uns dois anos." Hannah, sentada à mesa da cozinha, estica a mão para seu maço de Marlboro Lights. "Desde quando minha mãe ficou doente."

O que também responde à minha segunda pergunta: por quê. Posso compreender. Elsa Ditmer estava doente, elas precisavam do dinheiro e Baneberry Hall estava lá parada e vazia. Um baú do tesouro em formato de casa no topo da colina.

"E quantas vezes você entrou escondida desde que estou aqui?"

Agora, sei que foi ela quem entrou em Baneberry Hall e não se trata de um zumbi aleatório da cidade. Ela é a figura escura que vi do lado de fora na noite que cheguei, e aquela que vi fugindo da casa na noite seguinte. Os sinos tocando, o lustre e o toca-discos... tudo Hannah.

Ela acende um cigarro. A fumaça evapora entre seus lábios semiabertos. "O suficiente para ficar surpresa que não tenha me pegado antes."

"Por que fez isso?", continuo. "Não me importo com a maior parte das porcarias que estão na casa. Se você quisesse tudo, era só pedir. Com toda certeza, não precisava me distrair com sinos tocando e um toca-discos."

"Não era uma distração", diz Hannah. "Tava mais para uma tentativa de fazê-la sair. Aquela casa tem sido uma mina de ouro, não queria correr o risco de perder."

"Então, tudo isso, foi só você dando uma de *Scooby-Doo* pra cima de mim, tentando me fazer fugir assustada?"

"Achei que valia a pena tentar." Hannah exala uma nuvem de fumaça, orgulhosa de si. "E eu teria conseguido, se não fossem essas crianças enxeridas e esse cachorro idiota."

"Presumo que me disse que a parte da festa do pijama no livro era verdadeira pelo mesmo motivo."

"Algumas coisas realmente aconteceram", explica Hannah. "Você realmente acreditava que tinha alguém no guarda-roupa e começou a surtar. O soco também. Apesar de que eu estava sendo um pouco insuportável naquela noite e, provavelmente, mereci. Então, sim, seu pai inventou um monte de coisa, mas o resultado foi o mesmo: a gente saiu mais cedo, e minha mãe ficou tão brava que não deixou mais eu e minha irmã irmos pra sua casa."

"Você não precisava mentir a esse respeito. Nem precisava dessa merda toda de casa mal-assombrada, aquele toca-discos e o maldito ursinho de pelúcia."

Hannah apaga seu cigarro. "Que ursinho?"

"Você sabe qual", respondo. "Buster."

"Não vejo o Buster desde a noite que Petra desapareceu."

Encaro seus olhos, procurando por algum indício de mentira, mas o rosto de Hannah é como uma máscara que oculta qualquer emoção.

"Acho melhor você me entregar as chaves", aviso. "Do portão e da casa."

"Se você insiste", diz Hannah.

Ela deixa a cozinha e some na escada para o andar de cima, seus passos ressoam alto a cada degrau. Pouco tempo depois, uma sombra surge na parede da cozinha, escurecendo a bancada de fórmica. Me viro para encontrar Elsa Ditmer no corredor, vestindo a mesma camisola da noite que voltei para Baneberry Hall. O crucifixo ao redor de seu pescoço reluz na iluminação da cozinha.

"Você não é a Petra", diz ela, arrastando-se na minha direção.

"Não", respondo. "Meu nome é Maggie Holt."

"Maggie." Elsa está sobre mim agora, suas mãos geladas tocando minhas bochechas enquanto ela mantém contato visual. "Não fique naquela casa, você vai morrer lá."

Hannah retorna para a cozinha com um chaveiro na mão. Sua expressão muda da água para o vinho quando vê a própria mãe.

"Mama, você devia estar descansando", diz ela, afastando Elsa gentilmente de mim.

"Quero ver a Petra."

"Já te falei, a Petra foi embora."

"Para onde?" O coração partido de Elsa domina sua voz, fazendo que minha vontade seja cobrir os ouvidos. "Para onde ela foi?"

"A gente conversa sobre isso amanhã." Hannah olha pra mim, preocupada que eu a julgue por não contar a verdade para sua mãe. Eu não ousaria. Tenho plena consciência como a verdade pode machucar. "Agora, vamos pra cama."

As duas mulheres deixam a cozinha. Pouco minutos depois, Hannah volta e desmorona na cadeira. Não consigo parar de sentir pena dela. A mulher é uma ladra e uma mentirosa, mas ela também teve uma vida bem mais difícil que a minha. Às vezes esqueço que apesar de toda tristeza que Baneberry Hall trouxe para minha família, foi o que nos enriqueceu.

Quando Hannah empurra as chaves em minha direção, as empurro de volta sobre a mesa.

"Olha", falo. "Não planejo ficar com a maioria das coisas dentro da casa. Semana que vem, se você quiser, pode dar uma passada lá e pegar o que quiser para vender. Tem uma cacetada de antiguidades que poderiam dar uma boa grana."

"E é tudo seu", contrapõe Hannah.

"Na verdade, não. A maior parte veio com a casa, não pertence a ninguém. Então pode considerar seu."

"Vou pensar." Hannah pega as chaves e, com um aceno de gratidão, as joga de volta pro seu bolso. "Só pra que saiba, não precisei delas para entrar escondida desde que você voltou."

Levanto a cabeça surpresa. "Como assim?"

"Existem outras formas de entrar naquela casa."

"Quais? Onde?"

Hannah estende a mão para pegar outro cigarro, mas abandona a ideia no meio do caminho. Em vez disso, encara suas mãos e diz baixinho: "Entrei pela porta nos fundos da casa".

"Não existe uma porta dos fundos em Baneberry Hall."

"Está escondida", explica. "Minha mãe me mostrou há muitos anos."

Novamente, procuro por indícios de mentira. Não encontro nenhum. Nunca vi Hannah Ditmer parecendo tão sincera quanto agora.

"Por favor, preciso saber onde."

"Na parte de trás", diz Hannah. "Atrás das plantas de hera."

CASA DOS HORRORES

13 DE JULHO
18º Dia

Naquela manhã, fui acordado por uma série de golpes em meu rosto e peito. Perdido no limbo entre sonhando e completamente desperto, a princípio, achei se tratar de William Garson, batendo em mim com sua bengala. Porém, quando abri os olhos, encontrei Jess, me esmurrando com os dois punhos.

"*O que você fez?*", berrava ela. "*O que você fez, porra?*"

Sentada em cima de mim, seu rosto ardia de fúria. Embora eu a houvesse afastado para longe, Jess ainda acertou um golpe poderoso em mim antes de cair para o lado. A dor irradiou pela minha mandíbula enquanto invertíamos as posições — eu por cima, tentando segurá-la, e Jess, ainda se debatendo com as pernas e punhos, por baixo.

"O que deu em você?", gritei.

"*Eu?* O que deu em *você?*"

Subjugada e arrasada — pela raiva, pelo desespero e pela exaustão —, Jess desistiu da luta. Meu coração ficou partido quando senti seu corpo perder a força abaixo de mim, vendo a cena de minha esposa afundando na cama, soltando uma mistura de gemido com murmúrio. Eu preferiria receber mil socos a experienciar aquilo.

"Como você pôde fazer isso, Ewan?", murmurou. "Como você pôde machucar a Maggie?"

A menção ao nome de nossa filha despertou um pânico completo em mim. Pulei para fora da cama e corri para seu quarto, pensando sobre Katie Carver, Índigo Garson e todas aquelas garotas que morreram entre essas paredes.

Quando cheguei ao quarto e vi Maggie sentada na cama, o alívio que senti foi mais forte que qualquer sentimento em minha vida. Minha filha estava a salvo. William Garson não havia chegado até ela.

Então vi seu pescoço e meu pânico retornou.

Havia marcas tão vermelhas que pareciam queimaduras na pele. Ainda pior era a semelhança de tais marcas com mãos. Era visível a forma oval das mãos e as colunas avermelhadas causadas pelos dedos.

Aterrorizada, Maggie olhou para mim e começou a chorar na cama. Tentei me aproximar, porém, algo surgiu em minhas costas, uma força tão bruta e repentina quanto um ciclone. Era Jess outra vez, sua fúria de volta com força total. Num instante, ela me empurrou para o chão.

"Não se atreva a encostar nela!", gritou.

Rastejei de costas pelo chão do assolhado, caso Jess tentasse me acertar. Ela parecia estar tão brava, que eu esperava receber um chute a qualquer momento.

"O que aconteceu com ela?", perguntei.

Jess olhou-me de cima com um olhar indescritível de ódio no rosto. Não havia outra possibilidade. Naquele momento, minha esposa me desprezava.

"Acordei com o choro da Maggie. Vim aqui e encontrei ela lutando para respirar. O rosto dela estava roxo, Ewan. Então vi as marcas no pescoço..."

"Jess, você sabe que eu nunca machucaria nossa filha. Você tem que acreditar em mim."

"Acredito no sofrimento dela", falou Jess. "E como não fui eu quem fez isso, só sobra você."

Maggie havia começado a chorar ainda mais alto, o barulho era tão forte que, a princípio, pensei que Jess não conseguiria me ouvir dizendo: "Não".

Ela ouviu. Levou apenas um segundo para que reagisse, soltando um rosnado ao falar.

"Claro que foi."

"Pensa um pouco, Jess", falei. "Eu estava dormindo. Foi você que me acordou."

"Você não tava dormindo. Vi você deitando na cama um segundo antes do choro da Maggie."

O pânico me inundou como uma onda avassaladora. Permaneci no chão, com a cabeça entre as mãos, sentindo-me aterrorizado e culpado. Havia machucado minha filha e nem mesmo tinha consciência disso.

"Não fui eu, Jess", insisti. "Preciso que acredite em mim."

"Ewan, eu *vi* você voltando pra cama."

"Pode até ter sido eu, mas não foi intencional", falei, ciente de como soava louco. "William Garson me obrigou a fazer."

Ele viera atrás da Maggie, igual havia ido atrás das outras. Cada morte era diferente: *baneberries* para sua filha, um travesseiro sobre o rosto de Katie, afogamentos, quedas e acidentes. Cada uma causada por seus próprios pais, ainda que não tivessem controle de suas ações.

"Está matando pessoas durante toda a história dessa casa, sempre garotas com 16 anos ou menos. Ele matou a própria filha, Jess. Agora, vem obrigando outros pais a fazerem a mesma coisa. Faz isso há anos."

Jess me olhou como se eu fosse um estranho. Não podia culpá-la. Naquele instante, nem mesmo eu me reconhecia.

"Escuta o que você tá falando, Ewan", minha esposa me interrompeu. "Falando essas maluquices, tentando justificar o que fez. Tem sorte por eu não chamar a polícia."

"Liga pra eles." Seria uma forma de solucionar o problema, me jogando numa cela bem longe de Maggie e William Garson. "Por favor, chama a polícia."

"Você está doente, Ewan", exclamou Jess, antes de pegar Maggie da cama e sair do quarto.

Segui as duas pelo corredor até nosso quarto. A cada passo, meu corpo ficava mais entorpecido. Não podia acreditar que meu maior medo estava prestes a se tornar verdade. Eu estava prestes a perder minha família.

"Não queria fazer isso."

Jess bateu a porta do quarto na minha cara. Tentei abrir a maçaneta e, quando percebi estar trancada, comecei a socar a porta.

"Jess, por favor! Você precisa acreditar em mim."

Minha única resposta foi o som de gavetas sendo abertas e as portas do *closet* batendo. Minutos depois, Jess surgiu com uma mala arrumada, que era arrastada atrás de si ao mesmo tempo que ela ainda carregava nossa filha. As duas entraram no quarto de Maggie e repetiram o mesmo processo.

Porta batida.

Trancada.

Coisas sendo arrumadas.

Andei de um lado para o outro no corredor, pensando no que fazer. A resposta veio apenas quando Jess enfim saiu do quarto de Maggie com outra mala menor.

Nada.

Fazer nada, deixar as duas irem embora, permitir que Jess levasse Maggie para o mais longe possível de Baneberry Hall. Não importava se ela ficaria brava comigo por um bom tempo. Talvez para sempre. O mais importante era Maggie não permanecer debaixo desse teto.

"Só me fala pra onde vocês estão indo", pedi, enquanto seguia as duas pela escada.

"*Não*", Jess respondeu com uma ferocidade que não pensei ser possível.

Então as alcancei no final dos degraus e me coloquei na frente de Jess, impedindo brevemente a fuga delas.

"Olha pra mim, Jess", disse em frente a ela, torcendo para que ela reconhecesse meu verdadeiro eu, na esperança de sobrar algum vestígio daquele homem. "Nunca machucaria intencionalmente nossa filha. Você *sabe* disso."

Jess, que mantivera uma expressão de bravura pelo bem de Maggie, desmoronou. "Não sei mais de nada."

"Saiba que eu a amo e amo a Maggie. Vou consertar isso enquanto vocês estiverem longe. Prometo. Essa casa não irá mais machucar nossa filha."

Jess me olhou nos olhos, milhares de emoções atravessavam seu rosto. Notei a tristeza, o medo e a confusão.

"Não é da casa que tenho medo", disse ela.

Ela passou ao meu lado, sobrecarregada com o peso de nossa filha e as duas malas. As três foram postas no chão por tempo suficiente para a porta da frente ser aberta. Jess pegou uma mala; Maggie, a outra. Então as duas foram embora de Baneberry Hall ainda de pijama.

Observei sua partida do *hall* de entrada, sem piscar conforme o carro sumia de vista. Sob qualquer outra circunstância, eu estaria devastado. Minha esposa e minha filha haviam me abandonado e eu não sabia aonde iam, nem se retornariam. Ainda assim, meu único sentimento era alívio por estarem longe. Significava que Maggie estava a salvo de Baneberry Hall.

Lá não era seguro. Não para ela.

E nunca seria seguro com o espírito de William Garson ainda presente. Embora eu soubesse que precisava me livrar dele, não fazia ideia de como. Na verdade, havia apenas uma pessoa a quem poderia recorrer.

E essa pessoa nem mesmo estava viva.

Sem outras opções, segui até a cozinha e me sentei de frente para os sinos na parede.

Então... esperei.

RILEY SAGER
A CASA DA ESCURIDÃO ETERNA

VINTE E UM

Durante minha trajetória profissional, cruzei caminho com muitos paisagistas. Alguns são verdadeiros artistas, com a capacidade de criar arranjos paisagísticos bem elaborados, prestando atenção à cor, forma e textura. Outros são simples trabalhadores, treinados para arrancar ervas daninhas e varrerem folhas mortas. Seja lá qual for o tipo, até hoje, todos me falaram a mesma coisa: plante hera por sua conta e risco. Deixe-a de lado e você a verá se espalhando por todos os cantos e procriando mais que qualquer outro tipo de videira.

A hera atrás de Baneberry Hall fez exatamente isso por décadas. É espessa, densa como uma selva e cobre a parte de trás da casa numa coluna esverdeada que escala até passar as janelas do segundo andar. Se houver uma porta aqui, a hera a encobre por completo.

A princípio, tento cortar um pouco, torcendo para que caiam da parede. Quem me dera fosse assim tão fácil. Quando esse plano não funciona, enfio as mãos entre as ramificações espessas de hera e começo a tatear às cegas, apenas sentindo meus dedos deslizando pela parede do lado de fora.

Então consigo sentir.

Madeira.

Preciso fazer mais esforço e continuar tateando até uma porta tomar forma atrás da vegetação. Pequena e estreita, ela se assemelha menos a uma porta e mais a uma superfície plana onde uma porta deveria estar localizada. Nem mesmo há uma maçaneta, apenas um trinco enferrujado que deslizo para a lateral.

A porta cede um pouco. Forço até que a abertura seja o suficiente para conseguir passar. Em seguida, como um mergulhador prestes a submergir, respiro fundo e atravesso a cortina de hera.

Do lado de dentro, mal consigo enxergar. Não consigo encontrar uma lâmpada, a hera do lado de fora permite apenas que borrões do luar atravessem por suas frestas. Para minha sorte, eu esperava por isso e vim munida de uma lanterna.

Quando ligo a lanterna, sou recebida por uma parede de tijolos com mofo. Uma centopeia anda apressada sobre ela, fugindo da luz. À minha esquerda há mais parede. À minha direita, uma escuridão profunda que se estende para além do brilho da lanterna. Sigo por ela, chegando em seguida a um conjunto de degraus de madeira.

A visão me deixa perplexa.

Como eu não sabia que isso estava aqui?

Me pergunto se meus pais sabiam da existência dessa entrada. Provavelmente, não. Gosto da ideia de que se meu pai soubesse de uma escada secreta aos fundos de Baneberry Hall, ele colocaria no Livro. Seria gótico demais para deixar de lado.

Subo os degraus vagarosamente, um de cada vez. Não faço ideia para onde eles levam e isso me deixa nervosa. Tão nervosa que a lanterna em minhas mãos treme, lançando uma luz estremecida nas paredes da escada.

Depois de subir uma dúzia de degraus, chego a um patamar que parece saído de um filme clássico da Hammer Productions. O espaço é claustrofóbico e barulhento, com teias de aranha nos cantos. Preciso fazer uma pausa, desorientada, sem nenhuma pista de quantos degraus subi ou onde estou na casa.

Consigo ter uma ideia melhor quando subo mais doze degraus para um segundo piso, onde tenho quase certeza de estar no segundo andar. Também tem uma porta aqui, parecida com a que está escondida atrás da hera. Lisa e sem entalhes, exceto por outro trinco que a mantém fechada.

Deslizo o trinco.

E abro a porta.

Do outro lado, vejo o que parece ser o interior de um armário enorme.

O feixe da lanterna recai sobre vários vestidos brancos pendurados lá. Atrás deles, há uma fina faixa de luz.

Uma porta dupla.

Passando pelos vestidos, abro a porta dupla e vejo um quarto.

Meu quarto.

Passo tropeçando pelas portas e saio para o quarto, dando uma volta nele para ver a cama, minhas malas e a capa em cima da mesa de cabeceira.

Então vejo o guarda-roupa.

A porta pela qual acabei de passar.

O choque me domina. Olho para o guarda-roupa, sem compreender, quando, na verdade, a situação é fácil de entender.

Existe uma rota direta que vai do exterior da casa para o quarto.

Foi por isso que meu pai achou necessário pregar tábuas nas portas do guarda-roupa.

Foi como Hannah Ditmer entrou na casa sem ser percebida e sem abrir nenhuma porta ou janela.

É como qualquer um com conhecimento dessa passagem pode entrar.

Outra onda de choque me atinge. Um verdadeiro golpe que me faz cambalear para o lado, perto de cair por completo no chão.

Essa entrada em Baneberry Hall não é nova. Existe há décadas. Provavelmente desde que o lugar foi construído.

Alguém tinha acesso a esse cômodo quando nós vivíamos aqui. Quando eu dormia aqui.

Não era o Senhor Sombra que se infiltrava no meu quarto à noite, sussurrando coisas no meu ouvido.

Era outra pessoa. Alguém real.

14 DE JULHO
19º Dia

O primeiro sino tocou logo após às duas da tarde.

O som me tirou de um torpor semiacordado que estive desde que permaneci sentado no dia anterior. Durante todo esse tempo, mal me movimentei, não comi nem tomei banho. Quando deixei meu posto, foi apenas para usar o banheiro. No meio da madrugada, desisti até mesmo de fazer isso, com medo de perder o tão importante toque do sino. Agora, duas garrafas de urina jaziam no canto da cozinha.

Pensei — da melhor forma que me sentia capaz de fazer diante de tamanha exaustão — que, provavelmente, estava enlouquecendo. Essas não eram as ações de um homem na plenitude das faculdades mentais. Entretanto, toda vez que estava prestes a deixar a cozinha, algo acontecia para me lembrar que a loucura não estava em mim.

Estava em Baneberry Hall.

Durante minha vigília de vinte horas na cozinha, a casa seguiu viva com barulhos. Sons que nenhuma casa deveria fazer em circunstâncias normais. Sons que, no entanto, havia me acostumado a ouvir.

Música vazando da sala de estudos no terceiro andar e se espalhando suavemente pelos cômodos vazios acima de mim.

"You are sixteen, going on seventeen."

O som de William Garson andando pelo corredor do segundo andar, marcando cada passo com uma batida de sua bengala.

Tap-tap-tap.

E, às 4h54 da manhã, um ruído familiar vindo do terceiro andar, tão alto que ecoava pela casa até a cozinha.

Tum.

Curtis Carver, eu descobrira recentemente, caindo no chão, ao mesmo tempo que a vida se esvaía de seu corpo. Uma ação que seu espírito estava condenado a repetir todos os dias, enquanto Baneberry Hall estivesse de pé.

No entanto, nenhum som chamou minha atenção mais do que aquele único ressoar às duas da tarde. Era, afinal, o que estivera esperando.

"Olá?", disse.

O mesmo sino dá última vez tocou, indicando a letra O.

Outros dois sinos tocaram, repetindo o mesmo padrão que me fez compreender o código pela primeira vez.

OLÁ

Mais sinos tocaram, quatro ao total. Um na primeira fileira e um na segunda. De volta à primeira, onde o primeiro sino tocou, e novamente na segunda, ressoando por fim.

Juntos, os toques soletravam meu nome.

EWAN

"Oi, Curtis", respondi com uma risada irônica. Sim, agora eu tratava um fantasma por seu primeiro nome. "Estive esperando por você."

Dois sinos solitários.

EU

Outros três sinos na parede.

SEI

"Então você também sabe que preciso de sua ajuda."

O sexto sino da esquerda para a direita na segunda fileira ressoou, o início de uma resposta de três letras que eu conhecia bem.

SIM

"Então me ajude, Curtis", falei. "Me ajude a impedir William Garson."

Um sino tocou.

N

Então outro.

A

E mais um.

O

Esperei por mais sinos, inclinando-me para frente na cadeira. Passados dez segundos sem o som de outros sinos, perguntei: "Por que não?".

Os mesmos três sinos.

NÃO

"Mas ele matou sua filha."

Recebi os mesmos três sinos de resposta.

NÃO

"Ele não matou?"

Um sino, depois outros dois.

NÃO

"Então quem foi?"

Quatro sinos distintos ressoaram unicamente, encerrando no primeiro sino da primeira fileira.

VEJA

"O quê?", falei, crescendo a frustração em mim. "O que eu deveria ver?"

Houve uma pausa na qual permaneci sentado, encarando a parede e esperando por uma resposta. Quando ela veio, no formato de sinos pela parede com dois deles tocando duplicados, mal consegui acompanhar. Foi apenas quando se aquietaram que tive tempo de ligar os sinos com suas letras correspondentes.

A palavra codificada era RETRATO.

"O retrato de William Garson?", perguntei.

O segundo e terceiro sinos da segunda fileira tocaram uma última vez, intercalados pelo primeiro de todos.

NÃO

Eu estava prestes a responder, porém, os sinos voltaram à vida. Os mesmo seis sinos e oito letras que acabaram de ressoar, seguidos por uma breve pausa e quatro novos sinos. Mais uma vez, precisei de mais um momento para decifrar.

Quando consegui, deixei sair um suspiro tão alto que ecoou pela cozinha.

RETRATO DELA

Subi as escadas correndo e passei pela grande sala. Quando cheguei à escadaria, encontrei o lustre aceso, apesar de estar apagado na última vez que passei por ele.

Um sinal de que os espíritos estavam ali. Me senti um idiota por não ter percebido antes.

Continuei correndo, passando pela escada e entrando na Sala Índigo. Não parei até estar de frente para a lareira, observando o retrato no qual Curtis havia se referido.

Índigo Garson.

Permaneci encarando a pintura, questionando o que eu deveria enxergar. Não parecia haver nada de incomum nele. Apenas o retrato de uma jovem, pintado pelo homem que estivera apaixonado por ela.

Nada de estranho nisso.

Entretanto, vi o coelho branco nas mãos de Índigo. Havia notado a lasca de tinta no olho esquerdo do animal. Considerando ser a única falha na pintura, era difícil não perceber. Porém a falha também desviava a atenção da representação do coelho e da tinta usada serem pouco semelhantes ao resto do quadro. Ele não possuía tantos detalhes quanto o resto da pintura, como se fosse resultado do trabalho de dois artistas completamente diferentes.

Aproximei-me, analisando a pelagem do coelho, que não possuía os mesmos traços individuais de pincel como o cabelo reluzente de Índigo. A tinta ali também era mais espessa, não de uma forma gritante, apenas um pouco mais elevada do que o resto. Quando me concentrei no olho inexistente do coelho, enxerguei outra camada de tinta por detrás dentro do que seria a órbita.

Alguém havia pintado por cima do retrato original.

Usando a unha do meu polegar, raspei a tinta ao redor do olho do coelho. As pequenas lascas de tinta se espalharam pela lareira. Cada novo pedaço que caía, revelava um pouco mais do quadro original em tons de cinza, vermelho e marrom.

Continuei raspando até que uma lasca perfurou a camada entre unha e pele, alojando-se junto a uma dor aguda que percorreu toda minha mão. Em seguida, peguei uma espátula que achei na cozinha e continuei o trabalho.

Devagar.

De maneira meticulosa.

Tomando cuidado para não raspar também a camada de tinta abaixo, que emergia similar a uma fotografia polaroide recém-tirada. Cores aparecendo de uma superfície branca até a imagem toda estar formada.

Só quando o coelho foi removido por completo que meu corpo sucumbiu à exaustão. Começou com uma tontura, que foi me dominando numa velocidade alarmante. Cambaleei para trás, vendo a sala girando.

Minha vista ficou acinzentada, e percebi que estava caindo. Bati no chão e lá fiquei, caído de costas, observando o cinza que inundava minha visão até que a escuridão tomasse conta dos meus sentidos.

Antes de desmaiar por completo, dei uma boa olhada no retrato original, agora, exposto por completo.

Índigo Garson tão angelical como sempre. A mesma pele alabastrina e cachos dourados e expressão beatificada.

Porém, não era mais um coelho que ela segurava em suas mãos enluvadas.

Mas, sim, uma cobra.

RILEY SAGER
A CASA DA ESCURIDÃO ETERNA

VINTE E DOIS

"Preciso da sua ajuda."

O silêncio do outro lado da linha indica que Dane está claramente incerto a respeito do que dizer. Não o culpo. Não depois das coisas que lhe disse. Compreenderia se ele não quisesse mais nada comigo.

Depois da noite de hoje, seu desejo pode se tornar realidade.

"Com o quê?", diz por fim.

"Mover um guarda-roupa."

Não aviso que o guarda-roupa não será movido, mas destruído por completo. Nem que o buraco na parede do quarto atrás dele precisará ser fechado. Muito menos que a porta nos fundos da casa também será tapada com tábuas. Tudo isso pode esperar até que ele chegue. Caso contrário, Dane poderia desistir.

"Não dá pra esperar até amanhã?", me questiona.

"Não dá. *Preciso* da sua ajuda, por favor. Não consigo fazer isso sozinha."

"Tá bom", concorda Dane com um suspiro dramático. "Chego em dez minutos."

"Obrigada."

Ele não escuta essa última parte, a ligação já foi desligada.

Enfio meu celular no bolso e me preparo para o trabalho a seguir. O plano é simples: bloquear a passagem secreta no quarto, juntar minhas coisas e sair de Baneberry Hall.

Desta vez, para sempre.

Quando eu chegar a Boston, irei anunciar a casa e vender por qualquer valor que oferecerem, não importa como possa ser pequeno. Não quero ter mais nada a ver com esse lugar, nem mesmo pretendo mais saber a verdade do que aconteceu aqui.

Só quero sumir.

Aqui não é seguro. Não para mim.

Na sala de jantar, reúno as cinco polaroides em cima da mesa com a cópia do Livro, ainda aberto no chão. Eles irão voltar exatamente para o lugar onde os encontrei. Logo, serão problema de outra pessoa.

Com as mãos cheias, sigo em direção à sala de estudos no terceiro andar e vou direto para a mesa, jogando o livro e as fotos sobre sua superfície. Então pego Buster e arremesso o ursinho no *closet* onde o encontramos.

Igual a Baneberry Hall, não quero nunca mais ver esse urso de novo.

Viro-me de volta para a mesa, onde o livro está aberto.

Ele estava fechado quando o joguei lá.

Tenho certeza disso.

Ainda assim, aqui está ele aberto, como se alguém estivesse lendo há pouco.

Me aproximo do livro devagar, pensando em todas as maneiras pelas quais ele pode ter sido aberto sozinho, mas não consigo encontrar uma resposta. Ao menos, nenhuma que não beire o sobrenatural ou, pegando emprestado o termo da avó de Dane, o inexplicável.

Coisa da minha cabeça, penso.

Repito em voz alta, torcendo para que pronunciar essas palavras as tornem verdade.

"É só coisa da minha cabeça."

Mas não é, tenho certeza disso no momento que vejo em qual página o Livro está aberto. É o capítulo que acontece em 4 de julho. O dia que o teto da cozinha foi consertado. Dou uma examinada na página, uma passagem em particular salta aos meus olhos.

Agora, era chegada a hora de tapar o formidável buraco em nosso teto. Para isso, contei com Hibbs, que trouxe consigo um garoto da cidade para ajudar, pois o trabalho era difícil demais para apenas uma pessoa.

Meu coração dispara, conforme leio outra vez e deixo todo o peso daquelas palavras ser absorvido.

Um garoto da cidade.

Que estava na casa ao mesmo tempo que Petra.

Que provavelmente a conheceu.

Que poderia ter sido seu namorado ou algo assim.

Que poderia persuadi-la a sair pela janela do quarto.

Que poderia ter sugerido que fugissem juntos e se tornou violento quando Petra pensou melhor.

Que então invadiu Baneberry Hall e escondeu seu corpo embaixo do assoalho porque ele sabia que existia um esconderijo ali.

Um garoto, que sei estar em uma das polaroides que meu pai tirou.

Pego a foto da mesa. A primeira vez que a vi, julguei ser meu pai atrás da escada e de Walt Hibbs. Eu deveria ter percebido que meu pai estaria atrás da câmera, e que seria outra pessoa no fundo da imagem.

Não consigo ver muitos detalhes, mesmo após trazer a foto para perto do meu rosto e semicerrar os olhos. Vejo apenas uma estreita faixa de roupa e um pedaço ainda menor de rosto destacado atrás da escada. Se houvesse uma maneira de aumentar a imagem, como uma lupa ou algo do tipo...

Quando me lembro que tenho uma, a surpresa abre espaço para a empolgação.

Ela está na primeira gaveta da mesa, eu a vi durante a primeira incursão a sala de estudos. A lupa continua lá, dividindo espaço com canecas e clipes de papel. Eu a pego e seguro acima da polaroide, aumentando e muito o tamanho do homem misterioso. Consigo ver o cabelo escuro, metade de um rosto bonito, um braço forte e o peito largo.

E vejo sua camiseta.

Ela é preta, estampada com uma imagem parcialmente visível.

O logo dos Rolling Stones.

Minha mente é transportada de volta àquele quarto sujo no Two Pines. Dane entrando, parecendo tão bonito que eu não conseguia parar de encará-lo. Quando ele percebeu, precisei elogiar sua camiseta. Escuto sua voz clara em minha memória.

Tenho ela desde que era adolescente.

Escuto sua voz agora, chegando pela porta da sala de estudos, onde Dane aparece com os braços relaxados ao lado do corpo e uma expressão séria no rosto.

"Posso explicar", diz ele.

CASA DOS HORRORES

15 DE JULHO
20º Dia — Antes de Escurecer

Eu acordei no chão.

Em qual local da casa, não saberia dizer.

Tudo que sabia quando recobrei a consciência era que eu estava em algum lugar no interior de Baneberry Hall, de costas para o chão, minhas articulações doíam e minha cabeça latejava. Foi apenas quando abri meus olhos e vi o retrato de Índigo Garson, encarando-me de cima, que as lembranças me atingiram com tudo.

Estava na Sala Índigo.

A tinta do retrato raspada.

A cobra nas mãos de Índigo.

Quanto mais eu olhava para a serpente, mais nervoso ficava. Queria acreditar que a pose de Índigo com a cobra era apenas uma daquelas excentricidades da era vitoriana, como as máscaras mortuárias e chapéus com pássaros empalhados. Entretanto, minha intuição dizia que havia algo muito mais sinistro por detrás.

Como aquela cobra representava a verdadeira natureza de Índigo.

Uma pessoa venenosa.

Presumi que foi William Garson quem ordenou o encobrimento com tinta. Uma tentativa de esconder a verdade por trás da filha. Suspeitei que ele não suportasse encobrir o retrato por completo. O pobre e apaixonado Callum Auguste, o artista responsável pela obra, havia realizado um trabalho bom demais para isso. Então o coelho ficou no lugar da cobra, uma troca irônica que se prova contrária na natureza.

Agora, a serpente estava à mostra outra vez e, com ela, a compreensão soturna de que estive errado o tempo todo.

Não foi William Garson que fez os pais matarem suas filhas em Baneberry Hall.

Foi Índigo.

Compreendi com uma clareza glacial. Igual à cobra em suas mãos, ela se rastejava até a mente dos homens que estiveram aqui, tornando-os obcecados por sua história. Não sabia se ela morrera por conta própria ou pelas mãos do pai. No final das contas, não fazia diferença. Índigo estava morta, porém, seu espírito residia em Baneberry Hall. Agora, seus dias eram gastos na busca de vingança por aquilo que seu pai fizera. Ela não se importava se ele também havia partido há tanto tempo. Para Índigo, todos os pais mereciam ser punidos.

Então ela os fazia assassinarem suas filhas.

Por seis vezes, ela obteve sucesso.

Não haveria uma sétima.

Voltei vagarosamente para a cozinha, dolorido demais após minha noite no chão, para andar com rapidez. Depois de descer os degraus com dificuldade, deparei-me outra vez com os sinos na parede.

"Curtis", sussurrei, amedrontado que Índigo também estivesse por perto, à espreita e me ouvindo. "Você tá aí?"

Três sinos familiares ressoaram.

SIM

"Foi a Índigo, não foi? Ela o obrigou a matar Katie."

Os mesmos três sinos.

SIM

"O que posso fazer?", perguntei. "Tem algum jeito de impedi-la? Como saber se ela está por perto?"

Cinco sinos tocaram num total de seis vezes. O último toque — primeiro sino da primeira fileira — me fez perceber que ele havia soletrado uma palavra nova através de sua estranha forma de comunicação.

CÂMERA

Eu sabia do que se tratava: a câmera Polaroid na sala de estudos.

"Obrigado, Curtis." Enquanto sussurrava essas palavras, percebi que nunca mais receberia outro sinal de sua presença. Curtis Carver havia me contado tudo que sabia. Agora, só dependia de mim. Antes de sair de perto dos sinos, complementei com um sincero pesar: "Espero que isso o liberte desse lugar. Eu realmente torço para que você encontre paz".

Dito isso, segui meu caminho pelos três lances de escada, minhas juntas estralaram durante toda a subida. No último andar, encontrei o que estava procurando dentro do *closet* da sala de estudos.

Uma caixa de sapatos azul repleta de polaroides.

Examinei as polaroides, buscando aquelas que foram negligenciadas no dia da descoberta da caixa. Foto por foto, observando um Curtis Carver que parecia cada vez mais assombrado. Me perguntei se, quando as tirou, ele se sentia tão impotente quanto me sinto agora. Se estaria tão preocupado e atormentado pela mesma culpa que eu carregava em meus ombros.

As imagens eram tão similares que precisei olhar para as datas rabiscadas abaixo a fim de saber quais não havia visto. A de 12 de julho era nova. Assim como as fotos de 13 e 14 de julho.

A última polaroide estava voltada para baixo no fundo da caixa. Ao virá-la, vi, da mesma forma que as outras, a data inscrita na parte inferior da foto.

Quinze de julho.

Um ano desde o dia em que Curtis Carver havia se matado.

Meu olhar passou da data para a imagem. À primeira vista, parecia igual às outras, entretanto, um segundo olhar revelou alguma coisa diferente das outras. Alguma coisa muito, muito errada.

Mais alguém estava no cômodo com Carver.

Uma figura sombria, encolhida num canto distante do cômodo.

Embora Maggie a chamasse de Senhora Cara de Moeda, eu a conhecia por outro nome.

Índigo Garson.

Parecia com a mulher no retrato, com o exato vestido roxo e brilho etéreo. A única diferença entre a pintura e seu fantasma eram os olhos.

Eles estavam ocultos por moedas.

Mesmo assim, era evidente que ela ainda conseguia ver. Na fotografia, ela encarava a nuca de Curtis Carver, como se pudesse ler seus pensamentos.

Ainda estava analisando a imagem quando uma presença adentrou o lugar, invisível, porém, palpável pela percepção.

"Curtis, é você?"

Não recebi resposta.

No entanto, a presença crescia, preenchendo o espaço com um calor tão forte, que chegava a ser sufocante. Dentro dessa onda de calor inquietante, havia algo ainda mais perturbador.

Ódio.

Ele incendiava o cômodo como uma fogueira.

Peguei a câmera da mesa e tirei um autorretrato, similar aos que Curtis havia tirado.

A câmera soltou um *clique*.

Ouvi o barulho de *Hmmm* em seu interior

E a foto saiu, o branco imaculado cedendo aos poucos para uma imagem.

Eu.

Braços esticados, encarando a câmera e o amplo espaço da sala de estudos às minhas costas.

Atrás de mim, também estava Índigo Garson, invadindo o canto da foto. Era possível enxergar seu braço esguio, a curva do ombro e as mechas onduladas do cabelo dourado.

Ela estava ali.

Não por mim.

Por Maggie.

"Boa sorte, vadia", falei em voz alta.

Ergui a câmera e tirei outra foto.

Clique.

Hmmm.

Foto.

Naquela imagem, Índigo havia se movido para o outro canto da sala de estudos. Levemente encurvada, suas costas estavam contra a parede e seus olhos com moedas me espiavam por entre o véu de seus cabelos. Seus lábios retorcidos exibiam um sorriso tão sinistro que fez meu sangue gelar.

A única coisa que me impedia de fugir da casa era o conhecimento de que ela não queria me machucar. Não ainda, embora esse momento certamente chegaria. Por enquanto, ela precisava de mim para chegar até Maggie.

Convencido de que estava fora de perigo a curto prazo, fui até o *closet*, peguei os pacotes de filme e os levei de volta para a mesa.

Permaneci lá até a luz pálida da manhã se transmutar nos raios dourados da tarde. De tempos em tempos, tirava outra fotografia, só para acompanhar o paradeiro de Índigo no quarto. Às vezes, ela aparecia num canto distante, de costas para a parede. Em outros momentos, era apenas uma faixa de roxo na borda da imagem. Em algumas fotos, ela estava completamente invisível.

Porém, eu sabia que Índigo permanecia lá.

Era possível sentir o calor colérico de sua presença.

Continuei com essa sensação até que a luz diurna, entrando pela janela de meu escritório, abrisse caminho para o azul solitário do crepúsculo. Foi quando Índigo desapareceu de súbito, tornando o cômodo gelado novamente.

Peguei a câmera e tirei outra fotografia.

Clique.

Hmmm.

Foto.

Arranquei a polaroide da câmera e a segurei à minha frente, observando a imagem tomar forma.

Era igual a todas as outras, eu e uma mulher parada ao fundo.

Só que, desta vez, não era Índigo.

Jess estava parada dentro da sala de estudos. Cada músculo de seu corpo tensionado, parecendo que fora atingida por uma onda de confusão.

Me virei vagarosamente, torcendo que fosse apenas uma ilusão ocasionada por fome, sede e privação de sono. No entanto, Jess começou a falar:

"Ewan, o que você está fazendo aqui?" Meu coração parou.

Aquilo significava que ela era real e que a paciência de Índigo a recompensara.

Maggie estava em casa.

RILEY SAGER
A CASA DA ESCURIDÃO ETERNA

VINTE E TRÊS

Dane dá um passo para dentro da sala de estudos.

"Não é o que você tá pensando", diz ele.

Levanto a polaroide. "Você conhecia a Petra."

"Sim", afirma Dane. "Eu estava passando aquele verão com meus avós. Meus pais acharam que me faria bem. Tinha 17 anos e só fazia merda, precisava ficar longe deles por um tempo. Então eu vim pra cá."

"E conheceu a Petra. Era por sua causa que ela saía escondida à noite."

Dane confirma com um aceno. "A gente se pegava na floresta atrás da sua casa. Não era nada sério, só um rolo de verão."

Enquanto fala, Dane se move mais para frente na esperança de que eu não notasse. Não dá certo.

"Se não era sério, então por que você matou a garota?"

"Não a matei", fala Dane. "Você precisa acreditar em mim, Maggie."

Esqueça essa possibilidade. Principalmente, quando relembro como encontramos Petra. Dane mexendo no teto manchado, vendo até onde ele aguentava. Empurrando e empurrando até que cedesse, suspeito agora que foi proposital de sua parte. Acho que ele sabia que a ossada de Petra seria descoberta em algum momento durante a reforma e decidiu que seria melhor se fosse ele a encontrá-la. Assim, toda a suspeita recairia sobre meu pai.

Dane avança novamente até estarmos separados por pouco mais de um metro.

"Se você der mais um passo, ligo pra polícia", aviso.

"Você não pode fazer isso, Maggie", diz ele. "Isso vai me mandar de volta pra cadeia na mesma hora. Ninguém vai acreditar em mim, só vão ver um ex-presidiário que quase matou outra pessoa. Eu não teria a menor chance de escapar."

"Talvez você não mereça uma."

Dane se aproxima ainda mais. Tento puxar meu celular do bolso, mas ele dá um tapa em minha mão que faz o aparelho sair voando. O telefone bate na parede e cai no chão a vários metros de distância.

Ele agarra meus ombros e começa a me sacudir.

"Escuta aqui, Maggie. Você precisa fingir que nunca descobriu nada sobre a Petra e eu."

Seu rosto tem uma aparência maligna e olhos ainda mais maldosos, enquanto ele me encara. Existe raiva nesse olhar. Uma escuridão tão profunda que faz com que eu me pergunte se foi a última coisa que Petra viu. Ao virar minha cabeça para desviar os olhos, vejo a faca que trouxe comigo na mesa e tento alcançá-la.

Dane também a percebe e se lança em direção.

É quando saio correndo.

Começo pegando impulso com a mesa e contornando Dane. Quando ele vem em minha direção, empurro-o pelo peito.

Com força.

Ele cambaleia para trás em direção a uma das estantes de livros, seus braços se agitam no ar, enquanto páginas caem ao seu redor.

Volto a correr.

Descendo as escadas.

Pelo corredor do segundo andar, onde consigo ouvi-lo vindo atrás de mim, cada passo de Dane é veloz e pesado nas escadas do terceiro andar.

Sigo em frente, respirando pesado e com o coração na boca.

Chego à escadaria principal o mais rápido que consigo, pulando os degraus ao mesmo tempo que tento ignorar o som de Dane correndo pelo corredor atrás de mim. E o modo frenético com que ele está se movendo. E como está cada vez mais próximo.

Ele também está na escada agora. Escuto suas botas batendo contra o primeiro degrau e sinto o degrau onde estou tremendo, ao mesmo tempo que Dane corre atrás de mim.

Aumento minha velocidade com os olhos voltados para o *hall* de entrada e, logo depois, a porta da frente. No curto espaço de tempo que levo para descer os dois últimos degraus, tento avaliar se consigo chegar até aquela porta antes que Dane me alcance.

Decido que não será possível.

Mesmo que eu passe por aquela porta — algo passível de discussão — ainda precisarei correr de Dane até chegar à minha caminhonete.

Não vai dar tempo. Não com a rapidez com que ele está se aproximando de mim.

Mudo de estratégia. Decido em uma fração de segundos, ao final da escadaria, me afastar do caminho do *hall* de entrada e rumar em direção à sala de visitas.

Dane não diminui o ritmo ao se desviar na mesma direção, gritando ofegante meu nome, tão alto e tão perto que sinto seu hálito em minha nuca.

Ignoro seu chamado, enquanto continuo correndo, passando em frente a sala de visitas e para dentro da Sala Índigo.

Está tudo escuro.

Ótimo.

Preciso das coisas desse jeito.

Só tem luz suficiente para que eu veja o buraco onde as tábuas costumavam ficar. Mesmo assim, uma pessoa precisaria conhecer o local para saber como evitá-lo.

Dane não sabe.

Pulo por cima do vão no assoalho e paro de supetão antes de dar meia-volta para encará-lo.

Dane desacelera, mas continua vindo.

Um passo.

Dois.

Então, ele cai, mergulhando no buraco, e desaparecendo de forma tão súbita, que o único vestígio de sua presença é o som de um corpo atingindo o chão da cozinha lá embaixo.

CASA DOS HORRORES

15 DE JULHO
20º Dia — Após Escurecer

"A gente precisa sair daqui", avisei Jess. "Agora."

"Por quê? O que tá acontecendo?"

"A Maggie não está segura."

Peguei a câmera de uma só vez da mesa, junto com dois pacotes de filme. Então corri com Jess para fora da sala de estudos em direção ao andar debaixo.

"Não sei o que está acontecendo", disse ela.

Chegamos ao segundo andar, me virei e fotografei a escada atrás de nós.

Clique.

Hmmm.

Foto.

"Tem um fantasma na nossa casa", respondi enquanto esperava a foto revelar. "É a Índigo Garson, ela tem feito pais assassinarem suas filhas. Não foi Curtis Carver que matou a Katie, Índigo o obrigou a fazer isso."

Entrego a polaroide para Jess, garantindo que ela veja a figura de Índigo descendo as escadas, as moedas sobre seus olhos refletiam o *flash* da câmera. Jess apertou os lábios com uma mão, tentando segurar seu grito. Não funcionou, pois ele vazou por entre os dedos.

"Onde tá a Maggie?", falei.

Jess, ainda tapando a boca com sua mão, arregalou os olhos em choque enquanto olhava na direção do quarto da Maggie. Atrás de nós, um calor pungente se alastrava da escada em direção ao terceiro andar. Índigo anunciava sua presença.

"Precisamos tirá-la daqui", sussurrei. "E rápido."

Nós dois corremos pelo corredor, sentindo as costas queimarem com o calor de Índigo. Dentro do quarto, Maggie estava sentada em posição fetal. As chamas do medo dançavam em seus olhos.

"Você terá que carregá-la", falei para Jess. "Eu... eu não confio em mim mesmo para isso."

Não houve hesitação da parte de Jess. Ela caminhou obstinadamente até a cama e pegou Maggie em seus braços maternos.

"Mamãe, eu tô com medo", disse Maggie.

Jess deu um beijo em sua bochecha. "Eu sei, meu amor, mas não precisa ter medo de nada."

Era uma mentira. Havia motivos de sobra para se ter medo.

Especialmente quando as portas do guarda-roupa se abriram escancaradas. Uma explosão de ar quente irrompeu de seu interior, obrigando Jess a recuar. De repente, Maggie foi erguida de seus braços, como se o vento escaldante a fizesse planar. Ela então começou a ser puxada em direção ao guarda-roupa, pairando no ar num emaranhado de braços, pernas, cabelos e gritos de choro.

Índigo havia pegado nossa filha.

Alcancei o guarda-roupa no momento em que Maggie foi tragada para seu interior. Quando as portas começaram a fechar, joguei-me entre elas. A madeira prensou minhas costelas, enquanto eu enfiava a mão dentro do espaço escuro e abissal que era o guarda-roupa. Gritei o nome de minha filha e agitei meus braços até a ponta dos meus dedos triscar em seu tornozelo.

Fechei minha mão em volta dele e comecei a puxar, mão sobre mão, como se puxasse uma corda. Quando alcancei seu joelho, joguei todo meu peso para trás até Maggie se libertar abruptamente do guarda--roupa. Caímos de costas no chão, Maggie em cima de mim, ainda gritando e vertendo lágrimas.

Atrás de nós, Jess começou a mover a cama, empurrando-a contra o guarda-roupa para bloquear as portas. Embora não fosse suficiente para prender Índigo lá dentro, eu esperava que, ao menos, nos fornecesse tempo para escapar em seguida.

Com essa missão cumprida, deixamos o quarto e corremos pelo corredor. Jess e Maggie juntas, com a câmera fui tirando uma foto do corredor vazio atrás de nós.

Clique.

Hmmm.

Foto.

Conferi a imagem à medida que ela ia surgindo.

Nada.

Com Jess na liderança, seguimos para o andar debaixo pelas escadas. Maggie ficara com o corpo mole em seus braços, congelada pelo choque. Ao final dos degraus, tirei outra fotografia.

Clique.

Hmmm.

Foto.

Nada ainda.

"Acho que ela se foi", declarei.

"Você tem certeza?", indagou Jess.

"Não a vejo mais." Levantei a mão, tentando sentir a presença abrasiva de Índigo. "Nem sinto sua presença."

Mirei em Jess e Maggie na base das escadas para usar a câmera uma última vez.

Clique.

Hmmm.

Foto.

"Não podemos ficar aqui", falou Jess. "Precisamos arrumar nossas coisas e ir embora antes que ela volte."

"Sei disso."

Conferi a foto que se revelava em minhas mãos, a imagem de Jess e Maggie começou a surgir na superfície branca.

Por detrás delas, pairando sobre o ombro de Jess, estava Índigo Garson.

Levantei o rosto, desviando da foto para ver minha mulher e filha na exata mesma posição.

Então Maggie voou para o teto.

Aconteceu num piscar de olhos.

Em um segundo, Maggie estava nos braços de Jess. No seguinte, seu corpo golpeou o teto, arrastado por uma força invisível.

A nós dois só nos cabia observar, aterrorizados, nossa filha se debater contra o teto, gritando enquanto era empurrada contra sua vontade. Quando ficou ao alcance do lustre, ela se agarrou nele com toda a força. O lustre balançou como um pêndulo, e algumas de suas esferas de vidro se soltavam e caíam ao nosso redor, espalhando os cacos pelo chão.

Acima de nós, Maggie foi arrancada do lustre, que continuou a balançar, e tornou a ser arrastada pelo teto. Jess gritava seu nome, como se isso pudesse libertá-la.

Porém, eu sabia que só haveria uma maneira de fazer Índigo soltar Maggie. Uma vez que seu objetivo era me machucar tanto quanto seu pai a machucara, eu precisava sair de cena.

Ou, ao menos, fazê-la acreditar nisso.

Desabei no chão de joelhos, cercado pelos estilhaços de vidro do lustre quebrado.

Os estilhaços trazem sorte.

Pressionei o maior pedaço de vidro que encontrei contra meu pescoço e gritei para o teto:

"Índigo, deixe minha filha ir ou irei me matar!"

Jess me olhou horrorizada. "Ewan, não!"

"Confie em mim, Jess", sussurrei. "Sei o que estou fazendo."

Índigo não me permitiria ir tão longe. Se quisesse Maggie morta, então precisaria de mim para fazer o serviço sujo. Algo impossível, caso me matasse antes.

"Falo sério!", berrei a plenos pulmões. "Você sabe que não pode fazer isso sem mim!"

Pressionei o pedaço de vidro ainda mais fundo em meu pescoço, torcendo-o levemente até que perfurasse minha pele. Um fino caminho de sangue desceu por meu pescoço.

Maggie caiu sem aviso, numa descida veloz e estonteante. Jess e eu nos lançamos em sua direção, nossos braços se entrelaçaram, formando um berço involuntário no qual nossa filha aterrissou.

Ela esteve em nossos braços por um segundo, quando uma onda de calor despencou sobre nós. Ainda mais quente que antes, uma explosão completa de fúria.

Uma avalanche de ruídos surgiu à nossa volta, um sibilar repentino que parecia vir de todos os cantos da casa. No momento seguinte, serpentes começaram a inundar a sala.

Cobras barriga-vermelha.

Elas surgiram num instante, emergindo de cantos escuros e debaixo do assoalho. Também pude vê-las no segundo andar, rastejando pelas escadas a caminho do andar principal.

Em pouco segundos, estávamos cercados, as serpentes realizando sua trajetória sinuosa até nós. A maioria das víboras sibilava em desprezo, as bocas abertas expondo presas tão afiadas quanto navalhas.

Afastei Maggie para os braços de Jess, temendo o que poderia acontecer caso continuasse a segurá-la por muito tempo. Então comecei a atacar as cobras, na tentativa de abrir um caminho em direção ao *hall* de entrada. Chutava e pisoteava, enquanto algumas serpentes recuavam, e outras investiam contra meus pés.

Uma delas arremeteu na direção de Jess. Chutei-a para fora do caminho antes que ela pudesse chegar perto.

"Precisamos nos apressar", falei. "Corre!"

E foi exatamente o que fizemos. Nós três corremos pelo *hall* de entrada, passando pela porta e saindo na varanda da frente.

As cobras nos seguiram, jorrando pela porta aberta numa massa disforme e retorcida.

Índigo Garson estava junto, invisível, mas definitivamente lá. A massa de ar quente queimava minhas costas, ao mesmo tempo que eu guiava Jess e Maggie para fora da varanda e seguia em direção ao carro.

"E as nossas coisas?", questionou Jess ao subir no banco de trás com Maggie.

"Vamos deixá-las para trás", respondi. "É perigoso demais, não poderemos voltar aqui jamais."

Dei partida no carro e arranquei pela entrada. Atrás de mim, Maggie olhava através do vidro traseiro, ajoelhada no banco.

"Ela ainda tá seguindo a gente!", gritou.

Olhei de relance para o retrovisor, sem enxergar nada. "A Senhora Cara de Moeda?"

"*Sim!* Ela tá bem atrás da gente."

Nesse exato momento, algo se chocou contra a traseira do carro num solavanco forte e aterrador.

Jess gritou e protegeu Maggie com os braços. Agarrei firmemente o volante, travando uma luta para manter o veículo no caminho certo e evitar um desvio indesejado para a floresta, exatamente o que Índigo ansiava. Pisei fundo no acelerador e continuei descendo a estrada sinuosa, o guincho constante dos pneus pontuando cada curva.

Outro impacto invisível atingiu o carro, agora, na porta do passageiro. Por um breve momento, perdi a direção do veículo, permitindo que o carro derrapasse pela grama ao lado da estrada, perto demais das árvores. Foi apenas com a mais profunda força de vontade que consegui manobrar e ajustar a direção.

Graças ao bom Deus, Jess deixara o portão de entrada aberto quando ela e Maggie retornaram, possibilitando que passássemos direto. Assim que saímos da propriedade, pulei pra fora do carro e fechei o portão com força.

Um calor intenso desmoronou sobre mim enquanto eu lutava com as chaves, tentando freneticamente trancar o portão. Ele rompeu pelas barras de ferro forjado, tornando-as quentes como brasa. Se existir um inferno, desconfio que ele seja igual às labaredas de ódio que senti no momento que virei a chave e tranquei o portão.

Foi quando o espírito vingativo de Índigo Garson percebeu que havia falhado.

Nós escapamos de Baneberry Hall com nossa família intacta.

E não havia nada que ela pudesse fazer para nos atrair de volta.

Num futuro incerto, outros ainda podem atravessar aquele portão, desbravar aquela estrada sinuosa pela floresta e adentrar Baneberry Hall. Se assim for, não lhes desejo nada além de sorte, pois precisarão de muita para sobreviver a esse lugar.

Quanto a mim e minha família, minha querida Jessica e minha amada Maggie, até o presente momento, não ousamos regressar. Nem temos a menor intenção de colocar o pé outra vez naquele recinto.

Para nós, Baneberry Hall é uma casa dos horrores que nenhum de nós jamais se atreverá a adentrar outra vez.

RILEY SAGER
A CASA DA ESCURIDÃO ETERNA

VINTE E QUATRO

Uma meia dúzia de veículos de emergência estão parados à frente de Baneberry Hall, suas luzes piscantes pintam a casa em tons de vermelho e branco. Além da viatura da chefe Alcott, tem uma ambulância, mais três carros policiais e, caso as coisas realmente fujam do controle, um caminhão dos bombeiros.

Da varanda, vejo Dane ser carregado para dentro da ambulância. Ele está preso a uma maca, com um colar cervical ao redor do pescoço. Sua queda não causou muitos estragos, levando em consideração a altura. Enquanto os paramédicos o conduziam para fora, ouvi cochichos alusivos a alguns ossos quebrados e uma possível concussão. Seja lá qual for a gravidade de seus ferimentos, foi o suficiente para me dar tempo de sair da casa e chamar a polícia.

Agora, ele está a caminho da emergência e, depois, provavelmente, para a cadeia. Dane me encara com uma expressão de dor e olhos acusatórios, ao mesmo tempo que a maca é empurrada para dentro da ambulância.

Em seguida, as portas são fechadas com uma batida, e Dane some da minha vista.

Conforme a ambulância vai embora, a chefe Alcott surge do interior da casa e se junta a mim no parapeito da varanda.

"Ele chegou a confessar?", pergunto.

"Ainda não, mas vai. Tenha paciência." A chefe de polícia tira seu chapéu e passa os dedos pelo cabelo prateado. "Devo a você um pedido de desculpas, Maggie. Por dizer aquelas coisas do seu pai e pensar que ele era o culpado."

Não posso ficar brava com Alcott por isso. Pensei e repensei as mesmas coisas durante todo esse pesadelo. Se alguém deveria estar envergonhada, essa pessoa sou eu.

"Nós duas somos culpadas disso", falo para ela.

"Então por que você continuou indo atrás se acreditou que foi seu pai?"

Andei me fazendo a mesma pergunta pelos últimos dias. A resposta, acredito, reside em algo que a dra. Weber me contou. Ir atrás da verdade seria uma forma de escrever minha própria versão dos fatos. Ainda que eu tenha feito por razões completamente egoístas, percebo, agora, que a história não é apenas minha.

Petra também faz parte dela. Nada muda o que aconteceu. Elsa permanece sem a filha mais velha e Hannah não tem mais sua irmã.

No entanto, elas sabem da verdade, e isso é importante.

Ninguém sabe disso melhor que eu.

A chefe Alcott vai embora com o resto dos veículos. Eles formam uma fila colina abaixo, as sirenes estão silenciosas, mas o giroflex de cada uma continua aceso.

Antes que desapareçam por completo na base da colina, outro carro chega, seus faróis aparecem de maneira inesperada no horizonte. Por um breve momento ofuscante, ver os veículos em direções opostas, diminuindo a velocidade e cruzando os faróis, é como observar um caleidoscópio de luzes. Azul, vermelho e branco, os tons piscantes pelas árvores num frenesi giratório, como uma pista de dança. As luzes de emergência desaparecem. Os faróis do carro subindo ficam mais brilhantes, à medida que o veículo contorna a entrada e para com um ranger de rodas sobre o cascalho.

Não consigo ver quem está dentro. O céu está escuro demais e meus olhos ainda ardem pela claridade dos veículos de emergência. Tudo que consigo distinguir é uma pessoa atrás do volante, sentada em completa imobilidade, como se pensasse duas vezes se devia sair ou retornar.

Mas então, a porta do lado do motorista se abre e minha mãe sai do carro.

"Mãe?", falo atônita. "O que você tá fazendo aqui?"

"Eu que deveria lhe perguntar isso."

Ela permanece na entrada com uma expressão exausta e roupas de viagem: calças brancas, blusa estampada e um par de sandálias de tiras. Sem os óculos de sol, seus olhos estão vidrados e vermelhos. Meias-luas escuras se formam abaixo deles. Ela não carrega bagagem alguma. Apenas uma bolsa que está prestes a cair de seu ombro.

"Pelo amor de Deus, Maggie", diz. "Por que voltou pra cá? O que pensou que encontraria?"

"Eu precisava da verdade."

"Eu *contei* a verdade pra você", afirma minha mãe. "Mas você não podia deixar isso quieto. Por causa disso, precisei voar do outro lado do mundo e, quando chego aqui, vejo todos esses carros da polícia. O que diabos você andou aprontando?"

Eu a levo para dentro. Minha mãe hesita, por um breve instante, parada à porta da frente, deixando claro que não compartilha o desejo de entrar em Baneberry Hall, mas está muito cansada para oferecer resistência. Uma vez dentro, sua única insistência é para descermos até a cozinha.

"Não quero ficar aqui em cima", informa ela. "Não neste andar."

No andar de baixo, nos sentamos em lugares opostos à mesa de madeira. Então lhe conto tudo: por que decidi voltar, o que aconteceu quando cheguei aqui. Falo de ter encontrado o corpo de Petra e suspeitar de meu pai, além de perceber que o verdadeiro culpado era Dane.

Quando termino, minha mãe não faz nada além de me encarar. Está parecendo tão velha sob a luz forte e implacável da cozinha. Os estragos do tempo que tanto tenta esconder ficam mais evidentes na claridade. Noto suas rugas e manchas de idade e fios grisalhos que começam a aparecer na raiz de seu cabelo.

"Oh, Maggie", começa. "De verdade, não deveria ter feito isso."

Um desconforto pesa sobre meus ombros, tão forte que toda Baneberry Hall parece tremer.

"Por quê?"

O olhar de minha mãe se desloca ao redor do cômodo, fazendo-a parecer como um pássaro encurralado.

"A gente precisa ir embora", diz ela.

"O que você não está me contando?"

"Nós precisamos partir e nunca mais voltar."

Meu desconforto aumenta, infiltrando-se pesadamente em meus músculos. Quando minha mãe se levanta, preciso reunir toda minha força para também me levantar e trazê-la de volta para a cadeira.

"Vamos ficar bem aqui. Vamos sentar e conversar, como uma família normal." No caminho de volta à minha cadeira, vejo a torta de cereja na bancada. "Olha só, tem até sobremesa."

Pego a torta e a jogo na mesa. Dois garfos chegam em seguida, tilintando na superfície de madeira. Como demonstração, pego o garfo, corto um pedaço enorme de torta e enfio na boca.

"Viu?", falo mastigando. "Não é bom? Apenas uma conversa de mãe e filha que adiamos por tempo demais. Agora, pode falar."

Dou outra mordida considerável, aguardando que minha mãe comece a falar. Em vez disso, pega um garfo e retira um pedaço pequeno da torta. Tenta dar uma mordida, mas suas mãos tremem com tanta intensidade que a torta cai do garfo. Um pedaço gelatinoso cor de sangue espirra na mesa.

"Não sei o que quer de mim", diz ela.

"A verdade. Esse tempo todo eu só queria a verdade." Dou uma terceira mordida na torta, provando que sou capaz de algo que ela não consegue. "Caralho, quero que me conte cada detalhe que andou escondendo de mim pelos últimos vinte e cinco anos."

"Você não quer a verdade. Acha que quer, Maggie, mas não sabe o que está falando."

O olhar de passarinho de minha mãe se detém no buraco no teto da cozinha. É quando percebo que estava enganada sobre Dane, que posso estar enganada sobre tudo.

"Tem a ver com o pai?"

"Não quero falar sobre isso."

"Ele matou a Petra Ditmer?"

"Seu pai jamais faria..."

"Mas tudo está indicando que foi ele", interrompo. "Todos esses segredos e todas essas mentiras só me fazem acreditar que ele realmente matou uma menina de 16 anos e que você o ajudou a esconder o corpo."

Minha mãe desaba na cadeira. Ela coloca as duas mãos sobre a mesa, palmas para baixo, e as desliza para frente num movimento longo de exaustão.

"Oh, meu bebê", diz ela com uma voz carregada por diversas emoções. "Meu amado bebê."

"É verdade mesmo?", pergunto.

Minha mãe nega com a cabeça. "Seu pai não matou aquela garota."

"Então quem foi?"

Ela coloca a mão na bolsa e tira um grande envelope de lá, que, em seguida, é deslizado pela mesa até mim. Eu o abro e dou uma espiada. Vejo um monte de páginas dentro dele, a primeira de todas traz um destinatário inesperado.

Para Maggie

"Seu pai e eu rezamos para que esse dia nunca chegasse", diz ela.

"Por quê?"

"Nenhum de nós queria lhe contar a verdade."

"*Por quê?*"

"Porque não foi seu pai quem matou aquela garota."

Meus olhos permanecem fixos na página à minha frente. "Quem foi?"

"Foi você, Maggie", diz minha mãe. "Você matou a Petra."

Para Maggie,

Apesar de escrever essas palavras para você, Maggie, peço a Deus que nunca precise ter contato com elas. Se precisar, significa que eu e sua mãe falhamos.

Em virtude disso, nós dois lhe pedimos desculpas do fundo de nossos corações.

À essa altura, você já deve saber um pouco a respeito do que realmente aconteceu na noite que deixamos Baneberry Hall. Aqui está o restante. Embora minha maior esperança seja que você não passe deste parágrafo, sei que irá seguir na leitura. Além do mais, você é minha filha.

Nunca esteve em nossos planos sair de Baneberry Hall da forma que saímos. Nem sequer cogitávamos sair do lugar. Com exceção de alguns problemas de reparo e tragédias à parte, era uma casa adorável. E poderia ter sido um lar repleto de felicidade, se não fosse minha fascinação por sua história.

Eu confesso que havia um motivo particular quando convenci sua mãe a comprá-la. Queria uma casa com um passado na qual eu pudesse pesquisar e escrever a respeito. Com um pouco de sorte, sair com um livro não ficcional, retratando minha experiência como redator freelancer que reformou o imóvel caindo aos pedaços, que foi comprado sem pensar direito.

Porém, quando descobri as circunstâncias relacionadas à morte de Índigo Garson, percebi que havia me deparado com uma ideia ainda melhor. Eu seria o redator freelancer que resolveu o assassinato no imóvel caindo aos pedaços, que ele comprou sem pensar direito.

No final das contas, acabei com um livro muito diferente.

Uma observação relacionada à Casa dos Horrores: boa parte é verdade. O resto, não. A gente realmente descobriu as cartas que Índigo Garson escreveu para o homem com quem planejava fugir. Petra Ditmer e eu realmente investigamos essas cartas e descobrimos outras tragédias que aconteceram na casa ao longo dos anos.

Mas, para cada verdade, havia uma mentira.

Não havia fantasmas, é claro, apesar de você ter vários amigos imaginários, Senhor Sombra era um deles e a Senhora Cara de Moeda também. Apesar de serem apenas frutos da sua imaginação, parecia que eles a assustavam e fascinavam da mesma forma. Por isso, buscamos ajuda com a dra. Weber.

Também nunca existiram retratos de William e Índigo Garson acima da lareira. Além das mortes de Katie Carver e Índigo (que eu realmente acredito que foi morta pelo pai e estava pronto para provar no meu livro), as outras mortes em Baneberry Hall foram apenas acidentes trágicos e sem nenhuma relação entre si.

Todas elas, menos a de Petra Ditmer.

Eu sei que nunca me esquecerei daquela noite, ainda que seja meu maior desejo. Suspeito que só a morte para levar embora a memória daquela noite horrível. Ainda assim, não tenho tanta certeza. Acredito que deixamos nossos corpos quando passamos dessa para uma melhor. Espero que possamos escolher deixar algumas memórias para trás também.

Era para ser uma noite agradável, um descanso mais do que merecido das dores de cabeça constantes de Baneberry Hall. A casa e todos os problemas dela estavam cobrando seu preço. Sua mãe e eu podíamos notar que estávamos nos afastando um pouco mais a cada dia. O fogo do casamento havia se apagado, e precisávamos desesperadamente acendê-lo de novo.

Para isso, decidimos fazer uma "noite especial", o que é uma forma educada de dizer que alugamos um quarto no Two Pines com a intenção de transar até dizer chega e continuar mais um pouco. Precisávamos nos afastar não apenas da casa e seu mar de problemas, mas de você também. Só por uma noite. Sei que soa mais pesado do que realmente é. Talvez você seja mãe quando estiver lendo isso. Se for, certamente vai entender o que estou dizendo.

Para sairmos juntos, precisamos chamar a Petra para cuidar de você. Graças às suas traquinagens na noite que ela e a irmã vieram para a festa do pijama, Petra estava proibida de ir para Baneberry Hall e nos contou que precisaria sair escondida para ficar de babá. Sua mãe e eu tivemos um debate ético sobre isso, decidindo, ao final, que valia a pena a garota enganar sua mãe para termos uma noite nossa só por algumas horas. Precisávamos disso, nós dois concordamos. Queríamos um tempo a sós para sermos um casal de novo.

Petra saiu escondida de casa e chegou pouco depois das 20h. Sua mãe e eu fomos para o motel, onde nosso objetivo foi atingido com sucesso mais de uma vez. Saímos do quarto à meia-noite, relaxados e felizes. Há semanas que não sentíamos aquele tipo de felicidade.

Toda alegria foi embora no momento em que chegamos a Baneberry Hall e vimos o corpo de Petra Ditmer.

A garota tinha se transformado num emaranhado humano na base da escada, seus membros retorcidos como se ela fosse um pretzel. Tão retorcidos que, a princípio, eu não sabia distinguir o que era perna e o que era braço. Parecia estar tudo fora do lugar.

Eu soube instantaneamente que ela estava morta. Era óbvio, o pescoço também estava torcido, virado num ângulo tão anormal que fico enjoado só de lembrar. A bochecha direita encostava no chão e o cabelo cobria a maior parte do rosto, mas era possível ver seus olhos entre os fios. Dois olhos esbugalhados de pavor e sem vida.

Não conseguia parar de olhar para eles. O horror daquilo era tão grande que era impossível parar de encarar. Não foi a primeira vez que vi gente morta, entretanto ninguém tão jovem. E, definitivamente, ninguém tão morto assim. Todos os outros cadáveres pareciam muito bem estar dormindo.

Petra, claramente, não estava dormindo.

Você permanecia sentada no topo da escada, soluçando e com lágrimas no rosto. Quando perguntamos o que tinha acontecido, você nos olhou e disse: "Não fui eu".

E continuou repetindo essas palavras, como se tentasse ao mesmo tempo convencer a nós e a si mesma.

"Não fui eu. Não fui eu. Não fui eu."

No começo, acreditei em você. Além do mais, era a minha filha falando. Eu a conhecia melhor que qualquer um, até sua mãe. Você era uma criança doce e gentil. Nunca machucaria alguém de propósito.

No entanto, lembrei do soco em Hannah na festa do pijama. Fiquei em choque naquele dia e volto a ficar quando me lembro. Foi a prova de que havia raiva por baixo da sua aparência calma.

E também, nós encontramos indícios de que foi você. A camisa de Petra estava rasgada, aberta na costura do ombro com a pele pálida a vista. Logo acima, vimos três arranhões no pescoço, como se ela tivesse sido atacada. Você também tinha um corte, um bem feio abaixo do olho esquerdo. Só pude presumir que foi causado pela babá durante uma briga.

Ainda assim, você continuava negando.

"Não fui eu. Não fui eu."

"Então quem foi, Maggie?", perguntei naquele momento, torcendo do fundo da minha alma por uma resposta lógica.

Porém, você apenas nos olhou nos olhos e disse: "Senhora Cara de Moeda".

Lembro desse momento como se fosse agora. Foi quando percebi que aquilo que eu temia era verdade. Visto que Senhora Cara de Moeda não existia, só poderia ter sido você que matou a Petra.

As coisas seriam bem diferentes se Elsa soubesse que a filha estava em Baneberry Hall. A gente não teria escolha a não ser ir até a polícia, porém, apenas nós sabíamos que ela estava lá.

Então, quando sua mãe tentou ligar para a polícia, a impedi antes que terminasse de discar o número.

Falei que precisávamos pensar bastante a respeito do assunto antes de fazer isso. Talvez não fosse a melhor opção ir até a polícia.

"Uma garota morreu, Ewan", disse ela. "Não ligo pra qual é a melhor opção."

"E a Maggie?", lembro-me de questionar. "Porque seja lá o que fizermos, vai afetar diretamente nossa filha para o resto da vida."

Expliquei que, se a gente ligasse para a polícia, eles levariam menos tempo do que nós para perceber que não foi um acidente. A camiseta rasgada e os arranhões indicavam algo muito pior.

Era a prova de que ela foi empurrada da escada por você.

Eu não sabia o motivo e nem queria saber. Percebi que, quanto menos soubesse, melhor. Tudo que tinha em mente era que eu ainda te amava, não importa o que você houvesse feito. Pensei que não havia nada que fizesse que fosse capaz de me fazer amar menos você. Entretanto, eu temia que descobrir mais detalhes daquele acontecimento pudessem mudar essa minha forma de pensar. Não queria enxergá-la como um monstro, exatamente o que os outros pensariam se a notícia de que você matou Petra se espalhasse.

Foi esse argumento que, enfim, convenceu sua mãe a seguir meu plano. Eu falei que as pessoas interpretam as coisas de forma complexa. Se alguém o enxerga como algo estranho ou diferente, é quase impossível as coisas voltarem a ser como antes. Quando o mundo considera alguém um monstro, essa pessoa é tratada como um, e assim começa a jornada para que ela também acredite ser esse monstro.

"É isso que a gente quer pra Maggie?", expus para sua mãe. "Que ela seja trancada numa prisão para menores infratores até completar dezoito anos? E depois, passar o resto da vida sendo julgada pelas pessoas? Não importa o que ela fizer ou quem for, as pessoas vão olhar para Maggie pelo resto da vida e só vão enxergar uma assassina. Você acha que as consequências disso serão leves? Imagina que tipo de vida que ela vai ter que levar."

Não tenho orgulho disso. A vergonha que levo comigo pesa no meu coração e me mantém acordado durante a noite. Porém, preciso que você saiba que fizemos isso por você. Queríamos poupá-la da realidade brutal que você enfrentaria se a polícia fosse envolvida.

Então decidimos guardar um segredo.

Enquanto sua mãe subiu contigo para fazer algo com o ferimento no seu rosto, me livrei do corpo. Escrever essas palavras agora me dá nojo, porém, foi exatamente o que fiz. Não foi nada parecido com um enterro ou algo digno. A verdade nua e crua é que apenas me livrei de um cadáver. Coloquei o corpo de Petra numa mochila de lona, que guardei dos meus dias de repórter itinerante. Larguei a mochila no buraco no chão onde encontramos as cartas de Índigo, coloquei as tábuas no assoalho e desenrolei nosso tapete por cima.

E, desse jeito, Petra desapareceu.

Foi sua mãe que nos fez abandonar Baneberry Hall. Vocês duas desceram a escada, você estava com um Band-Aid na bochecha e ela segurava o ursinho de pelúcia que Petra havia trazido.

Suspeito que foi o ursinho que desencadeou os acontecimentos seguintes. Ele tirou sua mãe do choque, fazendo-a perceber que não era só uma pessoa aleatória embaixo do assoalho, mas uma adolescente. Alguém inteligente e gentil que ainda dormia com um ursinho de pelúcia.

"Não posso ficar aqui", disse ela ofegante, tentando suportar o peso que a compreensão de nossas ações trazia. "Não, sabendo que a Petra tá aqui. Não, depois do que fizemos com ela. Não dá."

Foi quando entendi que não havia escolha, a não ser ir embora. Ainda atordoado, escondi o ursinho no closet da sala de estudos. Nos amontoamos no carro sem pegar nada e voltamos para o Two Pines. Graças a uma troca de expediente, havia outra atendente no balcão. Como havíamos pago em dinheiro antes, nenhum registro indicava nossa estadia prévia.

"Não volto nunca mais pra lá", declarou sua mãe, assim que entramos no quarto. "Não dá, Ewan. Me desculpa."

Eu também não achava sábio retornar. Tínhamos escapado de algo horrendo. Voltar para Baneberry Hall seria um lembrete diário de nossos atos. Eu queria apenas esquecer tudo aquilo.

"Nunca mais vamos voltar", falei para ela. "Nenhum de nós jamais vai voltar."

"Mas vão procurar pela Petra", avisou sua mãe. "Quando perceberem que ela desapareceu, vão se perguntar por que estamos aqui e não em Baneberry Hall. A gente precisa de um bom motivo."

Ela estava certa. Precisávamos arrumar uma explicação para nossa saída, uma convincente e que soasse ingênua, o que não era nada fácil. Principalmente, quando as pessoas começassem a procurar por Petra. Eu sabia que a polícia iria revistar a casa para confirmar nosso depoimento. Eles precisariam apenas de meia hora e um mandado de busca.

Porém, inventar outra catástrofe na casa estava fora de questão. Não poderia ser um cano estourado ou outra infestação de cobras. Nosso motivo para fugir precisava parecer extremo, ao mesmo tempo que fosse completamente invisível.

Por ironia do destino, foi você que deu a ideia. Um pouco sono-lenta em frente à TV do quarto no mudo, você disse: "Quando a gente vai pra casa?".

"Não vamos mais", falou sua mãe.

Sua resposta provocou todos os acontecimentos seguintes.

"É porque a gente tá com medo de voltar pra Senhora Cara de Moeda?"

A princípio, a ideia de declarar que abandonamos Baneberry Hall por ser assombrada pareceu absurda, ninguém acreditaria. Porém, quanto mais pensei a respeito, mais sentido comecei a perceber. Seria impossível provarem que estávamos mentindo. Além do mais, eu já sabia o suficiente da história de Baneberry Hall para criar uma narrativa aceitável. Sem mencionar que a ideia de uma assombração era tão ridícula que poderia tirar o foco do verdadeiro segredo escondido naquela casa.

Abraçamos a ideia. Não havia outra opção.

Também não tivemos muito tempo para pensar a respeito. Eu sabia que, para desviar qualquer suspeita de nós, precisaríamos estar sob os holofotes com a declaração de Baneberry Hall ser assombrada, antes que a notícia do desaparecimento de Petra se espalhasse.

Eu chamei a polícia para relatar um problema na casa. A oficial Alcott chegou ao motel logo em seguida. Durante uma hora, contei a ela sobre o Senhor Sombra e a Senhora Cara de Moeda e os horrores que enfrentamos. Sabia que ela não acreditava em mim, ainda mais depois de ir até a casa para ver como as coisas estavam.

Quando ela retornou e disse que tudo parecia estar no lugar, eu soube que havia uma chance de realmente nos safarmos com aquilo. Nos mudaríamos para outra cidade, escolheria um lugar bem afastado e iria fingir que o incidente em Baneberry Hall nunca aconteceu.

Só não esperava tudo que se sucedeu, como aquela entrevista para o jornal, que me senti na obrigação de dar, para a polícia acreditar que falávamos sério. Essa é a grande questão, Maggie. Não estávamos nos importando se as pessoas acreditariam em nós ou não. A única coisa que precisávamos era que elas acreditassem que nós acreditávamos.

Então seguimos com a farsa, mesmo quando a história começou a tomar proporções maiores e se propagou para outros estados do país.

Em seguida, veio a oferta do livro, algo tão inesperado e tão lucrativo que não tive como recusar.

Sua mãe não queria que eu escrevesse a Casa dos Horrores. Principalmente quando precisei voltar para Baneberry Hall duas semanas após o crime para recuperar minha máquina de escrever. Entretanto, eu sabia que não havia como evitar. Jess havia parado de dar aulas e eu não tinha nenhum trabalho freelance à vista. Estávamos desesperados por dinheiro. Achei que o livro não seria nada demais, e o enxerguei como um trabalho temporário que poderia trazer outras ofertas de escrita. Nunca, nem mesmo por um segundo, pensei que seria essa febre que fugiu do nosso controle. Quando Casa dos Horrores se tornou um fenômeno, nosso destino estava traçado. Sua mãe e eu fomos obrigados a passar o resto da vida fingindo que as invenções no livro eram reais. Foi essa mentira que destruiu nosso casamento.

A todo momento, nós dois conversávamos sobre como ajudá-la a seguir sua vida. Você tinha matado alguém, fosse por raiva ou acidente, e nos preocupávamos como isso a afetaria e que tipo de pessoa iria se tornar. Eu quis mandá-la para a terapia, porém, sua mãe (com razão) temia que você contasse algo relacionado ao ocorrido durante as sessões. Ela desejava contar a verdade a você (algo de que tentei protegê-la a todo custo). Eu nunca, jamais, desejei que você sentisse a mesma culpa que a gente carregava.

Já que você parecia se lembrar muito pouco sobre nosso tempo em Baneberry Hall e não tinha recordações da noite que saímos, decidimos que a melhor coisa seria deixar tudo cair no esquecimento. Optamos por ficar em silêncio, observar seu comportamento e personalidade e tentar cuidar de você da melhor forma possível.

Sei que foi difícil, Maggie. Sei que você tinha perguntas que nenhum de nós poderia responder com sinceridade. Nosso único desejo era protegê-la da verdade, apesar de sabermos que a mentira que havíamos criado sobre esse lugar estava provocando suas próprias feridas. Aquele livro deixou marcas em você, assim como nós também deixamos.

Poderíamos ter agido melhor. Na verdade, deveríamos ter agido melhor, apesar de cada pergunta sua querendo saber a verdade soar como um lembrete de nossa culpa.

Desconfio que há outro motivo para eu escrever essas palavras, Maggie. Para aliviar um pouco do fardo que venho carregando por quase um quarto de século. Considere uma confissão minha, tanto quanto uma confissão do que você fez.

Agora, são cinco da manhã e o sol logo nascerá. Passei a madrugada inteira escrevendo isso na sala de estudos em Baneberry Hall. Talvez você já saiba, mas nunca vendemos a casa. Nem chegamos a considerar essa hipótese. Seria arriscado demais, sabendo o que havia debaixo do assoalho.

A culpa me traz aqui todos os anos, no aniversário daquele acontecimento horrível. Venho para prestar minhas condolências a Petra, pedir perdão por aquilo que fizemos com ela. Minha esperança é que se eu repetir isso diversas vezes, talvez ela nos perdoe.

Cada ano que venho aqui, sempre me faço a mesma pergunta: tomei a decisão correta naquela noite?

Sim, se considerarmos que você cresceu e se tornou uma mulher inteligente e cheia de força de vontade.

Após a morte, eu serei duramente julgado?

Sim, realmente acredito nisso.

Suponho que descobrirei em breve.

Minha única certeza é que você sempre foi minha maior realização. Eu a amava antes de pisarmos em Baneberry Hall e continuei a amar do mesmo jeito depois que saímos.

Você é o amor da minha vida, Maggie.

Sempre foi e sempre vai ser.

RILEY SAGER
A CASA DA ESCURIDÃO ETERNA

VINTE E CINCO

Realizar a leitura da carta é como despencar por uma rede de alçapões, batendo em porta após porta, uma pior que a outra. Não consigo afastar essa sensação. Não tem como impedir a queda.

"Vocês estão mentindo", minha voz sai trêmula, como se eu falasse embaixo d'água. "Você está mentindo pra mim."

Minha mãe se aproxima. "Não estou, minha querida. Foi isso que aconteceu."

Ela me envolve com seus braços. Eles parecem tentáculos, frios e alienígenas. Tento empurrá-la para longe. Quando minha mãe se recusa, me contorço até escapar de seu abraço e caio da cadeira. Para me apoiar, coloco a mão na mesa, mas escorrego e levo comigo as páginas da carta. Desabo no chão, com folhas de papel voando ao meu redor.

"É mentira", repito. "É tudo mentira."

Ainda que continuasse a repetir essas palavras, no fundo do meu coração, sei que é real. Meu pai não inventaria algo assim, nem minha mãe. Eles não teriam motivo, o que significa que acabei de ler a verdade.

Minha vontade é gritar.

Vomitar tudo que tenho no estômago.

Pegar a faca mais próxima e dilacerar minhas veias.

"Vocês deveriam ter ligado pra polícia", falo entre os soluços de angústia. "Você não deveria ter escondido isso."

"A gente fez o que achou ser o melhor para você."

"Uma garota morreu, mãe! Ela era só uma criança."

"E você também era!", retruca minha mãe. "A *nossa* criança! Se a gente chamasse a polícia, sua vida estaria arruinada."

"Era o que eu merecia."

"Não, você não merecia!" Minha mãe se junta a mim no chão, engatinhando na minha direção de maneira lenta e cautelosa, como alguém que se aproxima de um animal encurralado. "Você é tão meiga e inteligente e linda, seu pai e eu sabíamos disso. *Sempre* soubemos disso e nos recusamos a destruir sua vida por causa de um erro."

"Eu matei alguém."

Verbalizar essas palavras libera o mar de emoções que estive tentando conter. Elas transbordam em lágrimas, ranho e saliva que escorre da minha boca enquanto choro de soluçar.

"Não era sua intenção", consola minha mãe. "Tenho certeza."

Olho em sua direção com a vista embaçada do choro. "Precisamos contar a verdade."

"Não, Maggie. O que precisamos é pegar suas coisas e ir embora. Vamos vender essa casa e nunca mais voltar. Dessa vez, de verdade."

Eu a encaro atônita. Não consigo acreditar que minha mãe ainda se recusa a fazer a coisa certa, mesmo após tantos anos e tantas mentiras, e isso quase ter destruído a todos.

Algo dentro de mim se rompe. Uma surpresa, já que eu não pensava ter sobrado algo intacto no meu interior. Mas meu coração estava inteiro, apenas aguardando que minha mãe viesse para parti-lo em mil pedaços. Consigo senti-lo se fragmentando num tremor que faz meu peito subir e descer carregado.

"Vai embora", cuspo as palavras.

"Maggie, só me escuta um pouco."

Minha mãe tenta me alcançar, mas me retraio. Quando ela começa a vir novamente em minha direção, viro um tapa estralado em sua bochecha.

"Vai embora!", dessa vez, eu grito as palavras, que ecoam na parede de sinos. Eu continuo a gritar até ficar vermelha e espumando.

"Vai embora! Vai embora da minha casa, porra!"

Minha mãe permanece congelada no chão com a mão sobre a bochecha. As lágrimas que brotam em seus olhos me dizem que seu coração também está partido.

Ótimo.

Agora, estamos quites.

"Se você quiser jogar sua vida fora, não posso impedi-la", diz ela. "Mas me recuso a ficar aqui assistindo. Seu pai não foi o único que a amou incondicionalmente. Compartilhávamos o mesmo sentimento, acima de tudo."

Ela se levanta, bate com as mãos nas calças e sai da cozinha.

Não movo um músculo até o barulho da porta da frente se fechando chegar até a cozinha. Quando escuto, a decisão a respeito do que farei em seguida já foi tomada.

Vou esperar.

Neste momento, a chefe Alcott provavelmente está interrogando Dane sobre a noite que Petra morreu. Ao contrário de mim, ela vai perceber que os fatos não se encaixam e que essa história ainda não acabou. Então vai voltar aqui munida de várias perguntas.

E responderei a cada uma delas.

Aproveito que minha mãe foi embora e me levanto para subir a escada da cozinha. O esforço é grande. O choque deixou minhas pernas bambas e meu corpo devagar. No andar principal, só piora, enquanto a grande sala parece se mover sozinha a cada passo meu. As paredes balançam, como se um vento forte as sacudisse para frente e para trás. Sob meus pés, o chão parece ceder, o que me faz tropeçar. No entanto, o assoalho não está realmente cedendo, nem as paredes balançando.

Sou eu que estou diferente.

Estou passando por uma mudança interna na qual tudo que acreditei a meu respeito está, de repente, de ponta-cabeça.

Vim para este lugar em busca da verdade. Agora a tenho.

Sou uma assassina.

Um fato a que precisarei me acostumar, porque, neste momento, toda essa compreensão está sendo demais para que eu fique em pé. Acabo por rastejar pelos degraus da escada até o segundo andar. Ainda preciso rastejar um pouco mais pelo corredor. Cada tentativa de engatinhar se transforma numa batida nas paredes pelo caminho até meu quarto.

Me jogo na cama do jeito que consigo, exausta demais para me mover. Só quero dormir por muito tempo, dias e dias.

Talvez por toda eternidade.

Antes de fechar os olhos, dou uma olhada no armário em frente à cama.

Lembro que, até poucas horas atrás, meu plano era destruí-lo. No entanto, aqui está ele, firme e forte, emitindo um som estranho de seu interior.

O som corta minha tontura o suficiente para me fazer sentar na cama assustada.

As portas se abrem vagarosamente, exibindo alguém lá dentro.

Quero acreditar que é um sonho. Que isso tudo não passa de um pesadelo do qual irei acordar em breve.

Mas não é um pesadelo.

É real e não há nada que eu possa fazer para impedir.

As portas do guarda-roupa continuam a se abrir, revelando mais da figura sombria em suas profundezas.

Senhor Sombra.

Ele é real.

Sei disso agora.

Ele sempre foi real.

Entretanto, quando a figura enfim surge fora do guarda-roupa, percebo que estou errada. Não é o Senhor Sombra entrando cuidadosamente no quarto.

É a Senhora Cara de Moeda.

Ela dá outro passo, e as moedas de seus olhos caem. Só que não são moedas. Nunca foram. Era a luz do luar entrando pela janela, refletida num par de óculos redondos.

Agora que a luz deixou de ser refletida, vejo quem realmente está por trás da Senhora Cara de Moeda.

Marta Carver.

"Olá, Maggie", diz ela. "Faz um bom tempo desde a última vez que nos encontramos assim."

RILEY SAGER
A CASA DA ESCURIDÃO ETERNA

VINTE E SEIS

Marta está parada ao pé da cama, como se pairasse sobre mim. Uma sensação de *déjà-vu* me atinge em cheio.

Não.

É mais que isso.

É uma lembrança.

Uma memória de vê-la do mesmo jeito, mas nós duas éramos mais jovens. Vinte e cinco anos mais novas. Eu tenho 5 anos e estou tremendo debaixo das cobertas, fingindo que estou dormindo, quando, na verdade, a observo com os olhos semicerrados.

Fico observando Marta me observar, enquanto o luar reflete em seus óculos.

É ainda pior quando lembro que aconteceu mais de uma vez. As memórias seguem uma depois da outra, acumulando-se como um terrível filme recortado em minha mente.

A Senhora Cara de Moeda me visitando à noite de novo.

E de novo.

E de novo.

Marta deve perceber em meus olhos a chuva de recordações, pois ela diz: "Quando Katie estava viva, eu vinha para esse quarto quase todas as noites, só para observá-la dormindo. Eu amava tanto minha filha, Maggie, mas tanto. Eu não imaginava como era forte o amor de uma mãe até me tornar uma. Foi quando descobri que o amor de uma mãe pode ser feroz".

Ela abre um sorriso maternal antes de se aproximar mais da cama.

"Mas o meu marido tirou isso de mim. Primeiro a Katie, então ele próprio. E eu não sabia mais o que fazer com todo esse amor brutal. Foi quando sua família veio pra cá. 'Eles têm uma garotinha', a Janie June me contou. 'Uma linda garotinha.' Quando soube disso, tive a certeza que eu precisava ver com meus próprios olhos."

Ela vira a cabeça em direção ao guarda-roupa, que não apenas foi seu esconderijo, mas também a passagem secreta para dentro e fora de Baneberry Hall. Ela morou aqui por tempo suficiente para saber de sua existência, minha família, não.

"Vinha pra cá todas as noites", explica ela. "Não para lhe fazer mal. Nunca tive intenção de machucá-la, Maggie. Só precisava vê-la dormindo, igual fazia com a minha própria filha. Era como se, só por alguns minutos, ela não estivesse realmente morta. Preciso que entenda isso, Maggie. Jamais quis fazer mal para ninguém."

Igual a um tapa, minha cabeça dói com a última memória. Marta parada, me observando por cima, mas não estamos sozinhas. Consigo ouvir alguém no corredor, andando na ponta dos pés até o quarto para conferir como estou.

Petra.

Ela grita ao ver Marta, que corre na direção da garota.

"Não é o que você está pensando", Marta diz.

Petra anda em direção à cama, tentando me alcançar. Marta para entre nós, agarrando os braços dela.

"O que você tá fazendo aqui?", grita Petra.

"Só me deixa explicar."

"Você pode explicar pra polícia."

Petra escapa das mãos de Marta e corre para fora do quarto, em direção ao telefone da casa no andar de baixo.

Marta vai atrás. Consigo ouvir um tumulto no corredor, pisadas fortes no assoalho e um baque forte na parede. Aterrorizada, pulo da cama e vou em direção ao som. Marta e Petra estão discutindo no topo da escada. Marta segura a adolescente pelos ombros, chacoalhando-a enquanto diz: "Só me escuta, por favor, deixa eu explicar".

Corro na direção das duas, assustada e gritando e implorando para que parem. Seguro o braço direito de Marta. Ela balança o braço na minha direção, as costas de sua mão se chocam no meu rosto. Seu anel perfura a pele logo abaixo do meu olho esquerdo, um corte de uns três centímetros que começa a sangrar no mesmo instante.

Mais um grito e Petra cai para trás escada abaixo.

A memória termina, caio de costas na cama, incapaz de ficar ereta. Toda minha energia se esvaiu. A cama balança como um barco à mercê das ondas. Marta parece sentar na beira da cama, mas o ângulo no qual ela se inclina é impossível de existir na vida real.

"Você matou a Petra", murmuro.

"Eu não queria, Maggie. Foi um acidente, um grande e terrível acidente." Marta segura minha mão. "Não sabia o que fazer quando tudo aconteceu. Então eu saí correndo, sabendo que, em algum momento, a polícia iria aparecer, era só uma questão de tempo. Passei a noite toda esperando por eles, me sentindo tão assustada quanto no dia que encontrei o corpo morto do meu marido. Só que, para minha surpresa, a polícia não chegou. Foi quando percebi que sua família não tinha falado com eles."

Ela toca minha testa, que está molhada de suor. Meu corpo inteiro está. Uma profusão repentina de transpiração que me desestabiliza até despontar numa forte cólica em meu estômago. É uma dor aguda e perfurante que me deixa lutando por ar.

"Você comeu a torta", diz Marta. "Ótimo. Fica mais fácil desse jeito."

Tento gritar, mas não sai nada além de um abafado gemido de dor.

"*Shhhh*", sibila Marta. "Não precisa se preocupar, foi só uma torta misturada com algumas *baneberries*."

Agarro minha barriga e me viro de lado, o quarto inteiro gira comigo. Marta continua sentada comigo, esfregando a mão nas minhas costas de um jeito maternal.

"Nunca entendi por completo por que seus pais encobriram a morte da Petra", prossegue ela. "Mesmo depois que aquele livro saiu, continuei a me perguntar o que se passava na cabeça deles. Levou um bom tempo para compreender que eles pensaram ter sido você, Maggie."

Sua mão continua a fazer círculos nas minhas costas. Me pergunto se ela fazia a mesma coisa quando Katie estava doente.

"Mas preciso admitir que eu fiquei aliviada. Deus me perdoe, mas que alívio. Me senti péssima pelo que aconteceu. Aquela pobre garota... ela não merecia aquilo e algumas vezes pensei em confessar. Ir até a Tess Alcott e contar toda a verdade, mas não fiz porque ninguém veria como um acidente, as pessoas pensariam outras coisas. Eu seria punida pelo que aconteceu, porém quando se para pra pensar, já não fui punida o suficiente?"

Marta faz uma pausa, como se aguardasse para ver se concordo.

Não respondo nada.

"Passei os últimos vinte e poucos anos tranquila, com a certeza de que eu estava segura", continua ela. "Que Deus havia decidido que já sofri demais por uma vida. Então você voltou e encontraram a Petra. Eu sabia que era uma questão de tempo antes da verdade finalmente vir à tona."

A mão de Marta para na minha lombar e lá fica. Abaixo de seus dedos, meus músculos se contraem por medo do que virá a seguir.

"Não posso permitir isso, Maggie", diz ela. "Eu já sofri, muito mais que a maioria das pessoas sofreu. Perdi minha filha e meu marido no mesmo dia. Pouquíssimas pessoas no mundo sabem como é esse tipo de dor, mas eu sei. Tenho pleno conhecimento dessa dor. Me desculpe, mas não pretendo sofrer ainda mais."

Ela me vira de barriga pra cima com um movimento brusco. Sou pega de surpresa, além de estar fraca demais para lutar, apenas uma boneca de pano para Marta fazer o que quiser. O quarto para de girar o suficiente para que eu a perceba abraçada com um travesseiro.

Marta coloca o travesseiro sobre meu rosto, escurecendo tudo de repente. Minha respiração, já ofegante, passa a ser quase inexistente. Tento dar golfadas para puxar o ar, mas consigo puxar apenas o tecido do travesseiro que me sufoca.

Ela sobe em cima de mim, fazendo mais força no travesseiro. Tento me debater embaixo e espernear. Porém, não me sobrou energia, as *baneberries* roubaram a última reserva. O máximo que consigo fazer é rolar outra vez para o lado.

E funciona.

Marta perde o equilíbrio e cai longe de mim.

Caio junto com ela.

Pra fora da cama.

Em direção ao chão.

Respiro profundamente, sentindo o ar milagroso encher meus pulmões. Em seguida, a adrenalina entra em ação, fornecendo o ímpeto que preciso para me arrastar correndo pelo chão. Quando chego à porta, Marta agarra meu tornozelo e me puxa de volta.

Grito e uso minha perna livre para chutar em desespero. Meu pé acerta o rosto de Marta em cheio, o que também a faz gritar. Enquanto o som ecoa pelas paredes, retomo minha corrida atropelada pelo chão, seguindo pelo corredor.

Marta só me alcança quando estou no topo da escada. Ao sentir suas mãos em minha perna, espero outro puxão de volta para o quarto. Em vez disso, ela levanta minha perna e me joga para frente.

Por um segundo, a casa inteira vira de cabeça para baixo.

Então estou nos degraus.

Girando.

E rolando.

E me debatendo.

Minhas costas batem na ponta dos degraus, minha cabeça acerta a parede e meus olhos se abrem para enxergar a imagem turvada de um corrimão passando a centímetros do rosto.

Quando chego ao fim, estou de costas no chão. Bem acima de mim, Marta permanece no topo da escada, levemente inclinada para frente, conferindo se estou morta.

Não estou.

Mas *acho* que estou morrendo.

Um brilho se forma acima da escadaria, uma luz cegante de tão intensa. Tão forte que preciso apertar as pálpebras para tentar enxergar. Pela fina linha de visão, vejo o que parece ser a presença de alguém na luz, uma mulher jovem pairando sobre o ombro de Marta.

Ela se parece com Petra Ditmer.

A garota mantém a mesma beleza de seus 16 anos e sorri em profunda satisfação.

A imagem dura um piscar de olhos. Tempo suficiente para confirmar que era de fato Petra ou apenas uma ilusão da minha mente envenenada.

Minha única certeza é que, antes de a luz se dissipar, Marta Carver dá um solavanco para frente, como se alguém a empurrasse. Ela rola escada abaixo, seus ossos se quebrando como gravetos. Há um estralo final quando ela cai no chão, um *craque* de seu pescoço se partindo, que consigo sentir em minha espinha.

O corpo de Marta jaz a meio metro do meu, a cabeça está retorcida igual a de um brinquedo quebrado.

É quando tenho a certeza que ela está morta.

E que eu não estou.

E que tudo isso finalmente chegou ao fim.

Viro a cabeça, direcionando meu olhar ao longo da escada em que ambas caímos.

É quando vejo uma pessoa parada no topo.

Não é Petra, como eu havia pensado.

Mas a mãe dela.

Elsa Ditmer me encara com seus olhos atentos e indomáveis. Está bem claro que ela sabe exatamente onde está, o que acabou de fazer e, após vinte e cinco longos anos, o que aconteceu com sua filha.

RILEY SAGER
A CASA DA ESCURIDÃO ETERNA

EPÍLOGO

Vermont é linda em outubro. Nada além de céus azuis, folhas vermelhas e o cheiro amadeirado no ar. Gosto de beber meu café na varanda de Baneberry Hall de manhã e admirar tudo isso.

É meu primeiro outono em Vermont. Provavelmente, será também o último.

Falta pouca coisa para se fazer na casa. Com a ajuda esporádica de Allie, passei o final do verão e boa parte do outono reformando o lugar. Abandonei a ideia do *glamour* vitoriano que havia pensado e optei pela simplicidade moderna: cômodos amplos, pisos laminados e tudo branco. Parecia ser a melhor escolha. Algumas casas não merecem ter sua história preservada.

Ainda não sei qual será o valor para venda de Baneberry Hall quando eu for anunciá-la. A casa está outra vez em todos os noticiários — algo que nem sempre é bom no mercado imobiliário.

Apesar da ampla divulgação sobre o Livro ser uma mentira para encobrir o que meus pais acreditaram ter acontecido, os boatos de que Baneberry Hall é assombrada ainda persistem. As pessoas também continuam a acreditar que meu pai estava certo e que Curtis Carver nunca matou sua filha antes de se matar. Na verdade, há uma crescente suspeita de que Marta foi a culpada, mesmo que todas as provas apontem o contrário.

Tudo isso ressuscitou os zumbis, que retornaram com força revigorada. A coisa ficou tão feia que a chefe Alcott teve que retomar o patrulhamento policial em frente ao portão de entrada. Todas as noites, levo café para os policiais.

E não me sinto mais desprotegida aqui. Claro, fica mais fácil sabendo que a parte desmoronada no muro foi fechada, mesmo que as únicas pessoas que entraram por lá fossem as mulheres Ditmer e Marta Carver. Eu também fechei a passagem secreta com tijolos e mandei instalar um sistema de segurança residencial de última geração. Chega de pedaços de papel entre a porta e o batente.

Quanto ao guarda-roupa, fiquei feliz de apresentar minha marreta a ele, deliciando-me a cada golpe que destruía a madeira. Mesmo assim, não durmo mais em meu antigo quarto. Em vez disso, optei por me mudar para o quarto de meus pais.

No final das contas, Marta Carver não foi a única a entrar escondido pelo guarda-roupa para me visitar à noite. Elsa Ditmer também entrou. Durante uma lucidez parcial, enquanto era interrogada pela chefe Alcott, ela confirmou, de um jeito distante e nebuloso, que também havia entrado ao menos duas vezes no quarto, quando eu era criança.

No entanto eu a conhecia por outro nome.

Senhor Sombra.

Não o fantasma, mas a mulher supersticiosa que sabia do passado de Baneberry Hall e entrava à noite para sussurrar um aviso que quase se concretizou para mim.

Vocês vão morrer aqui.

Agora, Elsa e sua filha se foram. O Alzheimer da senhora Ditmer se tornou muito grave para que Hannah pudesse lidar sozinha. Ela foi internada em uma instituição de cuidados especializados perto de Manchester. Hannah, que foi junto, se mudou para um apartamento *studio* para ficar perto da mãe.

Antes de partirem, minha mãe pediu perdão para Hannah, que parecia uma chaminé de nicotina enquanto ouvia. Quando minha mãe terminou, ela apenas disse: "Você fez minha família sofrer por vinte e cinco anos. Nenhum arrependimento no mundo vai mudar isso".

Foi a última vez que a vi, embora eu tenha notado que mais e mais coisas desapareceram de Baneberry Hall antes de sua partida, incluindo o ursinho de pelúcia de Petra, o Buster. Além do mais, tudo o que desapareceu acabou no seu site de leilões. Graças ao novo interesse em

Baneberry Hall e no Livro, muitas coisas foram vendidas cinco vezes mais caras que o valor original.

Dane também se foi.

Dei uma passada em seu chalé logo depois que saímos do hospital. Em seu favor, é preciso dizer que ouviu o que tinha a lhe dizer, permitindo que ficasse uns bons dez minutos em pé à porta de sua casa, enrolando para pedir desculpas.

Ele ficou calado quando terminei. Simplesmente se virou e fechou a porta.

Uma semana depois, se mudou.

Acho irônico eu ser a única que ainda está aqui. Logo a pessoa que nunca deveria ter voltado, pra começo de conversa. Porém não foi apenas a reforma que me manteve aqui. Pretendo permanecer em Bartleby até que todos os problemas legais estejam resolvidos.

O que espero que seja na semana que vem, quando minha mãe receberá a sentença por sua parte no encobrimento da morte de Petra Ditmer.

Acontece que suas afirmações na cozinha estavam erradas. Ela *poderia* ter me impedido de jogar minha vida fora, bastava confessar o assassinato de Petra Ditmer, exatamente o que ela fez, após me deixar sozinha em Baneberry Hall. Enquanto Marta Carver esfregava minhas costas e narrava sobre a morte acidental de Petra, minha mãe estava conversando com a chefe Alcott.

Depois de ouvir seu depoimento, a chefe de polícia veio até a casa para também me interrogar. Em vez disso, ela encontrou Elsa Ditmer, perdida mais uma vez num torpor do Alzheimer, e Marta e eu esparramadas em frente à escada.

Marta estava morta.

Eu, quase.

Depois de uma lavagem no estômago, medicação para repor o que perdi e uma tala para o pulso fraturado, contei tudo para a chefe Alcott. Incluí até mesmo a parte em que vi Petra Ditmer como Elsa quando Marta foi empurrada escada abaixo. Todo mundo concordou que eu deveria estar alucinando.

Espero que não.

Gosto da ideia de que era o espírito de Petra, ajudando sua mãe a salvar minha vida.

Uma vez que a chefe Alcott alinhou todos os depoimentos, foi o momento da confissão formal de minha mãe. Em julho, ela se declarou culpada do crime de ocultação de cadáver. Agora, cabe ao juiz determinar sua sentença. Apesar de existir a possibilidade de ela ser condenada a até três anos de prisão, seus advogados estão confiantes de que ela não irá para a cadeia.

Sempre que pergunto à minha mãe se ela está com medo de ir para a prisão, ela me diz que não.

"Apesar de acreditarmos que estávamos fazendo o certo, ainda foi algo errado", ela me disse ontem ao telefone. "Vou cumprir a pena que o juiz achar adequada. A única coisa importante pra mim é você me perdoar."

Eu perdoo.

Perdoei-a no momento que descobri sua confissão, alegando ser a culpada por algo que nós duas acreditávamos ser meu crime. Claro que eu não a deixaria seguir com isso. Se eu realmente fosse a culpada, assumiria minha culpa. Contudo o fato de minha mãe estar disposta a se sacrificar desse jeito me diz que estive errada a seu respeito. Ela não era um monstro, nem meu pai. Eram apenas duas pessoas no meio de uma situação inimaginável e ficaram aterrorizados demais com o que poderia acontecer com a própria filha.

Não é algo que justifique o que fizeram.

Entretanto nos faz entendê-los.

No final das contas, foi tudo por mim. Quanto a quem realmente sou, ainda estou no processo de descoberta.

A ironia é que meu relacionamento com minha mãe está melhor do que nunca. Ela gosta de fazer a piada de que só foi preciso uma possível sentença de prisão para nos darmos bem. No entanto, não consigo deixar de pensar como poderia ter sido nossa vida. Tantos anos desperdiçados encobrindo mentiras. Agora, só nos resta compensar o tempo perdido. Gostaria de ter a chance de fazer a mesma coisa com meu pai. Mas, seja lá onde estiver, espero que saiba que também foi perdoado.

Minha mãe e Carl estiveram em Bartleby muitas vezes nos últimos meses, por conta do caso criminal dela. Embora fique tranquila ao passar uma tarde em Baneberry Hall agora, minha mãe continua se recusando a passar a noite lá. Os dois sempre reservam um quarto no Two Pines, que, a meu ver, possivelmente é mais desagradável do que a própria prisão.

Quando eles não estão na cidade, passo minhas noites perambulando por Baneberry Hall, pensando em tudo o que aconteceu entre essas paredes. Às vezes, só me sento e espero que Petra apareça. Ao contrário dos outros, não acredito que ela tenha sido uma alucinação causada pela ingestão de *baneberries*, quando estive prestes a morrer.

Acredito que era real, e eu gostaria de encontrá-la uma última vez antes de ir embora.

Quero lhe dizer que sinto muito por todo o ocorrido, e agradecer por ter vindo ao meu socorro.

Talvez ela já saiba disso tudo. Talvez esteja, enfim, em paz.

Neste exato momento, estou na sala de estudos do último andar, em frente à mesa de meu pai. A única coisa em cima da mesa é sua antiga máquina de escrever. Passei diversas noites perante ela, passando meus dedos por cima das teclas, pensando se eu deveria ou não começar a usá-las.

Hoje à noite, decido que é chegada a hora. Só porque o *design* que projetei não inclui vestígios da história de Baneberry Hall, não significa que ela não será contada. Na verdade, a mesma editora que publicou o Livro há tantos anos já entrou em contato para uma continuação.

No começo, recusei, mesmo que o adiantamento oferecido fosse bem considerável. Sou uma *designer*, não escritora. No entanto, agora, estou considerando a oferta. Não pelo dinheiro, mesmo que ele trouxesse estabilidade para mim e Allie pelos anos vindouros.

Quero aceitar porque seria a vontade de meu pai.

Afinal, sou a sua filha.

Então, na noite de hoje, me sento à sua máquina de escrever e começo a bater nas teclas, escrevendo o que pode ou não ser o começo de uma nova versão do Livro.

Toda casa tem uma história para contar e um segredo a ser compartilhado.

CASA
DOS
SEGREDOS

A HISTÓRIA REAL

MAGGIE HOLT

MURRAY-HAMILTON, INC.,
NOVA YORK, NY

AGRADECIMENTOS

Todo livro é uma jornada que tem início com o germinar de uma ideia e termina com um produto finalizado, que reflete o trabalho duro de dezenas de pessoas. Isso inclui todos da Dutton and Penguin Random House, especialmente a fabulosa Maya Ziv, que, a cada livro, me guia por um caminho de acolhimento, suporte e com um faro editorial afiado. Um agradecimento especial para Alex Merto e Chris Lin por continuarem a criar capas para meus livros, que são nada menos que assustadoramente maravilhosas.

Na Aevitas Creative Management, devo um milhão de agradecimentos para minha agente sagaz, Michelle Brower, e para Chelsea Heller e Erin Files, que ajudam meus livros a ganhar asas e voarem pelo mundo.

Um obrigado especial para Rodgers & Hammerstein Organization por permitirem que eu usasse a letra de "Sixteen Going on Seventeen". Ter a permissão de deixar a música deles ecoar pelos corredores da minha criação mal-assombrada enche meu coração de alegria.

Como sempre, obrigado a Sarah Dutton por ser uma excelente leitora alfa sem receios de pegar pesado, e para as famílias Ritter e Livio por seu entusiasmo e suporte infinitos. Por fim, devo mais do que um agradecimento a Michael Livio, que me acompanhou de bom grado durante cada passo dessa trajetória. Isso é para você. Sempre.

RILEY SAGER é o pseudônimo de um autor que mora em Princeton, New Jersey. *A Casa da Escuridão Eterna* é seu quarto thriller. O primeiro romance de Sager, *As Sobreviventes*, foi um best-seller dentro e fora dos Estados Unidos, sendo publicado em mais de vinte e quatro países e vencedor do prêmio ITW Thriller Award de Melhor Romance. Os outros romances de Sager, *A Última Mentira que Contei* e *Lock Every Door* foram best-sellers do *New York Times*.

DARKSIDEBOOKS.COM